数控编程与操作

陈向荣　何春生　张报山
谷长峰　谭赞良　编著
刘诗安　主审
雷云进　李雪珍　整理

国防工业出版社
·北京·

内 容 简 介

全书共分为六章。第一章简述了数控机床的组成与基本原理、数控机床的特点与发展方向、数控机床的伺服系统与坐标系统；第二章介绍数控车床的结构、FANUC（法那科）系统数控车床的操作及编程方法；第三章介绍数控镗铣床和加工中心的结构，详细介绍了数控铣床的操作及其编程方法；第四章介绍数控快走丝线切割机床的结构、操作与数控线切割加工及其编程方法；第五章介绍应用 MasterCAM 系统进行数控加工编程的方法；第六章介绍数控冲床的结构、操作与数控冲裁加工及其编程方法；在各章中配有一些思考练习题。

本书适合高职高专院校模具与数控专业的学生作教材使用。

图书在版编目（CIP）数据

数控编程与操作 / 陈向荣等编著. —北京：国防工业出版社，2008.4

ISBN 978-7-118-05595-5

Ⅰ. 数... Ⅱ. 陈... Ⅲ. ①数控机床—程序设计②数控机床—操作 Ⅳ. TG659

中国版本图书馆 CIP 数据核字（2008）第 020304 号

※

国防工業出版社出版发行

（北京市海淀区紫竹院南路 23 号　邮政编码 100044）

天利华印刷装订有限公司印刷

新华书店经售

*

开本 787×1092　1/16　**印张** 15¼　**字数** 353 千字

2008 年 4 月第 1 版第 1 次印刷　**印数** 1—4000 册　**定价** 25.00 元

（本书如有印装错误，我社负责调换）

国防书店：（010）68428422　　发行邮购：（010）68414474

发行传真：（010）68411535　　发行业务：（010）68472764

前　言

近年来,数控技术的发展十分迅速,数控机床的普及率越来越高,在机械制造业中得到了广泛的应用。数控制造技术是集机械制造技术、计算机技术、微电子技术、现代控制技术、网络信息技术、机电一体化技术于一身的多学科高新制造技术,数控技术水平的高低、数控机床的拥有量已经成为衡量一个国家制造业现代化的标志。

本书选用了技术先进、占市场份额最大的 FANUC(法那科)、SIEMENS(西门子)系统作为典型进行剖析。通过典型数控机床和数控系统将各部分教学内容互相贯通、有机联系,在课程体系上突出实践操作和编程技能,注重了学生能力的培养,把提高学生的职业能力放在突出的位置。适用于高职模具、数控等专业的教学。

全书共分为六章。第一章简述了数控机床的组成与基本原理、数控机床的特点与发展方向、数控机床的伺服系统与坐标系统;第二章介绍数控车床的结构、FANUC(法那科)系统数控车床的操作及编程方法;第三章介绍数控镗铣床和加工中心的结构,详细介绍了数控铣床的操作及其编程方法;第四章介绍数控快走丝线切割机床的结构、操作与数控线切割加工及其编程方法;第五章介绍应用 MasterCAM 系统进行数控编程加工的方法;第六章介绍数控冲床的编程及操作;在各章中配有一些思考练习题。

本教程的第一章由谭赞良编写;第二章由张报山编写;第三章由何春生(FANUC 系统编程)、陈向荣(SIEMENS 系统编程)共同编写;第四章由陈向荣编写;第五、六章由谷长峰编写。本书由陈向荣审校(第一章),何春生(审校第二章),谷长峰(审校第三章),谭赞良审校(第四章),张报山(审校第五、六章),全书由李雪珍、雷云进整理全稿,由刘诗安教授主审。

由于编者水平有限,欠妥之处在所难免,恳请读者批评指正。

郴州职业技术学院数控操作与编程编写组

2008 年元月

目　　录

第一章　数控机床概述

第一节　数控技术的基本概念

数控技术是20世纪中期发展起来的机床控制技术。现代计算机数控技术是综合了计算机、自动控制、电机、电气传动、测量、监控、机械制造等技术学科领域最新成果而形成的一门边缘科学技术。数控技术是柔性制造系统(Flexible Manufacturing System,FMS)、计算机集成制造系统(Computer Integrated Manufacturing System,CIMS)和工厂自动化(Factory Autormation,FA)的基础技术之一,是现代机械制造业中的高新技术之一。

数控技术包含许多基本概念,了解这些基本概念,对于学习和掌握数控技术和数控机床的操作与编程具有重要意义。

一、数控

数字控制(Numerical Control,NC)是一种自动控制技术,是用数字化信号对机床的运动及其加工过程进行控制的一种方法。

二、数控机床

数控机床(NC Machine)就是采用了数控技术的机床,或者说是装备了数控系统的机床。

国际信息处理联盟(International Federation of Information Processing,IFIP)第五技术委员会对数控机床作了如下定义:数控机床是一种装有程序控制系统的机床,该系统能逻辑地处理具有特定代码和其它符号编码指令规定的程序。

三、数控系统

数控系统(NC System)就是上述定义中所指的那种程序控制系统,它能逻辑地处理输入到系统中具有特定代码的程序,并将其译码,从而使机床运动并加工零件。

四、计算机控制系统

计算机数控系统(Computerized Numerical Control System)由装有数控系统程序的专用计算机、输入输出设备、可编程序控制器(PLC)、存储器、主轴驱动及进给驱动装置等部分组成,习惯上称为CNC系统。目前通常所说的数控系统一般均指计算机数控系统。

五、数控程序

输入数控系统中的、使数控机床执行一个确定的加工任务、具有特定代码和其它符号编码的一系列指令,称为数控程序(NC Program)或零件程序(Part Program)。

六、数控编程

生成用数控机床进行零件加工的数控程序的过程,称为数控编程(NC Program)。

七、数控加工

根据零件图样及工艺要求等原始条件编制零件数控加工程序,输入数控系统,控制数控机床中刀具与工件的相对运动,从而完成零件的加工。

第二节　数控机床的发展

机电一体化是发展和振兴机械工业的必由之路,数控技术又是机电一体化的核心技术。数控机床既是国民经济的重要基础装备,又是各项支柱产业和基础产业实现生产现代化的重要手段,也是关系到国家战略地位和提高国家综合国力水平的基础产业,其技术水平的高低和拥有量是衡量一个国家工业化的重要标志。

由于其重要地位,所以数控技术的发展一直受到世界各国的高度重视,一些工业发达国家在不同的发展阶段竞相制定相应的产业倾斜政策,推动数控机床得以迅速发展。

一、数控机床的发展史

采用数字控制技术进行机械加工的思想,最早是在20世纪40年代初提出的。1949年,美国帕森斯公司(Parsons Co.)正式接受美国空军委托,在麻省理工学院伺服机构实验室的协助下,开始从事数控机床的研制工作。其目的是为了制造出飞机框架及直升机叶片轮廓等形状复杂、加工精度要求高的零件。

经过三年的研究,于1952年试制成功世界第一台三坐标连续控制数控铣床,这便是数控机床的第一代。它综合应用了计算机、自动控制、伺服驱动、精密检测与新型机械结构等多方面的技术成果,可以用来加工复杂曲面零件。

1953年,美国空军与麻省理工学院协作,开始从事计算机自动编程的研究,这就是创制APT自动编程系统的开始。

1955年,美国空军花费巨资定购了大约100台数控机床,此后两年,数控机床在美国进入迅速发展阶段,市场上出现了商品化数控机床。

1958年,美国克耐·杜列克公司在世界上首先研制成功带自动换刀装置的数控机床,称为“加工中心”。

1959年,计算机行业研制出晶体管元器件,因而数控装置中广泛采用晶体管和印制电路板,从而跨入第二代数控时代。其体积较第一代大为减少。同时美国航空协会(AIA)和麻省理工学院发展APT程序语言。

1960年以后,点位控制机床在美国得到迅速发展,数控技术不仅在机床上得到了实际应用,而且逐步推广到冲压机、绕线机、焊接机、火焰切割机、包装机和坐标测量机等,在程序编制方面,已由手工编程逐步发展到采用计算机自动编程。除了APT数控语言外,又发展了许多自动编程语言。

1965年,出现小规模集成电路。由于体积小、功耗低,数控系统的可靠性得以进一步提高，数控系统发展到第三代。

以上三代都是采用专用控制计算机的硬件逻辑数控系统。装有这类数控系统的机床为普通数控机床（简称 NC 机床）。

1967 年，英国首先把几台数控机床连接成具有柔性的加工系统，这就是最初的柔性制造系统（FMS）。在此之后，美、欧、日也相继进行开发与应用。

随着计算机技术的发展，小型计算机的价格急剧下降。小型计算机开始取代专用数控计算机，数控的许多功能由软件程序实现。这样组成的数控系统称为计算机控制系统（NCN）。1970 年，在美国芝加哥国际机床展览会上，首次展出了这种系统，称为第四代数控系统。而由计算机直接对许多机床进行控制的控制系统，称为直接数控系统（DNC）。

1970 年前后，美国英特尔公司开发和使用了微处理器。1974 年，美、日等国首先研制出以微处理器为核心的数控系统。近 20 年来，微处理器数控系统的数控机床得到飞速发展和广泛应用，这就是第五代数控系统（MNC）。

20 世纪 80 年代初，国际上又出现了柔性制造单元 FMC。FMC 和 FMS 被认为是实现 CIMS（计算机集成制造系统）的必经阶段和基础。

二、中国数控机床发展情况

中国从 1958 年开始研究数控机床，一直到 20 世纪 60 年代中期还处于研制开发时期。当时，一些高等院校、科研单位研制出试验性样机，是从电子管起步的。

1965 年，国内开始研制晶体管数控系统。20 世纪 60 年代末至 70 年代初研制成了立式数控铣床、数控非圆齿轮插齿机等。

从 20 世纪 70 年代开始，数控技术在车削、铣削、镗削、磨削、齿轮加工和电加工等领域全面展开，数控加工中心在上海、北京研制成功。在这一时期，数控线切割机由于结构简单、使用方便、价格低廉，在模具加工中得到了推广。数控车削加工、点位加工和加工中心及三坐标数控加工的自动编程系统和语言也研制成功，有的已在生产中应用。

20 世纪 80 年代，中国从日本法那科公司引进了 3、5、6、7 等系列的数控系统和直流伺服电机、直流主轴电机等制造技术，以及引进美国 GE 公司的 MCI 系统和交流伺服系统，德国西门子 VS 系列可控硅调速装置，并进行了商品化生产。这些系统可靠性高，功能齐全。与此同时，还自行开发了 3、4、5 轴联动的数控系统以及双电机驱动的同步数控系统（用于火焰切割机）和新品种的伺服电机，推动了中国数控机床稳定发展，使中国数控机床在性能和质量上产生了一个质的飞跃。

1985 年，中国数控机床的品种有了新的发展。数控机床品种不断增多，规格齐全。许多技术复杂的大型数控机床、重型数控机床都相继研制出来。为了跟踪国外现代制造技术的发展，北京机床研究所研制出了 JCS – FMS – 1 型和 JCS – FMS – 2 型的柔性制造单元和柔性制造系统。

三、数控机床发展的新趋势

数控机床作为高新技术产品，集现代制造技术、计算机、通信、控制、气液电等新技术于一体，它始终伴随着这些新技术的发展而发展。数控机床无论在提高其单机自动化水平，或以数控机床为核心的系统自动控制方面都呈现出蓬勃发展的势头。作为单机的发展,目前有如下几种趋势。

1. 高精度化

【定位精度】 近10年来机床的几何精度已取得明显的提高,普通中等级加工中心的定位精度已由20世纪80年代初期的±0.012mm/300mm,提高到80年代后期的(±0.005mm~0.008mm)/全程;90年代初期又提高到(±0.002mm~0.005mm)/全程。

国家	公司名称	机床型号	机床性能	定位精度
日本	Kitamura	Sonic-mill-2	n=20000r/min,快进为24m/min	±3μm/全程
美国	Boston Digital	Vector 系列	n=10000r/min	±2μm/双向
日本	三井精机	VG45 加工中心		±3μm

【加工精度】 由于数控机床基础大件结构特性和热稳定性的提高,加上采用各种补偿技术和辅助措施,因而使机床加工精度有很大的提高。

机床类型	原来精度	提高精度
普通级	±10μm	±5μm 和 ±2μm
精密级	±5μm	±1.5μm

2. 高速度化

【高速主轴的发展】 数控加工中心的主轴转速近10年翻了几翻,20世纪80年代中期为4000r/min~6000r/min,80年代后期为8000r/min~12000r/min,90年代发展到15000r/min、20000r/min、30000r/min、50000r/min,现在已达120000r/min。例如:日本新泻铁工所生产的VZ40型加工中心转速为50000r/min;该公司生产的VHS10型加工中心转速为100000r/min;美国生产的SC40/120型加工中心转速为120000r/min。

主轴转速的提高可以极大地提高生产率。日本新泻铁工所加工一个NAC55钢模具,在普通机床上加工需要9h,用VZ40型加工中心加工只要12min~13min。

【进给速度的发展】 据统计表明,在加工中心上,纯切削时间约为总工作时间的55%,所以加快进给速度和减少辅助时间也是提高生产率的重要途径。现在各坐标轴的快速移动已从10年前的8m/min~12m/min提高到30m/min~40m/min。美国福特(FORD)公司与机床巨头Ingersoll公司合作,经过8年的努力,研制的HVM800型卧式加工中心,其进给速度高达76.2m/min,机床工作起来已不像切削,而像跑空行程一样,瞬间即走完一个行程,达到了惊人的高速。

【辅助时间的缩短】 在加工中的辅助时间主要指换刀与工作台交换的时间。以"刀—刀"的时间而言,从原先的5s~10s减少到2.5s以内;以"切削—切削"的换刀时间来考核,也可以控制在6s以内,使辅助时间大大缩短。

3. 高柔性化

"柔性化"是指机床适应加工对象变化的能力。在数控机床发展中,一个主导思想就是"柔性"。因此,体现柔性化的柔性制造单元(FMC)和柔性制造系统(FMS)的拥有量的发展更为迅速,美国FMC的安装平均增长率达到73%,日本FMS的安装平均增长率达到24%,全世界FMS的安装平均增长率达到29%。

4. 高自动化

这里指的自动化是包括物料流和信息流的自动化。数控机床的自动化除进一步提高其自动编程、自动换刀、自动上下料、自动加工等自动化程度外,在自动检测、自动监控、自动诊断、自动对刀、自动传输、自动调度、自动管理等方面也进一步得到发展,现已达到72h以上“无人化”管理正常生产的目的。

自适应控制系统的发展也是提高自动化水平的具体表现。所谓自适应控制系统就是能对机床加工过程中的各种随机变量(毛坯余量的变化、工件与刀具材质的变化、切削温度的变化、电机磨损等)连续地进行监控,并对机床主轴转速、进给速度、刀具补偿等参数进行及时的调控,使切削过程总是处于最佳状态之下。这就是自适应控制系统(Adaptive Control System)的概念,简称为AC系统。上面所述的最佳状态是指:最佳表面质量、最大生产率或最低生产成本等。

5. 复合化

复合化包括工序复合化和功能复合化。数控加工中心是目前发展的一个趋势。所谓数控加工中心,就是将多种数控机床(一般是数控铣床、数控车床、数控钻床)的功能组合起来,再附加一个自动换刀装置和一个有一定容量的刀库,对零件可以进行多道工序连续加工的复合数控机床。继加工中心之后又相继出现了车铣镗钻复合机床,或车铣镗磨复合机床,还有把冲孔、成型与激光切割复合,或将等离子加工与冲压复合等。这些多功能复合机床,打破了传统的工序界限,使工序高度集中,可进一步提高生产率。

6. 高可靠性

数控机床的可靠性是一项关键指标。衡量可靠性的量化指标是平均无故障工作时间,简称MTBF。数控系统的MTBF:在20世纪70年代大于3000h,80年代大于10000h,90年代大于30000h,日本Fanuc公司的CNC系统达到125个月。整机的MTBF:80年代初是100h~200h,目前一般是500h~800h。

7. 宜人化

宜人化是将功能设计与美学设计有机地结合起来。目前,国外机床生产厂家普遍采用计算机辅助工艺造型设计系统(CAID),使机床的品类、造型、色彩发生了日新月异的变化。

8. 设计CAD/CAM化

随着计算机应用的普及和软件技术的发展,CAD/CAM技术得到广泛的应用。它不仅可以替代人工绘图,更重要的是采用CAD/CAM技术进行设计方案选择和对大件整机进行的静动态特性的分析、计算预测和优化设计,并对整机各工作部件进行仿真,使机床的设计达到一个更高的水平。CAD/CAM市场也异常活跃。具有关报道,1982年全世界CAD/CAM产品销售额为12亿美元,1985年为52.5亿美元,1989年为118亿美元,1990年为150亿美元,1993年为168亿美元,年平均增长率为37.1%。

四、开放式数控系统简介

1. 数控系统的发展现状

随着现代制造业生产方式的发展,生产设备正朝着灵活、多功能、网络化的方向发展,它希望控制器的功能重新配置、修改、扩充和改装甚至重新生成,这样就对控制器产生了“开放”的要求。控制器制造商希望开放式控制器具有更高的性能价格比,具有较高的产品竞争力。制造信息的集成化、生产系统的分散化也促进了控制器的开放。日新月异的互联网技术为控制器的开放奠定了物质基础。

开放式体系结构 CNC 的研究始于 1987 年美国政府资助下的 NGC(Next Generation Controller)项目。其目的是实现基于互操作和分级式软件模块的"开放体系结构的标准规范"SOSAS(Specification for an Open System Architecture Standard)。1994 年由美国克莱斯勒福特和通用三大汽车公司提出了 OMAC(Open Modular Architecture Controllers)计划,其目的是降低控制器的投资成本和维护费用,提高机床利用率,提供软硬件模块的"即插即用"和高效的控制器重构机制,缩短产品开发周期。从而使系统易于更新换代,尽快跟上新技术的发展,并适应需求的变化。

欧盟在 1992 年组织了 OSACA(Open System Architecture for Control within Automation Systems)项目,其研究目标是自动化系统中的开放式控制系统体系结构。该项目由德国斯图加特大学的 ISW 研究所主持,联合德国、意大利、瑞士、英国、西班牙等 11 个国家的有关研究机构、大学和制造商,投资 1140 万欧元,历时 4 年,于 1996 年结束。OSACA 模型的理想是在标准平台上建立由可自由组合的模块组成的系统,它是诸多开放式控制器研究计划中最理想的模型。现在,欧洲主要的数控制造商如 SIEMENS 、BOSCH、NUM、FAGOR 等都在开发符合 OSACA 标准规范的开放式数控系统。

日本在 1995 年由机床制造商和信息、电子产品企业组建了 OSE 协会,开展名为 OSEC(Open System Environment for Controller Architecture)的研究。项目分两步进行,第一步是"OSEC - Ⅱ设计"的研究,议论的中心问题是开放式控制器的意义和方向,提出了 FADL 语言,其实质是建立一种有多家公司支持的中性语言,以这种中性语言作为用户与控制器的交互界面。第二步是"OSEC Ⅱ设计"的研究,目标是达到能实际安装的完成度高的体系结构。在 OSEC - Ⅱ中,FADL 语言进一步发展为 OSEL 语言,它将终端用户和机械厂家积累的生产技术做成软件包的形式,是一种具有可重复利用特性的新的 NC 语言。

这些研究项目的主要任务是要制定开放式数控系统的体系结构标准规范,以便在这种标准的支持下,各个开发商能开发出具有互换性和互操作性的构成要素模块,通过标准化接口,可将不同制造商提供的要素模块组合成所需要的数控系统。

2. 开放式数控系统的概念

国际电器电子工程师协会(IEEE)是这样定义开放式数控系统的:"符合系统规范的应用系统可以运行在多个销售商的不同平台上,可以与其它系统的应用进行互操作,并且具有一致风格的用户交互界面。"通俗地说,就是数控系统提供给用户(机床或机械制造商)一个平台,使他们能够在这个平台上,根据设备所需的特定功能,开发与之相应的软件和硬件,并与系统软件集成为一个新的应用系统,使该设备具有较高的性价比,并大大缩短开发周期。目前,世界上各系统制造商推出或正在研究的具有开放特点的数控系统产品大致可以分为如下三个层次:

第一层次的开放是人机界面的开放。它只开放了非实时的人机界面部分,允许用户自己设计控制系统的界面和编程语言。

第二层次的开放是控制系统在明确固定的拓扑结构下允许替换内核中的特定模块以满足用户的特殊需要。例如,用户可以替换控制系统核心的插补算法等。

第三层次的开放是拓扑结构完全可变的"完全开放"的控制系统。OSACA 追求的就是这种理想的控制器产品。在 OSACA 计划中,各种功能模块的地位是平等的,它们之间的拓扑关系是由系统内部的配置系统确定的。功能模块之间的信息传递是由系统内部的通信机制保证的。

3. 开放式数控系统的特点

现在国际公认的开放式体系结构应具有4个特点:相互操作性、可移植性、可缩放性、可互换性。

(1) 相互操作性(Interoperability)。相互操作性指不同应用程序模块通过标准化的应用程序接口运行于系统平台上,相互之间保持平等的相互操作能力,协调工作。这一特性要求提供标准化接口、通信和交互模型。

随着制造技术的不断发展,CNC 也正朝着信息集成的方向发展。CNC 系统不但应能和不同系统彼此互联,实施正确有效的信息互通,同时应在信息互通的基础上,能信息互用,完成应用处理的协同工作,因此要求不同的应用模块能相互操作,协调工作。

(2) 可移植性(Portability)。可移植性指不同的应用程序模块可以运行于不同供应商提供的不同的平台之上。可移植性应用于 CNC 系统,其目的是为了解决软件公用问题。要使系统提供可移植特性,基本要求是设备无关性,即通过统一的应用程序接口,完成对设备的控制;要求各部件具有统一的数据格式、行为模型、通信方式和交换机制。具备可移植特性的系统,可使用户具有更大的软件选择余地,通过选购适应多种系统的软件,费用可以显著降低。同时在应用软件的开发过程中,重复投入费用也可降低。可移植性也包括对用户的适应性,要求 CNC 系统具有统一风格的交互界面,使用户适应一种控制器的操作即可适应一类控制器的操作,而无需对该控制器的使用重新进行费时费力的培训。

(3) 可缩放性(Scalability)。可缩放性指增添和减少系统的功能仅仅表现为特定模块单元的装载与卸载,不是所有的场合都需要 CNC 系统具备复杂且完善的数控功能,在这种情况下,厂家没有必要购买不适于加工产品的复杂数控系统。因为可缩放性使得 CNC 系统的功能和规模变得极其灵活,既可以增加配件或软件以构成功能更加强大的系统,也可以裁减其功能来适应简单加工场合。同时,同一软件既可以在该系统的低档硬件配置上运行,也可以在该系统的高档硬件配置上应用。可缩放性使得用户可以灵活改变 CNC 系统的应用场合,一台控制器可以使用于多种类加工设备的控制上。

(4) 可互换性(Interchangeability)。可互换性指不同性能和不同功能的单元可以相互替代,而不影响系统的协调运行。有了可互换性,构成开放式体系结构的数控系统就不受唯一供应商所控制,也无需为此付出昂贵的版权使用费。相反,只需支付合理的或较少的费用,即可获得系统的各组成部件,并且可以有多个来源。

第三节　数控机床的组成

数控机床一般由 CNC 系统、伺服系统和机械系统三大部分组成。图 1-1 是数控机床的组成框图。

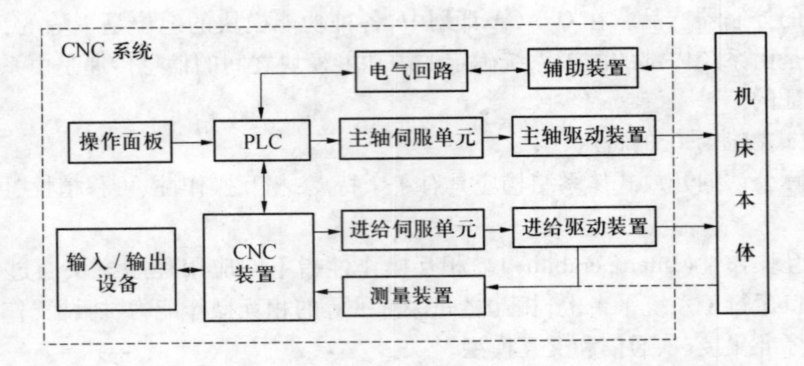

图 1-1 数控机床的组成

一、CNC 系统

这是数控机床的核心,主要功能如下:

(1) 多坐标控制(多轴联动)。同时控制数控机床的各坐标轴的进给运动。

(2) 准备功能(G 功能)。用来指定机床的运动方式。

(3) 多种函数的插补(直线、圆弧、抛物线及螺旋线插补等)。用于刀具进给运动轨迹插补。

(4) 可编程偏置设定。用于设置程序原点、刀具长度和刀具半径补偿值。

(5) 代码转换。包括 EIA/ISO 代码转换、英制/公制转换、二—十进制转换、绝对坐标/相对坐标(增量坐标)转换等。

(6) 固定循环加工。将一些典型的循环加工过程,如钻孔、攻螺纹、镗孔、切螺纹等,预先编制好程序并存放在存储器中,用 G 代码进行指定,从而简化零件的加工编程。

(7) 进给功能。指定进给速度或进给率。

(8) 主轴功能。指定主轴转速。

(9) 辅助功能。规定主轴的启动、停止、转向及冷却液的打开和关闭等。

(10) 刀具功能。选择刀具和换刀。

(11) 辅助编程功能。包括图形缩放和平移、坐标旋转、极坐标、镜像等功能,减少手工编程的工作量和难度。

(12) 各种补偿功能。包括刀具半径、刀具长度、传动间隙、螺距误差的补偿。

(13) 子程序功能。调用子程序,使编程灵活,并简化编程。

(14) 宏程序功能。通过编辑子程序中的变量来改变刀具路径与刀具位置。

(15) 人机对话编程功能。包括数据及加工程序的输入、编辑及修改。

(16) 字符图形显示功能。在 CRT 上显示数控程序、各种参数、各种补偿值、坐标位置、故障信息、人机对话编程菜单、零件图形、动态刀具运动轨迹等。

(17) 故障的自诊断功能。设置各种诊断程序,防止故障的发生及扩大。

(18) 通信及联网功能。用于实现程序的传输、计算机直接数控(DNC:Directed NC)、分布式(Distributed)计算机数控和制造自动化协议(Manufacturing Automation Protocol, MAP)。

二、伺服系统

数控机床的伺服系统(或称驱动系统)是数控机床的重要组成部分,用于实现数控机床的进给伺服控制和主轴伺服控制。

(1) 进给伺服系统。是数控机床的进给运动执行部分,包括位置控制单元、速度控制单元、执行电动机、测量反馈单元等部分,它接受计算机发来的各种动作命令,驱动执行电动机运动。执行电动机可以是步进电动机、电液马达、直流伺服电动机或交流伺服电动机。进给伺服系统的组成如图 1-1 所示,其性能的好坏将直接影响数控机床加工精度和生产效率。

(2) 主轴伺服系统。是数控机床主轴运动的控制部分,包括主轴控制单元、主轴电动机、测量反馈单元等部分。

三、机械系统

根据加工工艺进行分类,可将数控机床分为数控车床、数控铣床、数控镗床、数控磨床、数控冲压机床、数控电加工机床、数控测量机床等,这种分类方法主要是针对数控机床的机械结构进行的。

近 20 年来,由于进给驱动、主轴驱动和数控技术的发展,数控机床的机械结构已从初期对普通机床局部结构的改进,逐步发展到形成数控机床的独特机械结构。尽管如此,普通机床的构成模式仍适用于现代数控机床,其零部件的设计方法仍基于普通机床设计的理论和计算方法,但数控机床零部件的性能指标要求较高。

数控机床的机械系统,除机械基础件以外,由下列各部分组成:

(1) 主轴部分。包括主轴电动机和主轴传动系统。

(2) 进给系统。包括进给执行电动机和进给传动系统。

(3) 实现工件回转、定位的装置和附件。

(4) 实现某些部件动作和辅助功能的系统和装置,如液压、气动、润滑、冷却等系统和排屑、防护等装置。

(5) 刀库和自动换刀装置(Automatic Tools Changer,ATC)。

(6) 自动托盘交换装置(Automatic Pallet Changer,APT)。

机床基础件或称机床大件,通常是指床身(或底座)、立柱、横梁、滑台和工作台等,它是整台机床的基础和框架。机床的其它零部件,或者固定在基础件上,或者工作时在它的导轨上运动。其它机械结构组成则按机床的功能需要选用。如一般的数控机床除基础件以外,还有主轴部件、进给系统以及液压、润滑、冷却等辅助装置,这是数控机床机械系统的基本构成。

加工中心则至少还应有 ATC,有的还有双工位 APC 等。柔性制造单元除 ATC 外还带有工位数较多的 APC,有的甚至还配有用于上下料的工业机器人。数控机床还可根据自动化程度、可靠性要求和特殊功能需要,选用各种类型的刀具破损监控、机床和工件精度检测、补偿装置和附件等。有些特种加工数控机床,如电加工数控机床和激光切割机,其主轴部件不同于一般数控金属切削机床,但采用伺服电动机驱动机床运动部件实现进给运动,则是所有数控机床的共同特性。

与普通机床不同的是，数控机床的机械结构具有如下特点：

(1) 由于大多数数控机床采用了高性能的主轴部件及进给伺服驱动系统，因此，数控机床的机械传动结构大大简化，传动链较短。

(2) 为了适应数控机床连续地自动化加工，数控机床的机械结构具有较高的动态刚度、阻尼精度及耐磨性，热变形较小。

(3) 更多地采用高效、高精度传动部件，如滚珠丝杆副、直线滚动导轨等。

第四节 数控机床的分类

数控机床可以根据不同的方法进行分类，常用的分类方法有按数控机床运动轨迹进行分类、按进给伺服系统控制方式进行分类、按加工工艺类型分类、按数控系统功能水平进行分类。

一、按数控机床运动轨迹进行分类

1. 点位控制数控机床

点位控制(Positioning Control)又称为点到点控制(Point to Point Control)。刀具从某一位置向另一位置移动时，不管中间的移动轨迹如何，只要刀具最后能正确到达目标位置的控制方式，称为点位控制。这类控制在移动过程中不进行加工，对两点间的移动速度及运动轨迹没有严格要求，可以先沿一个坐标移动完毕，再沿另一个坐标移动，也可以沿多个坐标同时移动。这类数控机床主要有数控钻床、数控坐标镗床和数控冲床等，相应的数控系统称为点位数控系统。

2. 直线控制数控机床

直线切削控制(Straight Cut Control)又称为平行切削控制(Parallel Cut Control)。这类数控机床除了控制点对点的准确位置之外，还要保证两点之间移动的轨迹是一条直线，而且对移动的速度也要进行控制，因为这一类数控机床在两点之间移动时要进行切削加工。

这一类数控机床包括简易数控车床、数控镗铣床等。一般情况下，这些数控机床有2个~3个可控坐标轴，但同时控制的坐标轴只有一个。

为了能在刀具磨损或更换刀具后，仍可得到合格的零件，这类机床的数控系统常常具有刀具半径补偿、刀具长度补偿和主轴转速控制功能。

3. 轮廓控制的数控机床

轮廓控制又称连续轨迹控制。这类数控机床能够对两个或两个以上运动坐标的位移及速度进行连续相关的控制，因而可以进行曲线或曲面的切削加工。这类机床有两坐标及两坐标以上的数控镗铣床、加工中心等。

现代数控机床绝大多数具有两坐标及两坐标以上联动的功能，而且具有刀具半径补偿、丝杆和齿轮的间隙补偿等功能。

按同时控制且相互独立的轴数，可以有2、3、4、5轴控制等。

二、按伺服系统类型进行分类

1. 开环伺服系统数控机床

这是一种比较原始的数控机床。这类机床的数控系统将零件的程序处理后，输出数据指令给伺服系统，驱动机床运动，没有来自位置传感器的反馈信号。最典型的系统就是采用步进电动机的伺服系统，如图1-2所示。它一般由步进电动机驱动器、步进电动机、配速齿轮和丝杆螺母传动副等组成。数控系统每发出一个指令脉冲，经驱动器功率放大后，驱动步进电动机旋转一个固定角度（即步距角），再经传动机构带动工作台移动。这类系统的信息流是单向的，即进给脉冲发出去以后，实际移动值不再反馈回来，所以称为开环控制。这类机床较为经济，但加工速度和加工精度较低。

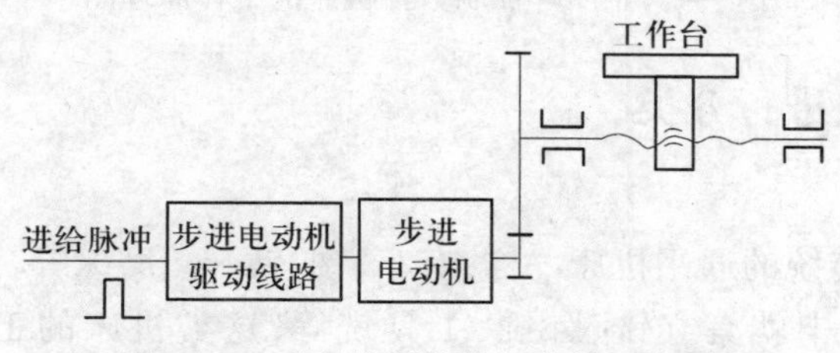

图1-2　开环控制数控机床的工作原理

2. 闭环伺服系统数控机床

这类机床带有检测装置，直接对工作台的移动量进行检测，其原理如图1-3所示。当数控系统发出位移指令脉冲，经电动机和机械传动装置使机床工作台移动时，安装在工作台上的位置检测器把机械位移变换成电信号，反馈到输入端与输入信号进行比较，得到的差值经过放大和变换，最后驱动工作台向减少误差的方向移动，直到差值等于零为止。这类控制系统，因为把机床工作台纳入了位置控制环，故称为闭环控制系统。该系统可以消除包括工作台传动链在内的运动误差，因而定位精度高、调节速度快。但由于该系统受进给丝杆的拉压刚度、摩擦阻尼特性和间隙等非线性因素的影响，给调试工作造成较大的困难。如果各种参数匹配不当，将会引起系统振荡，造成不稳定，影响定位精度。由于闭环伺服系统复杂和成本高，故适应于精度要求很高的数控机床，如精密数控镗铣床、超精密数控车床等。

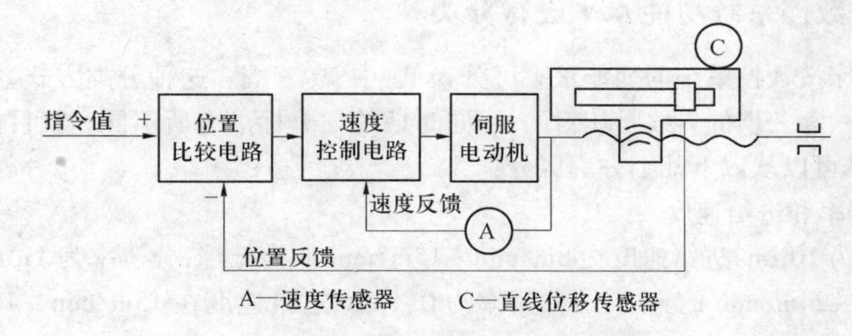

图1-3　闭环控制数控机床的工作原理图

3. 半闭环伺服系统数控机床

大多数数控机床是半闭环伺服系统，这类系统用安装在进给电动机轴端的角位移测量元件（如旋转变压器、脉冲编码器、圆光栅等）来代替安装在机床工作台上的直线测量元件，用测量电动机轴的旋转角位移来代替测量工作台直线位移，其原理如图1-4所示。因这种系统未将丝杆螺母副、齿轮传动副等传动装置包含在闭环反馈系统中，因而称之为半闭环控制系统，它不能补偿传动装置的传动误差，但却得以获得稳定的控制特性。这类系统介于开环与闭环之间，精度没有闭环高，调试却比闭环方便，因而得到了广泛应用。

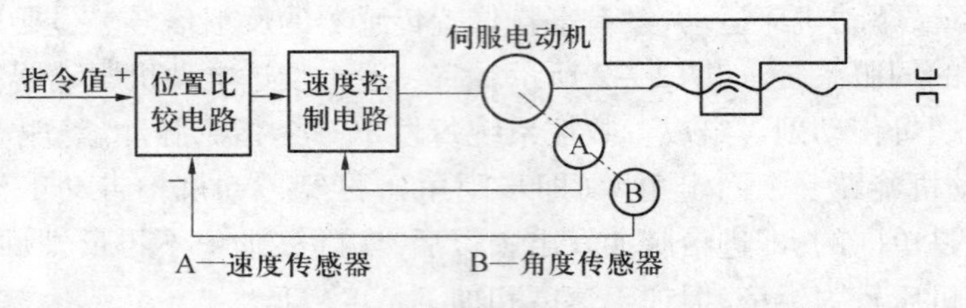

图 1-4　半闭环控制数控机床的工作原理图

三、按加工类型进行分类

1. 普通数控机床

这类数控机床和传统的通用机床一样，有车、铣、钻、镗、磨床等，而且每一类又包含很多品种，例如数控铣床中就有立铣、卧铣、工具铣等，这类机床的工艺性能和通用机床相似。

2. 加工中心机床

这是一种在普通数控机床上加装一个刀具库和自动换刀装置而构成的数控机床。它和普通数控机床的区别是：工件一次装夹后，数控系统能控制机床自动地更换刀具，自动连续地对工件各加工面进行铣(车)、镗、钻、铰、攻螺纹等多工序加工。

3. 金属成型类数控机床

数控冲床、数控折弯机、数控回转头压力机等。

4. 数控特种加工机床

如数控线切割机床、数控电火花加工机床、数控激光切割机床等。

5. 其它类型的数控机床

如数控火焰切割机、数控三坐标测量机等。

四、按数控系统功能水平进行分类

数控机床按数控系统的功能水平可分为低、中、高三档。这种分类方式，在我国用得很多。低、中、高三档的界线是相对的，不同时期的划分标准有所不同。就目前的发展水平来看，大体可以从以下几个方面区分：

1. 分辨率和进给速度

分辨率为 10μm、进给速度在 8m/min ~ 15m/min 的为低档；分辨率为 1μm、进给速度在 15m/min ~ 24m/min 的为中档；分辨率为 0.1μm、进给速度在 15m/min ~ 100m/min 的为高档。

2. 伺服进给类型

采用开环、步进电动机进给系统为低档；中、高档的则采用半闭环或闭环的直流伺服系统或交流伺服系统。

3. 联动轴数

低档数控机床联动轴数一般不超过 2 轴；中、高档的则为 3 轴 ~5 轴。

4. 通信能力

低档数控系统一般无通信能力；中档的可以有 RS-232C 或直接数控(Direct Numerical Control,DNC)接口;高档的还可以有制造自动化协议(Manufacturing Automation Protocol,MAP)通信接口,具有联网功能。

5. 显示功能

低档数控系统一般只有简单的数码管显示或单色 CRT 字符显示;中档的则具有较齐全的 CRT 显示,不仅有字符,而且有二维图形、人机对话、状态和自诊断功能等;高档的还可以有三维图形显示、图形编程等功能。

6. 内装 PLC

低档数控系统一般无 PLC,中、高档的都有内装 PLC。

7. 主 CPU

低档数控系统一般采用 8bitCPU,中、高档的已经逐步由 16bitCPU 向 32bitCPU 过渡,国外一些新的数控系统甚至已选用了 64bitCPU。

在我国还有经济型数控的提法。所谓经济型数控,一般均属低档数控系统,是指由单板机、单片机和步进电动机组成的数控系统以及其它功能简单、价格低的数控系统。它主要用于车床、线切割机床以及旧机床的改造等。

第五节 数控机床的工作原理与工作方式

一、工作原理

数控机床的工作原理如图 1-5 所示。在数控机床上加工零件时,要事先根据零件加工图样的要求确定零件加工的工艺过程、工艺参数和刀具数据,再按编程手册的有关规定编写零件数控加工程序,然后通过 MDI 方式或 DNC 方式将数控加工程序送到数控系统,在数控系统控制软件的支持下,经过处理与计算后,发出相应的指令,通过伺服系统使机床按预定的轨迹运动,从而进行零件的切削加工。

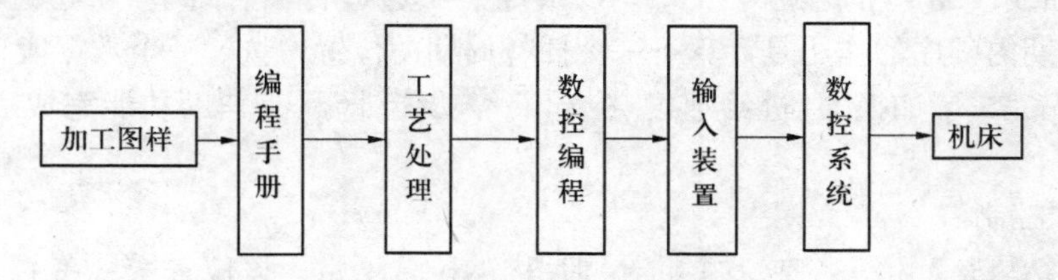

图 1-5 数控机床的工作原理

数控系统除了计算机以外,其外围设备主要包括键盘、CRT、操作面板、机床接口等。键盘主要用于输入操作命令及编辑、修改程序,亦可以输入零件加工程序。CRT 供显示及监控用。操作面板可供操作员改变操作方式、输入数据、起停加工等。机床接口是计算机和机床之间联系的桥梁,包括伺服驱动接口及 DNC 输入/输出接口。

系统程序储存于计算机内存中。所有的数控功能基本上都依靠该程序完成,例如输入、译码、数据处理、插补、伺服输出等。整个数控系统的活动均由系统程序来指挥。

二、工作过程

数控机床加工零件时,先要编制程序,然后输入到数控装置,经译码、数据处理、插补等步骤，给伺服系统发出指令，驱动执行部件实现机床的运动。

1．加工程序的输入

大量的零件加工程序一般通过 DNC 从上一级计算机输入而来。数控系统一般有两种不同的输入方式：一种是边输入边加工，DNC 即属于此类工作方式；另一种是一次将零件加工程序输入计算机内部的存储器，加工时再由存储器一段一段地往外读出。

2．译码

输入的程序段含有零件的轮廓信息（起点、终点、直线、圆弧等）、要求的加工速度以及其它的辅助信息（换刀、进给速度、冷却液等）。计算机依靠译码程序来识别这些指令符号，译码程序将零件加工程序翻译成计算机内部能识别的语言。

3．数据处理

数据处理程序一般包括刀具半径补偿、速度计算以及辅助功能的处理。刀具半径补偿是根据刀具半径值把零件轮廓轨迹转化为刀具中心轨迹。速度计算是解决该工程序段以什么样的速度运动的问题。加工速度的确定是一个工艺问题。数控系统仅仅是保证这个编程速度的可靠实现。另外，辅助功能如换刀、冷却液等亦在这个程序中处理。

4．插补

在机床的实际加工中，被加工工件的轮廓形状千差万别。严格说来，为了满足几何尺寸精度的要求，刀具中心轨迹应该准确地依照工件的轮廓形状生成。对于简单的曲线，数控系统易于实现，但对于较复杂的形状，若直接生成刀具中心轨迹，势必会使计算方法变得复杂，计算工作量也相应地大大增加。因此，在实际应用中，常常采用一小段直线或圆弧去逼近（或称为拟合），有些场合也可以采用抛物线、椭圆、双曲线和其它高次曲线去逼近曲线。所谓插补，是在已知一条曲线的种类、起点、终点以及进给速度后，在起点和终点之间进行数据点的密化。计算机数控系统将加工时间划分为一个一个的插补周期，在每个插补周期通过插补运算形成一个微小的数据段。若干次插补周期后完成一个曲线段的加工，即从曲线段的起点走到终点。CNC 系统是一边进行插补计算，一边进行加工的。本次插补周期内程序的作用是计算下一个插补周期的位置增量。一个数据段正式插补加工前，必须先完成诸如换刀、进给速度、冷却液等功能，即只有辅助功能完成后才能进行插补。

5．伺服控制

插补的结果是产生一个或多个插补周期内的位置增量。该位置增量在上一个插补周期内已计算出来。伺服控制程序的功能是完成本次插补周期的位置伺服计算，并将结果发送到伺服驱动接口中去。

6．管理程序

当一个曲线段开始插补时，管理程序即着手准备下一个数据段的读入、译码、数据处理。即由它调用各个功能子程序，且保证一个数据段加工过程中将下一个程序段准备完毕。一旦本曲线段加工完毕，即开始下一个曲线段的插补加工。整个零件加工就是在这种周而复始的过程中完成的。

三、工作方式

了解数控机床的工作方式对于学习数控机床的操作与编程是十分重要的，各种数控机床的工作方式虽然有所不同,但基本上是类似的或相近的。下面综合 Fanuc 和 Siemens 数控系统介绍现代 CNC 系统的工作方式。

1. 返回参考点方式

数控机床开机后,在正式工作之前,必须先确定机床参考点 R,亦即确定刀具与机床原点 M 的相对位置(关于机床参考点、机床原点及坐标系统参见后面)。

机床参考点确定以后,由于参考点的位置相对于机床原点的位置是固定的(在机床出厂前由机床生产厂商精确测量确定),刀具运动就有了基准,消除机床运动过程中的随机信号。

返回参考点就是数控系统接通电源后,操作人员使机床的所有运动坐标运动到机床参考点,以后刀具的运动就以机床参考坐标系为基准。

操作过程是:接通电源后,将操作面板上的操作方式选择开关设置为返回参考点方式,然后操作各坐标轴的控制按钮,即可实现返回参考点动作。返回参考点的运动速度由机床生产厂家在机床数据中设定。数控系统在机床运动之前检查所选择的运动方向,如果按相反方向的按钮,则数控系统不动作。当到达参考点 R 后,刀具相对于机床参考点 R 的坐标值为零,并在 CRT 上显示出来,作为刀具的实际位置。因此,返回参考点也称为回零操作。

在零件加工程序中,采用返回参考点功能也能将所编程的坐标轴返回参考点。该指令可在自动加工方式和手动输入/自动加工方式中被激活,但仅在本程序段中有效,且只能包含一个坐标轴。

参考点 R 的位置一般由机械挡块位置进行粗定位,然后由光电编码器进行精确定位。

数控系统在没有完成返回参考点之前,不能进行自动加工操作。

2. 自动加工方式

自动加工方式就是数控系统根据程序员编制的零件加工程序,自动控制机床对零件进行加工的工作方式。在实际加工过程开始之前,数控系统必须作好必要的准备工作,包括:

(1) 将刀具移动到合适的位置。

(2) 将加工程序输入到数控系统的内存中。

(3) 检查和输入程序原点偏置、刀具半径和刀具长度。

在这种工作方式中,为了处理一个加工程序,数控系统按顺序逐段调用加工程序进行计算,计算过程中参考了所有相关的偏置。现代 CNC 系统一般均为多任务数控系统,当一个加工程序正在执行时,另一个加工程序可同时输入到 CNC 系统。

数控系统内存中可同时存放多个加工程序,通过键盘输入要求的加工程序号,即可从数控系统内存中选择该加工程序。选定好加工程序之后,操作启动按钮,数控系统按加工程序控制机床进行自动加工。

自动加工方式时,数控系统 CRT 的显示内容包括:加工程序号;编程设定的主轴转速和进给速度,实际的主轴转速和进给速度;主轴转速和进给速度的倍率修调;T、D、H、M 辅助功能;各坐标轴的实际位置,本程序段各坐标轴要运动的距离(Distance to go),即本程序段各坐标轴的编程目标值减去当前的实际坐标值。

除了上述显示内容外,数控系统的 CRT 还显示一些其它信息,具体操作请参考有关机床操作手册。

数控系统在进行自动程序加工过程中,通过操作进给停止按钮可以中断程序,当操作进给启动按钮时,可继续执行程序。

3. 连续点动方式

连续点动方式就是操作人员用手动而不是由程序控制机床运动,只要用手按着方向键,所选坐标轴就运动,手抬起后,所选坐标轴的运动停止。连续点动是任意的,只有在碰到机床的限位开关时才会停止,但同时最多只能移动两个坐标轴。CRT 上显示出设定的进给速度值 F,以此速度使坐标轴运动。连续点动的速度是作为机床参数由机床生产厂家预置的,但可以用进给速度倍率开关进行调整。

当加工程序被中断后,在 CRT 上能够显示出机床各坐标轴离开中断点的距离。当然刚中断时,距离为零,只有手动控制各坐标轴运动后,距离才有变化。操作员可以通过 CRT 显示连续点动机床各坐标轴,使其返回到中断点,直到中断点的距离显示为零。

连续点动工作方式可用于对刀、换刀、安装工件、测量工件以及对加工刀具进行几何数据测量。

4. 增量点动方式

增量点动方式也是用手动而不是由程序控制机床运动,只要用手按一下方向键(不管按的时间长短),对应的轴即按照方向键标示的方向移动一个增量。根据方式旋钮的设定,增量有 5 种,即 1μm、10μm、100μm、1000μm、10000μm,CRT 显示该增量值。增量点动速度同样是作为机床参数由机床生产厂家预置的,同样可以用进给倍率开关进行调整。

进给倍率开关只有当适当的接口信号由 PLC 传送到 NC 时才有效。

5. 手动输入/自动加工方式

手动输入/自动加工方式中,操作人员能够在 CNC 的控制下,一段程序一段程序地进行操作。用键盘和输入键输入一段程序,结束时用回车符"LF"。按下程序启动键,则 CNC 执行输入的程序段,并随后将其删除。在按下操作程序启动按钮之前,能够输入几个程序段,但最大总长度限制为 256 个字符,这些程序段存入数控系统的缓冲存储器中,按下程序启动按钮后,数控系统处理存入缓冲存储器中的程序,处理结束后将缓冲存储器清除,以准备接收新的数据。这种工作方式中,模态输入数据(如进给速度)将保存。模态输入数据可通过改变操作方式或复位操作予以删除。

6. 重定位方式

在加工程序中断后,例如刀具破损后,把方式旋钮从自动方式切换到连续点动或增量点动方式时,操作人员能够将刀具从工件轮廓上移开。当刀具移开时,数控系统记录下移动的距离作为重定位偏差值(REPOS Offset)。在重定位方式中,能够用方向键将刀具移动到中断点。相反方向键是不起作用的,到达中断点后,运动自动停止,不可能超过中断点,运动过程中重定位偏差值不断变化,到达中断点后,其值变为零。在同一时刻,最多只能有两个轴运动。进给倍率开关有效,快速移动开关无效。

在更换刀具以后,假若所换上的刀具与前一把刀具的几何尺寸和安装方式完全相同,可用此工作方式将刀具回到中断点,并可继续加工。若换上的刀具与前一把刀具不同,则应该采用程序段搜索的方式回到中断点。

第六节　数控系统的插补原理

数控加工程序提供了刀具运动的起点、终点和运动轨迹,而刀具怎样从起点沿运动轨迹走向终点则由数控系统的插补装置或插补软件来控制。实际加工中,被加工零件的轮廓种类很多,严格说来,为了满足加工要求,刀具运动轨迹应该准确地按零件的轮廓形状生成。然而,对于复杂的曲线轮廓,直接计算刀具运动轨迹非常复杂,计算工作量很大,不能满足数控加工的实时控制要求。因此,在实际应用中,是用一小段直线或圆弧去逼近(或称为拟合)零件轮廓曲线,即通常所说的直线和圆弧插补。某些高性能的数控系统中,还具有抛物线、螺旋线插补功能。

在早期的数控系统中,插补是由专门的硬件数字电路完成的。而在现代 CNC 系统中,常用的插补实现方法有两种:一种由硬件和软件的结合来实现;另一种全部采用软件实现。

插补的任务就是根据进给速度的要求,完成在轮廓起点和终点之间的中间点的坐标值计算。对于轮廓控制系统来说,插补运算是重要的计算任务。插补对机床控制系统必须是实时的。插补运算速度直接影响系统的控制速度,而插补计算精度又影响到整个 CNC 系统的精度。人们一直在努力探求计算速度快同时计算精度又高的插补算法。目前普遍应用的插补算法分为如下两大类:

1. 脉冲增量插补

脉冲增量插补法适用于以步进电动机为驱动装置的开环数控系统,这类插补算法的特点是每次插补的结果仅产生一个行程增量,以一个个脉冲的方式输出给步进电动机。脉冲增量插补的实现方法较简单,通常仅用加法和移位就可完成插补,容易用硬件来实现,而且用硬件实现这类运算的速度很快。但在 CNC 系统一般用软件来完成这类算法。但用软件来完成一方面速度低,另一方面精度也会下降。所以它仅仅适用于中等精度和中等速度、以步进电机为执行机构的机床数控系统。

2. 数据采样插补

适用于闭环和半闭环以直流或交流伺服电机为执行机构的 CNC 系统。这种方法是将加工一段直线或圆弧的时间划分为若干的插补周期,每经过一个插补周期就进行一次插补运算,算出在该插补周期内各坐标轴的进给量,边计算,边加工,若干次插补周期后完成一个曲线段的加工,即从曲线段的起点到终点。对于曲线插补,插补步长越短,插补精度越高。显然,插补周期越短,插补精度越高;进给速度越快,插补精度越低。

第七节　数控机床的坐标系统

一、机床坐标系与运动方向

规定数控机床坐标轴及运动方向,是为了准确地描述机床运动,简化程序的编制,并使所编程序具有互换性。目前国际标准化组织已经统一了标准坐标系,我国原机械工业部也颁布了 JB3051—1982 数控标准《数控机床坐标和运动方向的命名》,它与 ISO 等效。对数控机床的坐标和运动方向作了明文规定。

(1) 刀具相对于静止的工件而运动的原则。这一原则使编程人员在不知道机床是刀具运动还是工件运动的情况下,就可依据零件图样,确定机床的加工过程。

(2) 坐标系的规定。为了确定机床的运动方向、移动的距离,要在机床上建立一个坐标系,这个坐标系就是标准坐标系,也叫机床坐标系。在编制程序时,以该坐标系来规定运动的方向和距离。

数控机床上的坐标系是采用右手笛卡儿直角坐标系。如图 1-6 所示,大拇指的方向为 X 轴的正方向,食指为 Y 轴的正方向,中指为 Z 轴正方向。如图 1-7 所示,分别给出了卧式车床、立式铣床、卧式铣床和加工中心的标准坐标系。

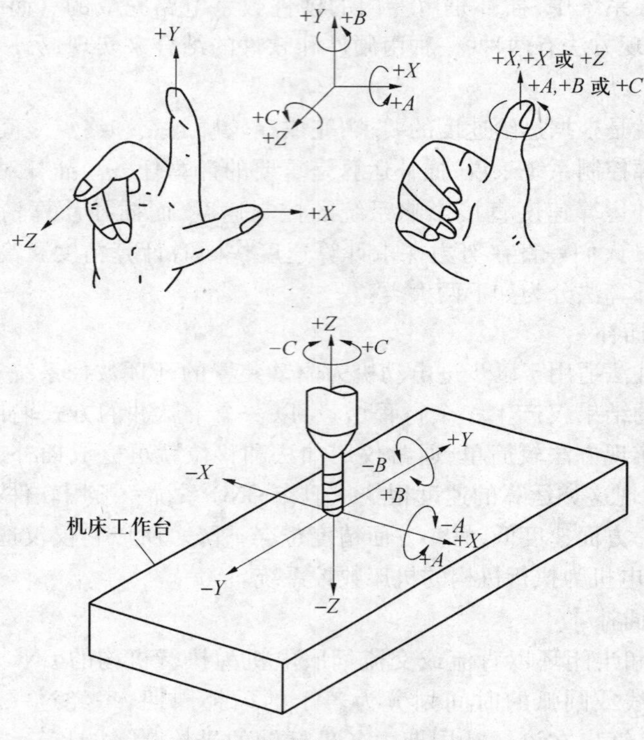

图 1-6 右手笛卡儿直角坐标系

(3) 运动方向的确定。JB3051—1982 中规定:机床某一部件运动的正方向是增大工件和刀具之间距离的方向。

① Z 坐标的运动。是由传递动力的主轴所决定的。平行于机床主轴的坐标轴即为 Z 坐标,如图 1-7 所示。如果没有主轴(如牛头刨床),Z 轴垂直于工件装夹面。Z 坐标的正方向为刀具远离工件的方向。

② X 坐标的运动。X 坐标是水平的,它平行于工件的装夹面。这是在刀具或工件定位平面内运动的主要坐标。对于工件旋转的机床(如车床、磨床等),X 坐标的方向是在工件的径向上,且平行于横滑座,以刀具离开工件旋转中心的方向为 X 轴正方向。对于刀具旋转的机床(如铣床、镗床、钻床等)作如下规定:如 Z 坐标是水平时(卧式),沿着刀

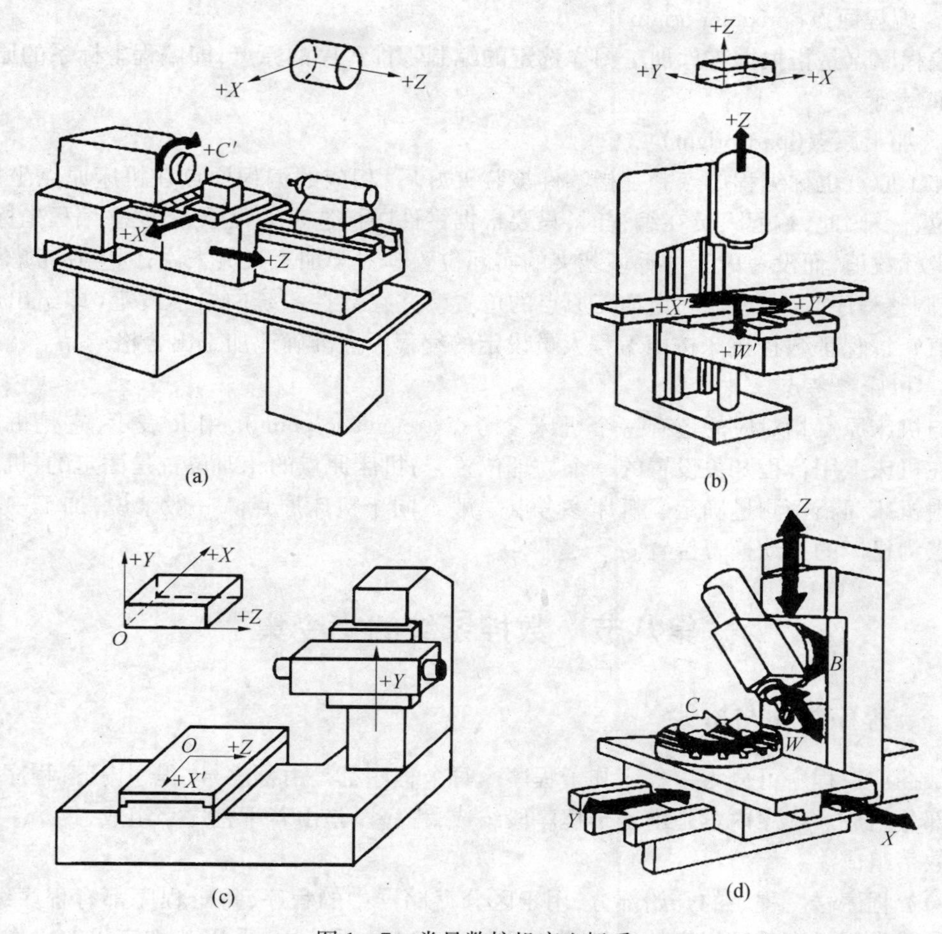

图 1－7　常见数控机床坐标系

（a）卧式车床坐标系；（b）立式铣床坐标系；（c）卧式铣床坐标系；（d）加工中心的坐标系。

具主轴后端往工件方向看时，向右为 $+X$ 运动方向；当主轴垂直时（立式），面对机床主轴看立柱，向右为 $+X$，如图 1－7 所示。

③ Y 坐标的运动。Y 坐标轴垂直于 X、Z 坐标轴，Y 运动的正方向根据 X 和 Z 坐标的正方向，按右手直角坐标系来判断。

④ 旋转运动 A、B 和 C，A、B 和 C 相应地表示其轴线平行于 X、Y 和 Z 坐标的旋转运动。A、B 和 C 的正方向，相应地表示在 X、Y 和 Z 坐标正方向上按照右手螺旋前进的方向。

二、坐标系的原点

在确定了机床各坐标轴及方向后，就应进一步确定坐标系原点的位置。

1. 机床原点

机床原点（machine origin 或 home position）是指在机床上设置的一个固定点，即机床坐标原点，并用 M 表示。它在机床装配、调试时就已确定下来了，该点是编程的绝对零点，也是机床各轴的返回点，是数控机床进行加工运动的基准参考点。

2. 编程原点(program origin)

编程原点是指根据零件加工图样选定的编制零件程序的原点,即编程坐标系的原点,并用 W 表示。

3. 加工原点(part origin)

加工原点也称编程原点。是指零件被装夹好后,相应的编程原点在机床原点坐标系中的位置。因此,编程人员在编程时,只要根据零件图样选定编程原点、建立编程坐标系、计算坐标数值,而没考虑工件毛坯装夹的实际位置。对于加工人员来说,则应在考虑装夹工件、调整程序时,合理地确定加工原点的位置。并在数控系统中给予设定(即给出原点设定值),以保证数控机床按照编程人员设定的编程原点准确地加工出合格产品。

4. 机床参考点

与机床原点相对应的还有一个机床参考点(reference point),用 R 表示,它是机床制造商在机床上用行程开关设置的一个物理位置,与机床原点的相对位置是固定的,机床出厂前由机床商精密测量确定。机床参考点一般不同于机床原点。一般来说,加工中心的参考点为机床的自动换刀位置。

第八节 数控系统的指令集

一、程序结构与格式

数控加工程序可分为主程序和子程序。每个程序都是由程序号、程序内容、程序结束三大部分组成。程序内容是由若干程序段组成,程序段是由若干程序字组成,每个字由字母或数字组成。

(1) 程序号。程序的开始部分,用于区分存储器中的程序,每个程序都有程序编号,在编号前常用机床系统规定的地址码。例如,FANUC 系统中,采用英文字母“O”作为编号地址。

(2) 程序内容。由若干程序段组成,每个程序段由一个或若干指令组成,表示数控机床要完成的全部动作。

(3) 程序结束。以程序指令 M02 或 M30 作为程序的结束符号,来结束整个程序。

数控加工程序是由各种功能字按规定的格式组成的。正确地理解各个功能字的含义是编好数控加工程序的关键。目前数控机床种类较多,系统类型也各有不同,但编程指令基本相同,只是在个别指令上有差异,编程时可参考机床编程手册。本节介绍常见的编程指令。

二、绝对尺寸与增量尺寸指令

绝对尺寸——指在指定的坐标系中,机床运动位置的坐标是相对于坐标原点给出的。

增量尺寸——指机床运动位置的坐标值是相对于前一位置给出的。

在加工程序中,绝对尺寸和增量尺寸有两种表达方式。

一种是用 G 指令作规定,一般用 G90 指令绝对尺寸,用 G91 指令增量尺寸,这是一对模态(续效)指令。这类表达方法有两个特点:一是绝对尺寸和增量尺寸在同一程序段内只能用一种,不能混用;二是无论是绝对尺寸还是增量尺寸在同一轴向的尺寸字是相同的,如 *X* 向都是 *X*。第二种不用 G 指令作规定,而直接用符号区分是绝对尺寸还是增量尺寸。例如 *X*、*Y*、*Z* 向的绝对尺寸地址分别用 *X*、*Y*、*Z*,而增量尺寸的地址分别用 *U*、*V*、*W*。这种表达方法有两个特点:一是不但在同一程序中,而且在同一程序段中,绝对尺寸与增量尺寸可以混用,这给编程带来了很大的方便。另一个特点是两种尺寸属于哪一种一目了然,而无须去看它前面的是 G90 还是 G91,这样可以减少编程中的差错。

三、坐标系的确定指令

1. 工件坐标系设定指令 G92/G50

G92/G50 指令是规定工件坐标系原点的指令。通过该指令可设定起刀点即程序开始运动的起点,从而建立加工坐标系。但该指令只是设定坐标系,机床(刀具或工作台)并未产生运动。G92 用于数控铣床,G50 用于数控车床。

编程格式:G92 X ____ Y ____ Z ____;

G50 X ____ Z ____;

X、*Y*、*Z* 是刀位点在工件坐标系中的位置。

注意:

(1) 用这种方法设置的加工原点是随着刀具起始点位置的变化而变化的。

(2) 现代数控机床一般可用预置寄存的方法设定坐标,也可以用 CRT/MDI 手工输入方法设置加工坐标系。

(3) G92、G50 均为模态指令,其设定值在重新设定前一直有效。

2. 绝对零点偏置 G54 ~ G59

通过 G54 ~ G59 可设置工件零点在机床坐标系中的位置(工件零点以机床零点为基准的偏移量)。工件装夹到机床上后,通过对刀求出偏移量,并经操作面板输入到规定的数据区,程序可以通过选择相应的功能 G54 ~ G59 激活此值。

图 1-8 所示为工件坐标系与机床坐标系之间的关系,假设编程人员使用 G54 工件

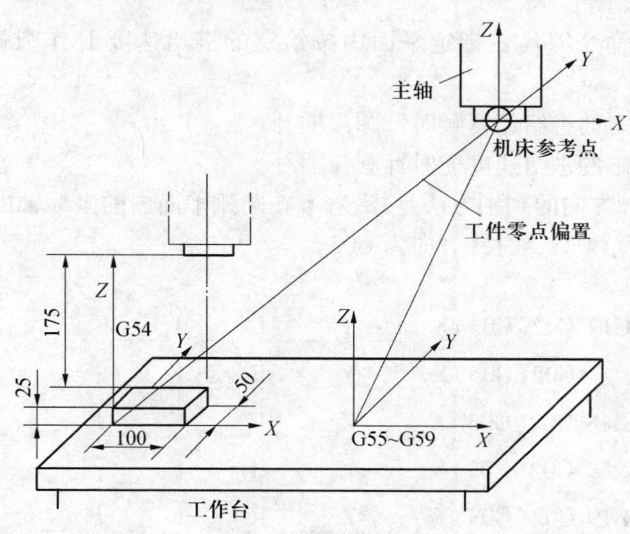

图 1-8 工件坐标系与机床坐标系

坐标系编程，并要求刀具运动到工件坐标系中 X100.0 Y50.0 Z200.0 的位置。

程序可以写成：G90 G54 G00 X100.0 Y50.0 Z200.0；

四、坐标平面选择指令——G17、G18、G19

坐标平面选择指令是用来选择圆弧插补和刀具补偿平面，而与直线移动无关。其中 G17 指令机床进行 *XY* 平面的加工，G18、G19 分别为 *ZX*、*YZ* 平面上的加工。在数控车床上一般默认为在 *ZX* 平面内加工；在数控铣床上，数控系统一般默认为在 *XY* 平面内加工。若要在其它平面上加工则应使用坐标平面选择指令。

程序格式：G17/G18/G19

五、快速点定位指令—G00

该指令命令刀具以点位控制方式从刀具所在点快速移动到下一个目标位置。

程序格式：G00 X ____ Y ____ Z ____；

格式中 *X*、*Y*、*Z*——刀具目标位置的坐标值。

注意：

(1) 使用 G00 时，刀具的实际运动路线一般不是直线，而是两条或三条直线段的组合。忽略这一点，就易发生撞刀，在快速状态下碰撞是危险的。

(2) 使用 G00 指令时，机床的进给率是由机床参数设定的，G00 是模态指令。

六、直线插补指令——G01

该指令命令刀具按给定的进给速度作直线运动。

程序格式：G01 X ____ Y ____ Z ____ F ____；

格式中 *X*、*Y*、*Z*——刀具运动终点坐标值。F——给定的进给速度。

七、圆弧插补指令——G02、G03

圆弧插补指令命令刀具在指定平面内按给定的进给速度 F 作圆弧运动，切出圆弧轮廓。

G02 表示按指定的进给速度顺时针圆弧插补。

G03 表示按指定的进给速度逆时针圆弧插补。

圆弧顺、逆时针方向的判别方法是：沿着不在圆弧平面内的坐标轴由正方向往负方向看去，顺时针方向为 G02，逆时针方向为 G03。

程序格式：

在 *XY* 平面内 G17 G02(G03)X ____ Y ____ I ____ J ____ F ____；

G02(G03)X ____ Y ____ R ____ F ____；

在 *ZX* 平面内 G18 G02(G03)X ____ Z ____ I ____ K ____ F ____；

G02(G03)X ____ Z ____ R ____ F ____；

在 *YZ* 平面内 G19 G02(G03)Y ____ Z ____ J ____ K ____ F ____；

G02(G03)Y ____ Z ____ R ____ F ____；

格式中 X、Y、Z——圆弧终点的坐标值。R——圆弧半径，当圆心角 $\alpha \leq 180°$ 用"$+R$"表示，如图 1-9 中的圆弧 1；$\alpha > 180°$ 时，用 $-R$ 表示，如图 1-9 中的圆弧 2。

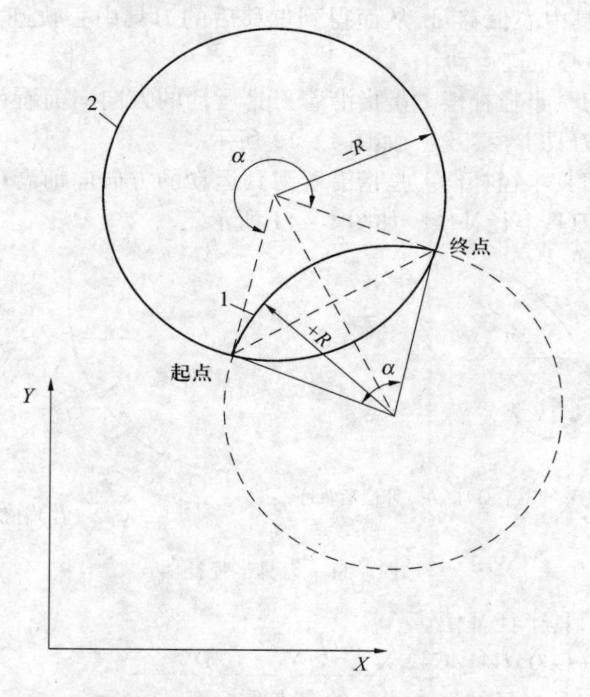

图 1-9 圆弧插补 $+R$ 与 $-R$ 的区别

I、J、K——指定圆弧的圆心位置，是从圆弧起点开始到圆心的坐标增量尺寸。参看图 1-10。用半径 R 指定圆心位置时，不能描述整圆。只能用 I、J、K 指定圆心的方式加工整圆。

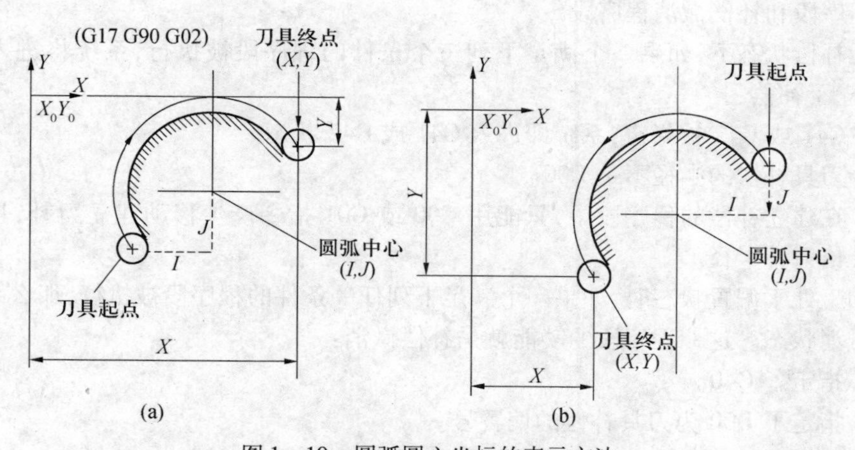

图 1-10 圆弧圆心坐标的表示方法

(a) XY 平面(G17 G90 G02)；(b) XY 平面(G17 G90 G03)。

八、刀具半径补偿指令——G40、G41、G42

编程人员在编程时，假设刀具半径为零，直接根据零件的轮廓形状进行编程。但在实际加工过程中,刀具半径是存在的,同样的程序,使用不同半径的刀具,加工出的零件会出现比例变化。为此将实际的刀具半径值存放在刀具半径偏置寄存器中,加工时,数控系统便自动地计算出刀具中心偏移量,从而得到偏移后的刀具中心轨迹,在程序不变的情况下,使系统按刀具中心轨迹运动。

G41——左偏刀具半径补偿。是指沿着刀具运动的方向向前看(假设工件不动),刀具位于零件左侧的刀具半径补偿。如图 1-11 所示。

G42——右偏刀具半径补偿。是指沿着刀具运动的方向向前看(假设工件不动),刀具位于零件右侧的刀具半径补偿。如图 1-11 所示。

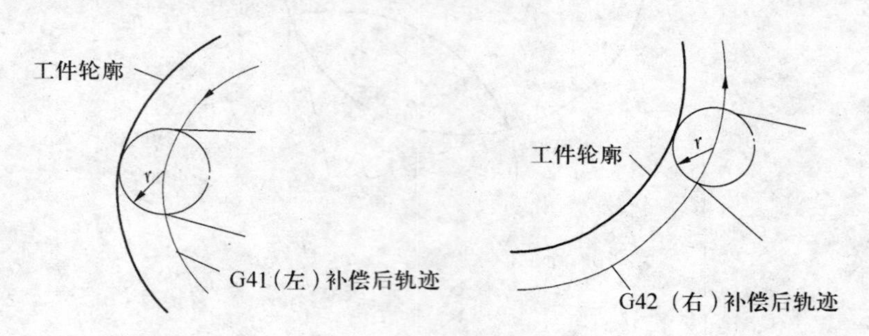

图 1-11　刀具半径补偿

G40——取消刀具半径补偿。

程序格式:G01(G00)G41/G42 X ____ Y ____ D ____;

X、*Y*——建立刀具半径补偿直线段的终点坐标值。

D——刀具半径偏置代号,后面一般用两位数字表示代号,*H* 代号中存放刀具半径值作为偏置量。

刀具补偿过程的运动轨迹分为三个组成部分:形成刀具补偿建立补偿程序段、零件轮廓切削程序段和补偿撤消程序段。

在无补偿状态下,如果一个满足下列三个条件的程序段被执行,系统将进入偏置状态,并建立了补偿:

(1) G41 或 G42 被指定,系统即进入 G41 或 G42 状态。

(2) 刀具补偿的半径不是 D00。

(3) 在建立补偿的程序段中,只能用 G00 或 G01 指令产生移动建立刀补,且移动量要大于 2 倍刀补半径。

当加工处于偏置状态时,如果一个满足下列任一条件的程序段被执行,那么系统就进入补偿撤消状态。这一程序段的功能就是补偿撤消:

(1) 指定了 G40。

(2) 指定了 D00 为刀具补偿的偏置号。

刀具半径补偿的终点应放在刀具切出以后,否则会发生碰撞。

注意的几个问题:

(1) 偏置量一般是在补偿撤消状态下,通过重新设定偏置量进行改变,也可以在已偏置状态下改变。

(2) 在使用刀具补偿的过程中,偏置符号如果为负,那么 G41 和 G42 指令将相互取代,偏移量也将相反。

九、刀具长度补偿指令——G43、G44、G49

在程序编制中,程序员可以不必考虑刀具的实际长度以及各把刀具不同的长度尺寸,使用刀具长度补偿指令,用手工输入刀具长度尺寸,由数控系统自动地计算出刀具在长度方向上的位置进行加工。另外在刀具磨损、更换新刀或刀具安装有误差时,也可以使用刀具长度补偿指令。

G43——刀具长度正补偿

G44——刀具长度负补偿

G49——取消刀具长度补偿

编程格式:G01 G43/G44 Z____H____;

无论是采用绝对方式还是增量方式,在程序执行中,都是将存放在偏置地址 *H* 中的偏置量与 *Z* 坐标的尺寸进行运算,按其结果进行 *Z* 坐标的移动。使用 G43 指令时,是将 *H* 中的值加到 *Z* 向尺寸上;使用 G44 指令时,是从 *Z* 坐标尺寸中减去 *H* 中的数值。如图 1－12所示。

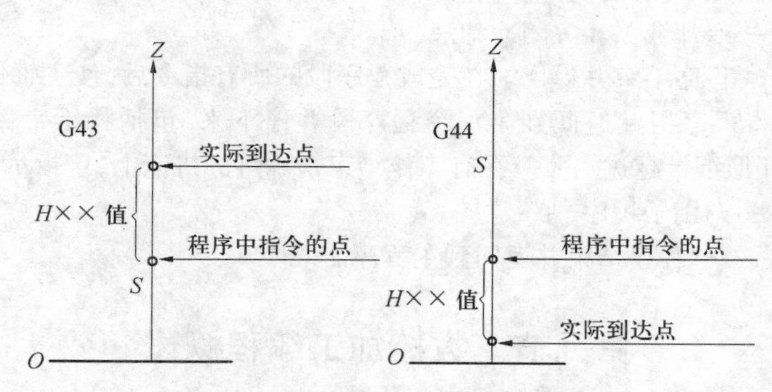

图 1－12　刀具长度补偿原理图

十、刀具功能、进给功能与主轴转速功能

(1) T 功能——刀具功能。Tnn 代码用于选择刀具库中的刀具,但并不执行换刀操作,M06 用于起动换刀操作。Tnn 不一定要放在 M06 之前,只要放在同一程序段中即可(在有的数控车床上,T 具有换刀功能)。

(2) S 功能——主轴速度功能。S 代码后的数值为主轴转速,要求为整数,速度范围:从 1 到最大的主轴转速。在零件加工之前一定要先启动主轴运转(M03 或 M04)。对于数控车床,可以指定恒表面切削速度。

(3) F 功能——进给速度/进给率功能。在只有 *X*、*Y*、*Z* 三坐标运动的情况下,F 代码后面的数值表示刀具的运动速度,单位为 mm/min(对数控车床还可为 mm/r)。如果运动坐标有转角坐标 *A*、*B*、*C* 中的任何一个,则 F 代码后的数值表示进给率,即 $F = 1/\Delta t$,Δt 为走完一个程序段所需要的时间,F 的单位为 1/min。在程序启动第一个 G01 或 G02 或 G03 功能时,必须同时启动 F 功能。当前 F 值在下一个新的 F 值之前保持不变。

十一、辅助功能——M 功能

辅助功能指令亦称"M"指令,由字母 M 和其后的两位数字组成,从 M00 - M99,共 100 种。这类指令主要是用于机床加工操作时的工艺性指令。常用的 M 指令有:

(1) MOO——程序停止。在执行完 MOO 指令程序段之后,主轴停转、进给停止、冷却液关闭、程序停止。当重新按下机床控制面板上的循环启动(cycle start)按钮之后,继续执行下一程序段。

(2) M01——选择程序停止。该指令的作用与 MOO 相似。所不同的是,必须在操作面板上,预先按下"任选停止"按钮,当执行完 M01 指令程序段之后,程序停止;如果不按下"任选停止"开关,则 M01 指令无效。

(3) M02——程序结束。该指令用于程序全部结束,命令主轴停转、进给停止及冷却液关闭。常用于机床复位及纸带倒回到"程序开始"字符。

(4) M03、M04、M05。分别为主轴顺时针旋转、主轴逆时针旋转及主轴停止。

(5) M06——换刀。用于具有刀库的数控机床(如加工中心)的换刀功能。

(6) M08——冷却液开。打开冷却液。

(7) M09——冷却液关。关闭冷却液。

(8) M30——程序结束并返回。在完成程序段的所有指令后,使主轴停转、进给停止和冷却液关闭,将程序指针返回到第一个程序段并停下来,包括将纸带倒回到"程序开始"字符,或使环形纸带越过接头。在有工作结束指示灯的机床上,该指示灯点亮。

(9) M98——调用子程序。

(10) M99——子程序结束并返回到主程序。

第九节　数控加工编程概述

一、数控编程的定义

生成用数控机床进行零件加工的数控程序的过程,称为数控编程(NC Programming),有时也称为零件编程(Part Programming)。

数控编程可以手工完成,即手工编程(Manual Programming),也可以由计算机辅助完成,即计算机辅助数控编程(Computer Aided NC Programming)。

采用计算机辅助数控编程需要一套专用的数控编程软件,现代数控编程软件主要分为以批处理命令方式为主的各种类型的 APT 语言和以 CAD 软件为基础的交互式 CAD/CAM—NC 编程集成系统。

二、数控编程的步骤

现代数控机床都是按照事先编制好的零件数控加工程序自动地对工件进行加工的。理想的加工程序不仅应保证加工出符合图样要求的合格零件,同时应能使数控机床的功能得到合理的利用与充分的发挥,以使数控机床能安全可靠及高速地工作。

在进行数控编程之前,编程员应了解所用数控机床的规格、性能、CNC 系统所具备的功能及编程指令格式等。编制程序时,应先对图样描述的零件几何形状、尺寸及工艺要求进行分析,确定加工方法和加工工艺。包括加工工序、刀具、加工路线、切削参数等,再进行数值计算,获得刀位数据。然后按数控机床规定的代码和程序格式,将工件的尺寸、刀位数据、加工路线、切削参数(主轴转速、进给速度、切削深度等)以及辅助功能(换刀、主轴正转、反转、冷却液开、关等)编制成加工程序,并输入数控系统,由数控系统控制机床自动地进行加工。

一般来说,数控编程过程主要包括:分析零件图样、工艺处理、数学处理、编写程序单、输入数控系统及程序检验。如图 1-13 所示。

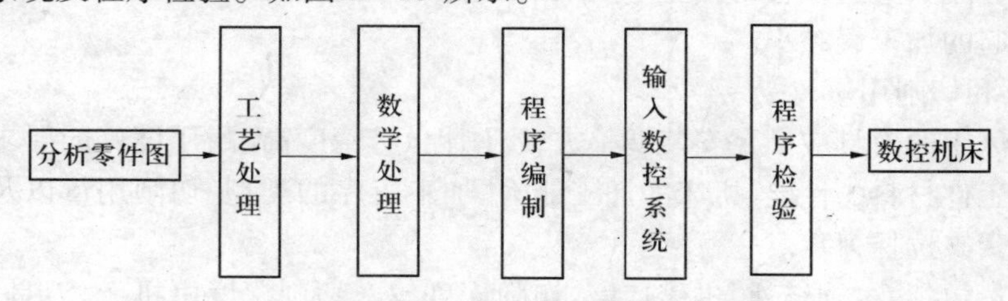

图 1-13　数控编程过程

数控编程的具体步骤与要求如下。

(一) 分析零件图样和工艺处理

这一步骤的内容包括:对零件图样进行分析以明确加工的内容及要求,确定加工方案、选择合适的数控机床、设计夹具、选择刀具、确定合理的走刀路线及选择合理的切削用量等。工艺处理涉及的问题很多,编程人员需要注意以下几点:

1. 工艺方案及工艺路线

数控机床上确定工艺方案、工艺路线的原则是:

(1) 应考虑数控机床使用的合理性及经济性,并充分发挥数控机床的功能。

(2) 保证零件的加工精度和表面粗糙度要求。

(3) 尽量缩短加工路线,减少空行程时间和换刀次数,以提高生产率。

(4) 尽量使数值计算方便,程序段少,以减少编程工作量。

(5) 合理选取起刀点、切入点和切入方式,保证切入过程平稳,没有冲击。

(6) 保证加工过程的安全性,避免刀具与非加工面的干涉。

在连续铣削平面零件内外轮廓时,应安排好刀具的切入、切出路线。尽量沿轮廓曲线的延长线切入、切出,以免交接处出现刀痕。

在划分工序时,除了按“先粗后精”、“先面后孔”等原则保证零件质量外。常用“刀具集中”的方法,即用一把刀加工完相应各部位,再换另一把刀加工相应的其它部位,以减少空行程和换刀时间。

2. 零件的安装与夹具选择

数控机床上安装零件,应考虑以下几点:

(1) 尽量选择通用、组合夹具,一次安装中把零件的所有加工面都加工出来,零件的定位基准与设计基准重合,以减少定位误差。使用组合夹具,生产准备周期短,夹具零件可以反复使用,经济效果好。

(2) 应特别注意要迅速完成工件的定位和夹紧过程,以减少辅助时间,必要时可以考虑采用专用夹具。

(3) 所用夹具应便于安装，便于协调工件和机床坐标系的尺寸关系。

3. 正确地选择编程原点和编程坐标系

对于数控机床来说，程序编制时，正确地选择编程原点及编程坐标系是很重要的。编程坐标系是指在数控编程时，在工件上确定的基准坐标系，其原点也是数控加工的对刀点。编程原点及编程坐标系的选择原则如下：

(1) 所选的编程原点及编程坐标系应使程序编制简单。

(2) 编程原点应选在容易找正、并在加工过程中便于检查的位置。

(3) 引起的加工误差小。

4. 刀具和切削用量

数控机床用的刀具应满足安装调整方便、刚性好、精度高、耐用度好的要求。选择刀具时应根据工件材料的性能、机床的加工能力、加工工序的类型、切削用量以及其它与加工有关的因素来选择刀具。

切削用量包括：主轴转速、进给速度、切削深度等。切削深度由机床、刀具、工件的刚度确定，在刚度允许的条件下，粗加工取较大切削深度，以减少走刀次数，提高生产率；精加工取较小切削深度，以获得表面质量。主轴转速由机床允许的切削速度及工件直径选取。进给速度则按零件加工精度、表面粗糙度要求选取，粗加工取较大值，精加工取小值。最大进给速度受机床刚度及进给系统性能限制。

(二) 数学处理

在完成了工艺处理的工作之后，下一步需根据零件的形状、尺寸、走刀路线，计算出零件轮廓线上各几何元素的起点、终点、圆弧的圆心坐标。若数控系统无刀补功能，则应计算刀心轨迹。当用直线、圆弧来逼近非圆曲线时，还应计算曲线上各点的坐标值，以获得刀位数据。

(三) 编写零件加工程序单及程序检验

在完成上述工艺处理和数值计算之后，编程员使用数控系统的程序指令，按照规定的程序格式，逐段编写零件加工程序单。编程员应对数控机床的性能、程序指令及代码非常熟悉，才能编写出正确的零件加工程序。对于形状复杂(如空间自由曲线、曲面)、工序很长、计算烦琐的零件需采用计算机辅助数控编程。

程序编写好之后，可通过键盘直接将程序输入数控系统，比较老一些的数控机床需要制作控制介质(穿孔带)，再将控制介质上的程序输入数控系统。对有图形显示功能的数控机床，可进行图形模拟加工，检查刀具轨迹是否正确。对无此功能的数控机床可进行空运转检验。但这种检验方法只能检验刀具运动轨迹的正确性，不能检验对刀误差和某些计算误差引起的加工误差以及加工精度。

三、数控编程的方法

数控编程的分类方法有多种，大致可归纳为：

(1) 根据编程地点进行分类：办公室或车间。

(2) 根据编程计算机进行分类：CNC 内部计算机、个人计算机(PC)或工作站(workstation)等。

(3) 根据编程软件进行分类:CNC 内部编程软件、APT 语言或 CAD/CAM 集成数控编程软件等。

采用集成的面向车间编程(Worksho Poriented Programming,WOP)的 CNC 系统进行编程是在机床上进行的,对于简单零件的编程及程序的局部修改十分有效,整个过程都是在以图像支持为基础的菜单及命令交互方式下完成的,而编程方法则属于手工编程的范畴。下面主要探讨手工编程、APT 语言自动编程和 CAD/CAM 集成系统的数控编程。

1. 手工编程

指编制零件数控加工程序的各个步骤,即从零件图样分析、工艺处理、确定加工路线和工艺参数、几何计算、编写零件的数控加工程序单直至程序的检验,均由人工来完成。

对于点位加工和几何形状不太复杂的零件,数控编程计算较简单,程序段不多,手工编程即可实现。但对轮廓形状不是由简单的直线、圆弧组成的复杂零件,特别是空间复杂曲面零件以及几何元素虽不复杂但程序量很大的零件,计算及编写程序则相当繁琐,工作量大,容易出错,且很难校对,采用手工编程是难以完成的。因此,为了缩短生产周期,提高数控机床的利用率,有效地解决各种模具及复杂零件的加工问题,采用手工编程已不能满足要求,而必须采用自动编程方法。

2. APT 语言自动编程

APT 是一种自动编程工具(Automaficallv Programrned Tools)的简称,是一种对工件、刀具的几何形状及刀具相对于工件的运动等进行定义时所用的一种接近于英语的符号语言。把用 APT 语言书写的零件加工程序输入计算机,经计算机的 APT 语言编程系统编译产生刀位文件(CLDATA file),然后进行数控后置处理,生成数控系统能接受的零件数控加工程序的过程,称为 APT 语言自动编程示。

采用 APT 语言自动编程,由于计算机(或编程机)自动编程代替程序编制人员完成了繁琐的数值计算工作,并省去了编写程序单的工作量,因而可将编程效率提高数倍到数十倍,同时解决了手工编程中无法解决的许多复杂零件的编程难题。

3. CAD/CAM 集成系统数控编程

是以待加工零件 CAD 模型为基础的一种集加工工艺规划(process planning)及数控编程为一体的自动编程方法。其中零件 CAD 模型的描述方法多种多样,适用于数控编程的主要有表面模型(surface model)和实体模型(solid model),其中以表面模型在数控编程中应用较为广泛。以表面模型为基础的 CAD/CAM 集成数控编程系统习惯上又称为图像数控编程系统。

CAD/CAM 集成系统数控编程的主要特点是零件的几何形状可在零件设计阶段采用 CAD/CAM 集成系统的几何设计模块在图形交互方式下进行定义、显示和修改,最终得到零件的几何模型(可以是表面模型,也可以是实体模型)。数控编程的一般过程包括刀具的定义或选择、刀具相对于零件表面的运动方式的定义、切削加工参数的确定、走刀轨迹的生成、加工过程的动态图形仿真显示、程序验证直到后置处理等,一般都是在屏幕菜单及命令驱动等图形交互方式下完成的,具有形象、直观和高效等优点。

以实体模型为基础的数控编程方法比以表面模型为基础的数控编程方法较为复杂,基于后者的数控编程系统一般只用于数控编程,就是说,其零件的设计功能(或几何造型功能)是专为数控编程服务的,针对性很强,也容易使用,典型的软件系统有 MasterCAM、SurfC AM 等数控编程系统,前者则不同,其实体模型一般都不是专为数控编程服务的,甚至不是为数控编程而设计的,为了用于数控编程往往需要对实体模型进行可加工性分析,识别加工特征(machining feature)(加工表面或加工区域),并对加工特征进行加工工艺规划,最后才能进行数控编程,其中每一步可能都很复杂,需要在人机交互方式下进行。后面将以 MasterCAM 系统为例,介绍 CAD/CAM 集成数控编程系统的使用方法。

思考与复习

1. 与普通机床相比,数控机床有哪些特点?
2. 简述数控机床的应用领域。
3. 数控技术包含哪些内容?
4. 数控机床由哪几部分组成?
5. 简述数控机床的工作过程。
6. 数控机床启动后为什么要返回参考点?
7. 数控机床自动加工方式与手动输入/自动加工方式的区别是什么? 各应用在什么场合?
8. 数控机床的重定位功能有何作用?
9. 简述开环、闭环、半闭环伺服系统的区别。
10. 加工中心与普通数控机床的区别是什么?
11. 数控机床的坐标系及其方向是如何定义的?
12. 简述脉冲增量插补原理和数据采样插补原理。
13. 为什么说数控系统的插补精度与进给速度成反比关系?
14. 数控机床对伺服系统有何要求?
15. 简述机床原点、机床参考点与编程原点之间的关系。
16. 简述绝对坐标编程和增量坐标编程的区别。
17. 刀具半径补偿有何作用?
18. 常用的对刀方法有哪些?
19. 简述数控编程的步骤。
20. 简述数控编程有哪些方法?
21. 数控程序有哪些输入方式?
22. 列举国内外几种著名的数控系统。

第二章　数控车削加工及其编程

第一节　数控车床简介

一、数控车床的用途

数控车床和普通车床一样，也是用来加工轴类或盘类的回转体零件，如图 2－1 所示。能自动完成内外圆柱面、圆锥面、圆弧面、端面、螺纹等工序的切削加工，如图 2－2 所示，并能进行切槽、钻孔、镗孔、扩孔、铰孔等加工，特别适合加工形状复杂、精度要求高的轴类或盘类零件。

图 2－1　车削加工的零件种类

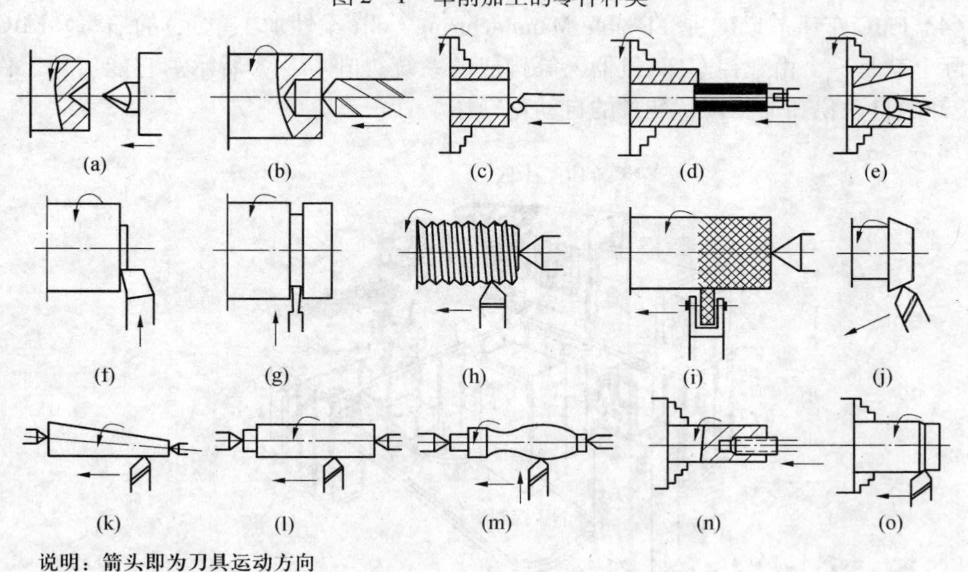

图 2－2　车床加工的典型表面

(a) 钻中心孔；(b) 钻孔；(c) 车内圆柱孔；(d) 铰孔；(e) 车内锥孔；(f) 车端面；(g) 切槽；(h) 车外螺纹；(i) 滚花；(j) 车内圆锥面；(k) 长车圆锥面；(l) 车长轴；(m) 车成形面；(n) 攻丝；(o) 车短轴。

数控车床具有加工灵活,通用性强,能适应产品的品种和规格频繁变化的特点,能够满足新产品的开发和多品种、小批量、生产自动化的要求,广泛应用于机械制造业。

二、数控车床的分类

数控车床按主轴的配置形式的不同分为立式数控车床和卧式数控车床两种类型。立式数控车床用于回转直径较大的盘类零件的车削加工;卧式数控车床用于轴向尺寸较长或小型盘类零件的车削加工。在加工生产中卧式数控车床应用较为普遍,其结构形式也较多,功能也更丰富。本教程主要针对卧式数控车床进行介绍。

卧式数控车床按数控系统功能水平的不同可进一步分为经济型数控车床、全功能型数控车床、车削加工中心和 FMC 车床。

(1) 经济型数控车床。采用步进电机和单片机对普通车床的车削进给系统进行改造后形成的简易型数控车床,成本较低,但自动化程度和功能都比较差,车削加工精度也不高,适用于要求不高的回转类零件的车削加工。

(2) 全功能型数控车床。根据车削加工要求在结构上进行专门设计并配备通用数控系统而形成的数控车床,数控系统功能强,自动化程度和加工精度也比较高,适用于一般回转类零件的车削加工。这种数控车床可同时控制两个坐标轴,即 X 轴和 Z 轴。

(3) 车削加工中心。在普通数控车床的基础上,增加了 C 轴和动力头,更高级的机床还带有刀库,可控制 X、Z 和 C 三个坐标轴,联动控制轴可以是(X、Z)、(X、C)或(Z、C)。由于增加了 C 轴和铣削动力头,这种数控车床的加工功能大大增强,除可以进行一般的车削外,还可进行径向和轴向铣削、曲面铣削、中心线不在零件回转中心的孔和径向孔的钻削等加工。

(4) FMC 车床。FMC 是 Flexible Manufacturing Cell(柔性加工单元)的缩写。FMC 车床实际上就是一个由数控车床、机器人等构成的系统,如图 2-3 所示。它能实现工件搬运、装卸的自动化和加工调整准备的自动化操作。

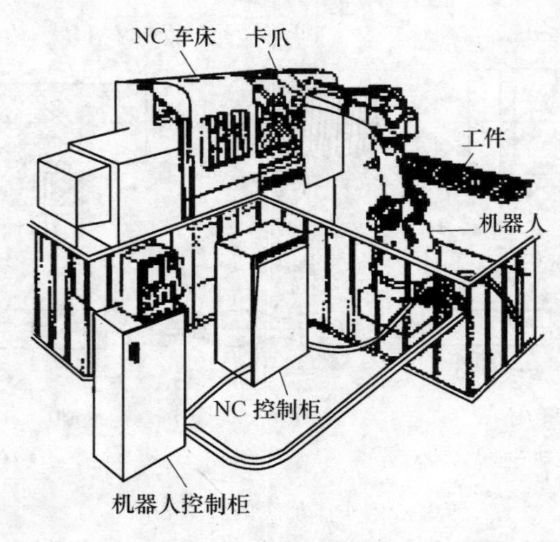

图 2-3　FMC 车床

三、数控车床的组成

数控车床由数控系统、床身、主轴、进给系统、回转刀架、操作面板和辅助系统等部分组成。如图 2－4 所示为浙江凯达生产的全功能型卧式数控车床。

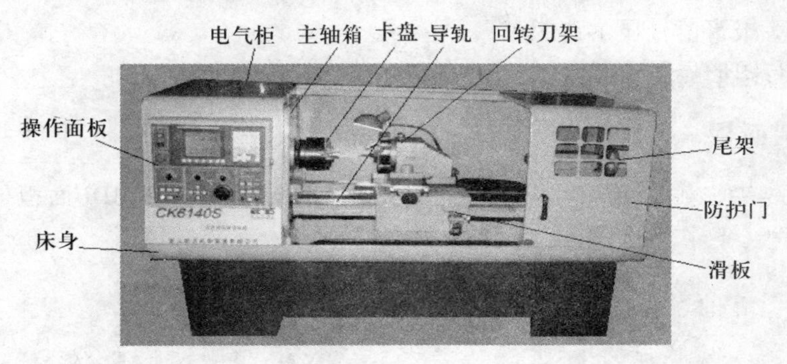

图 2－4 CK6140S 数控车床外观图

本章主要以 CK6140S 型数控车床及 FANUC O－TC 数控系统为例进行介绍。

CK6140S 型车床为两坐标连续控制卧式数控车床，车床外形如图 2－4 所示。

图中床身为平床身，床身导轨面上支承着滑板，床身的左上方安装有主轴箱，右上方安装有尾座。主轴箱前面为操作面板，后面为电气柜。滑板的导轨上安装有回转刀架，其刀盘上有 6 个工位，最多可安装 6 把刀具。滑板上分别安装有 X 轴和 Z 轴的进给传动装置。根据用户的要求，主轴箱前端面上可安装对刀仪，用于机床的机内对刀。检测刀具时，对刀仪转臂摆出，其上端的接触式传感器测头对所用刀具进行检测。检测完成后，对刀仪的转臂摆回原位，且测头被锁在对刀仪的防护罩中。

第二节 数控车床与车削加工中心的操作

本节以浙江凯达生产的 CK6140S 全功能型数控车床为例，介绍数控车床的操作。

一、简介

浙江凯达生产的 CK6140S 全功能型数控车床，采用的是 FANUC O－TC 数控系统，有 6 种工作方式，由一个工作方式旋钮开关进行选择，如图 2－5 所示。

EDIT：编辑方式

AUTO：自动加工方式

MDI：录入方式

JOG：手动方式

ZRN：回零方式（或返回参考点方式）

HANDLE：手轮方式

在以上工作方式中，都可以通过以下 6 个功能键并结合软键来选择显示方式。

图 2－5 工作方式旋钮开关

POS：位置功能键

PROG：程序功能键

OFS/SET：刀偏/设定功能键

SYSTEM：系统（参数/诊断）功能键

MESSAGE：报警信号显示功能键

CSTM/GR：图形显示功能键

二、控制面板

FANUC O－TC 数控系统的控制面板如图 2－6 所示，由 CRT/MDI 面板（上半部分）和机床操作面板（下半部分）组成。

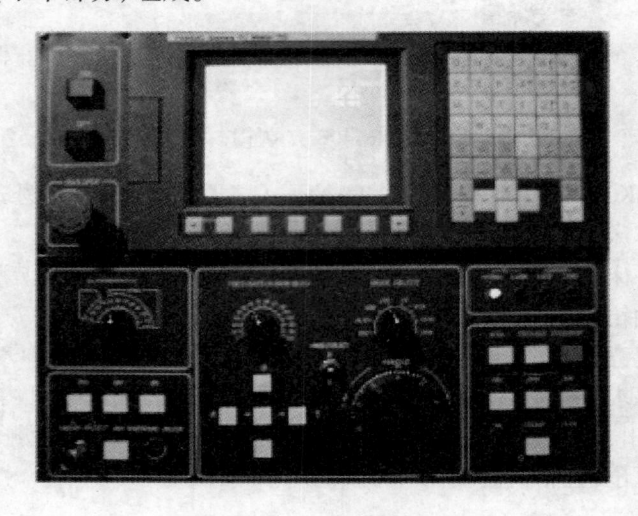

图 2－6　控制面板

（一）CRT/MDI 面板

面板中间为显示屏 CRT，CRT 左边为电源开关和紧急停按钮，右边分别布置着手动输入键盘、六个功能键、程序编辑键（包括替换 SHIFT、转换 CAN、修改 ALTER、插入 INSERT、删除 DELETE 等）、输入键 INPUT、复位键 RESET、帮助键 HELP、翻页键（包括 PAGE↑和 PAGE↓）、光标移动方向键（包括↑、↓、←、→四个方向），显示屏下部为软键（各软键的具体名称随按下的功能键而改变）。要进行各项操作，首先得选择相应的工作方式，然后选择相应的功能键，再按软键选择相应的页面。各功能键的作用如下：

1. 位置功能键 POS

按该功能键后，按对应的软键可以显示以下内容。

（1）绝对坐标。按软键【绝对】后会显示如图 2－7 所示的刀具绝对位置显示画面，该画面中的 X、Z 是刀具在工件坐标系中当前的绝对坐标，这些坐标值随刀具的移动而改变。在该画面中还显示下列内容：

- 当前程序号和当前程序段号
- 当前刀具号

- 当前进给速度
- 当前主轴速度
- 当前系统时间
- 当前工作方式
- 运行时间
- 切削时间
- 加工零件数统计
- 各软键对应的名称

（2）相对坐标。按软键【相对】后会显示的内容除坐标为相对坐标值 U、W 外，其余与绝对坐标位置显示画面相同。

（3）所有坐标。按软键【总合】后会显示如图 2－8 所示的所有坐标显示画面，所显示的内容包括：

- 刀具当前位置在相对坐标系中的坐标
- 刀具当前位置在绝对坐标系中的坐标
- 刀具当前位置在机床坐标系中的坐标

现在位置（绝对坐标） 00003 N002
X 18.768
Z −14.686
JOG F 900 加工部品数 35
运行时间 1H23M 切削时间 0H 0M 0S
ACT.F 0MM/分 S 1000 T 0101
JOG*** *** *** 09:12:56
（绝对）（相对）（总合）(HNDL)（操作）

图 2－7 刀具绝对位置显示页面

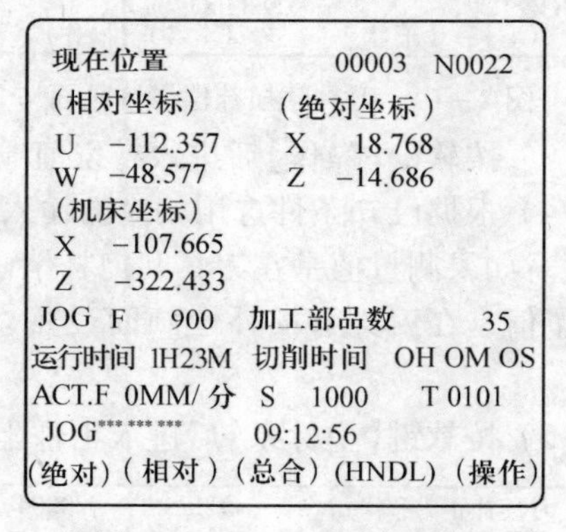

图 2－8 所有坐标显示页面

2. 程序功能键 PROG

在 AUTO、MDI 和 EDIT 模式下按该功能键后，出现如图 2－9 所示的当前执行程序画面，光标定位在当前执行程序段号上。

（1）软键【程式】。显示当前执行程序，并显示在 AUTO 或 MDI 操作方式下的模态指令。

（2）软键【MDI】。在 MDI 模式下显示从 MDI 输入的程序段和模态指令，并可进行单段程序的编辑和执行。

（3）软键【现单段】。显示当前执行的程序段。

（4）软键【次单段】。显示下一段要执行的程序。

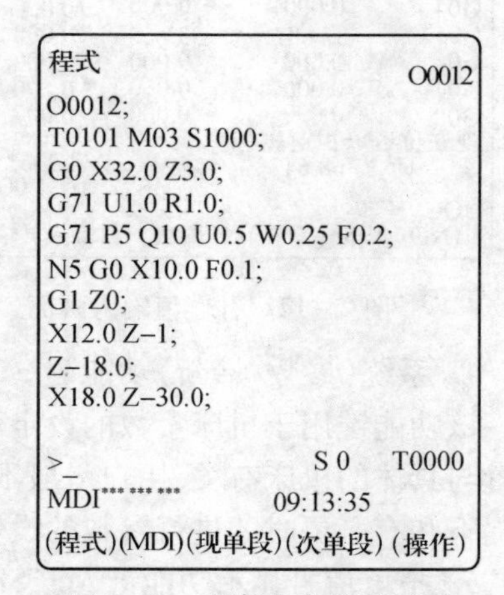

程式 O0012
O0012;
T0101 M03 S1000;
G0 X32.0 Z3.0;
G71 U1.0 R1.0;
G71 P5 Q10 U0.5 W0.25 F0.2;
N5 G0 X10.0 F0.1;
G1 Z0;
X12.0 Z−1;
Z−18.0;
X18.0 Z−30.0;
>_ S 0 T0000
MDI*** *** *** 09:13:35
(程式)(MDI)(现单段)(次单段)(操作)

图 2－9 程序内容显示页面

在 EDIT 模式下按相应的软键，可进行程序的编辑、修改、文件的查找等操作。

3. 刀偏/设定功能键 OFS/SET

按该功能键后可进行刀具补偿值的设置和显示、工件坐标系平移值设置等操作。

刀具补偿值的设置和显示步骤：

（1）在 JOG 操作模式下，按“刀偏/设定功能键 OFS/SET”，显示刀具磨损补偿画面，如图 2－10 所示。

（2）按软键【形状】后进入刀具几何补偿设置画面，如图 2－11 所示。

刀具补正/磨耗　　O1123　　N0004

番号	X	Z	R	T
W01	0.000	0.000	0.000	0
W02	0.000	0.000	0.000	0
W03	0.000	0.000	0.000	0
W04	0.000	0.000	0.000	0
W05	0.000	0.000	0.000	0
W06	0.000	0.000	0.000	0
W07	0.000	0.000	0.000	0
W08	0.000	0.000	0.000	0

现在位置（相对坐标）
U　−68.643　　W　−34.333
>_　　S　0　T 0000
JOG*** *** ***　　09:32:24
（磨耗）（形状）（　）（　）（操作）

图 2－10　刀具磨损补偿设置画面

刀具补正/形状　　O1123　　N0004

番号	X	Z	R	T
G01	−121.087	−323.666	0.000	0
G02	0.000	0.000	0.000	0
G03	0.000	0.000	0.000	0
G04	0.000	0.000	0.000	0
G05	−87.687	−331.556	0.000	0
G06	0.000	0.000	0.000	0
G07	0.000	0.000	0.000	0
G08	0.000	0.000	0.000	0

现在位置（相对坐标）
U　−68.643　　W　−34.333
>_　　S　0　T 0000
JOG*** *** ***　　09:32:24
（磨耗）（形状）（　）（　）（操作）

图 2－11　刀具几何补偿设置画面

（3）按软键【操作】后进入补偿值输入画面，如图 2－12 所示。

（4）根据已知条件选用相应的输入方法在对应位置设置刀具补偿值。

注：如果测量值是在刀具几何补偿画面设置，则所有的补偿值都成为几何补偿值；如果测量值是在刀具磨损补偿画面设置，测量值与当前几何补偿的差值成为新的磨损补偿值。

（5）按软键【坐标系】后进入工件坐标系，平移设置画面如图 2－13 所示。

刀具补正/形状　　O1123　　N0004

番号	X	Z	R	T
G01	−121.087	−323.666	0.000	0
G02	0.000	0.000	0.000	0
G03	0.000	0.000	0.000	0
G04	0.000	0.000	0.000	0
G05	−87.687	−331.556	0.000	0
G06	0.000	0.000	0.000	0
G07	0.000	0.000	0.000	0
G08	0.000	0.000	0.000	0

现在位置（相对坐标）
U　−68.643　　W　−34.333
>　　S　0　T 0000
JOG*** *** ***　　09:32:24
（NO 检索）（测量）（C 输入）（+ 输入）（输入）

图 2－12　补偿值输入画面

工件坐标系设定　　O0015　N0005
（G54）

番号		数据	番号		数据
00	X	0.000	02	X	0.000
(EXT)	Z	0.000	(G55)	Z	0.000
01	X	0.000	03	X	0.000
(G54)	Z	0.000	(G56)	Z	0.000

>　　S　0　T 0000
JOG*** *** ***　　09:43:12
（补正）（SETING）（坐标系）（　）（操作）

图 2－13　工件坐标系平移设置画面

4. 系统（参数/诊断）功能键 SYSTEM

该功能键用于机床参数的设定和显示及诊断资料的显示等。由于大部分系统参数的设置与具体的机床有关，用户一般不用改变这些参数，只有在非常了解各个参数的作用的前提下和有必要时才进行参数的设置或修改，否则会发生预想不到的后果。

5. 报警信号显示功能键 MESSAGE

该功能键主要用于数控机床操作中出现的警告信息的显示。每一条显示的警告信息都按错误编号进行分类,可以按该编号到【SYSTEM】查找其具体的错误原因和消除错误的方法。

出现警告信息后,必须先按照警告信息的编号查出产生错误的具体原因并采取措施进行消除后,按复位键恢复机床到正常状态。

6. 图形显示功能键 CSTM/GR

图形功能显示刀具在自动运行期间的移动过程。显示的方法是将编程的刀具轨迹显示在 CRT 上,以便于通过观察 CRT 上的刀具轨迹来检查加工进程。显示的图形可以放大或缩小。在显示刀具轨迹前必须设置绘图坐标参数和图形参数,如图 2－14 所示。按【图形】软键后出现刀具轨迹图形,如图 2－15 所示。

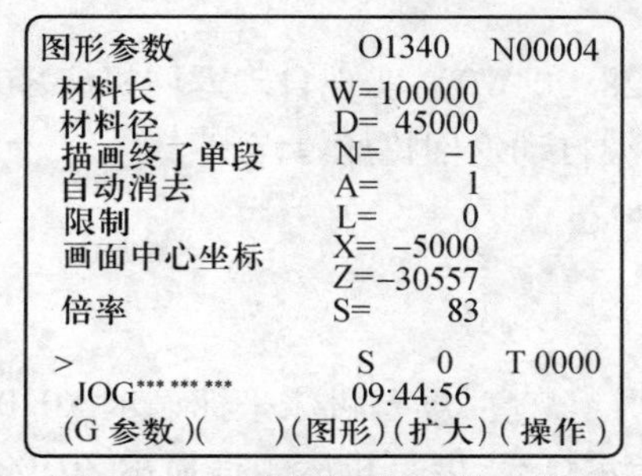

图 2－14 图形显示功能参数

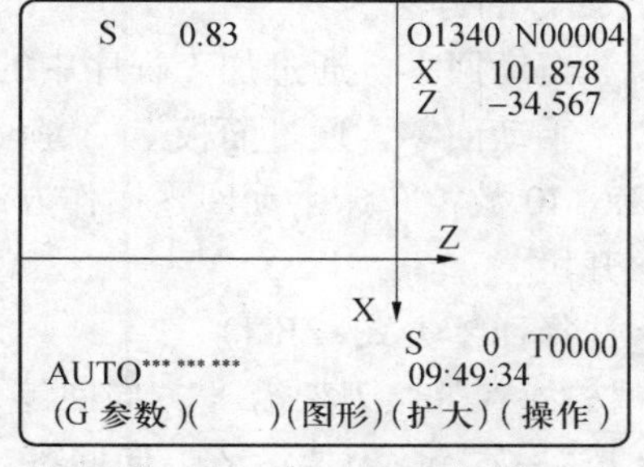

图 2－15 刀具轨迹图形显示

注:图形中虚线显示快速移动,实线显示车削进给。

(二)机床操作面板

操作面板的功能与按钮的排列与具体的数控车床型号有关,图 2－16 所示为 CK6140S 全功能型数控车床的操作面板。

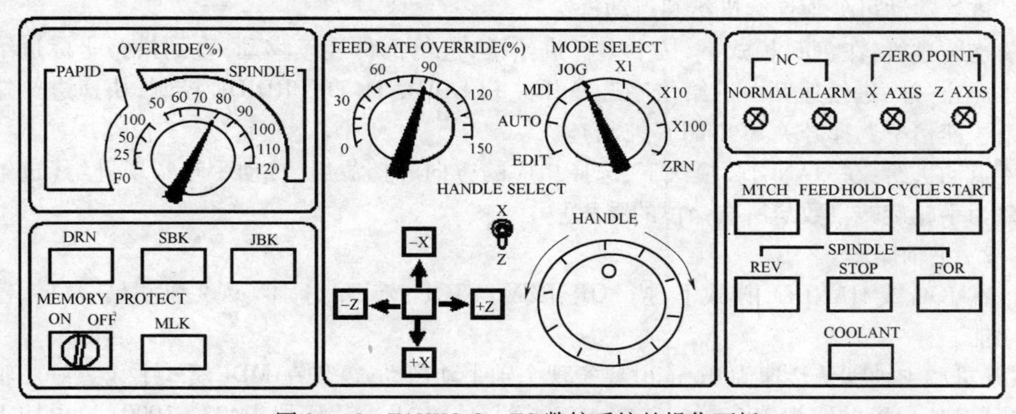

图 2－16 FANUC O－TC 数控系统的操作面板

操作面板主要由循环启动按钮(CYCLE START)、进给保持按钮(FEED HOLD)、手动进给方向按钮、程序保护锁(MEMORY PROTECT)、手轮(HANDLE)以及一系列选择性开关、辅助功能按钮、指示灯组成。其中选择性开关有模式选择开关(MODE SELECT)、进给倍率选择开关(FEED RATE OVERRIDE)、主轴倍率选择开关(RAPID)、快速倍率选择开关(SPINDLE)及手轮进给方向选择开关(HANDLE SELECT)等;辅助功能按钮有手动换刀按钮(MTCH)、主轴正转(FOR)、反转(REV)及停止(STOP)按钮、冷却液控制按钮(COOLANT)、机床锁住按钮(MLK)、跳段运行按钮(JBK)、单段运行按钮(SBK)及空运行按钮(DRN)等;指示灯有机床电源及无故障指示灯(NORMAL)、报警指示灯(ALARM)、回零结束指示灯(ZERO POINT)。

三、机床操作

(一) 回零操作

1. 回零的目的

一般数控机床说明书规定,开机后先回零再进行对刀、自动加工等操作,并定期回零。这是因为开机后回零可消除屏幕显示的随机动态坐标,使机床有个绝对的坐标基准;在连续重复的加工以后,回零可消除进给运动部件的坐标积累误差。

2. 回零的方法

(1) 自动回零。通过加工程序中的指令(如 G28 U0 W0),实现自动返回机床零点。

(2) 手动回零。通过面板上的键盘操作,使各轴自动返回机床零点。

CK6140 数控车床手动回零操作方法如下:

- 开机
- 选择回零方式(ZRN)
- 按"+X"键,刀架沿 X 方向回零,回零后 X 指示灯亮,屏幕机床坐标显示 X0.000
- 按"+Z"键,刀架沿 Z 方向回零,回零后 Z 指示灯亮,屏幕机床坐标显示 Z0.000
- 回零完毕

(二) 手动操作

数控机床通过面板的手动操作,可完成进给、主轴、刀具、冷却等功能。

1. 进给操作

进给运动可分为连续进给和点动进给。

连续进给:在 JOG 模式下,按下坐标进给键,进给部件连续移动,直到松开坐标进给键才停止(注:进给速度由进给倍率选择开关 FEED RATE OVERRIDE 控制,快速进给速度由快速倍率选择开关 SPINDLE 控制)。

点动进给:在 HANGLE 模式下,选择相应的方向和挡位后,转动手轮实现进给(进给距离为手轮旋转格数与所选挡位的乘积)。

2. 主轴操作

在 JOG 或 HANDLE 模式下,按 FOR、REV、STOP 按钮可分别实现主轴正转、反转、停转功能。

注:开机后主轴默认转速为 0r/min,要实现主轴手动启动,需先在 MDI 模式下设置好主轴转速(若要设置转速为 1000r/min:在 MDI 模式下,先输入程序段"M03 S1000;",再按下循环启动按钮即可)。

3. 手动换刀

在 JOG 或 HANDLE 模式下,按一下 MTCH 按钮,回转刀架旋转一个刀位,按下若干次后,可将预定刀位转至切削位置。

4. 冷却操作

在 JOG、HANDLE 或 AUTO 模式下,按一下 COOLANT 按钮,冷却液开启,若再按一下,冷却液可关闭。

（三）编辑操作

在编辑模式下，可寻找程序、输入新的程序或编辑程序。

1. 寻找程序

当内存中有多个程序，现需要调用某个程序时，具体操作如下：

（1）在 EDIT 模式下，按【程序】功能键进入程序显示画面；

（2）键入所要调用的程序名 OXXXX；

（3）按“下光标”键。

2. 输入新的程序

将下列程序输入系统内存：

O0011；

T0101 M03 S1000；

G0 X30 Z5；

…

M30；

输入步骤为：

（1）在 EDIT 模式下，按【PROG】功能键进入程序显示画面；

（2）将程序保护开关置于 OFF；

（3）在操作面板上依次输入下面内容：

O0011【EOB】【INSERT】T0101 M03 S1000【EOB】【INSERT】G0 X30 Z5【EOB】【INSERT】…

M30【EOB】【INSERT】

（4）将程序保护开关置于 ON；

（5）按【RESET】键（光标返回程序的起始位置）。

3. 编辑程序

（1）在 EDIT 模式下，按【PROG】功能键进入程序显示画面；

（2）将程序保护开关置于 OFF；

（3）按光标键将光标移至预定位置，对程序内容进行相应的修改（ALTER）、插入（INSERT）或删除（DELETE）处理；

（4）将程序保护开关置于 ON；

（5）按【RESET】键（光标返回程序的起始位置）。

（四）图形模拟加工操作

在自动加工前，为避免程序错误引起刀具碰撞工件或卡盘，可进行图形模拟加工，对整个加工过程进行图形模拟显示，检查刀具轨迹是否正确。

车床的图形显示一般为二维坐标（*XOZ* 平面）显示，图形可整体或局部放大、缩小。显示刀具轨迹前必须设定画图坐标（参数）和绘图参数。

CK6140S 数控车床图形模拟加工操作步骤：

（1）在 EDIT 模式下的程序显示画面中输入或调出将要检测的程序；

（2）按【RESET】键（光标返回程序的起始位置）；

（3）选择 AUTO 模式，按【CSTM/GR】功能键进入图形参数设置页面；

（4）利用光标键和【INPUT】键设置相关参数；

（5）按【图形】GRAPH 软键进入刀具轨迹显示页面；

（6）按下机床锁住按钮 MLK 和空运行按钮 DRN；

（7）按下循环启动按钮 CYCLE START 启动程序进行模拟，在画面上绘出刀具运动轨迹。

注：按下【扩大】ZOOM 软键显示放大图（画面中的 2 个放大光标定义的对角线的矩形区域为放大后显示区域），按【HI/LO】软键启动放大光标的移动（用光标键移动放大光标）。

（五）刀具参数设置

刀具参数指的是刀偏量（刀具偏置量或位置补偿量）、刀尖半径和刀尖位置。

1. 刀偏量设置目的

数控车床刀架内有一个刀具参考点（基准点），数控系统通过控制该点运动，间接地控制每把刀的刀尖运动。而各种形式的刀具安装后，每把刀的刀尖在两个坐标方向的位置均不同，所以必须测出刀尖相对刀具参考点的距离即刀偏量（X', Z'），如图 2－17 所示，并将其输入 CNC 刀具数据库。在加工程序调用刀具时，系统会自动补偿两个方向的刀偏量（刀具位置补偿），从而准确控制每把刀的刀尖轨迹。

2. 刀偏量的设置方法

刀偏量的设置过程称为对刀操作。对刀的方法常见的有两种：试切对刀、对刀仪对刀。对刀仪又分为机械检测对刀仪和光学检测对刀仪；车刀用对刀仪和镗铣类对刀仪。

各类数控机床的对刀方法各有差异，可查阅机床说明书，但其原理及目的一致：通过对刀操作，将刀偏量人工算出后输入 CNC 系统；或把对刀时屏幕显示的有关数值直接输入 CNC 系统，由系统自动换算出刀偏量，存入刀具数据库。

CK6140S 数控车床对刀操作步骤：

（1）在手动方式中用一把实际刀具切削表面 A（假定工件坐标系已设定），如图2－18 所示。

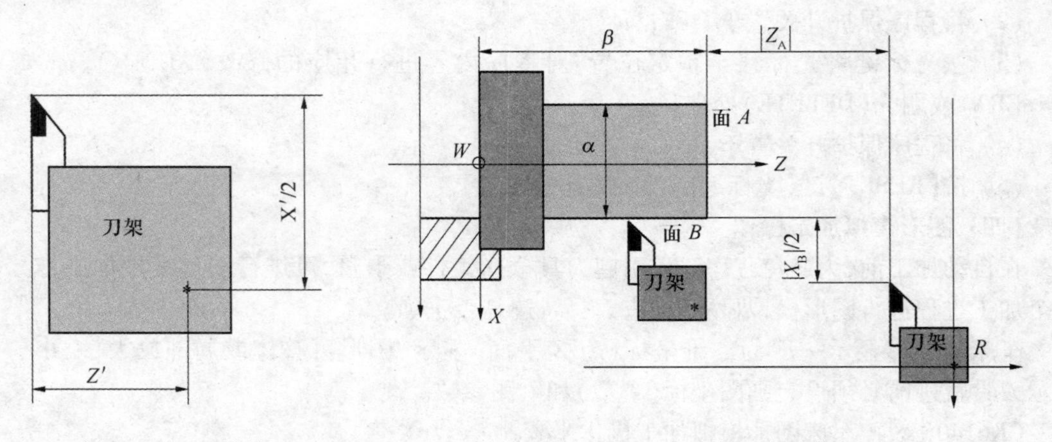

图 2－17　刀偏量　　　　图 2－18　对刀原理图

（2）仅仅在 X 轴方向退刀，不要移动 Z 轴，停止主轴。

（3）测量工件坐标系的零点至面 A 的距离 β。

用下述方法将该值设为指定刀号的 Z 向测量值。

① 按功能键 OFFSET 和软键【形状】显示刀具补偿画面。

② 将光标移动至欲设定的偏置号处。

③ 按地址键 Z,键入测量值(β),如图 2-19 所示。

刀具补正/形状		O1123	N0004	
番号	X	Z	R	T
G01	0.000	0.000	0.000	0
G02	0.000	0.000	0.000	0
G03	0.000	0.000	0.000	0
G04	0.000	0.000	0.000	0
G05	-87.687	-331.556	0.000	0
G06	0.000	0.000	0.000	0
G07	0.000	0.000	0.000	0
G08	0.000	0.000	0.000	0

现在位置 (相对坐标)

U -68.643 W -34.333

> Z86.88 S 0 T 0000

JOG*** *** *** 09:32:24

(NO 检索)(测量)(C 输入)(+ 输入)(输入)

图 2-19 刀偏值输入页面

④ 按软键【测量】,则测量值 β 与编程的坐标值之间的差值作为偏置量被设入指定的刀偏号。

(4) 在手动方式中切削表面 B。

(5) 仅仅在 Z 轴方向退刀,不要移动 X 轴,停止主轴。

(6) 测量表面 B 的直径 α。

用第(3)步设定 Z 轴的相同方法将该测量值设为指定刀号的 X 向测量值。

(7) 对所有使用的刀具重复以上步骤,则其刀偏值可自动计算并设定。

(六) 自动加工

1. 全自动循环

在选定加工程序并完成刀具参数设置等操作后,可进行全自动循环加工。操作步骤为:

(1) 选择 AUTO 模式。

(2) 按下循环启动按钮(CYCLE START),主轴启动,刀架按照程序所确定轨迹开始运动,实现自动加工。

2. 机床锁住循环

机床锁住循环指的是在机床锁住的状态下,程序在 AUTO 模式下自动运行,监视器的动态显示与机床运动时一样,但进给等机械动作不执行的一种机床运行方式。此功能可用于全自动循环加工前的试运转。

3. 倍率开关控制

自动加工时,可用三个倍率开关将转速、快速进给速度和切削进给速度调整到最佳数值,而不必修改程序。

4. 机床空运转循环

全自动加工前,不将工件或刀具装上机床,进行机床空运转,以检查程序的正确性。空运转时的进给速度与程序无关,为系统设定的较低值。

5. 单段执行程序

在自动加工试运转时，为考虑安全，可选择单段执行加工程序的功能。单段执行时，每按一次循环启动键，仅执行一个程序段的动作或程序段中的一个动作，可使加工程序逐段执行。

6. 跳段执行循环

自动加工时，系统可对某些指定的程序段跳过不执行，称为跳段执行。在跳转程序段段首有相应的指令或符号表示，如在“G31”、“/”等。在自动加工时，若按下面板上的跳段运行按钮（JBK），则跳转程序段被跳过不执行；若跳段运行按钮（JBK）释放时，跳转程序段执行不被跳过。

（七）安全操作

1. 急停处理

当加工过程中出现紧急情况时，可执行紧急停止功能，一般步骤如下：

（1）按下面板急停按钮。此时主轴、进给系统电源被切断，主轴停转，机床各轴停止移动。

（2）释放急停按钮，解除急停状态。一般通过顺时针方向旋转急停按钮、按复位键实现。

（3）检查并进入手动状态消除故障。

2. 超程处理

在手动、自动加工过程中，若机床移动部件（如刀架、工作台等）超出其运动的极限位置（软件行程限位或机械限位），则系统屏幕显示超程报警，机床锁住。

处理步骤为：

（1）手动操作使刀具朝安全方向移动，进入安全区域。

（2）按复位键解除报警。

3. 报警处理

数控系统对其软、硬件故障具有自诊断能力（称自诊断功能），该功能用于监视整个加工过程是否正常，并及时报警。

报警形式常见为屏幕出错显示、机床锁住、蜂鸣器叫、警灯亮等。

报警内容常见有程序出错、操作出错、超程、各类接口错误、伺服系统出错、数控系统出错、刀具破损等。

具体的报警处理方法各机床不同。一般当 CRT 屏幕有出错显示时，可根据编码查阅维修手册查出故障原因，采取相应措施处理。

第三节 数控车床编程基础

一、数控车削加工中的基本工艺问题

1. 工件坐标系的确定

数控车床的工件坐标系采用与机床运动坐标系一致的坐标方向，X 轴对应工件径向（水平），Z 轴对应工件轴向，C 轴的运动方向以面向卡盘看，逆时针为 $+C$ 向，顺时针为

$-C$向。工件坐标系原点(即程序原点)的确定原则一是要便于对刀测量,二是要便于编程计算。故程序原点一般设在零件的右端面中心或左端面中心位置。

2. 进刀/退刀方式

进刀及退刀方式选择的原则是在保证刀尖不与工件发生碰撞的前提下,尽可能采用快速走刀,提高加工效率。进刀时,首先由起刀点快速走刀至进刀点(工件切削起始位置附近且于工件外一个点),如图2-20所示,再改用切削速度进给。退刀时一般采用快速走刀。

3. 直径编程和半径编程

在数控车削加工中,X轴的坐标值取零件图中的直径值或半径值,可以通过参数设定来选择和指定工件直径或半径尺寸的控制方式。由于被加工零件的径向尺寸在图样上和测量时都以直径值表示,采用直径编程可以避免尺寸换算,给编程带来很大方便,因此数控车削加工编程一般采用直径编程。如图2-21所示,图中A点坐标为(30,0),B点坐标为(40,-20)。

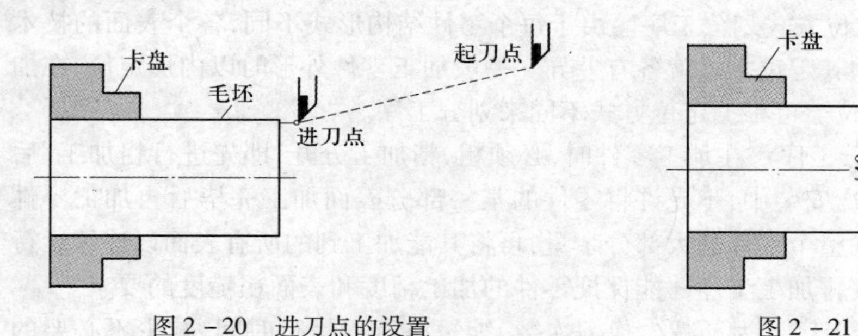

图2-20 进刀点的设置　　图2-21 直径编程

4. 刀具的选择

刀具的选择是数控车削加工的一项重要工艺内容,它不仅影响机床的加工效率,而且直接影响零件的加工质量。在编程时,选择刀具通常要考虑机床的加工能力、工序内容、零件的材料等因素。

与普通机床和传统加工方法相比,数控加工对刀具的要求更高,不仅要求刀具精度高、刚度好、装夹调整方便,而且要求其切削性能强、耐用度高。因此,数控加工的刀具材料,要求采用新型优质材料,一般尽可能选用硬质合金;精密加工时,还可选择性能更好、更耐磨的陶瓷、立方氮化硼和金刚石刀具,并应优选刀具参数。

5. 切削用量的确定

对于不同的加工方法,需要选用不同的切削用量,并应编入零件的加工程序清单。

合理选择切削用量的原则是:粗加工时,一般以提高生产率为主,但也应该考虑加工成本。半精加工和精加工时,一般应在保证加工质量的前提下,兼顾切削效率、经济性和加工成本。具体选用数值应该根据机床说明书、切削用量手册,并结合实际经验而定。

(1) 确定背吃刀量。在机床、工件和刀具刚度允许的情况下,应以最少的进给次数切除待加工余量,最好一次切除待加工余量,以提高生产效率。为了保证零件的加工精度和表面粗糙度,可留少许余量留待最后进行精加工。数控车床的精加工余量一般可取0.2mm~0.5mm。

(2) 确定切削速度。加大切削速度也能提高生产效率。因为切削速度与刀具耐用度的关系成反比，所以切削速度的选取主要取决于刀具耐用度。

主轴转速 n(r/min)由切削速度 v(m/min)来选定：

$$n = 1000v/\pi D$$

式中：v 为切削速度，由刀具耐用度决定(m/min)；D 为刀具(或工件)直径(mm)。

(3) 确定进给量。进给速度是数控机床切削用量中的重要参数，主要根据零件的加工精度和表面粗糙度要求以及刀具与零件的材料性质来选取。当加工精度和表面粗糙度要求高时，进给量应该选择得小一些。最大进给量受机床刚度和进给系统的性能影响，并与数控系统脉冲当量的大小有关。

6. 工序与工步的划分

(1) 工序的划分。在数控车床中加工零件，工序可以比较集中，在一次装夹中尽可能完成大部分或全部工序。首先应根据零件图，考虑被加工零件是否可以在这一台数控机床上完成整个加工，如若不能，则应决定其中哪些部分的加工在这台机床上完成，哪些部分的加工在其它机床上进行。一般工序的划分有以下几种方式：

① 以零件的装夹定位方式划分工序。由于每个零件结构形式不同，各个表面的技术要求也不同，所以加工中其定位方式就各有差异。一般加工零件外形时以内形定位，在加工零件内形时以外形定位。可根据定位方式不同来划分工序。

② 按粗、精加工划分工序。在加工零件时，必须粗、精加工分开，即先进行粗加工，后进行精加工。通常在一次安装中，不允许将零件的某一部分表面加工完毕后再加工零件的其它表面，而应先切除整个零件的大部分余量，再将其能加工到的所有表面以连续运行的方式精车一遍，这样安排加工工序才能保证零件的加工精度和表面粗糙度的要求。

③ 按所用刀具划分工序。为了减少换刀次数，缩短空行程运行时间，减少不必要的定位误差，可以按照使用相同刀具来集中加工工序的方法来进行零件的加工工序划分。尽可能使用同一把刀具加工出能加工到的所有部位，然后再更换另一把刀具加工零件的其它部位。在专用数控机床和加工中心常常采用这种方法。

(2) 工步的划分。工步的划分主要从加工精度和生产效率两方面来考虑。在一个工序内往往需要采用不同的切削刀具和切削用量对不同的表面进行加工。为了便于分析和描述复杂的零件，在工序内又细分为工步。工步划分的原则是：

① 同一表面按粗加工、半精加工、精加工一次完成，或全部加工表面按先粗加工后精加工分开进行。

② 按使用刀具来划分工步(换刀时间相对较长的情况)。

总之，工序和工步的划分要根据零件的结构特点、技术要求等情况综合考虑。

二、数控车床的编程特点

(1) 在一个程序段中，可以采用绝对值编程、增量值编程或混合编程。

(2) 车削加工余量较大，一个表面需要进行多次反复的加工。为简化编程，车床的数控系统中备有各种固定循环功能可供调用，如车外圆、车端面、车螺纹循环等。

(3) 在数控车床的控制系统中，有刀具的补偿功能。在加工过程中，对刀具位置的变化、刀具几何形状的变化、刀尖圆弧半径的变化都无需更改程序，只要将变化的尺寸或圆弧半径输入到存储器中，刀具就能自动进行补偿。

三、常用编程指令

1. G00——快速定位

功能:刀具以点位控制方式从当前所在位置快速移动到指令给出的目标位置。

指令格式:G00 X(U)__ Z(W)__ ;

说明:

(1) X、Z 表示目标点的绝对坐标,U、W 表示目标点对当前点的增量坐标。

(2) 移动速度由系统设定值和快速倍率开关决定,程序中不带速度。

(3) 也可写作 G0,为模态指令(一旦指定就一直有效,直到指定另一方式为止)。

例如,图 2-22 中由点 $C(30,-60)$ 快速退刀至点 $D(100,40)$ 的过程用程序段表示如下:

G00 X100.0 Z40.0;　　绝对坐标,直径编程

或　G00 U70.0 W100.0;　　增量坐标,直径编程

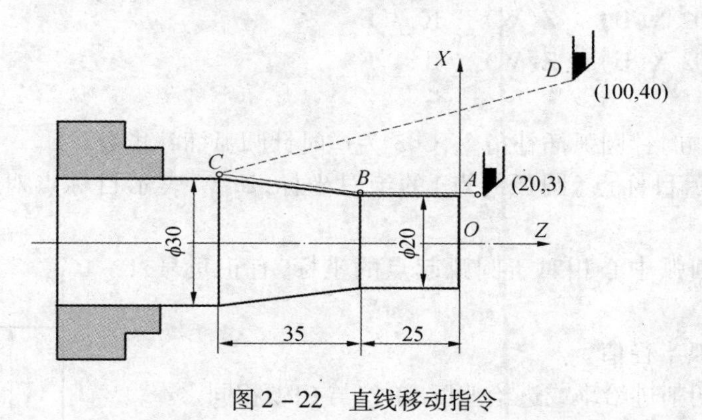

图 2-22　直线移动指令

2. G01——直线插补

功能:刀具以一定的进给速度从当前所在位置沿直线移动到指令给出的目标位置。

指令格式:G01 X(U)__ Z(W)__ F__ ;

说明:

(1) X、Z 表示目标点的绝对坐标,U、W 表示目标点对当前点的增量坐标。

(2) F 表示切削进给率或进给速度,单位为 mm/r 或 mm/min,取决于该指令前面程序段的设置。缺省状态为 mm/r。

(3) 也可写作 G1,为模态指令。

例如,图 2-22 中由点 $B(20,-25)$ 至点 $C(30,-60)$ 的直线切削过程用程序段表示如下:

G01 X30.0 Z-60.0 F0.2;　　绝对坐标,直径编程,切削进给率为 0.2mm/r

或　G01 U10.0 Z-35.0 F0.2;　　增量坐标,直径编程,切削进给率为 0.2mm/r

3. G02、G03——圆弧插补

功能:刀具在 XZ 坐标平面内以一定的进给速度从当前位置(圆弧的起点)沿圆弧轨迹移动到指令给出的目标位置,切削出圆弧轮廓,如图 2-23 所示。

指令格式:G02 X(U)__ Z(W)__ I__ K__ F__ ;

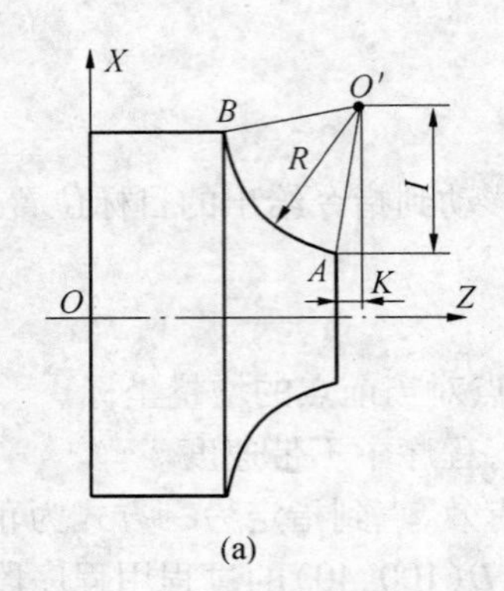

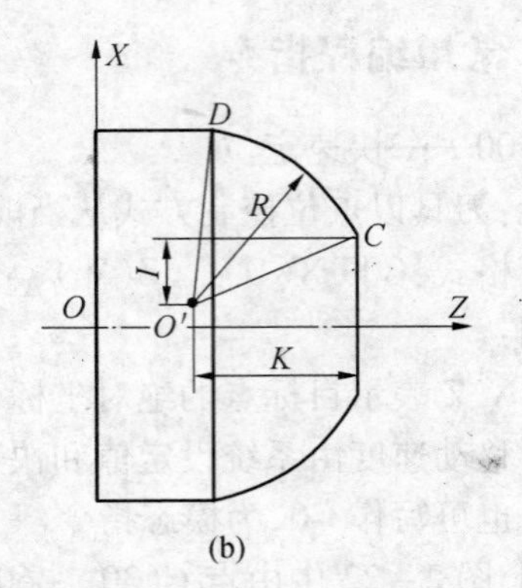

图 2－23　圆弧插补参数含义

（a）顺时针圆弧插补；（b）逆时针圆弧插补。

G03 X(U)__ Z(W)__ I__ K__ F__；

或　G02 X(U)__ Z(W)__ R__ F__；

G03 X(U)__ Z(W)__ R__ F__；

说明：

（1）G02 为顺时针圆弧插补指令，G03 为逆时针圆弧插补指令。

（2）X、Z 表示目标点（圆弧终点）的绝对坐标，U、W 表示目标点对当前点的增量坐标。

（3）I、K 为圆弧中心相对于圆弧起点的坐标，有正负号，I 为半径编程。

（4）R 为圆弧半径值。

（5）F 表示切削进给率或进给速度，单位与 G01 相同。

（6）也可写作 G2 或 G3，为模态指令。

例如，图 2－24 中由 $A \to B$ 的圆弧插补过程可用程序段表示为：

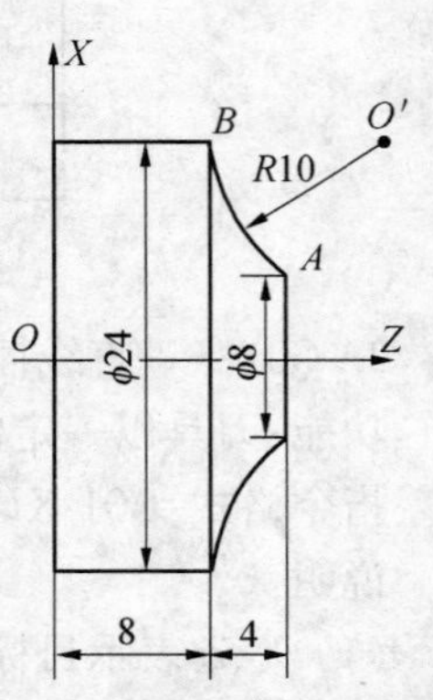

图 2－24　圆弧插补举例

G02 X24.0 Z8.0 I8.0 K6.0 F0.2；

或　G02 U16.0 W－4.0 I8.0 K6.0 F0.2；

或　G02 X24.0 Z8.0 R10.0 F0.2；

或　G02 U16.0 W－4.0 R10.0 F0.2；

4．G50——工件原点设置

指令格式：G50 X__ Z__；

说明：X、Z 表示刀具当前位置在将要设定的工件坐标系中的绝对坐标。

例如，图 2－25 所示，工件原点设置在零件右端面中心，用程序段表示如下：

G50 X85.0 Z70.0；将刀尖当前位置的坐标值定为工件坐标系中的一点（85，70）

5．G98、G99——进给速度和进给率的设置

功能：转换切削进给模式。

指令格式：G98；

G99；

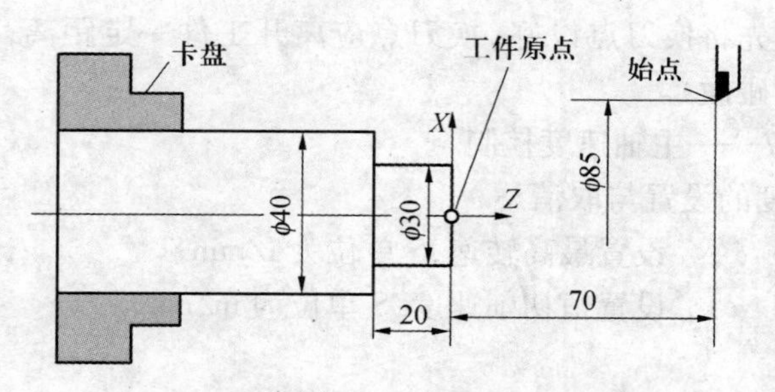

图 2－25　工件原点的设置

说明：

(1) G98 设定切削进给模式为进给速度，单位为 mm/min。

(2) G99 设定切削进给模式为进给率，单位为 mm/r。

(3) CNC 系统缺省的进给模式为 G99，即进给率 mm/r。

(4) 均为模态指令。

6. G28——参考点返回

指令格式：G28 X(U)__ Z(W)__；

说明：

(1) X、Z 表示参考点返回时经过的中间点的绝对坐标，U、W 表示中间点对当前点的增量坐标，如图 2－26 所示。

(2) 该参考点为第一参考点，即机床零点。

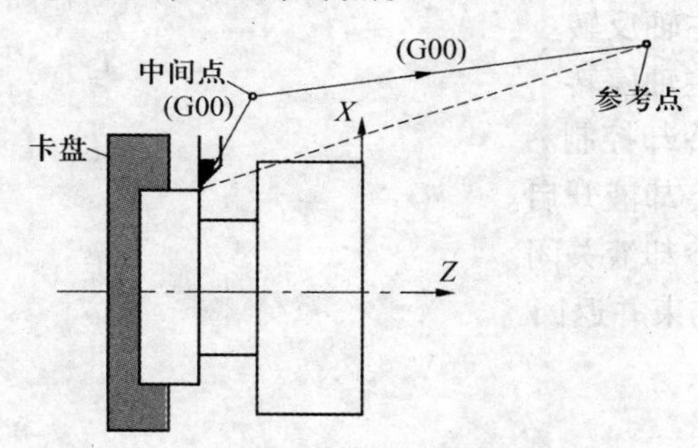

图 2－26　自动返回参考点过程

7. S——主轴转速

功能：设置主轴转速。

指令格式：S __；

单位为 r/min。

如 S1500。

8. T——换刀指令

功能：自动换刀。

指令格式：T####；

说明：

(1) T 后有四位数，其中前两位数字表示刀具号，后两位数字表示该刀具的刀具补偿号。

（2）换刀前必须先将换刀点设好（换刀点应离开工件一定距离，以防止刀架回转换刀时刀具与工件发生碰撞）。

9. G50、G96、G97——主轴速度控制

功能：恒切削速度的设置与取消。

指令格式：G50 S __； 设置最高转速，S 单位为 r/min。

G96 S __； 设置恒切削速度，S 单位为 m/min。

…

G97 S __； 取消恒切削速度，S 单位为 r/min。

说明：

（1）设置恒切削速度可保证车削后工件的表面粗糙度一致。

（2）设置恒切削速度前必须设置主轴最高转速，防止转速过高发生危险，用 G50 设置，G50 后面的 S 的数值为最高转速的数值。

（3）恒切削速度指的是切削时刀尖点相对于切削表面的线速度保持不变，故 G96 后面的 S 表示的是预定的线速度数值。

（4）取消恒切削速度后主轴转速不再随着切削部位直径大小的变化而变化，需设定一定的转速，由 G97 后面的 S 确定转速的大小。

（5）加工螺纹时不能采用恒切削速度。

10. M03、M04、M05——主轴的启动与停转

指令格式：M03； 主轴正转（面向卡盘逆时针方向旋转）。

M04； 主轴反转。

M05； 主轴停转。

11. M08、M09——冷却控制

指令格式：M08； 冷却液开启。

M09； 冷却液关闭。

12. M30——程序结束并返回

指令格式：M30；

说明：

（1）置于程序末尾。

（2）自动加工执行完程序后，光标自动跳回程序起点位置，为下一次运行程序做准备。

第四节 基本加工程序的编制

基本加工主要由端面车削、外圆车削、圆弧面车削及孔加工等组成，由 G01、G02 及 G03 等插补指令完成。要正确地编写数控程序，应在编写程序前根据工件的情况选择工件原点；编程时应根据工件的毛坯情况确定好车削的始点。

1. 端面加工

如图 2-27 所示，采用 G01 指令加工端面，选工件右端面中心 O 为坐标系原点。

采用绝对坐标编程时，其程序为：

```
O0001;
T0101 M03 S1000;          /* 调01号刀,启动主轴正转并设定转速为1000r/min
G00 X45.0 Z0;             /* 快速走刀至进刀点P1
G01 X-2.0 F0.2;           /* 切端面至点P2
G00 X100.0 Z100.0;        /* 快速退刀至(100,100)
M05;                      /* 主轴停转
M30;                      /* 程序结束并返回
```

采用增量坐标编程时,其程序为:

```
O0002;
T0101 M03 S1000;          /* 调01号刀,启动主轴正转并设定转速为1000r/min
G00 X45.0 Z0;             /* 快速走刀至进刀点P1
G01 U-47.0 F0.2;          /* 切端面至点P2
G00 U102.0 W100.0;        /* 快速退刀至(100,100)
M05;                      /* 主轴停转
M30;                      /* 程序结束并返回
```

2. 外圆加工

如图2-28所示,采用G01指令加工外圆,选工件右端面中心 O 为坐标系原点。

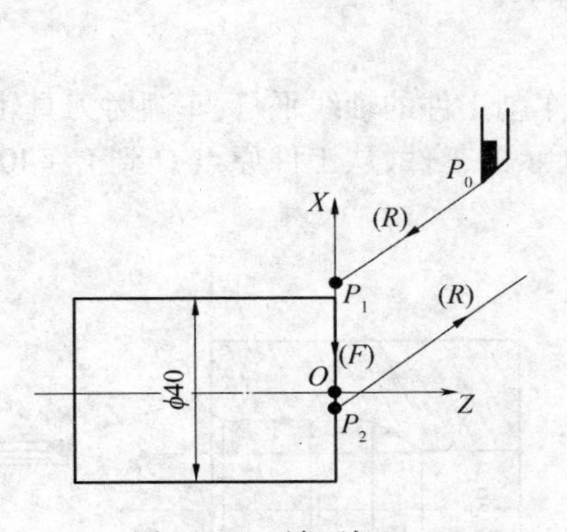

图2-27 端面加工

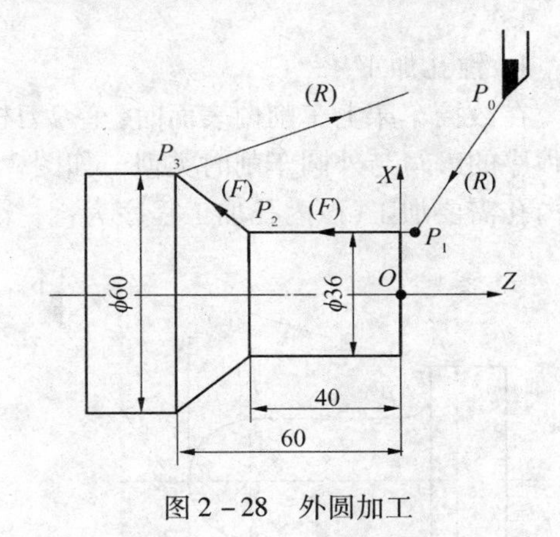

图2-28 外圆加工

采用绝对坐标编程时,其程序为:

```
O0003;
T0101 M03 S1000;          /* 调01号刀,启动主轴正转并设定转速为1000r/min
G00 X36.0 Z3.0;           /* 快速走刀至进刀点P1
G01 Z-40.0 F0.2;          /* 切Φ36mm圆柱面至点P2
X60.0 Z60.0;              /* 切圆锥面至点P3
G00 X100.0 Z100.0;        /* 快速退刀至(100,100)
M05;                      /* 主轴停转
M30;                      /* 程序结束并返回
```

采用增量坐标编程时,其程序为:

```
O0004;
T0101 M03 S1000;          /* 调01号刀,启动主轴正转并设定转速为1000r/min
G00 X36.0 Z3.0;           /* 快速走刀至进刀点P1
```

```
G01 W-43.0 F0.2;               /* 切Φ36mm圆柱面至点P2
U24.0 W-20.0;                  /* 切圆锥面至点P3
G00 U40.0 W160.0;              /* 快速退刀至(100,100)
M05;                           /* 主轴停转
M30;                           /* 程序结束并返回
```

3. 圆弧面加工

如图2-29所示工件有两个圆弧面,需采用G02、G03进行加工。工件加工程序为:

```
O0005;
T0101 M03 S1000;               /* 调01号刀,启动主轴正转并设定转速为1000r/min
G00 X0 Z5.0;                   /* 快速走刀至进刀点P1
G01 Z0 F0.2;                   /* 进刀至点O
G03 X40.0 Z-20.0 I0 K-20.0;    /* 车Φ40mm球头面
G01 Z-52.0;                    /* 车Φ40mm圆柱面至点P3
G02 X56.0 Z-60.0 I8.0 K0;      /* 车R8mm圆弧面至点P4
G01 X70.0;                     /* 车端面至点P5
G00 X100.0 Z100.0;             /* 快速退刀至(100,100)
M05;                           /* 主轴停转
M30;                           /* 程序结束并返回
```

4. 镗孔加工

在数控车床上车削内表面时,车刀刀杆与被车削工件的轴线平行,车削时刀具轨迹数控程序的编写与外圆车削时类似。如图2-30所示的工件,从工件原点O到$Z-40$的一段内孔需要加工,该内孔加工程序为:

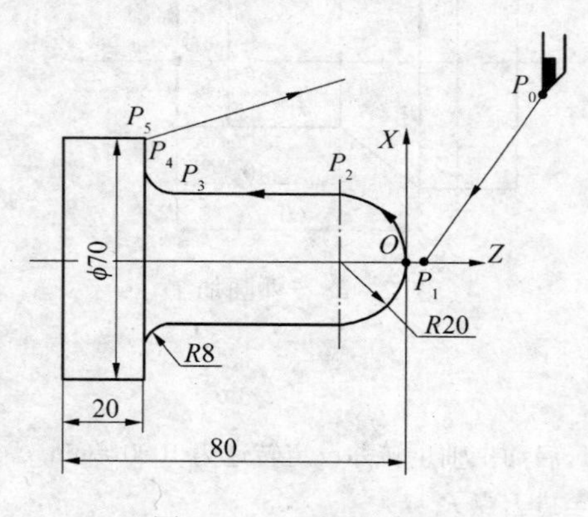

图2-29 圆弧面加工

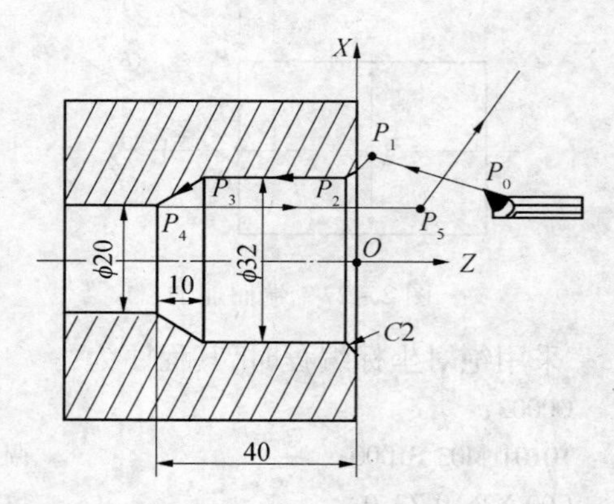

图2-30 镗孔加工

```
O0006;
T0101 M03 S1000;               /* 调01号刀,启动主轴正转并设定转速为1000r/min
G00 X40.0 Z2.0;                /* 快速走刀至进刀点P1
G01 X32.0 Z-2.0 F0.2;          /* 倒角至点P2
Z-30.0;                        /* 车Φ32mm内圆柱孔至点P3
X20.0 Z-40.0;                  /* 车内圆锥孔至点P4
G00 Z10.0;                     /* 快速退刀至孔外点P5
X100.0 Z100.0;                 /* 快速退刀至(100,100)
```

```
M05;                              /* 主轴停转
M30;                              /* 程序结束并返回
```

注:在确定镗孔加工的退刀路线时,应充分考虑刀尖与刀杆的尺寸,避免退刀时刀背或刀杆与工件相撞。

5. 轴类零件加工

轴类零件的加工是端面、外圆及圆弧面等车削内容的综合应用。为了保证工件加工的精度,在对表面进行精车时,一般要求起用表面恒切速度等功能。如图 2-31 所示为一

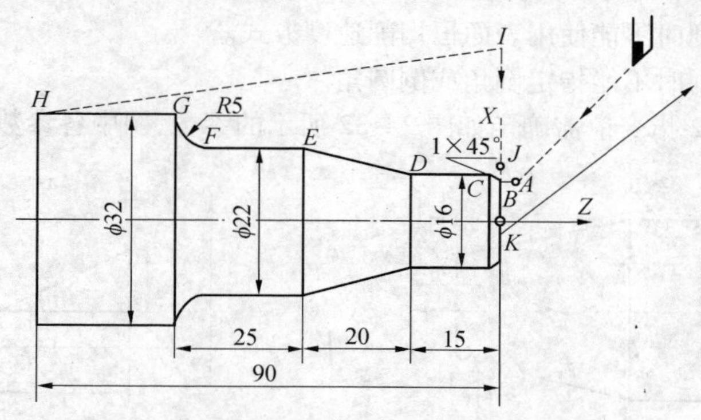

图 2-31　轴类零件数控加工程序的编写

简单轴类工件,其精车数控程序编写为:

```
O0003;                            /* 程序名
G50 S1500 T0101 M08;              /* 限制最高转速为 1500r/min,调 01 号刀具,打开冷却液
G96 S200 M03;                     /* 指定恒切速度为 200m/min,启动主轴正转
G00 X14.0 Z5.0;                   /* 快速走刀至外圆切削始点 A(14,5)
G42 G01 Z0 F0.2;                  /* 调刀尖半径补偿,右偏,以进给率 0.2mm/r 直线插补至 B(14,0)
X16.0 Z-1.0;                      /* 倒角至 C(16,-1)
Z-15.0;                           /* 切外圆柱面至 D(16,-15)
X22.0 Z-35.0;                     /* 切锥面至 E(22,-35)
Z-55.0;                           /* 切外圆柱面至 F(22,-55)
G02 X32.0 Z-60.0 I5.0 K0;         /* 车 R5mm 圆角至 G(32,-60)
G01 Z-90.0;                       /* 切直径为 32mm 的外圆柱面至 H(32,-90)
G40 G00 X50.0 Z0;                 /* 取消刀具补偿,快速退刀至 I(50,0)
X18.0;                            /* 快速进刀至 J(18,0)
G01 X-1.6 F0.2;                   /* 切 Z0 端面至 K(-1.6,0)
G97 S1000;                        /* 取消恒切削功能,确定转速为 1000r/min
G00 X100.0 Z200.0 M05;            /*快速退刀并主轴停转
M09;                              /* 关闭冷却液
M30;                              /* 程序结束并返回
```

第五节　螺纹加工

在数控车床上用车削的方法可加工直螺纹和锥螺纹。有以下三种指令可用于螺纹的车削加工:

1. G32 螺纹切削指令

G32 可切削直螺纹、锥螺纹和涡形螺纹。

指令格式:G32 X(U)__ Z(W)__ F __ Q __ ;

说明:

(1) X(U)、Z(W)为螺纹终点坐标,F 为以螺纹导程 L 给出的每转进给率。

(2) Q 为螺纹起始角,用于多头螺纹切削,不是模态值,每次使用都必须指定,如果不指定,就默认为 0,单位为 0.001°。

(3) 螺纹切削时不能使用表面恒切削速度方式。

(4) 螺纹切削时不能指定倒角或倒圆角。

(5) 使用 G32 指令前需确定如图 2-32 所示的参数,图中各参数的意义如下:

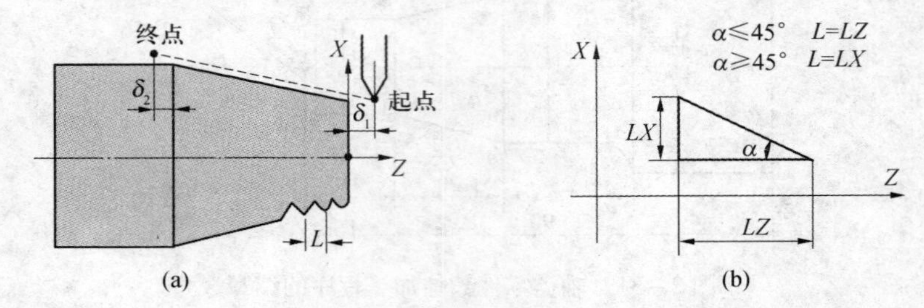

图 2-32 螺纹切削参数确定

(a) 螺纹切削参数;(b) 锥螺纹螺距。

L——螺纹导程;

α——锥螺纹锥角,如果 α 为 0,则为直螺纹;

LX、LZ——锥螺纹在 X 方向和 Z 方向的导程,应指定两者中较大者,直螺纹时 $LX=0$;

δ_1、δ_2——不完全螺纹长度,这两个参数是由于数控车床伺服系统在车削螺纹的起点和终点自动加减速而引起的,在这两段的螺纹导程小于实际的螺纹导程,其确定方法如下:

$$\delta_2 = LN/1800(\text{mm}), \delta_1 = \delta_2[-1-\ln(a)], a = \Delta L/L$$

式中:L 为螺纹导程;N 为主轴转速(r/min);ΔL 为允许螺纹导程误差。

式中的常数“1800”是基于伺服系统时间常数为 0.033s 时得出的。

在确定了以上参数后,还应根据螺纹的高度确定车削的次数,依次编写数控程序。

例如:主轴转速 $N=500$r/min,螺纹导程 $L=3$mm,$a=0.01$,则

$$\delta_2 = 500\times 3/1800 = 0.833\text{mm}$$

$$\delta_1 = \delta_2[-1-\ln(a)] = 0.833\times 3.605 = 3.004\text{mm}$$

【编程实例】 如图 2-33 所示为要加工的直螺纹和锥螺纹,其数控加工程序分别如下:

(1) 直螺纹:螺距 $L=3$mm,螺纹高度为 1.6mm,主轴转速为 500r/min,经计算取 $\delta_1=4$mm,$\delta_2=2$mm,分三次车削,第一次车 0.8mm,第二次车 0.5mm,第三次车 0.3mm,螺纹车削前先对外圆进行精车。

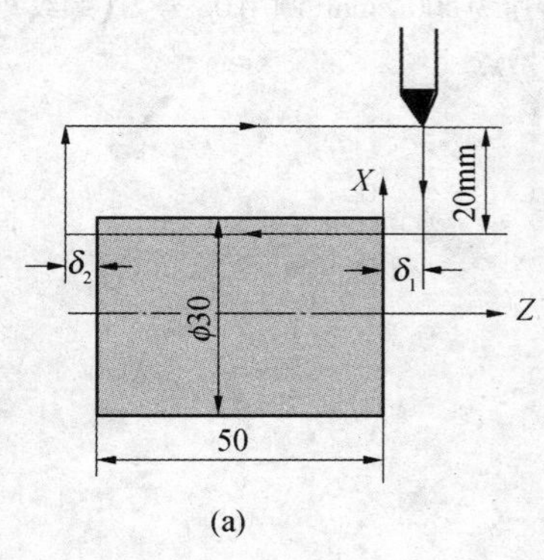

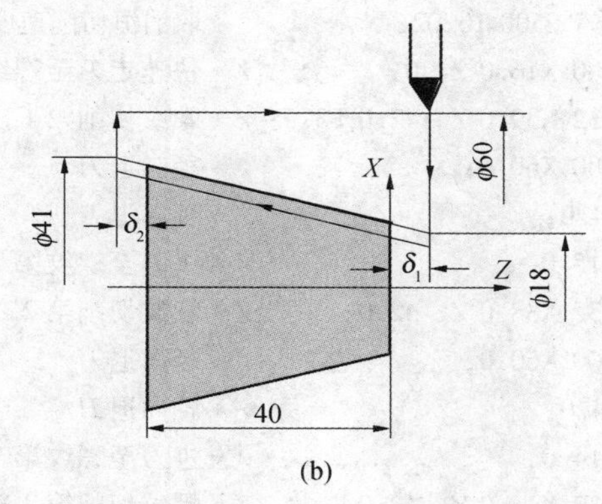

图 2－33　螺纹切削实例

（a）直螺纹切削实例；（b）锥螺纹切削实例。

```
O0010;
G50 S1500 T0101 M08;        /＊限制最高转速为1500r/min,调用01号刀,打开冷却液
G96 S200 M03;               /＊设置恒切削速度为200m/min,启动主轴正转
G00 X30.0 Z5.0;             /＊快速走刀至进刀点
G01 Z-53.0 F0.2;            /＊精车螺纹大径
G00 X100.0 Z100.0;          /＊快速退刀至换刀点
G97 S500 T0202;             /＊取消恒切削速度,指定主轴转速为500r/min,调用02号刀(螺纹车刀)
G00 X28.4 Z4.0;             /＊快速走刀至螺纹第1次车削始点
G32 Z-52.0 F3.0;            /＊螺纹切削第1次
G00 X70.0;                  /＊径向退刀
Z4.0;                       /＊轴向退刀
X27.4;                      /＊进刀至螺纹第2次车削始点
G32 Z-52.0;                 /＊螺纹切削第2次
G00 X70.0;                  /＊径向退刀
Z4.0;                       /＊轴向退刀
X26.8;                      /＊进刀至螺纹第3次车削始点
G32 Z-52.0;                 /＊螺纹切削第3次
G00 X70.0;                  /＊径向退刀
X100.0 Z200.0 M05;          /＊快速退刀至(100,200),主轴停转
M09;                        /＊关闭冷却液
M30;                        /＊程序结束并返回
```

（2）锥螺纹：螺距3.5mm，螺纹高度2mm，主轴转速500r/min，经计算取$\delta_1=4$mm，$\delta_2=2$mm，分三次车削，第一次车1mm，第二次车0.5mm，第三次车0.5mm，螺纹车削前先对外圆进行精车。

```
O0011;
G50 S1500 T0101 M08;        /＊限制最高转速为1500r/min,调用01号刀,打开冷却液
G96 S200 M03;               /＊设置恒切削速度为200m/min,启动主轴正转
G00 X18.0 Z4.0;             /＊快速走刀至进刀点
G01 X41.0 Z-42.0 F0.2;      /＊精车锥螺纹大径
G00 X100.0 Z100.0;          /＊快速退刀至换刀点
```

```
G97 S500 T0202;              /* 取消恒切削速度,指定主轴转速为500r/min,调用02 号刀(螺纹车刀)
G00 X16.0 Z4.0;              /* 快速走刀至螺纹第 1 次车削始点
G32 X39.0 Z-42.0 F3.5;       /* 螺纹切削第 1 次
G00 X60.0;                   /* 径向退刀
Z4.0;                        /* 轴向退刀
X15.0;                       /* 进刀至螺纹第 2 次车削始点
G32 X38.0 Z-42.0;            /* 螺纹切削第 2 次
G00 X60.0;                   /* 径向退刀
Z4.0;                        /* 轴向退刀
X14.0;                       /* 进刀至螺纹第 3 次车削始点
G32 X37.0 Z-42.0;            /* 螺纹切削第 3 次
G00 X60.0;                   /* 径向退刀
X100.0 Z200.0 M05;           /* 快速退刀至(100,200),主轴停转
M09;                         /* 关闭冷却液
M30;                         /* 程序结束并返回
```

2. G92 螺纹切削循环指令

G92 指令对螺纹进行循环加工,每指定一次,螺纹车削自动进行一次循环,其加工过程如图 2-34 所示,循环路径中,除螺纹车削一段为进给移动外,其余均为快速移动。

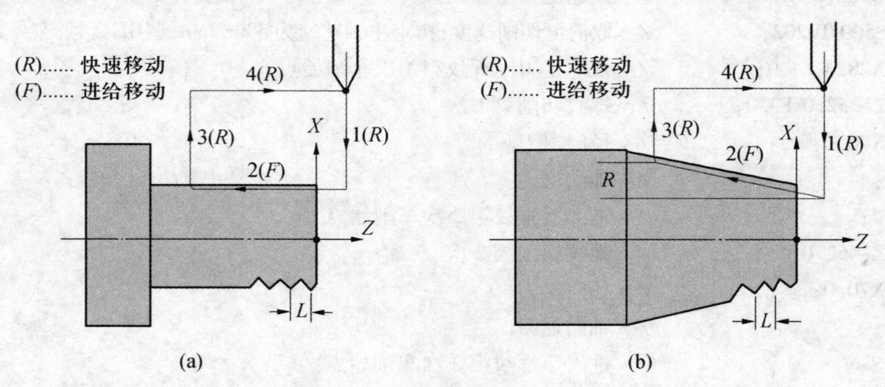

图 2-34　G92 螺纹切削循环

(a) 直螺纹;(b) 锥螺纹。

指令格式:

直螺纹:G92 X(U)__ Z(W)__ F __ ;

锥螺纹:G92 X(U) __ Z(W) __ R __ F __ ;

格式中 X(U)、Z(W)为螺纹终点坐标,F 为以螺纹导程 L 给出的每转进给率,R 为锥螺纹两端的半径差。

【编程实例】　如图 2-33 所示,若用 G92 指令来加工,数控程序将会简捷一些。

(1) 直螺纹:螺距 $L=3$mm,螺纹高度为 1.6mm,主轴转速为 500r/min,经计算取 $\delta_1=4$mm,$\delta_2=2$mm,分三次车削,第一次车 0.8mm,第二次车 0.5mm,第三次车 0.3mm,螺纹车削前先对外圆进行精车。

```
O0020;
G50 S1500 T0101 M08;         /* 限制最高转速为1500r/min,调用01 号刀,打开冷却液
```

```
G96 S200 M03;                  /* 设置恒切削速度为200m/min,启动主轴正转
G00 X30.0 Z5.0;                /* 快速走刀至进刀点
G01 Z-53.0 F0.2;               /* 精车螺纹大径
G00 X100.0 Z100.0;             /* 快速退刀至换刀点
G97 S500 T0202;                /* 取消恒切削速度,指定主轴转速为500r/min,调用02号刀(螺纹车刀)
G00 X50.0 Z4.0;                /* 快速走刀至螺纹车削循环起始点(50,4)
G92 X28.4 Z-52.0 F3.0;         /* 螺纹车削循环第1次
X27.4;                         /* 螺纹车削循环第2次
X26.8;                         /* 螺纹车削循环第3次
X100.0 Z200.0 M05;             /* 快速退刀至(100,200),主轴停转
M09;                           /* 关闭冷却液
M30;                           /* 程序结束并返回
```

(2) 锥螺纹:螺距3.5mm,螺纹高度2mm,主轴转速500r/min,经计算取$\delta_1=4$mm,$\delta_2=2$mm,分三次车削,第一次车1mm,第二次车0.5mm,第三次车0.5mm,螺纹车削前先对外圆进行精车。

```
O0021;
G50 S1500 T0101 M08;           /* 限制最高转速为1500r/min,调用01号刀,打开冷却液
G96 S200 M03;                  /* 设置恒切削速度为200m/min,启动主轴正转
G00 X18.0 Z4.0;                /* 快速走刀至进刀点
G01 X41.0 Z-42.0 F0.2;         /* 精车圆锥面
G00 X100.0 Z100.0;             /* 快速退刀至换刀点
G97 S500 T0202;                /* 取消恒切削速度,指定主轴转速为500r/min,调用02号刀(螺纹车刀)
G00 X60.0 Z4.0;                /* 快速走刀至螺纹车削循环起始点(60,4)
G92 X39.0 Z-42.0 R11.5 F3.5;   /* 螺纹车削循环第1次
X38.0;                         /* 螺纹车削循环第2次
X37.0;                         /* 螺纹车削循环第3次
X100.0 Z200.0 M05;             /* 快速退刀至(100,200),主轴停转
M09;                           /* 关闭冷却液
M30;                           /* 程序结束并返回
```

3. G76螺纹切削复合循环指令

G76指令用于多次自动循环车削螺纹,程序中只需指定一次,并在指令中定义好有关参数,则车削过程自动进行,车削过程中,除第一次车削深度外,其余各次车削深度自动计算,该指令的执行过程如图2-35所示。

G76螺纹切削指令的格式需要同时用两条指令来定义,其格式为:

G76 P(m)(r)(a) Q(Δd min) R(d);

G76 X(U)__ Z(W)__ R(i) P(k) Q(Δd) F__;

式中有关几何参数的意义定义如下:

m:精车重复次数,从01~99,该参数为模态量。

r:螺纹尾端倒角值,该值的大小可设置在0.1L~9.9L之间,系数为0.1的整数倍,用01~99之间的两位整数来表示,其中L为螺距,该参数为模态量。

a:刀具角度,可从80°、60°、55°、30°、29°和0°六个角度中选择,用两位整数来表示,该

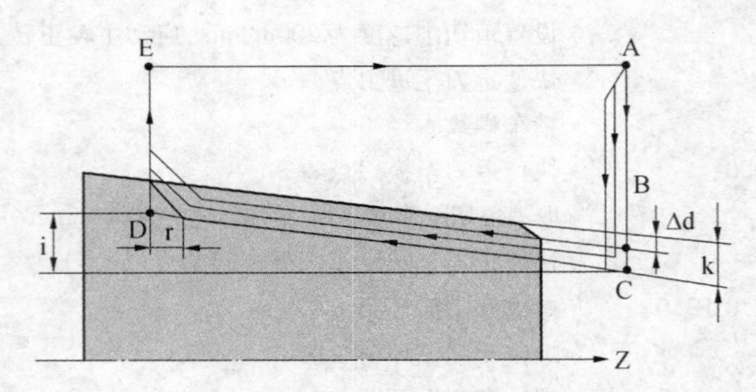

图 2-35　螺纹切削多次循环的刀具轨迹

参数为模态量。

m、r、a 用地址 P 同时指定，例如：当 m = 2，r = 1.2L，a = 60°，表示为 P021260。

Δdmin：最小车削深度，用半径编程指定。车削过程中每次的车削深度为★，当计算深度小于这个极限值时，车削深度锁定在这个值。该参数为模态量，单位为 μm。

d：精车余量，用半径编程指定，该参数为模态量，单位为 μm。

X(U)、Z(W)：为螺纹终点坐标。

i：螺纹半径差，用半径编程指定，如果 R = 0，则为直螺纹，单位为 μm。

k：螺纹高度，用半径编程指定，单位为 μm。

Δd：第一次车削深度，用半径编程指定，单位为 μm。

F：螺距。

【编程实例】　如图 2-36 为零件轴上的一段直螺纹，螺纹高度为 3.68mm，螺距为 6mm，螺纹尾端倒角为 1.1*L*，刀尖角为 60°，第一次车削深度 1.8mm，最小车削深度 0.1mm，精车余量 0.2mm，精车削次数 1 次，螺纹车削前已精车削外圆柱面，螺纹车削数控

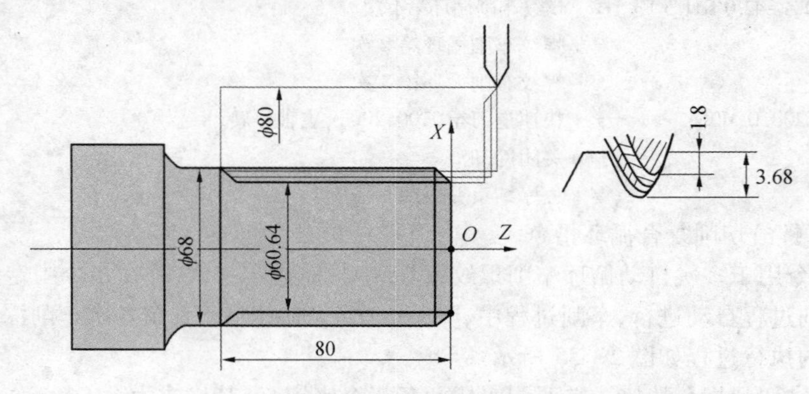

图 2-36　螺纹切削多次循环 G76 指令编程实例

程序如下：

```
O0030;
G50 S1500 T0101 M08;        /* 限制最高转速为1500r/min,调用01号刀,打开冷却液
G96 S200 M03;               /* 设置恒切削速度为200m/min,启动主轴正转
……                          /* 外圆精车削过程
G97 S500 T0202;             /* 取消恒切削速度,指定主轴转速为500r/min,调用02号刀(螺纹车刀)
G00 X80.0 Z5.0;             /* 快速走刀至螺纹车削循环起始点(80,5)
```

```
G76 P011160 Q100 R200;  /* 设至螺纹切削循环参数,进行循环切削
G76 X60.64 Z-80.0 P3680 Q1800 F6.0;
G00 X100.0 Z300.0 M05;  /* 快速退刀至(100,300),主轴停转
M09;                    /* 关闭冷却液
M30;                    /* 程序结束并返回
```

第六节 循 环 加 工

当零件外径、内径或端面上的加工余量较大时,如果用前面介绍的一般车削编程方法进行车削,数控程序将很长,且过于繁琐,为此可以采用车削加工循环来简化编程,缩短程序的长度,并使程序更为清晰可读。车削加工循环分为车削固定循环(一次循环)和复合循环(多次循环),下面分别进行介绍。

一、车削固定循环

有三种车削固定循环指令,分别是 G90、G92 和 G94,其中 G92 已在螺纹车削部分介绍过。

1. G90——外径/内径车削循环

该指令用于在零件的外圆柱面(圆锥面)或内孔面(内锥面)上毛坯余量较大或直接从棒料车削零件时进行精车前的粗车,以去除大部分毛坯余量。

指令格式:

圆柱面:G90 X(U)__ Z(W)__ F__;

圆锥面:G90 X(U)__ Z(W)__ R__ F__;

说明:

(1) 格式中 X(U)、Z(W) 为圆柱面(或圆锥面)终点坐标,F 为进给率或进给速度,R 为圆锥面起点半径减去终点半径的差值,有正负之分。

(2) 一次车削循环由四段组成,其中只有车削零件部分(第二、三段)路径为进给运动,其余三段均为快速移动,如图 2-37 所示。

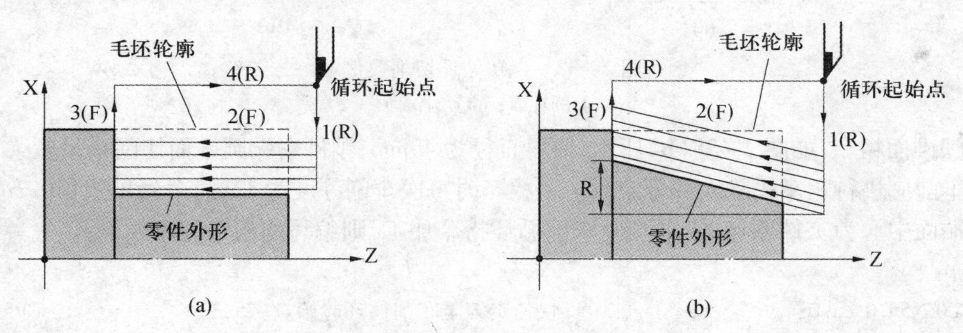

图 2-37 G90 外圆粗车固定循环毛坯余量去除过程

(a) 圆柱面粗车;(b) 圆锥面粗车。

(3) G90 指令及指令中各参数均为模态值,每指定一次,车削循环一次,指令中的参数,包括坐标值,在指定另一个 G 指令(G04 除外)前保持不变。用 G90 进行粗车时,每次

车削一层余量，再次循环时只需按车削深度依次改变 X 的坐标值，则循环过程依次重复执行。

【编程实例】

圆柱面粗车：如图 2-38(a)所示，棒料直径为 40mm，零件右端圆柱面切削余量较大，因此精车前应进行粗车去除大部分余量。若粗车时每次车削深度为 1mm，余量单边留 0.2mm，以右端面中心为工件原点，使用 G90 车削循环指令加工，则编写的粗车程序如下：

```
……
G00 X45.0 Z3.0;              /* 快速走刀至车削循环起始点(45,3)
G90 X38.0 Z-37.8 F0.3;       /* 第 1 次粗车，车削深度为 1mm，Z 方向留精车余量 0.2mm，进给率
                                为 0.3mm/r
X36.0;                       /* 第 2 次粗车，车削深度为 1mm，其余参数不变
X34.0;                       /* 第 3 次粗车，车削深度为 1mm，其余参数不变
X32.0;                       /* 第 4 次粗车，车削深度为 1mm，其余参数不变
X30.0;                       /* 第 5 次粗车，车削深度为 1mm，其余参数不变
X28.0;                       /* 第 6 次粗车，车削深度为 1mm，其余参数不变
X26.0;                       /* 第 7 次粗车，车削深度为 1mm，其余参数不变
X24.4;                       /* 最后一次粗车，车削深度为 0.8mm，X 方向留精车余量单边
                                0.2mm，其余参数不变
……
```

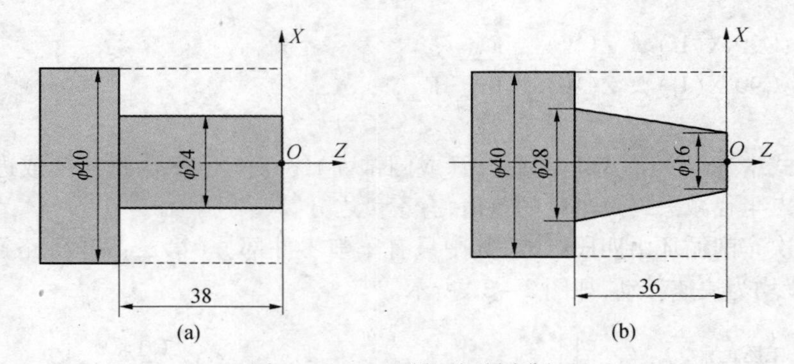

图 2-38 G90 循环切削实例

(a) 圆柱面；(b) 圆锥面。

圆锥面粗车：如图 2-38(b)所示，棒料直径为 40mm，零件右端圆锥面切削余量较大，因此精车前应进行粗车去除大部分余量。若粗车时每次车削深度为 1mm，余量单边留0.2mm，以右端面中心为工件原点，使用 G90 车削循环指令加工，则编写的粗车程序如下：

```
……
G00 X55.0 Z3.0;                     /* 快速走刀至车削循环起始点(55,3)
G90 X50.0 Z-35.8 R-6.5 F0.3;        /* 第 1 次粗车，车削深度为 1mm，Z 方向留精车余量 0.2mm，
                                       进给率为 0.3mm/r
X48.0;                              /* 第 2 次粗车，车削深度为 1mm，其余参数不变
X46.0;                              /* 第 3 次粗车，车削深度为 1mm，其余参数不变
X44.0;                              /* 第 4 次粗车，车削深度为 1mm，其余参数不变
```

```
X42.0;            /* 第5次粗车,车削深度为1mm,其余参数不变
X40.0;            /* 第6次粗车,车削深度为1mm,其余参数不变
X38.0;            /* 第7次粗车,车削深度为1mm,其余参数不变
X36.0;            /* 第8次粗车,车削深度为1mm,其余参数不变
X34.0;            /* 第9次粗车,车削深度为1mm,其余参数不变
X32.0;            /* 第10次粗车,车削深度为1mm,其余参数不变
X30.0;            /* 第11次粗车,车削深度为1mm,其余参数不变
X28.4;            /* 最后一次粗车,车削深度为0.8mm,X方向留精车余量单边
                  0.2mm,其余参数不变
......
```

2. G94——端面车削固定循环

该指令用于在零件的垂直端面或锥形端面上毛坯余量较大或直接从棒料车削零件时进行精车前的粗车,以去除大部分毛坯余量。

指令格式:

垂直端面:G94 X(U)__ Z(W)__ F__ ;

锥形端面:G94 X(U)__ Z(W)__ R__ F__ ;

说明:

(1) 格式中X(U)、Z(W)为端面终点坐标,F为进给率或进给速度,R为锥形端面起点Z坐标减去终点Z坐标的差值,有正负之分。

(2) 一次车削循环由四段组成,其中车削零件部分(第二、三段)路径为进给运动,其余两段均为快速移动,如图2-39所示。

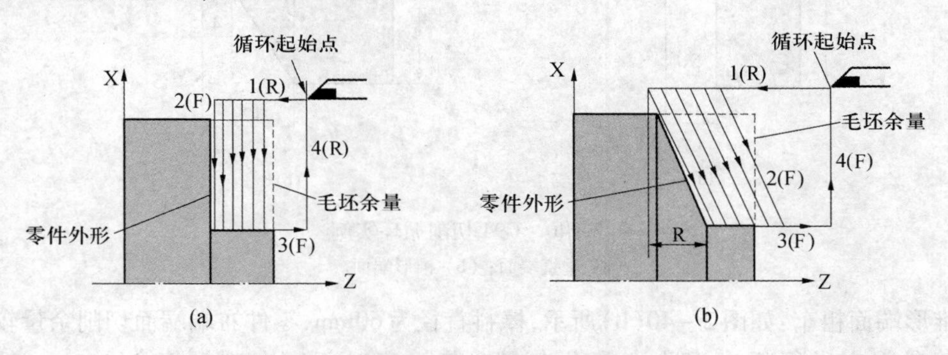

图2-39　G94端面粗车固定循环毛坯余量去除过程

(a) 垂直端面;(b) 锥形端面。

(3) G94指令及指令中各参数均为模态值,每指定一次,车削循环一次,指令中的参数包括坐标值,在指定另一个G指令(G04除外)前保持不变。用G94进行粗车时,每次车削一层余量,再次循环时只需按车削深度依次改变*Z*的坐标值,则循环过程依次重复执行。

【编程实例】　垂直端面粗车:如图2-40(a)所示,棒料直径为60mm,零件右端端面切削余量较大,因此精车前应进行粗车去除大部分余量。若粗车时每次车削深度为1mm,余量留0.2mm,以右端面中心*O*为工件原点,使用G94车削循环指令加工,则编写的粗车程序如下:

```
……
G00 X65.0 Z3.0;                /* 快速走刀至车削循环起始点(65,3)
G94 X16.4 Z-1.0 F0.3;          /* 第1次粗车,车削深度为1mm,X方向留精车余量单边0.2mm,
                               进给率为0.3mm/r,
Z-2.0;                         /* 第2次粗车,车削深度为1mm,其余参数不变
Z-3.0;                         /* 第3次粗车,车削深度为1mm,其余参数不变
Z-4.0;                         /* 第4次粗车,车削深度为1mm,其余参数不变
Z-5.0;                         /* 第5次粗车,车削深度为1mm,其余参数不变
Z-6.0;                         /* 第6次粗车,车削深度为1mm,其余参数不变
Z-7.0;                         /* 第7次粗车,车削深度为1mm,其余参数不变
Z-8.0;                         /* 第8次粗车,车削深度为1mm,其余参数不变
Z-9.0;                         /* 第9次粗车,车削深度为1mm,其余参数不变
Z-9.8;                         /* 最后一次粗车,车削深度为0.8mm,Z方向留精车余量0.2mm,
                               其余参数不变
……
```

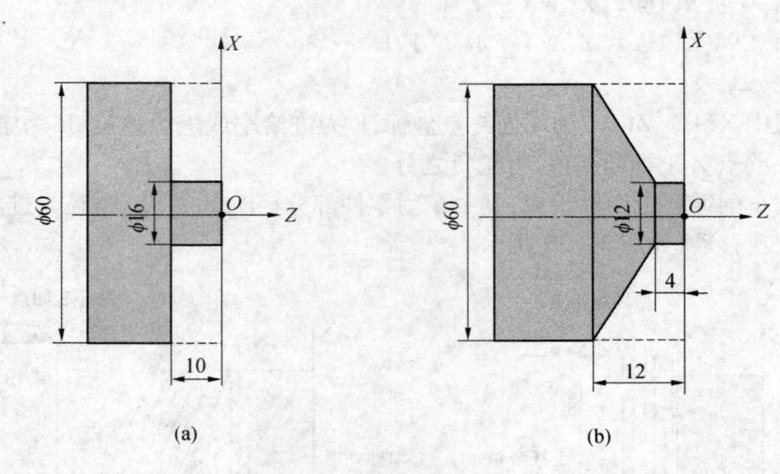

图2-40　G94切削循环实例

（a）垂直端面；（b）锥形端面。

锥形端面粗车：如图2-40(b)所示，棒料直径为60mm，零件右端端面切削余量较大，因此精车前应进行粗车去除大部分余量。若粗车时每次车削深度为1mm，余量留0.2mm，以右端面中心 *O* 为工件原点，使用G94车削循环指令加工，则编写的粗车程序如下：

```
……
G00 X66.0 Z10.0;               /* 快速走刀至车削循环起始点(66,10)
G94 X12.4 Z7.0 R-9.0 F0.3;     /* 第1次粗车,车削深度为1mm,X方向留精车余量单边0.2mm,
                               进给率为0.3mm/r
Z6.0;                          /* 第2次粗车,车削深度为1mm,其余参数不变
Z5.0;                          /* 第3次粗车,车削深度为1mm,其余参数不变
Z4.0;                          /* 第4次粗车,车削深度为1mm,其余参数不变
Z3.0;                          /* 第5次粗车,车削深度为1mm,其余参数不变
```

```
Z2.0;          /* 第6次粗车,车削深度为1mm,其余参数不变
Z1.0;          /* 第7次粗车,车削深度为1mm,其余参数不变
Z0;            /* 第8次粗车,车削深度为1mm,其余参数不变
Z-1.0;         /* 第9次粗车,车削深度为1mm,其余参数不变
Z-2.0;         /* 第10次粗车,车削深度为1mm,其余参数不变
Z-3.0;         /* 第11次粗车,车削深度为1mm,其余参数不变
Z-3.8;         /* 最后一次粗车,车削深度为0.8mm,留精车余量0.2mm,其余参数不变
……
```

二、复合循环

复合循环(也称多次循环)包括车削复合循环、钻孔复合循环及螺纹加工复合循环三类。采用复合循环加工可大大简化编程过程,缩短数控程序,使数控编程变得更加容易。车削复合循环是通过定义零件精加工的刀具轨迹来进行零件的粗车和精车的,包括精车循环G70、外圆/内孔粗车循环G71、端面粗车循环G72和粗车复合循环G73。钻孔复合循环包括端面深孔钻削循环G74、外径/内径钻孔循环G75。螺纹加工复合循环在螺纹加工部分已介绍。

1. G70——精车循环

该指令用于在零件用粗车循环指令G71、G72或G73车削后进行精车。

指令格式:

G70 P(ns) Q(nf);

说明:

ns:精加工程序第一个程序段的顺序号;

nf:精加工程序最后一个程序段的顺序号。

编程注意事项:

(1) 精车过程中的F、S、T功能在程序段号ns和nf之间指定。

(2) 在车削循环期间,刀尖半径补偿功能有效。

(3) 在程序段号ns和nf之间的程序段不能调用子程序。

(4) 当G70循环加工结束时,刀具返回到粗车循环始点并读下一个程序段。

编程格式:

```
……
G71(或G72、G73)……;
G71(或G72、G73)……;
N(ns)……;
……      /*精车刀具轨迹程序段
N(nf)……;
G70 P(ns) Q(nf);
……
```

2. G71——外圆/内孔粗车循环

该指令的执行过程如图2-41所示。

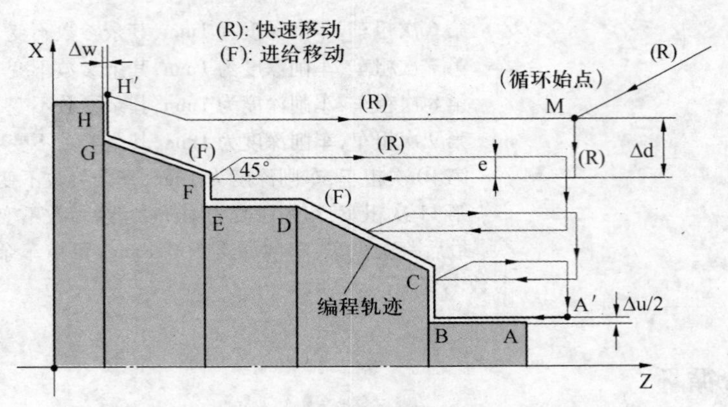

图 2-41　G71 指令执行过程及参数意义

指令格式：

G71 U（Δd）R（e）；

G71 P（ns）Q（nf）U（Δu）W（Δw）F（f）S（s）T（t）；

N(ns) ……

……　/＊顺序号 ns 到 nf 的程序段为 M→A→B→C→D→E→F→G→H 的移动轨迹。

N(nf) ……

说明：

Δd：切削深度，半径编程，不带符号，切削方向决定于方向 MA，模态值。

e：退刀量，模态值。

ns：精车加工程序第一个程序段的顺序号。

nf：精车加工程序最后一个程序段的顺序号。

Δu：X 方向精加工余量的距离和方向（直径/半径编程）。

Δw：Z 方向精加工余量的距离和方向。

f,s,t：粗车过程中包含在 ns 到 nf 程序段中的任何 F,S 或 T 功能都被忽略，只有 G71 程序段中的 F,S 或 T 功能有效。

编程注意事项：

（1）A→H 的刀具轨迹（即零件轮廓）在 *X* 和 *Z* 方向坐标值必须单调增加或减小。

（2）精车加工程序第一段（即 ns）的刀具移动必须垂直于 *Z* 方向（即该程序段中不带 *Z*）。

（3）精车余量 Δu 和 Δw 的符号与刀具轨迹移动的方向有关，即沿刀具轨迹方向移动时如果 *X* 方向坐标值单调增加，则 Δu 为正，反之为负；如果 *Z* 坐标值单调减小，则 Δw 为正，反之为负。

（4）在 ns 和 nf 之间的程序段不能调用子程序。

（5）在车削循环期间，刀尖半径补偿功能无效。但如果假想刀尖编号为 0 或 9，则刀尖半径补偿值会加到 U 和 W 中。

（6）在 ns 到 nf 之间的程序段中指定的 G96 和 G97 功能无效，而在 G71 指令或之前程序段指定的这些功能有效。

【编程实例】　如图 2-42 所示，在 Φ55mm 的棒料中加工一短轴，需切削大量坯料，宜采用 G71 循环指令进行粗切，确定粗车深度为 1mm，退刀量为 1mm，精车削预留量单边

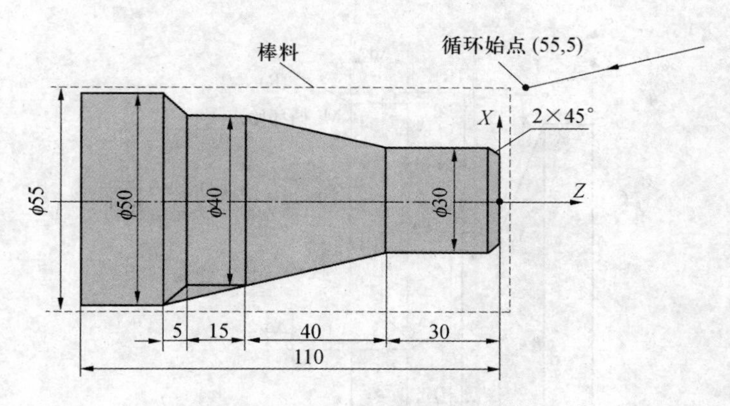

图 2-42　G71 粗车循环实例

0.2mm，粗车的进给率为 0.3mm/r，主轴转速为 800r/min；精车进给率为 0.15mm/r，主轴转速为 1000r/min。若粗车刀为 01 号，精车刀为 02 号，则数控加工程序编写如下：

```
O0030;
T0101 M03 S800;                 /* 调01号粗车刀,启动主轴并正转,设定转速为800r/min
G00 X55.0 Z5.0 M08;             /* 快速进刀至粗切循环始点(55,5),打开冷却液
G71 U1.0 R1.0;                  /* 定义G71粗车循环,切削深度为1mm,退刀量为1mm
G71 P5 Q12 U0.4 W0.2 F0.3;      /* 定义G71循环范围N5到N12及粗切削参数
N5 G00 X26.0 F0.15 S1000;       /* 精切削程序第一段,快速进刀至精切削始点(26,5)并定义精
                                   切削的进给率和主轴转速
G01 Z0;
X30.0 Z-2.0;
Z-30.0;
X40.0 Z-70.0;
Z-85.0;
X50.0 Z-90.0;
N12 Z-110.0;                    /* 精切削程序最后一段
G00 X100.0 Z100.0;              /* 从循环始点快速退刀至换刀点(100,100)
T0202;                          /* 换02号精车刀
G00 X55.0 Z5.0;                 /* 快速进刀至精车循环始点
G70 P5 Q12;                     /* 精车削循环
G00 X100.0 Z300.0 M09;          /* 快速退刀,关闭冷却液
M05;                            /* 主轴停转
M30;                            /* 程序结束并返回
```

3. G72——端面粗车循环

该指令的执行过程如图 2-43 所示。

指令格式：

G72 W <u>(Δd)</u> R <u>(e)</u> ;

G72 P <u>(ns)</u> Q <u>(nf)</u> U <u>(Δu)</u> W <u>(Δw)</u> F <u>(f)</u> S <u>(s)</u> T <u>(t)</u> ;

N(ns) ……

……　/*顺序号 ns 到 nf 的程序段为 M→A→B→C→D→E→F 的移动轨迹。

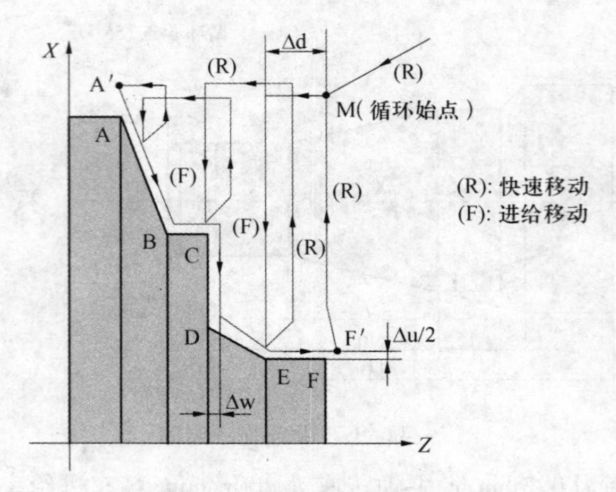

图 2-43　G72 指令执行过程及参数意义

N(nf) ……

说明:

G72 指令中各参数的意义与 G71 中的相同。

编程注意事项:

(1) 零件轮廓在 *X* 和 *Z* 方向坐标值必须单调增加或减小。

(2) 精车加工程序第一段(即 ns)的刀具移动必须垂直于 *X* 方向(即该程序段中不带 *X*)。

(3) 精车余量 Δu 和 Δw 的符号与刀具轨迹移动的方向有关,即沿刀具轨迹方向移动时如果 *X* 方向坐标值单调增加,则 Δu 为负,反之为正;如果 *Z* 坐标值单调减小,则 Δw 为负,反之为正。

(4) 在 ns 和 nf 之间的程序段不能调用子程序。

(5) 在车削循环期间,刀尖半径补偿功能无效。但如果假想刀尖编号为 0 或 9,则刀尖半径补偿值会加到 U 和 W 中。

(6) 在 ns 到 nf 之间的程序段中指定的 G96 和 G97 功能无效,而在 G72 指令或之前程序段指定的这些功能有效。

【编程实例】 如图 2-44 所示为一要进行端面粗车的短轴,需切削大量坯料,采用 G72 循环指令进行粗切,定粗车深度为 1mm,退刀量为 1mm,精车削预留量单边 0.2mm,粗车的进给率为 0.3mm/r,主轴转速为 800r/min;精车进给率为 0.15mm/r,主轴转速为 1000r/min。若粗车刀为 01 号,精车刀为 02 号,则数控加工程序编写如下:

```
O0032;
T0101 M03 S800;                 /* 调 01 号粗车刀,启动主轴并正转,设定转速为 800r/min
G00 X105.0 Z1.0 M08;            /* 快速进刀至粗切循环始点(105, 1),打开冷却液
G72 U1.0 R1.0;                  /* 定义 G72 粗车循环,切削深度为 1mm,退刀量为 1mm
G72 P5 Q10 U0.4 W0.2 F0.3;      /* 定义 G72 循环范围 N5 到 N10 及粗切削参数
N5 G00 Z-45.0 F0.15 S1000;      /* 精切削程序第一段,快速进刀至精切削始点(105, -45)并定义
                                   精切削的进给率和主轴转速
G01 X70.0;
X56.0 Z-35.0;
```

```
Z-25.0;
X30.0 Z-10.0;
N10 Z0;                        /* 精切削程序最后一段
G00 X100.0 Z100.0;             /* 从循环始点快速退刀至换刀点(100,100)
T0202;                         /* 换02号精车刀
G00 X105.0 Z1.0;               /* 快速进刀至精车循环始点
G70 P5 Q10;                    /* 精车削循环
G00 X100.0 Z300.0 M09;         /* 快速退刀,关闭冷却液
M05;                           /* 主轴停转
M30;                           /* 程序结束并返回
```

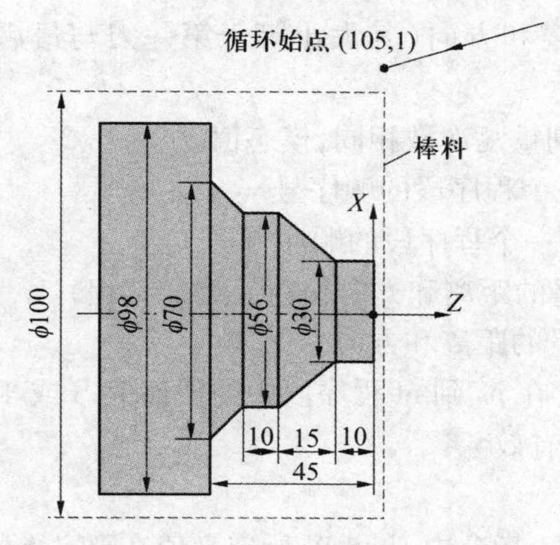

图2-44　G72粗车循环实例

4. G73——型车复合循环

该指令通过重复地车削零件上的毛坯余留来逐渐形成零件外形的形状。该循环可有效地用于车削零件毛坯形状已用粗加工、锻造或铸造方法成形的零件的车削加工,以去除大量的毛坯余量。

该指令的执行过程如图2-45所示。

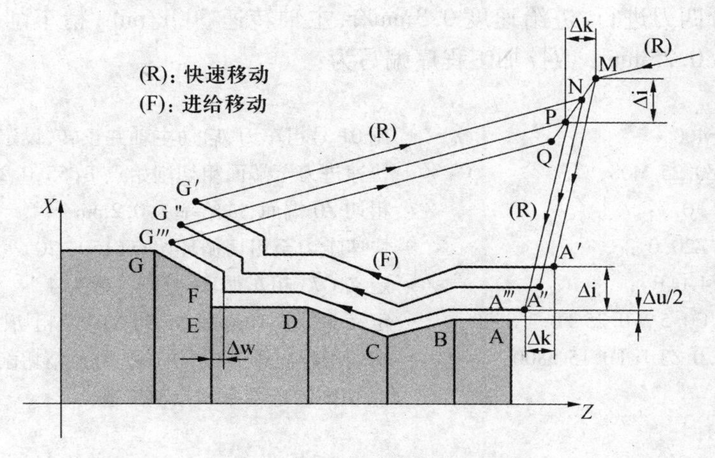

图2-45　G73指令执行过程及意义

指令格式：

G73 U (Δi) W (Δk) R __ ;

G73 P (ns) Q (nf) U (Δu) W (Δw) F (f) S (s) T (t) ;

N(ns) ……

…… /＊顺序号 ns 到 nf 的程序段为 M→A→B→C→D→E→F→G 的移动轨迹。

N(nf) ……

说明：

Δi：沿 *X* 轴的退刀距离和方向（其大小等于第一刀与最后一刀在 *X* 方向的切削总量），半径编程。该参数为模态值。

Δk：沿 *Z* 轴的退刀距离和方向（其大小等于第一刀与最后一刀在 *Z* 方向的切削总量）。该参数为模态值。

R：分割次数，与粗车削重复次数相同，模态值。

ns：精车加工程序第一个程序段的顺序号。

nf：精车加工程序最后一个程序段的顺序号。

Δu：*X* 方向精加工余量的距离和方向（直径/半径编程）。

Δw：*Z* 方向精加工余量的距离和方向。

f，s，t：粗车过程中包含在 ns 到 nf 程序段中的任何 F，S 或 T 功能都被忽略，只有 G73 程序段中的 F，S 或 T 功能有效。

编程注意事项：

（1）注意前后两行 G73 指令中 U 和 W 所定义值在意义上的区别。

（2）精车余量 Δu 和 Δw 的符号与刀具轨迹移动的方向有关，即沿刀具轨迹方向移动时如果 *X* 方向坐标值单调增加，则 Δu 为负，反之为正；如果 *Z* 坐标值单调减小，则 Δw 为负，反之为正。

（3）在车削循环期间，刀尖半径补偿功能无效。

【编程实例】

（1）加工如图 2－46 所示的零件，毛坯为锻件。毛坯单边余量 *X* 向和 *Z* 向均为 5mm，粗加工分四刀进行，进给速度 0.3mm/r，主轴转速 500r/min，精车削预留量 *X* 向为 0.5mm，*Z* 向为 0.25mm。数控加工程序编写为：

```
O0050;
T0101 M03 S400;                      /＊ 调 01 号粗车刀，启动主轴并正转，设定转速为 400r/min
G00 X55.0 Z0.25 M08;                 /＊ 快速进刀至端面粗切削始点 B(55,0.25)，打开冷却液
G01 X－1.6 F0.2;                     /＊ 粗切 Z0 端面，进给率为 0.2mm/r
G00 X150.0 Z20.0 ;                   /＊ 快速走刀至粗切循环始点(150, 20)
G73 U4.0 W4.0 R4;                    /＊ 定义 G73 粗车循环，分割次数为 4
G73 P5 Q10 U0.5 W0.25 F0.3 S500;     /＊ 定义 G73 循环范围 N5 到 N10 及粗切削参数
N5 G00 X40.0 Z3.0 F0.15 S800;        /＊ 精切削程序第一段，快速进刀至精切削始点 A(40,3)并
                                        定义精切削的进给率和主轴转速
G01 Z－25.0;
X60.0 Z－45.0;
Z－75.0;
```

```
G02 X80.0 Z-85.0 I10.0 K0;
G01 X90.0 Z-90.0;
N10 Z-150.0;                          /* 精切削程序最后一段,切直径90mm的外圆柱面至G点
                                         (90, -150)
G00 X150.0 Z100.0;                    /* 从循环始点快速退刀至换刀点(150,100)
T0202;                                /* 换02号精车刀
G70 P5 Q10;                           /* 精车削循环
G00 X45.0 Z0;                         /* 快速走刀至端面精切始点
G01 X-1.6 F0.1;                       /* 精切削Z0端面
G00 X150.0 Z300.0 M09;                /* 快速退刀,关闭冷却液
M05;                                  /* 主轴停转
M30;                                  /* 程序结束并返回
```

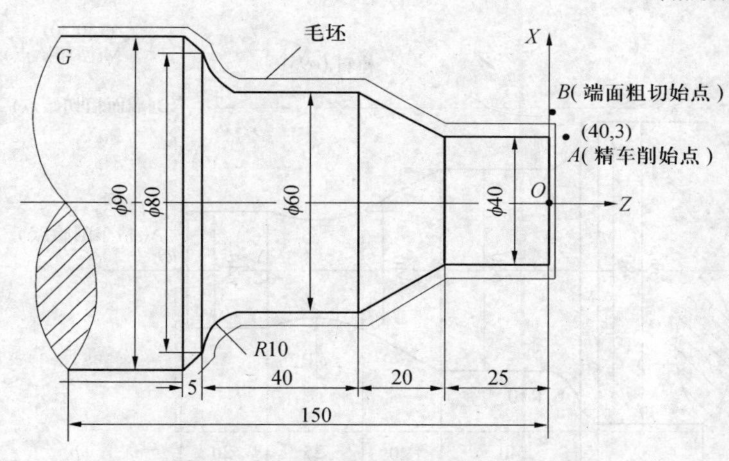

图2-46　G73粗车循环指令实例(毛坯加工)

(2) 用直径为95mm的棒料加工如图2-47所示零件。粗加工切削深度约为2mm,进给速度0.3mm/r,主轴转速500r/min,精车削预留量 X 向为0.5mm,Z 向为0.25mm。数控加工程序编写为:

```
O0060;
T0101 M03 S400;                       /* 调01号粗车刀,启动主轴并正转,设定转速为400r/min
G00 X100.0 Z0.25 M08;                 /* 快速进刀至端面粗切削始点B(100,0.25),打开冷却液
G01 X-1.6 F0.2;                       /* 粗切Z0端面,进给率为0.2mm/r
G00 X150.0 Z20.0 ;                     * 快速走刀至粗切循环始点(150, 20)
G73 U28.0 W0 R15;                     /* 定义G73粗车循环,分割次数为15
G73 P5 Q10 U0.5 W0.25 F0.3 S500;      /* 定义G73循环范围N5到N10及粗切削参数
N5 G00 X38.0 Z3.0 F0.15 S800;         /* 精切削程序第一段,快速进刀至精切削始点A(38,3)并
                                         定义精切削的进给率和主轴转速
G01 Z0;
X40.0 Z-1.0;
Z-20.0;
```

```
G02 X40.0 Z-45.0 R25.0;
X60.0 Z-65.0;
Z-95.0;
G02 X80.0 Z-105.0 I10.0 K0;
G01 X90.0 Z-110.0;
N10 Z-160.0;                      /* 精切削程序最后一段
G00 X150.0 Z100.0;                /* 从循环始点快速退刀至换刀点(150,100)
T0202;                            /* 换02号精车刀
G70 P5 Q10;                       /* 精车削循环
G00 X45.0 Z0;                     /* 快速走刀至端面精切始点
G01 X-1.6 F0.1;                   /* 精切削Z0端面
G00 X150.0 Z300.0 M09;            /* 快速退刀,关闭冷却液
M05;                              /* 主轴停转
M30;                              /* 程序结束并返回
```

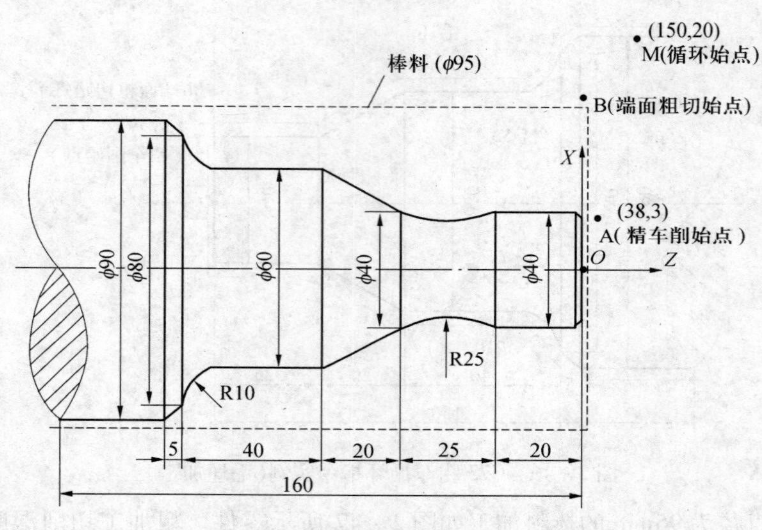

图2-47 G73粗车循环指令实例(棒料加工)

5. G74——端面深孔钻削循环

该循环可实现断屑加工,切削轨迹如图2-48所示。

指令格式:

G74 R (e);

G74 X(U)__ Z(W)__ P (Δi) Q (Δk) R (Δd) F (f);

说明:

e:回退量,模态值。

X:B点的X分量。

U:从A到B的增量。

Z:C点的 Z 分量。

W:从A到C的增量。

Δi:X方向的移动量(不带符号)。

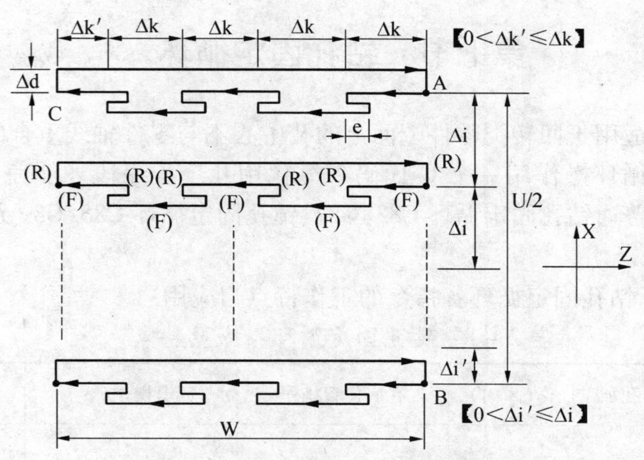

图 2-48 G74 端面深孔钻削的轨迹

Δk:Z 方向的切深(不带符号)。

Δd:刀具在切削底部的退刀量,Δd 的符号总是(+)。但是,如果地址 X(U)和 Δi 被忽略,表示只在 *Z* 向钻孔,退刀方向可以指定为希望的符号。

f:进给速度。

6. G75——外径/内径钻孔循环

该加工循环实现断屑,可实现 X 轴向切槽,X 向排屑钻孔(此时忽略 Z、W 和 Q),切削轨迹如图 2-49 所示。

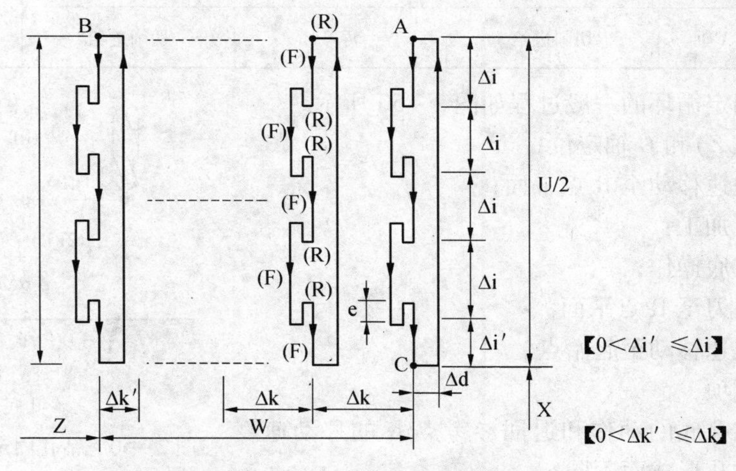

图 2-49 G75 外径/内径钻孔循环的轨迹

指令格式:

G75 R <u>(e)</u>;

G75 X(U)__ Z(W)__ P <u>(Δi)</u> Q <u>(Δk)</u> R <u>(Δd)</u> F <u>(f)</u>;

说明:

(1) G75 等效于 G74,除了用 Z 代替 X 外。

(2) G74 和 G75 两者都用于切槽和钻孔,且刀具自动退刀。

(3) 有四种进刀方向。

第七节　钻孔固定循环

钻孔固定循环适用于回转类零件端面上的孔中心不与零件轴线重合的孔或外表面上的孔的加工。这种循环操作用一个 G 代码来简化用几个程序段才能完成的加工操作。钻孔固定循环包括普通钻孔固定循环 G83/G87、镗孔固定循环 G85/G89 及攻螺纹固定循环 G84/G88。

表 2-1 列举了钻孔固定循环各指令的工作特点与应用。

表 2-1　钻孔固定循环指令及特点

G 代码	钻孔轴	孔加工操作(-向)	孔底位置操作	回退操作(+)	应用
G80	——	——	——	——	取消
G83	Z 轴	切削进给/断续	暂停	快速移动	端面钻孔循环
G84	Z 轴	切削进给	暂停→主轴反转	切削进给	端面攻丝循环
G85	Z 轴	切削进给		切削进给	端面镗孔循环
G87	X 轴	切削进给/断续	暂停	快速移动	侧面钻孔循环
G88	X 轴	切削进给	暂停→主轴反转	切削进给	侧面攻丝循环
G89	X 轴	切削进给	暂停	切削进给	侧面镗孔循环

钻孔固定循环的一般过程如图 2-50 所示。

(1) $X(Z)$ 和 C 轴定位；

(2) 快速移动至 R 点平面；

(3) 孔加工；

(4) 孔底操作；

(5) 退刀至 R 点平面；

(6) 快速移动至起始点。

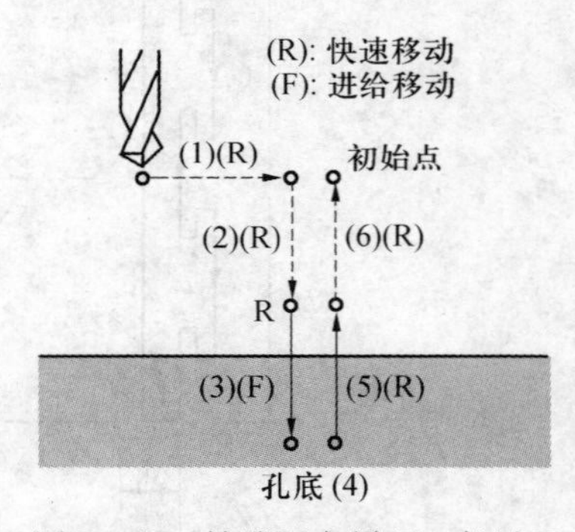

图 2-50　钻孔固定循环一般过程

注意事项：

(1) 在孔底的动作和退回参考点 R 的移动速度视具体的钻孔形式而不同。

(2) 参考点 R 的位置稍高于被加工零件的平面，是为保证钻孔过程的安全可靠而设置的。

(3) 钻削径向孔或中心不在工件回转轴线上的轴向孔时，数控车床必须带有动力头，即为车削加工中心，且动力头分别有轴向的和径向的。但如果只钻削中心与工件回转轴线重合的轴向孔，则可采用车床主轴旋转的方法来进行。采用动力头时需用 M 代码将车床主轴的旋转运动转换到动力头主轴的运动，钻孔完毕后再用 M 代码将动力头主轴的运动转换到车床主轴的运动。

(4) 根据工件情况和每种指令的要求设置好有关参数。在端面上进行钻孔时，孔位置用 *C* 轴和 *X* 轴定位，*Z* 轴为钻孔方向轴；在侧面上钻孔时，孔位置用 *C* 轴和 *Z* 轴定位，*X* 轴为钻孔方向轴。

(5) 需采用 *C* 轴夹紧/松开功能时，需在机床参数中设置 *C* 轴夹紧/松开 *M* 代码。钻孔循环过程中，刀具快速移动到初始点时 *C* 轴自动夹紧，钻孔循环结束后退回到 *R* 点时 *C* 轴自动松开。

(6) 钻孔固定循环 G 代码是模态量，直到被取消前一直有效。钻孔模式中的数据一旦指定即被保留，直到修改或取消。进行钻孔循环时，只需改变孔的坐标位置数据即可重复钻孔循环。

(7) 在采用动力头钻孔时，工件不转动，因而钻孔时必须以 mm/min 表示钻孔进给速度。

(8) 钻孔循环可用专用 G 代码 G80 或以下 G 代码进行取消：G00、G01、G02、G03。

一、端面钻孔循环 G83/侧面钻孔循环 G87

1. 高速深孔钻循环

高速深孔钻循环的工作过程如图 2－51 所示。由于每次退刀时不退到 R 平面，因而节省大量的空行程时间，使钻孔速度大为提高。

指令格式：

G83 X(U)__ C(H)__ Z(W)__ R__ Q__ P__ F__ M__ K__ ;

G87 Z(W)__ C(H)__ X(U)__ R__ Q__ P__ F__ M__ K__ ;

说明：

X(U)__ C(H)__或 Z(W)__ C(H)__：孔位置坐标。

Z(W)__或 X(U)__：孔底坐标，以 W 或 U 表示时为 R 点到孔底的距离。

R__：初始点到 R 点的距离，有正负号(R 值减初始点值)。

Q__：每次钻孔深度，以 1/1000mm 表示。

P__：刀具在孔底停留的延迟时间。

F__：钻孔进给速度，以 mm/min 表示。

M__：C 轴夹紧 M 代码(需要时)。

K__：钻孔重复次数，缺省 K＝1。

钻孔循环中每次退刀距离 d 在系统参数 5114 号中设定。

2. 深孔钻循环

深孔钻循环的工作过程如图 2－52 所示。由于每次退刀时都退到 R 平面，因而空行程时间较长，钻孔速度较高速深孔钻循环慢。

深孔钻循环的指令格式和指令参数意义与高速深孔钻循环的相同。这两种钻孔方式的选用需用参数在使用前预先设置好。

3. 钻孔固定循环

钻孔固定循环的工作过程如图 2－53 所示。钻孔过程中无回退动作，因而这种钻孔方式只适合于钻浅孔。

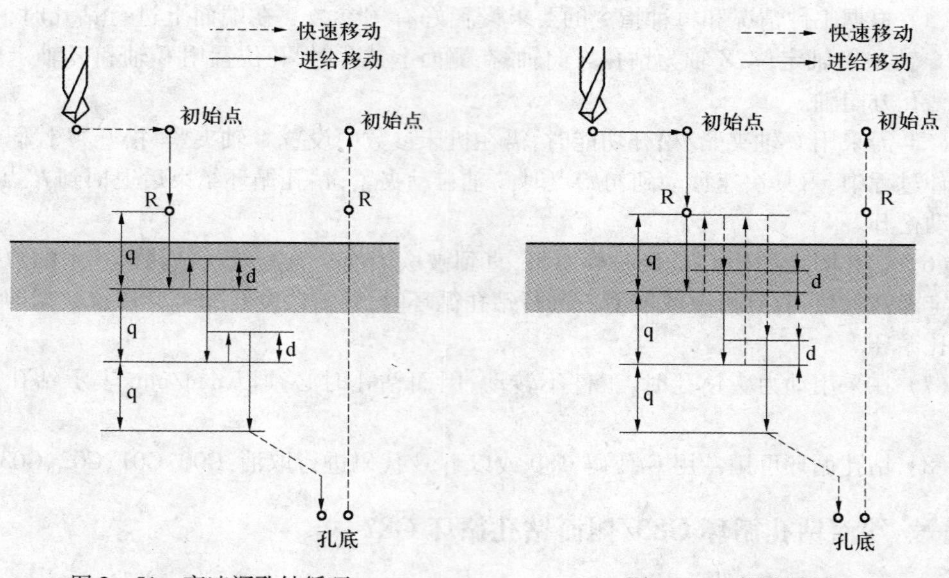

图 2－51　高速深孔钻循环　　　　图 2－52　深孔钻循环

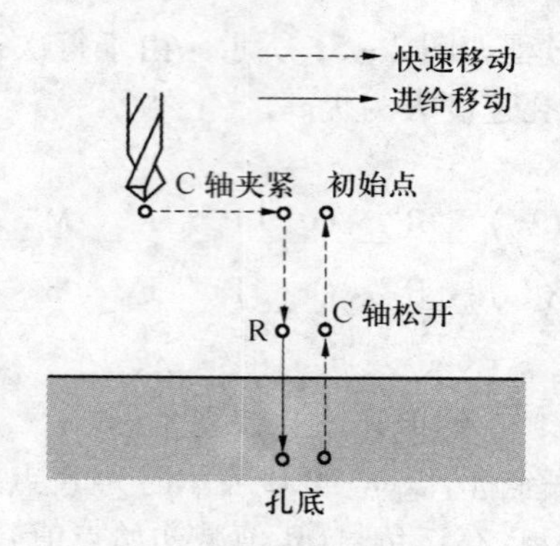

图 2－53　钻孔固定循环

钻孔固定循环的指令格式和指令参数中除没有 Q(每次钻削深度)外,其余与高速深孔钻循环相同。

【编程实例】

```
M51;                                      /* 设定 C 轴分度方式
M03 S2000;                                /* 旋转钻孔轴
G00 X50.0 C0;                             /* 沿 X 和 C 轴定位钻孔轴
G83 Z-40.0 R-5.0 Q5000 P500 F5.0 M31;     /* 钻孔 1
C90.0 M31;                                /* 钻孔 2
C180.0 M31;                               /* 钻孔 3
C270.0 M31;                               /* 钻孔 4
G80 M05;                                  /* 取消钻孔循环并停止主轴
M50;                                      /* 取消 C 轴分度方式
```

三、端面攻丝循环 G84/侧面攻丝循环 G88

攻丝固定循环的工作过程如图 2－54 所示。

指令格式：

G84 X(U)＿ C(H)＿ Z(W)＿ R＿ P＿ F＿ M＿ K＿；

G88 Z(W)＿ C(H)＿ X(U)＿ R＿ P＿ F＿ M＿ K＿；

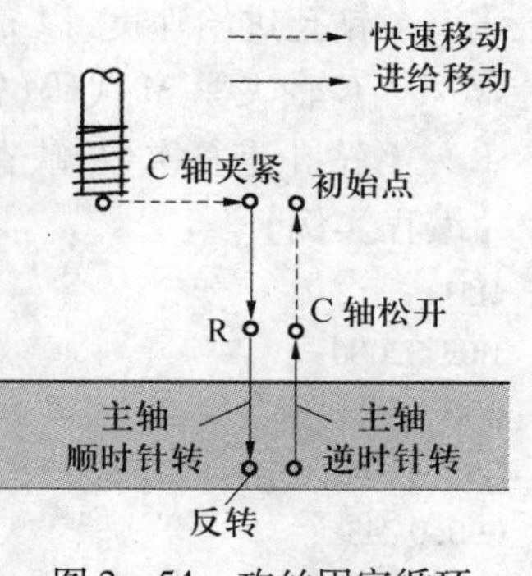

图 2－54　攻丝固定循环

说明：

X(U)＿ C(H)＿ 或 Z(W)＿ C(H)＿：孔位置坐标。

Z(W)＿ 或 X(U)＿：孔底坐标，以 W 或 U 表示时为 R 点到孔底的距离。

R＿：初始点到 R 点的距离，有正负号。

P＿：刀具在孔底停留的延迟时间。

F＿：钻孔进给速度，以 mm/min 表示。

M＿：*C* 轴夹紧 M 代码（需要时）。

K＿：钻孔重复次数，缺省 K＝1。

【编程实例】

```
M51;                                  /* 设定 C 轴分度方式
M03 S2000;                            /* 旋转钻孔轴
G00 X50.0 C0;                         /* 沿 X 和 C 轴定位钻孔轴
G84 Z-40.0 R-5.0 P500 F5.0 M31;       /* 钻孔 1
C90.0 M31;                            /* 钻孔 2
C180.0 M31;                           /* 钻孔 3
C270.0 M31;                           /* 钻孔 4
G80 M05;                              /* 取消钻孔循环并停止主轴
M50;                                  /* 取消 C 轴分度方式
```

三、端面镗孔循环 G85/侧面镗孔循环 G89

镗孔固定循环的工作过程如图 2－55 所示。

指令格式：

G85 X(U)＿ C(H)＿ Z(W)＿ R＿ P＿ F＿ M＿ K＿；

G89 Z(W)＿ C(H)＿ X(U)＿ R＿ P＿ F＿ M＿ K＿；

说明：

X(U)＿ C(H)＿ 或 Z(W)＿ C(H)＿：孔位置坐标。

Z(W)＿ 或 X(U)＿：孔底坐标，以 W 或 U 表示时为 R 点到孔底的距离。

R＿：初始点到 R 点的距离，有正负号。

P＿：刀具在孔底停留的延迟时间。

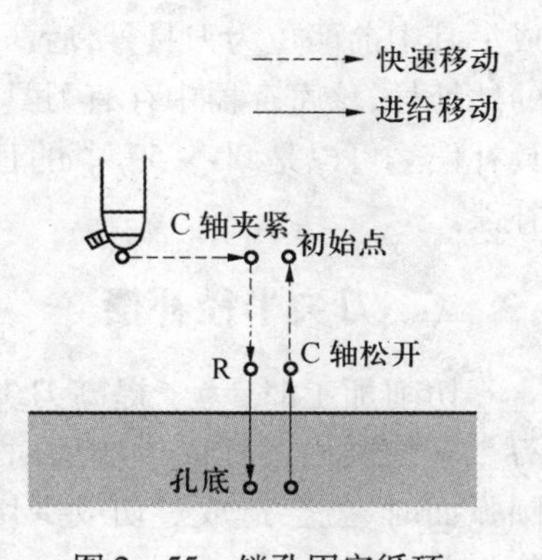

图 2－55　镗孔固定循环

F __ :钻孔进给速度,以 mm/min 表示。

M __ :C 轴夹紧 M 代码(需要时)。

K __ :钻孔重复次数,缺省 K=1。

【编程实例】

```
M51;                                    /* 设定C轴分度方式
M03 S2000;                              /* 旋转钻孔轴
G00 X50.0 C0;                           /* 沿X和C轴定位钻孔轴
G85 Z-40.0 R-5.0 P500 F5.0 M31;         /* 钻孔1
C90.0 M31;                              /* 钻孔2
C180.0 M31;                             /* 钻孔3
C270.0 M31;                             /* 钻孔4
G80 M05;                                /* 取消钻孔循环并停止主轴
M50;                                    /* 取消C轴分度方式
```

第八节　刀具补偿功能

在数控车削编程中,刀尖的位置是假想位于刀架的中心点上,而实际所采用的刀具是各种各样的,各种刀具在形状尺寸和刀具的使用状况上也存在较大的差异,在进行数控车削加工时必须对这种差异进行补偿,才能加工出正确的零件形状,在数控编程中将这种补偿称为刀具补偿。

刀具补偿可分为刀具几何尺寸补偿、刀具磨损补偿及刀尖半径补偿。

一、刀具几何尺寸补偿和磨损补偿

如图 2-56 所示,在编程时,一般以其中一把刀具为基准,并以该刀具的刀尖位置 A 为依据来建立工件坐标系。这样,当其它刀位转至加工位置时,刀尖的位置 B 相对于刀尖位置 A 就会有偏差,由此原来设定的工件坐标系对这些刀具就不适用了。另外,每把刀具在加工过程中都有不同程度的磨损。因此,应该对偏移量 ΔX、ΔZ 进行补偿。

刀具的补偿功能由程序中指定的 T 代码来实现。T 代码由字母 T 后面跟 4 位数码组成。其中前两位为刀具号,后两位为刀具补偿号。刀具补偿号实际上是刀具补偿寄存器的地址号,该寄存器中存有刀具的几何偏差量和磨损偏差量(X 轴偏差和 Z 轴偏差)。刀具补偿号可以是 00~59 中的任一个数,刀具补偿号为 00 时,表示不进行补偿或取消补偿。

二、刀尖半径补偿

切削加工时,为了提高刀尖强度,降低加工表面粗糙度,刀尖处可以磨成圆弧过渡刃。在切削内圆柱面或端面时,刀尖圆弧不影响其尺寸和形状,但是在切削圆锥面或圆弧面时,就会造成过切或少切,如图 2-57 所示。此时,可用刀尖半径补偿功能来消除误差。

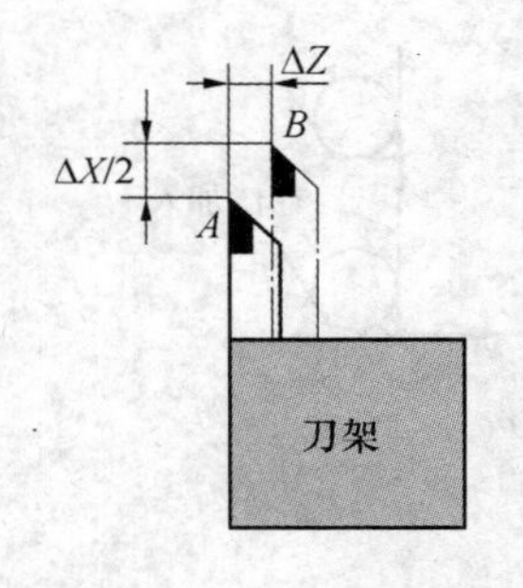

图 2－56　刀具位置偏差

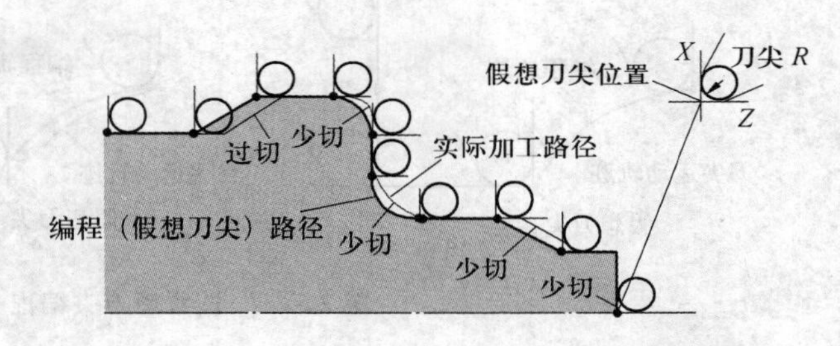

图 2－57　刀尖圆角造成的少切和多切

加工中当系统执行到含有 T 代码的程序段时，是否对刀具进行半径补偿，取决于 G40、G41、G42 指令，如图 2－58 所示。

G40：取消刀尖半径补偿。刀尖运动轨迹与编程轨迹一致。

G41：刀尖半径左补偿。沿前进方向看，刀尖圆弧位置在编程轨迹的左边。

G42：刀尖半径右补偿。沿前进方向看，刀尖圆弧位置在编程轨迹的右边。

数控车床总是按刀尖对刀，使刀尖位置与程序中的起刀点（或换刀点）重合。但是实际车刀上有刀尖圆弧，如图 2－59 所示。所以刀尖位置可以是假想刀尖圆弧上某点，也可以是假想刀尖圆弧上的另一点。在没有刀尖半径补偿时，按哪个假想刀尖位置编程，哪个刀尖就按编程轨迹运动。由此产生的过切和少切，因刀尖位置方向的不同而异。

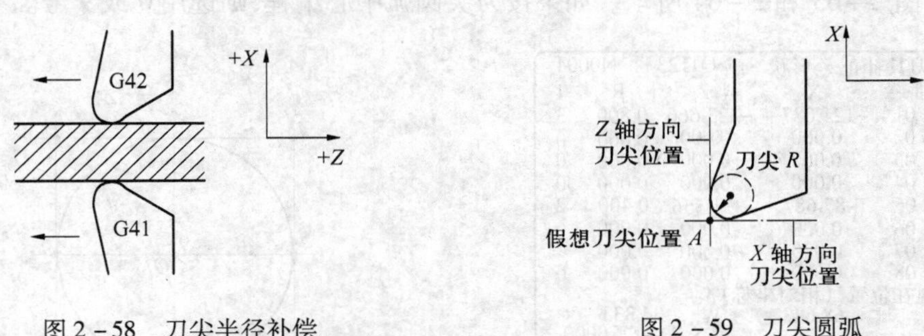

图 2－58　刀尖半径补偿　　　　图 2－59　刀尖圆弧

1. 按刀尖圆弧中心编程

如图 2－60 所示，当没有刀尖半径补偿时，刀尖圆弧中心的轨迹与编程轨迹相同，如图 2－60(a)；当执行刀尖半径补偿时，则可以多切或少切，如图 2－60(b)。

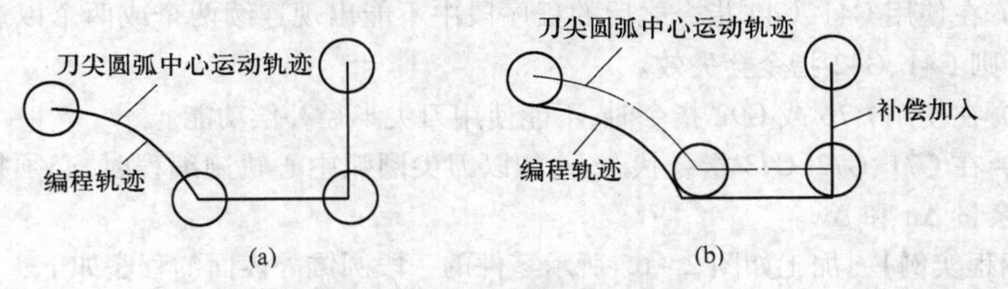

图 2－60　按刀尖圆弧中心编程

2. 按假想刀尖编程

如图 2－61 所示，当没有刀尖半径补偿时，假想刀尖的轨迹与编程轨迹相同，如图 2－61(a)；当执行刀尖半径补偿时，则可以多切或少切，如图 2－61(b)。

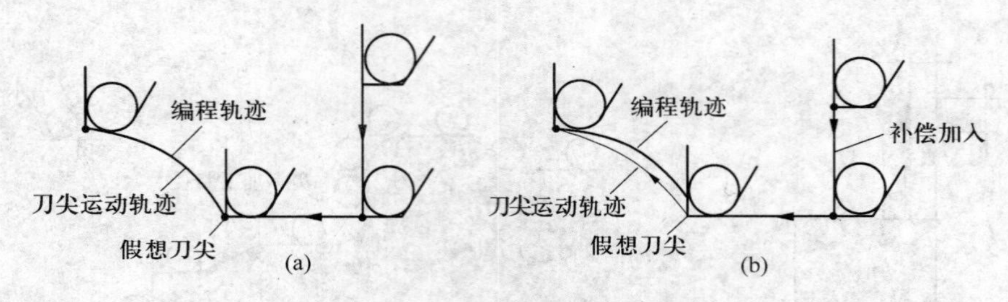

图 2－61　按假想刀尖编程

注：

（1）G41 或 G42 指令必须与 G00 或 G01 指令一起使用，并且在切削完成之后用 G40 指令取消补偿。

（2）工件有锥度和圆弧时，必须在精车锥度和圆弧前一程序段中建立刀具半径补偿，一般在切入工件时的程序段中建立半径补偿。

（3）必须在刀具补偿设定页面的刀具半径处填入使用刀具的刀尖半径值，如图 2－62 中的 *R* 项。

（4）必须在刀具补偿设定页面的假想刀尖方向处（图 2－62 中的 T 项），填入使用刀具的假想刀具方向代号，作为刀尖半径补偿的依据。

（5）从刀尖圆弧中心看刀尖的方向不同，即刀具在切削时所摆的位置不同，共有 9 种位置，如图 2－63 和 2－64 所示。如果按刀尖圆弧中心编程，则选用 0 或 9 号。

刀具补正／形状　　O1123　　N0004

番号	X	Z	R	T
G 01	−121.087	−323.666	0.800	3
G 02	0.000	0.000	0.000	0
G 03	0.000	0.000	0.000	0
G 04	0.000	0.000	0.000	0
G 05	−87.687	−331.556	0.400	2
G 06	0.000	0.000	0.000	0
G 07	0.000	0.000	0.000	0
G 08	0.000	0.000	0.000	0

现在位置（相对坐标）
U　−68.643　　W　−34.333
>_　　S　0　T 0000
JOG*** *** ***　　09:32:24
（磨耗）（形状）（　　）（　　）（操作）

图 2－62　刀具补偿参数设定页面

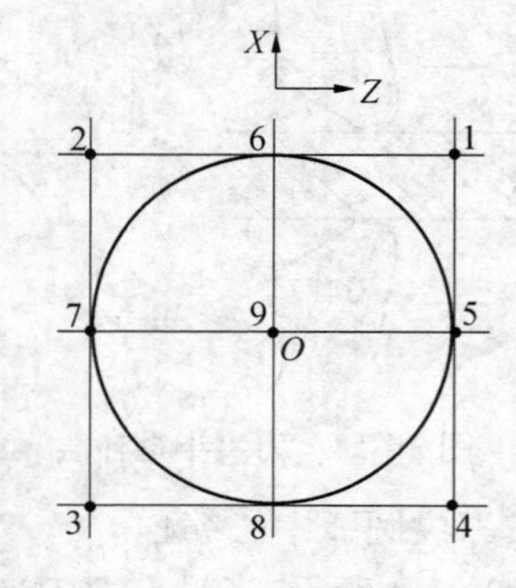

图 2－63　假想刀尖方向代号

（6）在使用 G41、G42 指令之后的程序段中不能出现连续两个或两个以上的不移动指令，否则 G41、G42 指令会失效。

（7）在使用 G76 或 G92 指令时，不能使用刀尖半径补偿功能。

（8）在 G71、G72、G73 指令状态下，如以刀尖圆弧中心轨迹编程时，必须指定指令中的精车余量 Δu 和 Δw。

【编程实例】　加工如图 2－65 所示零件的一段圆锥外表面的程序如下：

```
……
G00 X60.0 Z5.0;                 /* 快速走刀至进刀点
G42 G01 Z0 F0.2;                /* 进刀至切削始点并建立刀尖半径补偿
X120.0 Z-150.0;                 /* 圆锥外圆面车削
```

```
X200.0 Z-180.0;                    /* 锥形台阶车削
Z-230.0;                           /* Φ200mm 外圆车削
G40 G00 X240.0 Z100.0;             /* 退刀并取消刀尖半径补偿
……
```

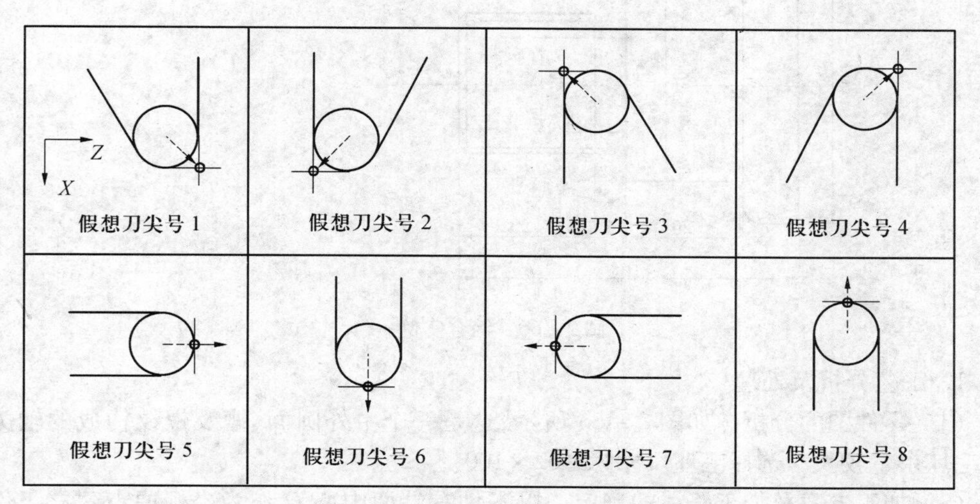

图 2-64　假想刀尖的方位

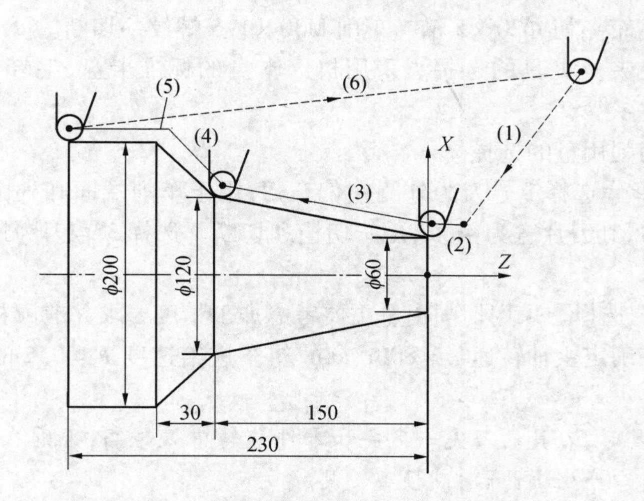

图 2-65　刀尖半径补偿应用实例

第九节　车削加工编程实例

在实际编写数控车削加工程序时，应根据具体零件的结构特点，确定工件原点，分析并确定加工顺序，进行必要的计算，选择好相应的刀具，并对每把刀具进行编号，然后按数控指令的格式要求编写数控程序。以下是几个数控加工综合实例。

【实例一】

如图 2-66 所示为一轴类零件。零件采用 Φ62 的棒料毛坯进行加工，材料为 45#钢。

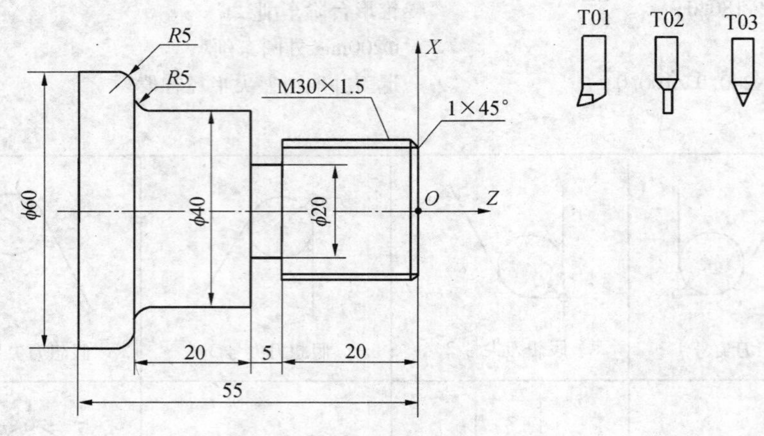

图 2-66　综合实例一

1. 工艺分析及处理

(1) 零件图的分析。如图 2-66 所示，这是一个由外圆面、槽及螺纹构成的轴类零件，毛坯余量较大。选择毛坯尺寸为 Φ62×100。

(2) 加工方案及加工路线的确定。以零件右端面中心 O 作为坐标原点建立工件坐标系。根据零件尺寸精度及技术要求，本例的加工工艺路线定为：车削右端面→外圆粗车（用 G71）→外圆精车→切 Φ20×5 槽→车削 M30×1.5 螺纹→切断。

(3) 零件的装夹及夹具的选择。采用机床本身的标准卡盘，毛坯伸出三爪卡盘外 70mm 左右，并找正夹紧。

(4) 刀具和切削用量的选择。

① 刀具的选择。选择 1 号刀为外圆左偏车刀，用于车削端面和外圆粗车、精车。选择 2 号刀为切断刀，其刀片宽为 4mm，用于切槽和切断。选择 3 号刀为螺纹刀，用于螺纹车削加工。

② 切削用量的选择。采用切削用量主要考虑加工精度要求并兼顾提高刀具耐用度、机床寿命等因素。确定主轴转速 $n=800\text{r/min}$，粗车进给速度 $F=0.2\text{mm/r}$，精车进给速度 $F=0.1\text{mm/r}$。

注意：安装刀具时，刀具的刀尖一定要和零件旋转中心等高，否则在车削零件的端面时将在零件端面中心产生小凸台，或损害刀具。

2. 参考程序（使用 FANUC-0-TC 数控系统）

```
O0010;
T0101 M03 S800;             /* 调 01 号刀,启动主轴正转并定转速为 800r/min
G00 X66.0 Z0.2;             /* 快速走刀至端面粗切起始点
G01 X-2.0 F0.1;             /* 粗切端面,留 0.2mm 余量
G00 X62.0 Z3.0;             /* 快速走刀至外圆粗切循环起始点
G71 U1.0 R1.0;              /* 定义外圆粗车循环,车削深度为 1.0mm
G71 P1 Q2 U0.4 W0.2 F0.2;   /* 留精车余量 0.2mm,定粗车进给率为 0.2mm/r
N1 G00 X28.0 F0.1;          /* 快速走刀至精车削起始点并指定精车进给率为 0.1mm/r
G42 G01 Z0;                 /* 进刀并建立刀尖半径右补偿
```

```
X30.0 Z-1.0;                    /* 倒角
Z-25.0;                         /* 精车Φ30mm外圆
X40.0;                          /* 精车台阶
Z-40.0;                         /* 精车Φ40mm外圆
G02 X50.0 Z-45.0 I5.0 K0;       /* 精车R5内圆角
G03 X60.0 Z-50.0 I0 K-5.0;      /* 精车R5外圆角
G01 Z-60.0;                     /* 精车Φ60mm外圆(多车5mm长供切断)
N2 G40 ;                        /* 取消刀尖半径补偿
G50 S1500;                      /* 限制最高转速为1500r/min
G96 S200;                       /* 指定恒表面切削速度为200m/min
G70 P1 Q2;                      /* 精车循环
G00 X62.0 Z0;                   /* 快速走刀至Z0面
X32.0;                          /* 快速走刀至端面精车起始点
G01 X-2.0;                      /* 精车端面
G97 S600;                       /* 取消恒切削速度
G00 X100.0 Z100.0;              /* 快速走刀至换刀点
T0202;                          /* 换02号切断刀
G00 X32.0 Z-20.0;               /* 快速走刀至切槽始点
G01 X20.2 F0.1;                 /* 切槽(4mm宽,进给率0.1mm/r)
G00 X42.0;                      /* 退刀
W-1.0;                          /* Z负向平移1mm
G01 X20.0 F0.1;                 /* 切槽
W1.0;                           /* Z正向切削1mm
G00 X32.0;                      /* 退刀
X100.0 Z100.0;                  /* 快速走刀至换刀点
T0303 S500;                     /* 换03号螺纹刀并设定主轴转速为500r/min
G00 X40.0 Z3.0;                 /* 快速走刀至螺纹切削循环始点
G92 X29.0 Z-22.5 F1.5;          /* 螺纹切削循环第一次
X28.5;                          /* 螺纹切削循环第二次
X28.3;                          /* 螺纹切削循环第三次
G00 X100.0 Z100.0;              /* 快速走刀至换刀点
T0202 S600;                     /* 换02号切断刀
G00 X62.0 Z-55.0;               /* 快速走刀至切断始点
G01 X-2.0 F0.1;                 /* 切断
G00 X100.0 Z300.0 M05;          /* 快速退刀并主轴停转
M30;                            /* 程序结束并返回
```

【实例二】

如图2-67所示为一轴类零件。零件采用Φ30的棒料毛坯进行加工,材料为45钢。

1. 工艺分析及处理

(1) 零件图的分析。如图2-67所示,这是一个由外圆柱面、外圆锥面、球头面、圆弧面、槽及螺纹构成的外形较复杂的轴类零件,毛坯余量较大。选择毛坯尺寸为Φ30×100。

(2) 加工方案及加工路线的确定。以零件右端面中心 *O* 作为坐标原点建立工件坐

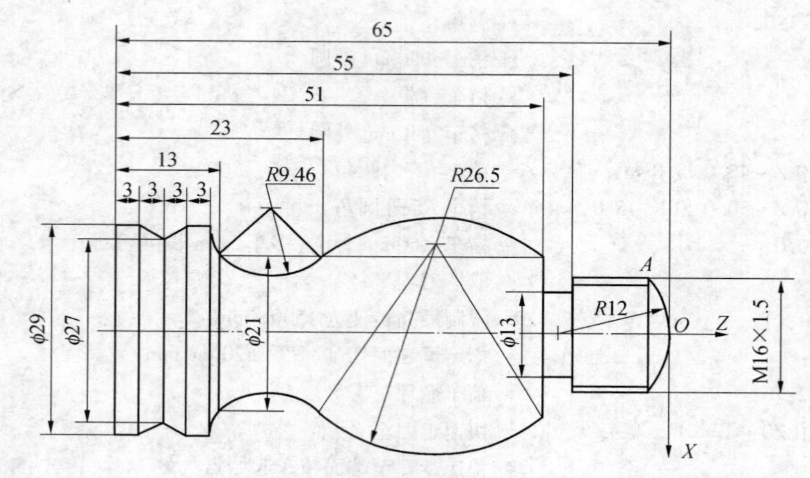

图 2-67　综合实例二

标系。根据零件尺寸精度及技术要求，本例将粗、精加工分开来考虑，外圆面粗车用循环指令 G73、精车用循环指令 G70，本例加工工艺路线定为：车削右端面→成形粗车外圆面（用 G73）→外圆精车→切 Φ13×4 槽→车削 M16×1.5 螺纹→切断。

（3）零件的装夹及夹具的选择。采用机床本身的标准卡盘，毛坯伸出三爪卡盘外 80mm 左右，并找正夹紧。

（4）刀具和切削用量的选择。

① 刀具的选择。选择 1 号刀为外圆左偏车刀，用于车削端面和外圆粗车、精车，其副偏角应较大，否则加工凹面时易发生干涉现象。选择 2 号刀为切断刀，其刀片宽为 4mm，用于切槽和切断。选择 3 号刀为螺纹刀，用于螺纹车削加工。

② 切削用量的选择。采用切削用量主要考虑加工精度要求并兼顾提高刀具耐用度、机床寿命等因素。确定主轴转速 $n=800$r/min，粗车进给速度 $F=0.2$mm/r，精车进给速度 $F=0.1$mm/r。

2. 尺寸计算

（1）螺纹尺寸计算。

螺纹牙型深度：$t=0.54P=0.54\times1.5=0.81$mm

$D_{大}=D_{公称}-0.1P=16-0.1\times1.5=15.85$mm

$D_{小}=D_{大}-2t=15.85-2\times0.81=14.23$mm

螺纹加工分为 4 刀，第 1 刀：Φ15.00mm；第 2 刀：Φ14.60mm；第 3 刀：Φ14.40mm；第 4 刀：Φ14.23mm。

（2）坐标尺寸计算。

A 点：$X=15.85$；$Z=9.011-12=-2.989$

3. 参考程序

```
O0020;
T0101 M03 S800;              /* 调 01 号刀，启动主轴正转并定转速为 800r/min
G00 X32.0 Z0;                /* 快速走刀至端面切削起始点
G01 X-2.0 F0.1;              /* 切端面
```

```
G00 X60.0 Z10.0;                  /* 快速走刀至型车循环起始点
G73 U6.0 W4.0 R7;                 /* 定义型车循环,车削次数为7次
G73 P1 Q2 U0.4 W0.2 F0.2;         /* 留精车余量0.2mm,定粗车进给率为0.2mm/r
N1 G00 X0 Z3.0 F0.1;              /* 快速走刀至精车削起始点并指定精车进给率为0.1mm/r
G42 G01 Z0;                       /* 进刀并建立刀尖半径右补偿
G03 X15.85 Z-2.989 R12.0;         /* 精车R12mm球头面
G01 Z-14.0;                       /* 精车螺纹大径
X21.0;                            /* 精车台阶
G03 X21.0 Z-42.0 R26.5;           /* 精车R26.5mm圆弧面
G02 X21.0 Z-52.0 R9.46;           /* 精车R9.46mm圆弧面
G01 X29.0 W-1.0;                  /* 精车台阶
W-3.0;                            /* 精车Φ29mm圆柱面
X27.0 W-3.0;                      /* 精车圆锥面
X29.0 W-3.0;                      /* 精车圆锥面
W-8.0;                            /* 精车Φ29mm圆柱面
N2 G40 ;                          /* 取消刀尖半径补偿
G50 S1500;                        /* 限制最高转速为1500r/min
G96 S200;                         /* 指定恒表面切削速度为200m/min
G70 P1 Q2;                        /* 精车循环
G97 S600;                         /* 取消恒切削速度
G00 X100.0 Z100.0;                /* 快速走刀至换刀点
T0202;                            /* 换02号切断刀
G00 X22.0 Z-14.0;                 /* 快速走刀至切槽始点
G01 X13.0 F0.1;                   /* 切槽
G00 X22.0;                        /* 退刀
X100.0 Z100.0;                    /* 快速走刀至换刀点
T0303 S500;                       /* 换03号螺纹刀并设定主轴转速为500r/min
G00 X30.0 Z3.0;                   /* 快速走刀至螺纹切削循环始点
G92 X15.0 Z-12.0 F1.5;            /* 螺纹切削循环第一次
X14.6;                            /* 螺纹切削循环第二次
X14.4;                            /* 螺纹切削循环第三次
X14.23;                           /* 螺纹切削循环第四次
G00 X100.0 Z100.0;                /* 快速走刀至换刀点
T0202 S600;                       /* 换02号切断刀
G00 X32.0 Z-69.0;                 /* 快速走刀至切断始点
G01 X-2.0 F0.1;                   /* 切断
G00 X100.0 Z300.0 M05;            /* 快速退刀并主轴停转
M30;                              /* 程序结束并返回
```

【实例三】

如图2-68所示为一套类零件。零件采用Φ60的棒料毛坯进行加工,材料为45钢。

1. 工艺分析及处理

(1) 零件图的分析。该零件的轨迹曲线复杂,是一个由球头面、圆弧面、外圆锥面、外

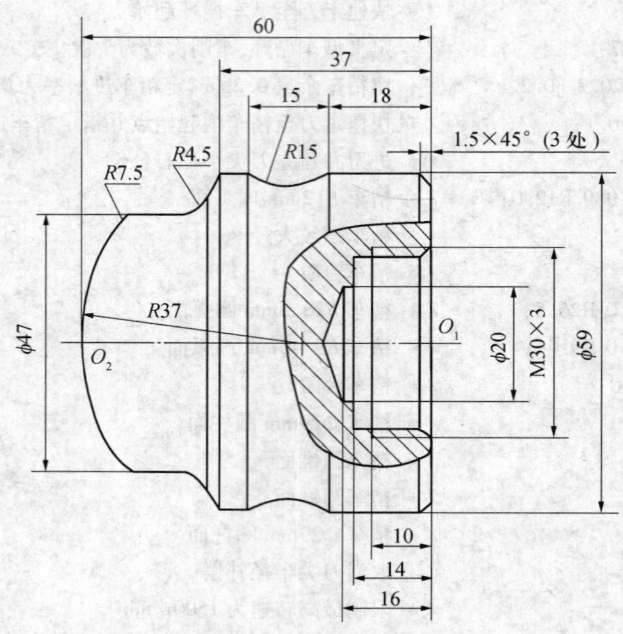

图 2-68　综合实例三

圆柱面、内孔、内螺纹构成的外形复杂的套类零件。选择毛坯尺寸为 $\Phi 60\times 65$。

（2）数控加工前的零件预加工。先用 Φ20mm 的钻头在零件右端轴线处钻一孔，孔深约 16mm。

（3）数控车削加工安装方式。零件采用三爪卡盘进行定位安装。数控加工工件安装和零点设定卡见表 2-2。

表 2-2　数控加工工件安装和零点设定卡

零件图号		数控加工工件安装和零点设定卡			工序号	
零件名称					装夹次数	1 次
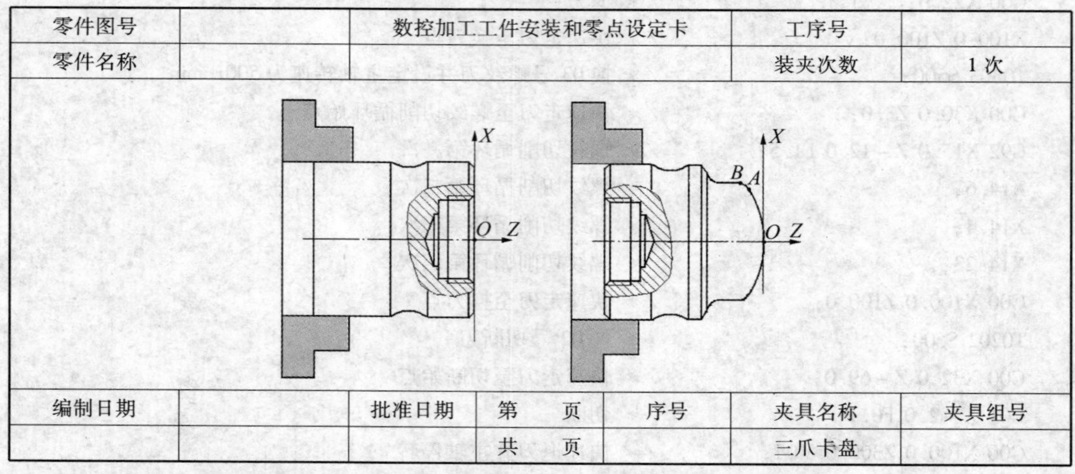						
编制日期		批准日期	第　　页	序号	夹具名称	夹具组号
			共　　页		三爪卡盘	

（4）数控车削加工工序。数控车削分两次装夹完成切削加工：先夹住毛坯左端，使用中心钻和 Φ20 的钻头在右端处钻一轴向孔，使用外圆左偏车刀加工右端外圆面与端面，使用内孔车刀加工螺纹 M30 ×3 小径对应内孔，使用内螺纹刀加工内螺纹 M30 ×3；然后掉头装夹，使用外圆左偏车刀加工左端球头面和外圆面、圆弧面。数控加工工序卡见表2-3。

表2-3　数控加工工序卡

(单位名称)	数控加工工序卡		产品名称或代号		零件名称		零件图号
工艺序号	程序编号	夹具名称	夹具编号		使用设备		车　间
	00110 00120	三爪卡盘			数控车床		数控中心
工步号	工步内容		刀具号	刀具规格	主轴转速	进给速度	背吃刀量	备 注
1	精车零件右端外圆面与端面		T01		800			
2	精车零件内孔		T02		800			
3	内螺纹加工		T03		300			
4	精车零件左端处端面与外圆		T01		800			
编制		审核	批准				共1页	第1页

(5) 数控车削加工刀具。选择1号刀为外圆左偏车刀,用于车削端面和外圆粗车、精车,其副偏角应较大,否则加工凹面时易发生干涉现象。选择2号刀为内孔车刀,用于内孔车削。选择3号刀为内孔螺纹刀,用于内螺纹车削加工。

2. 加工用量的选择与确定

数控精车车削加工中,零件轮廓轨迹的加工余量为0.2mm。

3. 尺寸计算

(1) 螺纹尺寸计算。

螺纹牙型深度:$t=0.54P=0.54\times3.0=1.62\text{mm}$

$D_{大}=D_{公称}+0.1P=30+0.1\times3=30.30\text{mm}$

$D_{小}=D_{大}-2t=30.3-2\times1.62=27.06\text{mm}$

螺纹加工分为5刀,第1刀:1.2mm;第2刀:1mm;第3刀:0.6mm;第4刀:0.5mm;第5刀:0.2mm。

(2) 坐标尺寸的计算。

点A: $X=40.136$, $Z=-5.915$

点B: $X=47.0$, $Z=-12.216$

4. 参考程序

程序一:

```
O0110;
T0101 M03 S800;                /* 调01号刀,启动主轴正转并定转速为800r/min
G00 X64.0 Z0;                  /* 快速走刀至端面切削起始点
G01 X-2.0 F0.1;                /* 切端面
G00 X90.0 Z10.0;               /* 快速走刀至型车循环起始点
G73 U1.0 W0 R2;                /* 定义型车循环,车削次数为2次
G73 P1 Q2 U0.4 W0.2 F0.2;      /* 留精车余量0.2mm,定粗车进给率为0.2mm/r
N1 G00 X56.0 Z3.0 F0.1;        /* 快速走刀至精车削起始点并指定精车进给率为0.1mm/r
G42 G01 Z0;                    /* 进刀并建立刀尖半径右补偿
X59.0 Z-1.5;                   /* 倒角
```

```
Z-18.0;                        /* 精车Φ59mm圆柱面
G02 X59.0 Z-33.0 R15.0;        /* 精车R15mm圆弧面
N2 G40 ;                       /* 取消刀尖半径补偿
G50 S2000;                     /* 限制最高转速为1500r/min
G96 S200;                      /* 指定恒表面切削速度为200m/min
G70 P1 Q2;                     /* 精车循环
G97 S800;                      /* 取消恒切削速度
G00 X100.0 Z100.0;             /* 快速走刀至换刀点
T0202;                         /* 换内孔车刀
G00 X20.0 Z3.0;                /* 快速走刀至内孔粗车循环起始点
G90 X22.0 Z-13.8 F0.2;         /* 内孔粗车循环第1次
X24.0;                         /* 内孔粗车循环第2次
X26.0;                         /* 内孔粗车循环第3次
X26.8;                         /* 内孔粗车循环第4次
G00 X30.06 Z3.0;               /* 快速走刀至内孔精车始点
G41 G01 Z0 F0.1;               /* 进刀并建立刀尖半径左补偿
X27.06 Z-1.5;                  /* 倒角
Z-14.0;                        /* 精车螺纹小径
X20.0;                         /* 精车螺纹孔端面
Z-16.0;                        /* 精车Φ20mm内孔面
X19.0;                         /* 退刀
G40 G00 Z5.0;                  /* 取消刀尖半径补偿
X100.0 Z100.0;                 /* 快速走刀至换刀点
T0303 S300;                    /* 换03号螺纹刀并设定主轴转速为300r/min
G00 X22.0 Z3.0;                /* 快速走刀至螺纹切削循环始点
G92 X28.0 Z-10.0 F3.0;         /* 螺纹切削循环第一次
X29.0;                         /* 螺纹切削循环第二次
X29.6;                         /* 螺纹切削循环第三次
X30.1;                         /* 螺纹切削循环第四次
X30.3;                         /* 螺纹切削循环第五次
G00 X100.0 Z300.0;             /* 快速退刀
M05;                           /* 主轴停转
M30;                           /* 程序结束并返回
```

程序二：

```
O0120;
T0101 M03 S800;                /* 调01号刀,启动主轴正转并定转速为800r/min
G00 X60.0 Z5.0;                /* 快速走刀至外圆粗车循环起始点
G71 U1.0 R1.0;                 /* 定义外圆粗车循环,车削深度为1.0mm
G71 P1 Q2 U0.4 W0.2 F0.2;      /* 留精车余量0.2mm,定粗车进给率为0.2mm/r
N1 G00 X0 F0.1;                /* 快速走刀至精车削起始点并指定精车进给率为0.1mm/r
G42 G01 Z0;                    /* 进刀并建立刀尖半径右补偿
G03 X40.136 Z-5.915 R37.0;     /* 精车R37mm球头面
G03 X47.0 Z-12.216 R7.5;       /* 精车R7.5mm圆弧面
```

```
G01 Z-17.0;                      /* 精车 Φ47mm 圆柱面
G02 X56.0 Z-21.5 I4.5 K0;        /* 精车 R4.5mm 圆弧面
G01 X59.0 Z-23.0;                /* 倒角
Z-28.0;                          /* 精车 Φ59mm 圆柱面
N2 G40;                          /* 取消刀尖半径补偿
G50 S2000;                       /* 限制最高转速为 1500r/min
G96 S200;                        /* 指定恒表面切削速度为 200m/min
G70 P1 Q2;                       /* 精车循环
G97 S800;                        /* 取消恒切削速度
G00 X100.0 Z300.0;               /* 快速退刀
M05;                             /* 主轴停转
M30;                             /* 程序结束并返回
```

【实例四】

如图 2-69 为一锥孔螺母套零件。

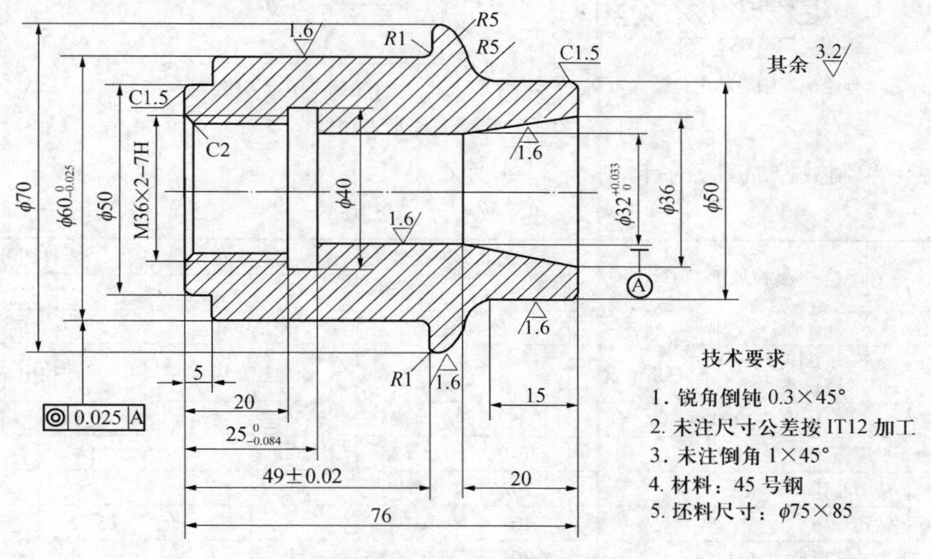

图 2-69 锥孔螺母套零件图

1. 工艺分析与处理

（1）零件图分析。该零件表面由内外圆柱面、圆锥面、圆弧面及内螺纹等表面组成，其中多个直径尺寸与轴向尺寸有较高的尺寸精度、表面粗糙度和形位公差要求。零件图尺寸标注完整，符合数控加工尺寸标注要求；轮廓描述清楚完整；零件材料为 45 钢，切削加工性能较好，无热处理和硬度要求。

通过上述分析，采取以下几点工艺措施：

① 零件图样上带公差的尺寸，除内螺纹退刀槽尺寸 $25_{-0.084}^{0}$ 公差值较大，编程时可取平均值 24.958 外，其它尺寸因公差值较小，故编程时不必取其平均值，而取基本尺寸即可。

② 左右端面均为多个尺寸的设计基准，相应工序加工前，应该先将左右端面车出来。

③ 内孔圆锥面加工完后，需调头再加工内螺纹。

(2) 装夹方案。内孔加工时以外圆定位,用三爪自动定心卡盘夹紧。加工外轮廓时,为保证同轴度要求和便于装夹,以坯件左端面和轴心线为定位基准,为此需要设计一心轴装置(如图双点划线部分),用三爪卡盘夹持心轴左端,心轴右端留有中心孔并用尾座顶尖顶紧以提高工艺系统的刚性。

(3) 加工顺序及走刀路线。加工顺序的确定按由内到外、由粗到精、由远到近的原则确定,在一次装夹中尽可能加工出较多的工件表面。结合本零件的结构特点,可先粗、精加工内孔各表面,然后粗、精加工外轮廓表面。由于该零件为单件小批量生产,走刀路线设计不必考虑最短进给路线或最短空行程路线,外轮廓表面车削走刀路线可沿零件轮廓顺序进行,如图 2-70 所示。

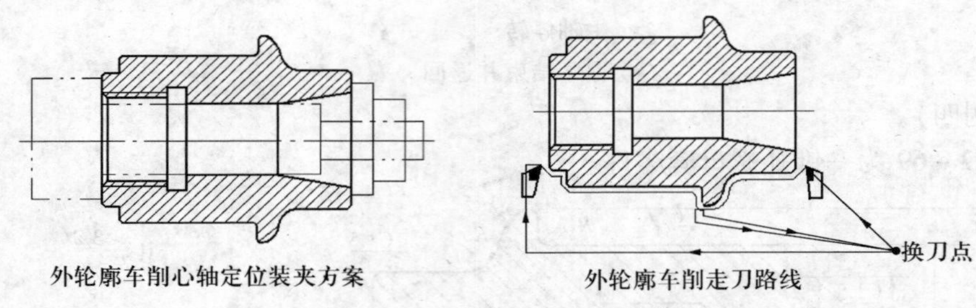

图 2-70 工件装夹和走刀路线图

(4) 编制数控加工工序卡,如表 2-4 所列。

表 2-4 数控加工工序卡

(单位名称)	数控加工工序卡		产品名称或代号		零件名称		零件图号	
工艺序号	程序编号	夹具名称	夹具编号		使用设备		车间	
	00110 00120	三爪卡盘			数控车床		数控中心	
工步号	工步内容		刀具号	刀具规格	主轴转速	进给率	背号刀量	备注
1	平端面		T01	25×25	320		1	手动
2	钻中心孔		T02	$\Phi4$	950		2	手动
3	钻孔		T03	$\Phi31.5$	200		15.75	手动
4	镗通孔至尺寸 $\Phi31.9$mm		T04	20×20	320	0.2	0.2	自动
5	精镗孔至尺寸 $\Phi32^{+0.033}_{0}$mm		T04	20×20	320	0.1	0.1	自动
6	粗镗内孔斜面		T04	20×20	320	0.2	0.8	自动
7	精镗内孔斜面保证(1:5)±6		T04	20×20	320	0.1	0.2	自动
8	粗车外圆至尺寸 $\Phi71$mm 光轴		T07		320	0.2	1	自动
9	掉头车另一端面,保证长度尺寸 76mm		T01	25×25	320	0.05		自动
10	粗镗螺纹底孔至尺寸 $\Phi34$mm		T04	20×20	320	0.2	0.5	自动
11	精镗螺纹底孔至尺寸 $\Phi34.2$mm		T04	20×20	320	0.1	0.1	自动
12	切 5mm 内孔退刀槽		T05	16×16	320	0.05		自动
13	$\Phi34.2$mm 孔边倒角 2×45°		T06	16×16	320	0.1		自动
14	粗车内孔螺纹		T06	16×16	320	2.0	0.4	自动
15	精车内孔螺纹至 M36×2-7H		T06	16×16	320	2.0	0.1	自动
16	自右至左车外表面		T07	25×25	320	0.1	0.2	自动
17	自左至右车外表面		T08	25×25	320	0.1	0.2	自动
编制		审核	批准				共1页	第1页

(5) 刀具选择。

① 车削端面选用45°硬质合金端面车刀。

② Φ4 中心钻,钻中心孔以利于钻削底孔时刀具找正。

③ Φ31.5 高速钢钻头,钻内孔底孔。

④ 粗、精镗内孔选用内孔镗刀。

⑤ 螺纹退刀槽加工选用5mm 内槽车刀。

⑥ 内螺纹切削选用60°内螺纹车刀。

⑦ 选用93°硬质合金右偏刀,副偏角选35°,自右到左车削外圆表面。

⑧ 选用93°硬质合金左偏刀,副偏角选35°,自左到右车削外圆表面。

将所选定的刀具参数填入表2-5 数控加工刀具卡片中,以便于编程和操作管理。

表2-5 数控加工刀具卡

产品名称或代号			零件名称		零件图号		程序编号	
工步号	刀具号	刀具规格名称		数量	加工表面		刀尖半径/mm	备注
1	T01	45°硬质合金端面车刀		1	车端面		0.5	
2	T02	Φ4 中心钻		1	钻 Φ4mm 中心孔			
3	T03	Φ31.5 高速钢钻头		1	钻孔			
4	T04	镗刀		1	镗孔及镗内孔锥面		0.4	
5	T05	内槽车刀		1	切5mm 螺纹退刀槽		0.4	
6	T06	内螺纹车刀		1	车内螺纹及螺纹孔倒角		0.3	
7	T07	93°硬质合金右偏刀		1	自右到左车削外圆表面		0.2	
8	T08	93°硬质合金左偏刀		1	自左到右车削外圆表面		0.2	
编制			审核		批准		共1页	第1页

(6) 切削用量。根据被加工表面质量要求、刀具材料和工件材料,参考切削用量手册或有关资料选取切削速度与每转进给量,然后计算主轴转速与进给速度,填入工序卡中。

背吃刀量的选择因粗、精加工而有所不同。粗加工时,在工艺系统刚性和机床功率允许的情况下,尽可能取较大的背吃刀量,以减少进给次数;精加工时,为保证零件表面粗糙度要求,背吃刀量一般取0.1mm~0.4mm 较为合适。

2. 尺寸计算

以右端面中心为工件原点。

$R5$ 圆弧与 $R5$ 圆弧切点坐标:

$X=60.00, Z=-20.00$

3. 参考程序

镗通孔程序:

```
O0001;
T0404 M03 S320;
G00 X31.9 Z3.0;  (精镗时改为 G00 X32.01 Z3.0;)
G01 Z-80.0 F0.2;
G00 X30.0 Z5.0;
X100.0 Z300.0 M05;
```

```
M30;
```

镗内孔斜面程序:

```
O0002;
T0404 M03 S320;
G41 G00 X36 Z2.0;
G01 X31.0 Z-22 F0.2;
G00 Z5.0;
X36.4 Z2.0;
G01 X31.6 Z-22 F0.1;
G40 G00 Z5.0;
X100.0 Z300.0 M05;
M30;
```

光轴程序:

```
O0003;
T0707 M03 S320;
G00 X80.0 Z3.0;
G90 X73.0 Z-40.0 F0.2;
X71.0;
G00 X100.0 Z300.0 M05;
M30;
```

切端面程序:

```
O0004;
T0101 M03 S320;
G00 X78.0 Z0;
G01 X-2.0 F0.05;
G00 X100.0 Z300.0 M05;
M30;
```

镗螺纹孔程序:

```
O0005;
T0404 M03 S320;
G00 X30.0 Z3.0;
G90 X33.0 Z20.5 F0.2;
X34.0;
X34.2 F0.1;
G00 Z300.0 M05;
M30;
```

切退刀槽程序:

```
O0006;
T0505 M03 S320;
G00 X30.0 Z3.0;
Z-25.0;
G01 X40.0 F0.05;
```

```
G00 X30.0;
Z300.0 M05;
M30;
```

切内螺纹程序：

```
O0007;
```

切外表面程序：

```
O0008;
```

思考与复习

1. 数控车床与车削加工中心的区别有哪些？
2. 数控车床常用的工作方式、功能键有哪些？各有什么作用？
3. 数控车床的刀具参数有哪些？各自的含义是什么？
4. 简述数控车床的对刀操作步骤。
5. 刀尖半径补偿应用于什么情形的加工？
6. 圆弧插补指令 G02 和 G03 中的 I、K 的意义是什么？
7. 普通内、外圆柱螺纹的大径与小径怎样确定？螺纹车削的起点与终点有何要求？
8. 型车复合循环 G73 指令第一段中的 U、W 的意义是什么？其数值如何确定？
9. 写出如图 2－71、2－72 所示零件的精车加工程序。

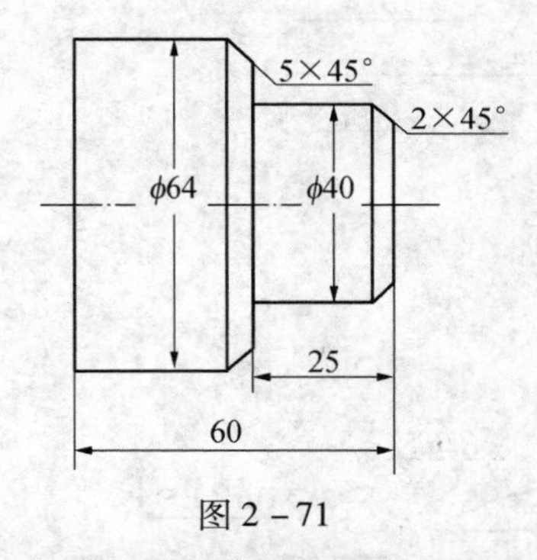

图 2－71

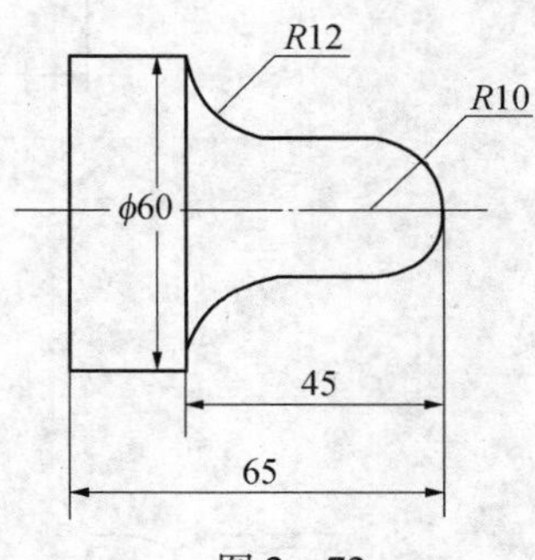

图 2－72

10. 用 Φ70 的棒料加工如图 2－73、2－74 所示零件，写出其加工程序。

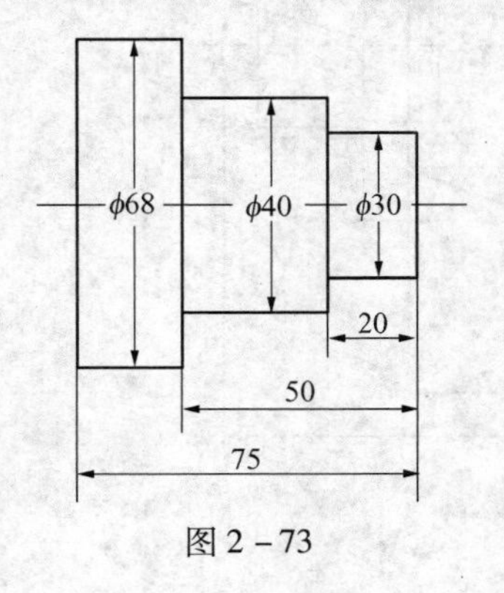

图 2－73

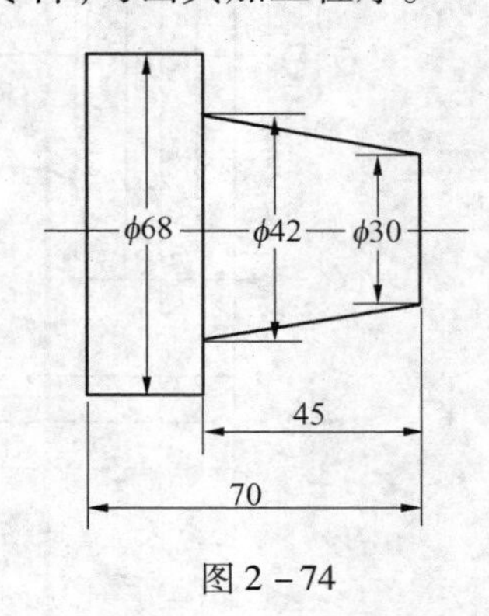

图 2－74

11. 写出如图 2－75、2－76 所示零件的螺纹加工程序。

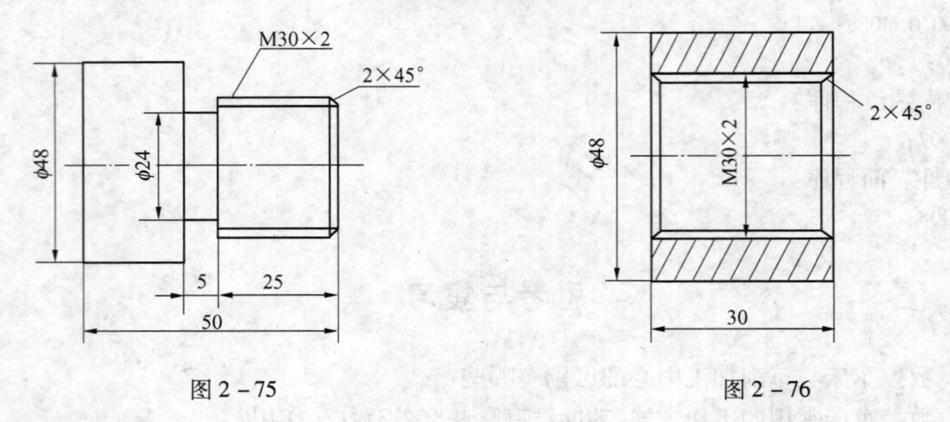

图 2－75　　　　图 2－76

12. 综合训练:用 Φ30mm 的棒料加工如图 2－77、图 2－78、图 2－79、图 2－80 所示零件,试分别编写数控车削加工程序(要求编制相应加工工序卡)。

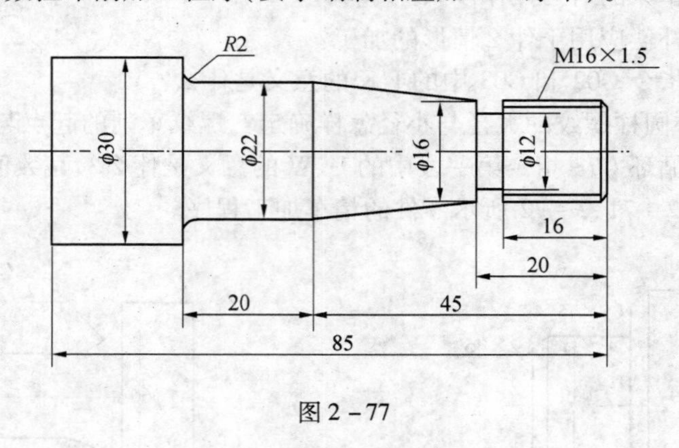

图 2－77

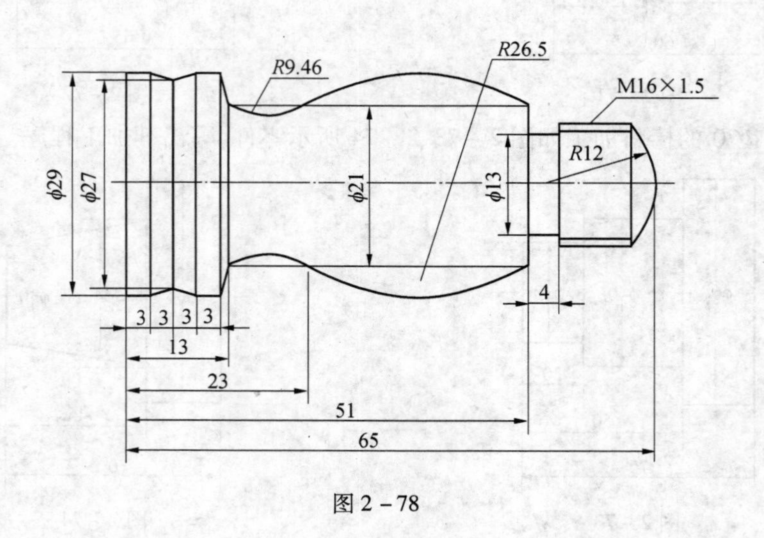

图 2－78

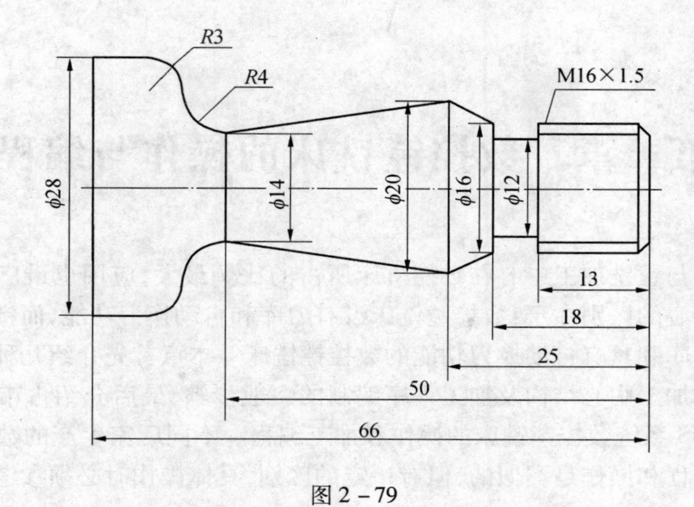
R3
R4
M16×1.5
ϕ28
ϕ14
ϕ20
ϕ16
ϕ12
13
18
25
50
66
图 2－79

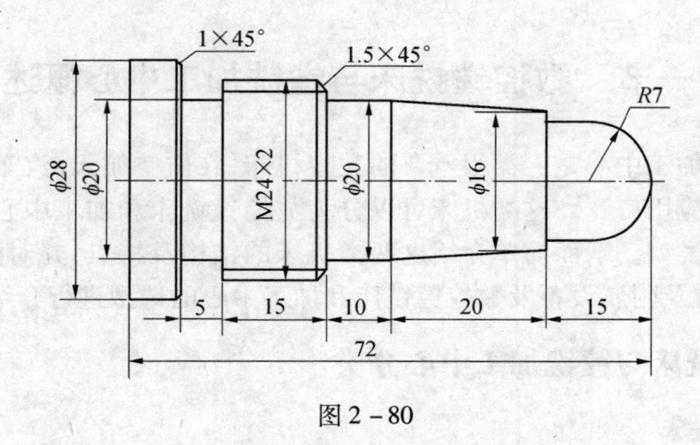
1×45°
1.5×45°
R7
ϕ28
ϕ20
M24×2
ϕ20
ϕ16
5
15
10
20
15
72
图 2－80

第三章　数控镗铣床的操作与编程

数控镗铣床与镗铣加工中心在数控机床所占的比例最大,应用也最广泛。数控镗铣床与镗铣加工中心的区别在于:数控镗铣床没有刀库和自动换刀功能,而镗铣加工中心本质上就是带有刀库和具有自动换刀功能的数控镗铣床。本章首先介绍几种不同类型的数控镗铣床与镗铣加工中心结构及加工程序编制的一般步骤,最后介绍占市场份额最大的FANUC、SIEMENS系统数控镗铣床的操作和加工编程。不同厂家生产的数控镗铣床与镗铣加工中心的编程和操作是类似的,但有一定的区别,具体操作时必须参考机床编程手册和操作手册。

第一节　数控镗铣床与镗铣加工中心概述

数控镗铣床和加工中心是一类很重要的数控机床,在航空航天、汽车制造、一般机械加工和模具制业中应用广泛。这类机床可以分为数控镗铣床和加工中心两大类,每一类又可以细分为几种类型。下面简单介绍这两类机床的结构及特点,并对数控镗铣床和加工中心的刀具、附件及附属设备及数控镗铣床和加工中心的选型进行介绍。

一、数控镗铣床与镗铣加工中心分类

(一) 数控镗铣床

1. 立式数控铣床

立式数控铣床的主轴轴线与工作台面垂直,是数控铣床中最常见的一种布局形式。立式数控铣床一般为三坐标(X 、Y 、Z)联动 ,其各坐标的控制方式主要有以下两种:

(1) 工作台纵、横向移动并升降:主轴只完成主运动。目前小型数控铣床一般采用这种方式 。如图 3 - 1 所示。

(2) 工作台纵、横向移动,主轴升降:这种方式一般运用在中型数控铣床中。如图3 - 2所示。

2. 卧式数控铣床

卧式数控铣床的主轴轴线与工作台面平行,主要用来加工箱体类零件。一般配有数控回转工作台以实现四轴或五轴加工,从而扩大功能和加工范围。卧式数控铣床相比立式数控铣床,结构复杂,在加工时不便观察,但排屑顺畅。如图 3 - 3 所示。

3. 龙门式数控铣床

大型数控立式铣床多采用龙门式布局,在结构上采用对称的双立柱结构,以保证机床整体刚性、强度。主轴可在龙门架的横梁与溜板上运动,而纵向运动则由龙门架沿床身移动或由工作台移动实现,其中工作台床身特大时多采用前者。龙门式数控铣床适合加工大型零件,主要在汽车、航空航天、机床等行业使用。如图 3 - 4 所示。

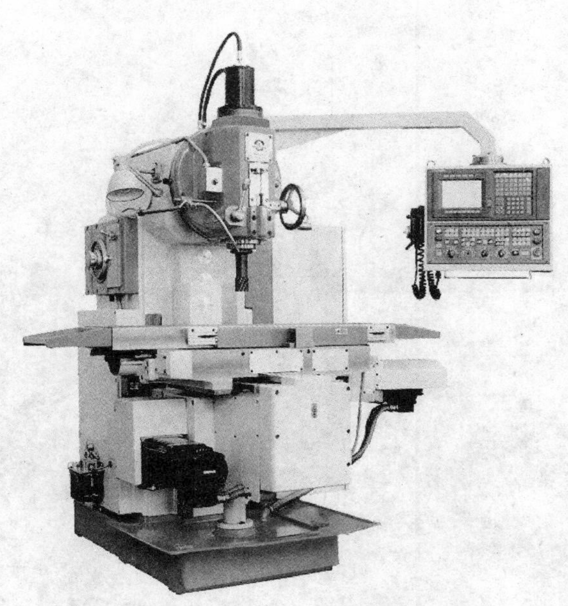

图 3－1　摇臂立式数控铣床

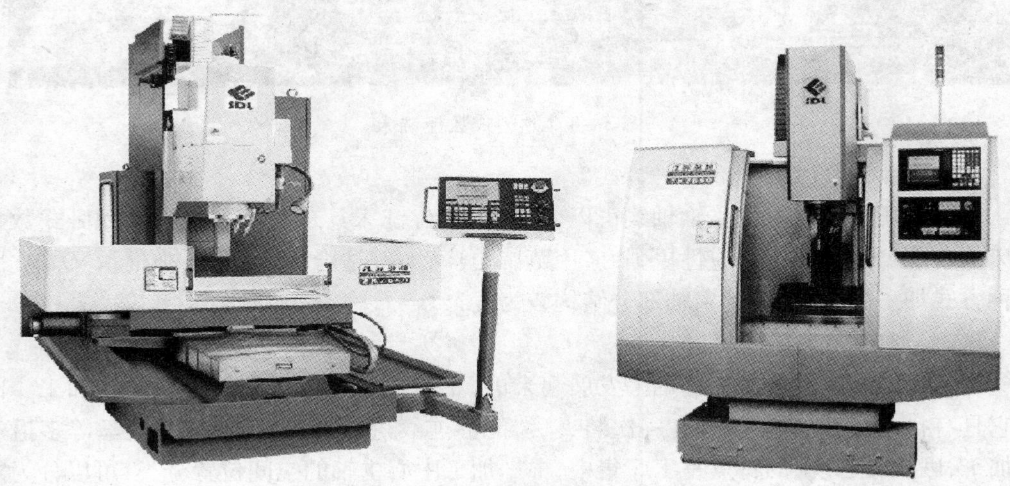

图 3－2　主轴升降式立式数控铣床

图 3－3　卧式数控铣床

图 3－4　龙门式数控铣床

4. 立卧两用数控铣床

立卧两用数控铣床的主轴轴线可以变换，使一台铣床具备立式数控铣床和卧式数控铣床的功能。这类机床适应性更强，应用范围更广，尤其适合于多品种、小批量又需立卧两种方式加工的情况，但其主轴部分结构较为复杂。

（二）加工中心

加工中心是在镗铣床的基础上发展起来的，主要用于箱体类和复杂曲面的加工。由于它具有自动换刀功能，工件在一次装夹后，能够连续进行钻、镗、铣、铰及攻丝等多道工序加工，因此，最突出的特点是工序集中，根据加工中心主轴的空间位置分类，可以分为立式加工中心、卧式加工中心、万能加工中心。

1. 立式加工中心

立式加工的主轴轴线为垂直设置。一般立式加工中心有三个直线坐标轴，直线坐标轴 X,Y,Z 轴。当零件装夹在水平工作台上，刀具主要完成零件顶面的加工，有的机床另外安装一个转台，一般是 A 轴，就能够完成零件端面的加工。立式加工中心的刀库有不同的形式，每种形式的刀库可以容纳的刀具数量差距较大，并在一定程度上决定了加工中心加工能力的大小。图 3－5 所示为立式加工中心刀库的几种形式。图 3－5(a)形式的刀库无需换刀机械手，换刀过程通过回转刀库的移进和移出来实现换刀操作。这种形式的刀库可靠性较高，但换刀时间长、刀库容量小，不易进行扩展，一般刀具容量在 20 把左右，适用于小型立式加工中心。图 3－5(b)形式的刀库为链式结构，刀库容量较大，换刀过程需要通过专用机械手来实现换刀操作，换刀时间短，但有时会出现机械手被卡住等故

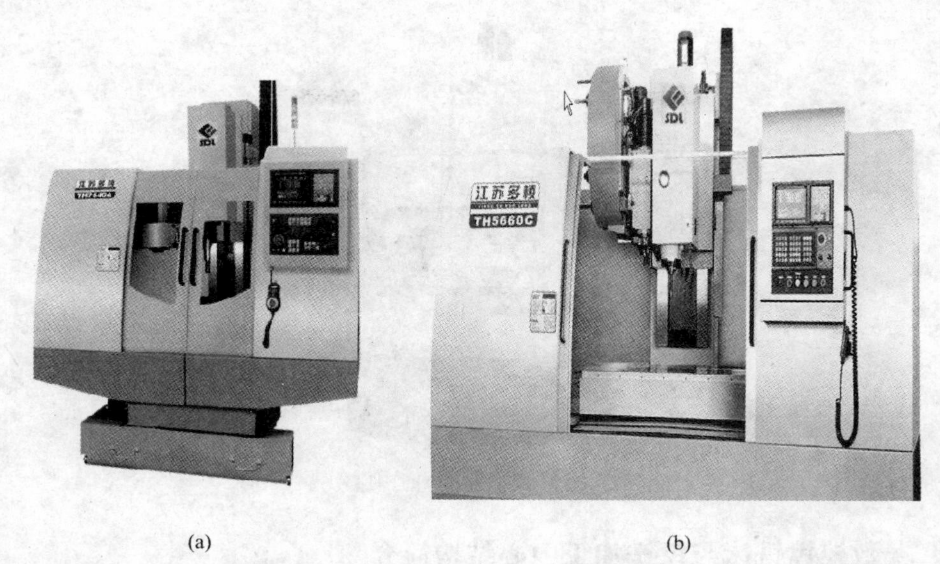

(a)　　　　(b)

图 3－5　立式加工中心刀库的形式

(a)简单机械手换刀的加工中心；(b)链式结构刀库的加工中心。

障。具有这种形式刀库的加工中心适应能力强，适用于中型和大型加工中心。

立式加工中心的主轴可以具有单主轴、双主轴或三主轴等形式。多主轴加工中心可实现对零件的高效率加工。

2. 卧式加工中心

卧式加工中心的轴线为水平设置，一般卧式加工中心有三个直线坐标轴 X、Y、Z 和一个旋转轴 B，即回转工作台，这样就扩大了加工范围。能够完成零件周面的加工，所以多用于箱体类零件的加工。卧式加工中心的刀库一般为链式结构，刀库容量大。相对于立式加工中心来说，卧式加工中心的应用面更为广泛，可以加工扭曲面、箱体等复杂零件，例如水轮机叶轮的加工。图 3－6 所示为两种中型卧式加工中心。

图 3－6　卧式加工中心

3. 万能加工中心

万能加工中心一般能够立卧转换，兼具立式和卧式加工中心的特点，万能加工中心一般具有三个直线轴和两个旋转轴，它的加工范围很广，几乎能够完成零件除安装面外的所有面的加工，利用它加工零件顶面和周面，不但减少了在立卧式机床上的流转时间，更减少了二次装夹误差，但是，万能加工中心的造价很高。如图 3－7 所示。

图 3－7　万能加工中心

二、数控镗铣床与镗铣加工中心结构简介

数控镗铣床与镗铣加工中心可以分为机械本体和数控装置两个部分，数控装置包括数控系统和伺服驱动系统。

数控镗铣床与镗铣加工中心的控制部分发出指令控制机床，相当于人的大脑，数控装置适用于各种产品。目前市场上主要知名的有法那科、西门子、三菱等，一般数控系统都内装 PLC，也就是可编程控制器，它主要用于控制机床的顺序动作。例如主轴的转动和停止、冷却液开和关机械手的动作，PLC 替代了传统机床的继电器控制线路。机械本体主要由基础部件、主轴部件、自动换刀结构和辅助结构组成。数控镗铣床与镗铣加工中心是在镗、铣床的基础上发展起来的，它的主运动是刀具旋转，但是数控镗铣床与镗铣加工中心传动系统的机械结构比传统的机床简单，一般简单了齿轮变速箱机构，数控镗铣床与镗铣加工中心的发展方向是高速、高精、高效。这就对机械本体提出了高刚度、高抗震性、高灵敏度以及热变形小的要求。

（一）基础部件

包括床身、立柱、工作台等，基础部件的总体刚度影响机床的精度稳定性。一般要求进给传动系统精度高、响应进度快、运动惯量小，且无间隙，传动效率高，数控镗铣床与镗铣加工中心的进给传动链比较简单，如图 3－8 所示。

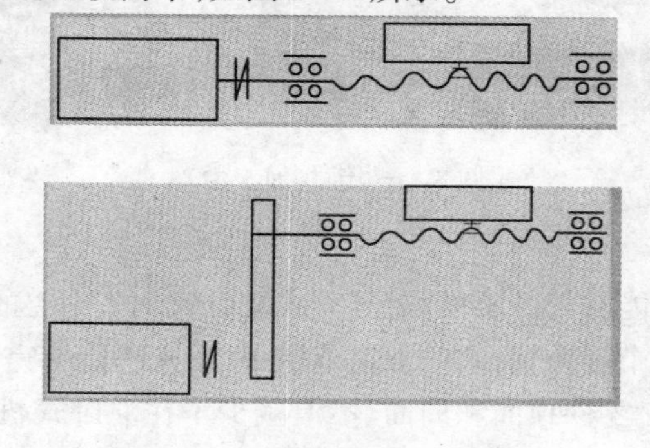

图 3－8　进给传动链结构图

为了增加扭矩，伺服电机通过一级齿轮或同步齿形带减速后再与滚珠丝杠相连接，伺服电机一般通过弹性联轴节和滚珠丝杠副相连接，目的是消除两者之间不同轴的现象。现在，一般交流伺服电机驱动的数控镗铣床与镗铣加工中心，驱动部件的移动速度高，可以达到 10m/min ~ 20m/min。最近发展起来的直线电机驱动部件的速度可以达到 60m/min ~ 100m/min。在中小型机床中，一般是由伺服电机驱动的滚珠丝杠。滚珠丝杠的作用是将电机的旋转运动变为直线运动，滚珠丝杠有很多优点，传动效率高、摩擦系数小，传动灵敏、平稳，传动精度和定位精度高，能保持较高的精度稳定性，并且可以调整预紧力，可以消除间隙，可实现正反向运动的高精度。滚珠丝杠直径越大，工作圈数越多，承受的力就越大。

1. 导轨

数控镗铣床与镗铣加工中心对导轨副的要求为导向精度高、运动平稳、高速不振动、低速不爬行，并且精度保持时间长。数控镗铣床与镗铣加工中心导轨副一般有滑动导轨、贴塑导轨、滚动导轨、静压导轨。

(1) 滑动导轨。早期的数控镗铣床与镗铣加工中心都使用滑动导轨，它的动导轨和静导轨是金属和金属相接触，摩擦系数大，并且动摩擦系数不稳定。

(2) 贴塑导轨。贴塑导轨是使用聚四氟乙烯塑料履带贴塑在移动导轨上，软带与钢轨摩擦系数在有润滑油的情况下为 0.05，无润滑油的情况下为 0.08，远远低于金属和金属的摩擦系数，由于贴塑导轨的制造成本较低，较一般的滑动导轨好，所以使用比较普遍。

(3) 滚动导轨。滚动导轨是将滚珠或滚柱组成的滚动体放置在两个导轨之间，从而将导轨面之间的滑动摩擦变为滚动摩擦，滚动导轨的摩擦系数小。一般为 0.001 ~ 0.003。从而导轨的精度高（保持时间长），直线滚动导轨是由导轨和滑块两部分组成。也是将导轨面之间的滑动摩擦变为滚动摩擦，直线滚动导轨装配方便，并具有互换性，在中小型数控机床上使用较多。

(4) 静压导轨。静压导轨是在移动部件的导轨面加工多个油腔，压力油注入油腔，将上轨道抬起一个很小的高度。这样两导轨面上就形成了极薄的油膜，两导轨面之间形成了液体摩擦，摩擦系数很小，一般为 0.0005，这样不但运动平稳，而且运动精度高，静压导轨结构比较复杂，一般用于重型机床，为保证数控镗铣床与镗铣加工中心各个运动轴的定位精度，都配有检测元件，根据检测元件安装位置不同，又可将控制系统分为全闭环和半闭环系统，全闭环系统多采用光栅尺，由于光栅尺是安装在传动链末端的移动部件上，所以控制精度高，而半闭环检测元件大多使用编码器，编码器一般检测电机的转角，而不是检测传动链末端的移动部件，所以控制精度比全闭环要低。

2. 工作台

一般立式数控镗铣床与镗铣加工中心的工作台是固定的，卧式数控镗铣床与镗铣加工中心为了扩大加工范围则配备了回转工作台，回转工作台分为数控回转工作台和分度回转工作台。由伺服电机驱动的可实现任意分度的工作台是数控回转工作台。例如它可以实现回转 57.8°，201.5°，数控回转工作台在回转过程中可以实现加工切削，即能够实现二轴、三轴联动。分度工作台在回转过程中不能实现加工切削，只能改变零件的安装角度，以便加工其它面。分度工作台的功能就是分度，而不是实现进给运动，一般是多齿盘结构，由齿轮的多少来决定分度的角度，如多齿盘的齿数是 72 齿，360/72 = 5，可以实现 5°

或5°的倍数的分度。

（二）主轴部件

（1）由于刀具直接装夹在主轴上参与切削，因此它的刚度、稳定性对零件的加工精度有直接的影响，主轴部件带有自动定向装置，即主轴可以实现准确停留在某一个角度，以实现自动换刀。

（2）加工中心的主轴具备吹气功能。由于主轴锥孔和刀柄锥部作为定位基准必须保持清洁，假如有异物和灰尘存在，锥孔和刀柄就会配合不好，就会影响定位精度，所以当刀柄从主轴锥孔拔出时，主轴锥孔后端向外吹气，以清洁锥孔定位面。

（3）主轴部件带有刀具锁紧装置和松开装置，进而固定主轴和刀具的连接。当刀具插入主轴后，刀柄锁紧机构拉杆就会拉紧刀柄尾部拉钉，拉力一般在1t左右。

（4）机床的主轴箱配有平衡装置，当主轴箱沿垂直坐标轴上下移动时，由于主轴箱自身的重量保持向上、向下运动的动态性能相差太大，所以机床一般都配备液压平衡装置或者重锤来保持主轴箱上、下运动的平衡。液压平衡装置的液压系统配有蓄能器以保持向平衡装置提供压力油。

（5）现在一般加工中心的主轴转速一般在6000r/min～8000r/min。随着机床高转速的需求，一些机床主轴使用了电主轴。主轴转速达到了10000r/min～30000r/min。

（三）自动换刀系统

自动换刀系统简称ATC，这是加工中心的重要部件，由它来完成工件的顺序连接，即在每一工序完成之后，将下序所需要的刀具换到机床主轴，从而保证加工中心工序集中的特点，换刀动作由机械手、刀库和主轴协调动作完成。刀库是存放刀具的仓库，就是把加工中心所需要的刀具都存放在这里。在加工过程中，由机械手抓取。刀库形式主要有盘式刀库和链式刀库两种。盘式刀库的库容量一般为30把左右，如果刀库的容量太大，就会造成刀库的转动惯量过大，一般中小型加工中心选用盘式刀库较多。链式刀库的刀库容量较大，可以装载100把刀具，甚至更多，主要是因为箱体类零件的加工内容多，从而使用刀具的数量也相应地增加。机械手有单臂式和双臂式两种。有的加工中心甚至没有机械手，在刀库中的刀号位置是确定的。例如T5是3mm的钻头。加工前放在5号刀的位置，那么机械手将3mm的钻头放在主轴上，使用完成后机械将还回到5号刀的位置。对于固定位置的换刀方式应该注意将较重的刀具分开放置，避免长时间的不均匀负重使链条拉长，从而加大了刀套的定位误差。任意位置的换刀方式就是刀具号和刀库中的刀套位置对应记忆在数控系统的PLC中。当刀具位置改变后，PLC就会跟踪记忆，例如75式13mm的钻头夹紧前放置在5号刀库的位置，那么机械手将13mm的钻头换到主轴上。使用完毕后，机械手可能会还原到8号位置，那么PLC也会更改原来的记忆，每次取刀时，刀库遵循近路原则，即刀库沿着最近方向旋转。

（四）辅助机构

排屑、润滑冷却、防护是保证机床正常的运行的必要条件，自动排屑器一般有链式和螺旋式两种，能够在加工中及时排出铁屑从而带走热量，减少对机床热变形的影响。许多机床配有大量的冷却系统，在加工中冲刷刀具和工件，以排除热量，减少刀具和工件的热变形提高切削用量，并且增加刀具的耐用度，工件的加工精度和表面的粗糙度也得到了提高。全封闭的防护罩带有安全互锁装置，在机床运行时能关闭，否则机床不运行，从而防止了铁屑和冷却液飞溅，并减少了环境污染和保证操作工的安全，机床一般配备独立的导轨润滑泵，自动定时定量润滑导轨和丝杠，保证了机床运动的稳定性，主轴恒温油箱用于主轴箱的外循环冷却，它向主轴箱通入控制冷却油，带走主轴部件的发热量，降低了主轴的温升，保证主轴的热稳定性和回转精度。有些机床还配备了测头等自动对刀装置，能够完成自动对刀工作。有效地减少了人为对刀时间，提高了机床的利用率。

第二节　加工程序编制的一般步骤

一、工艺分析

在数控镗铣床与镗铣加工中心上加工零件，机床是按照编制好的程序自动运行，编程首先遇到的问题是工艺问题，工艺是编程的核心，加工中心的编程比较复杂，包含机床的运动、刀具的切削用量和进给路线。而普通机床的切削用量和进给路线是由操作工人自行确定。工艺分析是根据零件的工艺要求，设定工艺方案，工艺分析的内容包括：

1. 确定零件的加工内容

数控镗铣床与镗铣加工中心的加工范围较广，但并不能加工所有的零件和零件上的所有内容，这一般由机床性能决定。

(1) 所加工零件的大小由机床行程决定。

(2) 所加工零件的精度低于机床本身的精度。

(3) 机床的最大钻孔直径和攻丝直径以及单位时间内金属的切削率由机床主轴功率决定。

(4) 有些内容不适合在加工中心上加工，例如，直径小的深孔或者精铰的方槽等。

2. 零件的装夹方式

零件如何装夹直接影响零件加工工序的内容，零件的装夹方式确定之后，每一个安装姿态的内容也就随之确定下来。

3. 确定工件的坐标系为计算坐标点和编程作准备

工件的装夹方式确定之后，一般工件坐标系的零点也就随之确定下来。

(1) 工件坐标系零点的选择，以便于编程及测量；

(2) 工件坐标系的零点应尽可能与设计基准重合；

(3) 如果工件坐标系的零点和工件的定位基准不重合，两者之间就要有确定的几何关系。

4. 确定零件的加工顺序

对于零件的加工顺序和每一工序的加工内容，遵循先粗后精、先面后孔、先主(要面)后次(要面)的原则。先安排加工基准面(孔)，因为定位基准面精度越高，装夹误差越小；再按粗加工—半精加工—精加工顺序加工零件上精度较高的主要表面；最后加工次要表面和孔。

5. 安全高度的确定

对于铣削加工，起刀点和退刀点必须离开加工零件上表面一个安全高度，保证刀具在运动或停止状态时，不与加工零件和夹具发生碰撞。在安全高度位置时刀具中心(或刀尖)所在的平面也称为安全面,如图 3-9 所示。

6. 选择合理的走刀路线

每一次的走刀路线应满足以下条件:

(1) 保证零件的加工精度和表面粗糙度的要求;

(2) 缩短走刀路线和减少空行程,提高机床的利用率;

(3) 有刀具半径补偿时避免出现过切和碰刀现象。

7. 进刀/退刀方式的确定

对于铣削加工,刀具切入工件的方式不仅影响加工质量,同时直接关系到加工的安全。对于二维轮廓加工,外轮廓一般要求从侧向进刀或沿切线方向进刀,尽量避免垂直进刀,如图 3-10 所示。

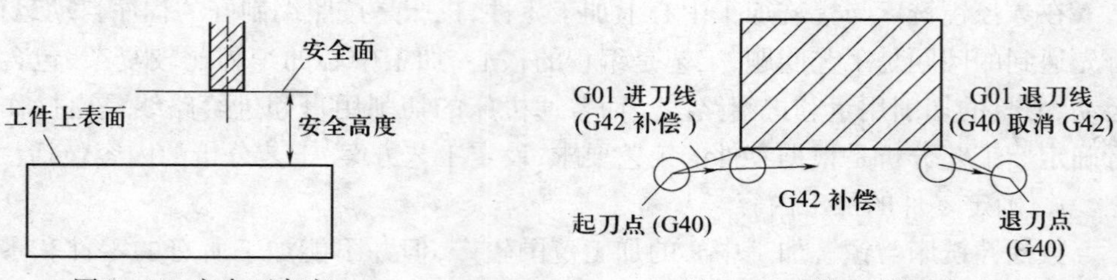

图 3-9 安全面高度　　图 3-10 进刀/退刀方式

退刀方式也应从侧向或切向退刀;圆轮廓一般要求从圆弧方向或沿切线方向进退刀,刀具从安全面高度下降到切削高度时,应离开工件毛坯边缘一个距离,不能直接贴着加工零件理论轮廓直接下刀,以免发生危险。

如图 3-11 所示。下刀运动过程不能用快速(G00)运动,而要用(G01)直线插补运动。

对于型腔的粗铣加工,一般应先钻一个工艺孔至型腔底面(留一定精加工余量),并扩孔,以便所使用的立铣刀能从工艺孔进刀,进行型腔粗加工,如图 3-12 所示。型腔粗加工方式一般采用从中心向四周扩展。

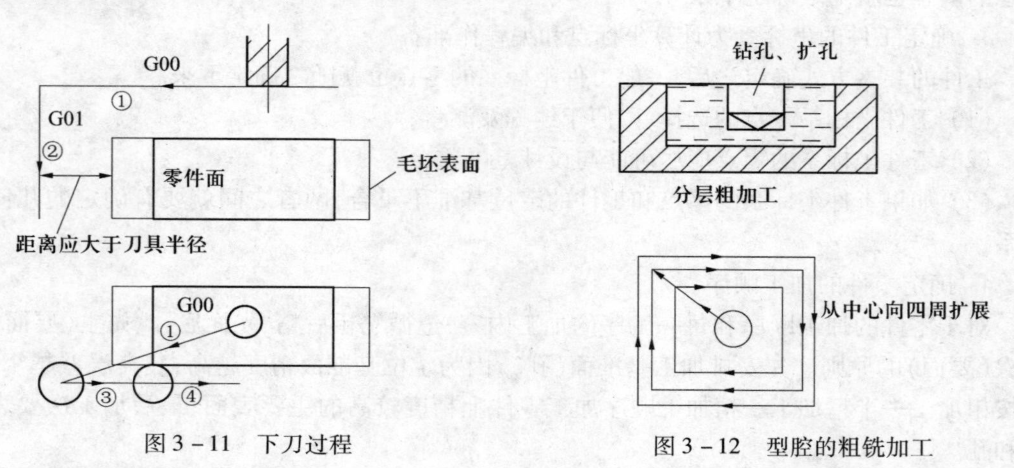

图 3-11 下刀过程　　图 3-12 型腔的粗铣加工

8. 合理选择刀具

对于铣削加工,粗、精加工刀具半径 R 选择的主要依据是零件加工轮廓和加工轮廓凹处的最小曲率半径 r 或最小圆弧半径 r,如加工图 3-13 所示零件,刀具半径 R 应小于

等于最小曲率半径 r 或最小圆弧半径 r,否则会过切。另外还要考虑刀具尺寸与零件尺寸的协调问题,即不要用一把很大的刀具加工一个很小的零件,工件轮廓尺寸大刀具半径大。

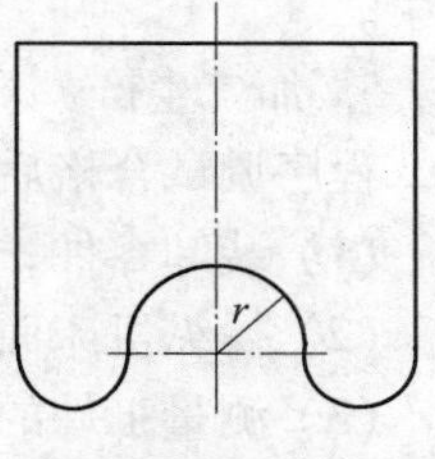

图 3-13　零件图

每道工序刀具的确定另外还应根据零件的材质和前后工序的内容、生产期班的要求和成本的要求来确定。刀具确定后就可以同时选择刀柄,制定工艺卡。

9. 确定各程序合理的切削用量

数控机床中,主轴转速和进给量都要在程序中给出,所以切削用量的选择应根据刀具的材料、零件的材质和零件的加工要求以及工艺系统的刚度进行选择,一般在刀具和加工内容确定之后就应该确定切削用量,制订工艺卡片以便在编程中使用。

10. 确定加工过程中辅助装置的动作

例如冷却液的开关和排屑器的开关等。

二、数值计算 制作坐标简图

零件的工作坐标系确定之后,就可以把零件上孔的位置和轮廓曲线的交点和节点坐标计算出来,为下一步的编程做准备。所谓基点就是相邻几何元素的交切点,例如直线和直线的交点,直线和圆弧的交点或切点等。

三、编写零件加工程序

1. 编写加工程序单

在工序内容、工艺参数、刀具、夹具确定之后就可以按照数控系统的指定格式和程序的格式来编写加工程序单。

2. 逐段输入程序

按照程序单,利用机床的控制面板和显示器将程序逐段输入机床,并逐段进行检查,包括小数点的有无,如果发现错误,及时更改,也可以先输到计算机中,然后再传入机床。

3. 程序校验

这一般分为几步进行:

(1) 空运行检查语法的错误,工作台上不装工件,主轴上不装刀具,打开操作面板上的机械臂手开关和试运行开关,自动运行程序,如果程序出错,系统会出现报警,可以按报警机制修改程序。

(2) 利用绘图功能检查刀具的运行轨迹。

(3) 如果运行轨迹正确,就可以装上工件和刀具进行切削。开始时,一般采用单段切削方式并充分利用倍率开关,这时可以进一步检查程序的正确性,逐段进行试切,逐段修改程序,直至首件试切合格为止。

4. 存储程序

程序调试合格后,建议将程序存入计算机和磁盘上加以保存,以免:

(1) 误操作,将程序删除。

(2) 在加工重复性投产的零件时,因数控系统的程序存储量有限,将程序重新输入机床中。

5. 加工生产

程序调试合格后就可以进行零件生产加工,这时操作者的一般步骤为:

(1) 装卸零件;

(2) 操纵机床面板上的循环启动按扭;

(3) 测量工件的尺寸变化;

(4) 通过零件的尺寸变化更换刀具;

(5) 通过改变机床上的控制面板上的倍率开关,调整切削用量;

(6) 记录故障发生时故障的确切现象。

第三节 FANUC 系统数控铣床的操作

FANUC 系统数控铣床在制造工业中应用十分广泛,而不同厂家生产的 FANUC 系统数控铣床在结构上各有不同,但基本功能和操作大致相同。本节以江苏多棱公司生产的 TK7650 数控铣床(如图 3-14 所示)为例,介绍 FANUC-oi 系统数控铣床的基本功能和操作。

图 3-14 TK7650 数控铣床

一、简介

江苏多棱公司生产的 TK7650 数控铣床,采用的是 FANUC -oi 数控系统,有八种工作方式,由一个工作方式旋钮开关进行选择,如图 3-15 所示。

EDIT:编辑方式

MEMO:自动加工方式

MDI:录入方式

JOG:手动方式
ZERO:回零方式(或返回参考点方式)
HANDLE:手轮方式
INC:增量方式
TAPE:传输加工方式

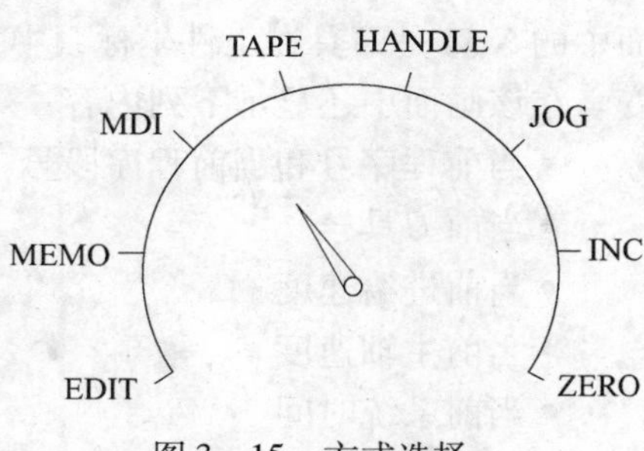

图 3-15　方式选择

在以上工作方式中,都可以通过以下六个功能键并结合软键来选择显示方式。

POS:位置功能键
PROG:程序功能键
OFS/SET:刀偏/设定功能键
SYSTEM:系统(参数/诊断)功能键
MESSAGE:报警信号显示功能键
CSTM/GR:图形显示功能键

二、控制面板

FANUC-oi 数控系统的控制面板如图 3-16 所示,由 CRT/MDI 面板(上半部分)和机床操作面板(下半部分)组成。

图 3-16　控制面板

(一) CRT/MDI 面板

面板中间为显示屏 CRT,CRT 左边为电源开关和紧急停按钮,右边分别布置着手动输入键盘、六个功能键、程序编辑键(包括转换 SHIFT、取消 CAN、修改 ALTER、插入 INSERT、删除 DELETE 等)、输入键 INPUT、复位键 RESET、帮助键 HELP、翻页键(包括 PAGE↑和 PAGE↓)、光标移动方向键(包括↑、↓、←、→四个方向),显示屏下部为软键(各软键的具体名称随按下的功能键而改变)。要进行各项操作,首先得选择相应的工作方式,然后选择相应的功能键,再按软键选择相应的页面。各功能键的作用如下:

1. 位置功能键 POS

按该功能键后,按对应的软键可以显示以下内容。

(1) 绝对坐标。按软键【绝对】后会显示如图 3-17 所示的绝对坐标显示画面,该画面中的 X、Z 是刀具在工件坐标系中当前的绝对坐标位置，这些坐标值随刀具的移动而改变。在该画面中还显示下列内容：

- 当前程序号和当前程序段号
- 当前刀具号
- 当前进给速度
- 当前主轴速度
- 当前系统时间
- 当前工作方式
- 运行时间
- 切削时间
- 加工零件数统计
- 各软键对应的名称

(2) 相对坐标。按软键【相对】后，所显示的内容除坐标为相对坐标值 U、W 外，其余与绝对坐标位置显示画面相同。

(3) 所有坐标。按软键【总合】后会显示如图 3－18 所示的所有坐标显示画面，所显示的内容包括：

- 刀具当前位置在相对坐标系中的坐标
- 刀具当前位置在绝对坐标系中的坐标
- 刀具当前位置在机床坐标系中的坐标

```
现在位置（绝对坐标）  00003  N0022

  X              18.768
  Y              -20.356
  Z              -14.686
JOG  F   900     加工部品数          35
运行时间 1H23M   切削时间        0H0M0S
ACT.F  0MM/分    S   1000       T1  D1
JOG**** *** ***  09:12:56
(绝对)(相对)(总合) (HNDL) (操作)
```

图 3－17　刀具绝对位置显示页面

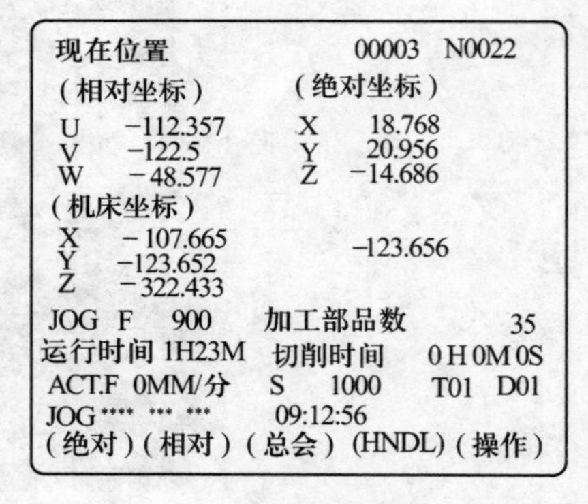

图 3－18　所有坐标显示页面

2. 程序功能键 PROG

在 AUTO、MDI 和 EDIT 模式下按该功能键后，出现如图 3－19 所示的当前执行程序画面，光标定位在当前执行程序段号上。

(1) 软键【程式】。显示当前执行程序，并显示在 AUTO 或 MDI 操作方式下的模态指令。

(2) 软键【MDI】。在 MDI 模式下显示从 MDI 输入的程序段指令，并可进行单段程序的编辑和执行。

(3) 软键【现单段】。显示当前执行的程序段。

(4) 软键【次单段】。显示下一段要执行的程序。

在 EDIT 模式下按相应的软键，可进行程序的编辑、修改、文件的查找等操作。

```
程 式                                   O0012
O0012;
G54 M03 S800 T1 D1;
G0 Z50;
G0 X0 Y0;
G01 Z-1 0 F100;
X50;
Y60;
X0;
G0 Z50;
M30

>___                          S 0        T0000
MDI **** *** ***              09:13:35
(程式)(MDI)(现单段)(次单段)(操作)
```

图 3-19　程序功能显示

3. 刀偏/设定功能键 OFS/SET

按该功能键后可进行刀具补偿值的设置和显示、工件坐标系平移值设置等操作。

刀具补偿值的设置和显示步骤:

(1) 按“刀偏/设定功能键 OFS/SET”,显示刀具补正画面,如图 3-20 所示。

(2) 输入刀具长度、半径补偿值。

(3) 按软键【坐标系】后进入坐标系设定补偿值输入画面,如图 3-21 所示。

(4) 选择相应的坐标系,确定坐标系值。

工具补正　　O1123　N0004

番号	形状(H)	摩耗(H)	形状(D)	摩耗(D)
G01	0.00	0.00	0.00	0.00
G02	0.00	0.00	0.00	0.00
G03	0.00	0.00	0.00	0.00
G04	0.00	0.00	0.00	0.00
G05	0.00	0.00	0.00	0.00
G06	0.00	0.00	0.00	0.00
G07	0.00	0.00	0.00	0.00
G08	0.00	0.00	0.00	0.00

现在位置 (相对坐标)
U -68.643　W -34.333
>_　S 0　T000
JOG **** *** ***　09:32:24
(补正)(SETING)(坐标系)( )(操作)

图 3-20　刀具几何补偿设置

工件坐标系设定　　O1123　N0004
(G54)

番号	数据		番号	数据	
00	X	0.000	02	X	0.000
(EXT)	Y	0.000	(G55)	Y	0.000
	Z	0.000		Z	0.000
01	X	0.000	03	X	0.000
(G54)	Y	0.000	(G56)	Y	0.000
	Z	0.000		Z	0.000

现在位置 (相对坐标)
U -68.643　W -34.333
>_　S 0　T0000
JOG **** *** ***　09:32:24
(补正)(SETING)(坐标系)( ) (操作)

图 3-21　坐标系设定

4. 系统(参数/诊断)功能键 SYSTEM

该功能键用于机床参数的设定和显示及诊断资料的显示等。由于大部分系统参数的设置与具体的机床有关,用户一般不用改变这些参数,只有在非常了解各个参数的作用的前提下和有必要时才进行参数的设置或修改,否则会发生预想不到的后果。

5. 报警信号显示功能键 MESSAGE

该功能键主要用于数控机床操作中出现的警告信息的显示。每一条显示的警告信息都按错误编号进行分类,可以按该编号到【SYSTEM】查找其具体的错误原因和消除错误的方法。

出现警告信息后,必须先按照警告信息的编号查出产生错误的具体原因,并采取措施进行消除后,按复位键恢复机床到正常状态。

6. 图形显示功能键 CSTM/GR

图形功能显示刀具在自动运行期间的移动过程。显示的方法是将编程的刀具轨迹显示在 CRT 上,以便通过观察 CRT 上的刀具轨迹来检查加工进程。显示的图形可以放大或缩小。在显示刀具轨迹前必须设置绘图坐标参数和图形参数。

(二) 机床操作面板

操作面板的功能与按钮的排列与具体的数控铣车床型号有关,图 3-22 所示为 TK7650 数控铣车床的操作面板。

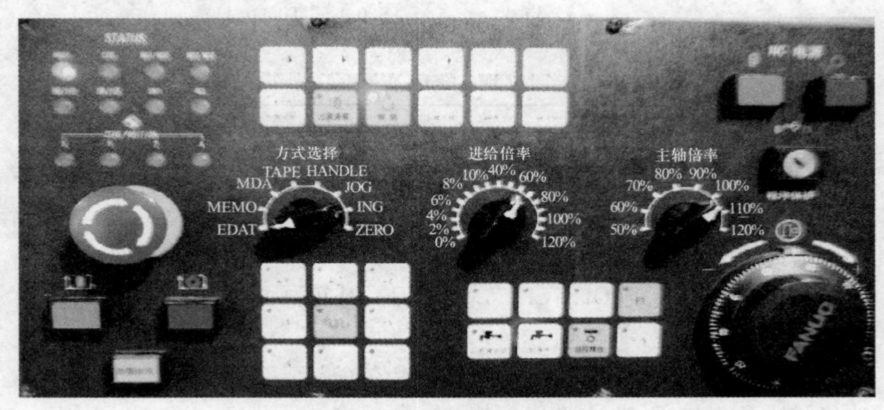

图 3-22 操作面板

操作面板主要由循环启动按钮(CYCLE START)、进给保持按钮(FEED HOLD)、手动进给方向按钮、程序保护锁(MEMORY PROTECT)、手轮(HANDLE)以及一系列选择性开关、辅助功能按钮、指示灯组成。其中选择性开关有方式选择开关(MODE SELECT)、进给倍率选择开关(FEED RATE OVERRIDE)、主轴倍率选择开关(RAPID 等;辅助功能按钮有手动换刀按钮(MTCH)、主轴正转(FOR)、反转(REV)及停止(STOP)按钮、冷却液控制按钮(COOLANT)、机床锁住按钮(MLK)、跳段运行按钮(JBK)、单段运行按钮(SBK)及空运行按钮(DRN)等;指示灯有机床电源及无故障指示灯(NORMAL)、报警指示灯(ALARM)、回零结束指示灯(ZERO POINT)。

三、机床操作

(一) 回零操作

1. 回零的目的

一般数控镗铣机床规定,开机后先回零,再进行对刀、自动加工等操作;并定期回零。这是因为开机后回零可消除屏幕显示的随机动态坐标,使机床有个绝对的坐标基准;在连续重复的加工以后,回零可消除进给运动部件的坐标积累误差。

2. 回零的方法

(1) 自动回零。通过加工程序中的指令(如 G28 U0 V0 W0),实现自动返回机床零点。

(2) 手动回零。通过面板上的键盘操作,使各轴自动返回机床零点。

TK7650 数控铣床手动回零操作方法如下：

- 开机
- 选择回零方式(ZRN)
- 按“+X”键,刀架沿 X 方向回零,回零后 X 指示灯亮,屏幕机床坐标显示 X0.000
- 按“+Y”键,刀架沿 Y 方向回零,回零后 Y 指示灯亮,屏幕机床坐标显示 Y0.000
- 按“+Z”键,刀架沿 Z 方向回零,回零后 Z 指示灯亮,屏幕机床坐标显示 Z0.000
- 回零完毕

(二) 手动操作

数控机床通过面板的手动操作,可完成进给、主轴、刀具、冷却等功能。

1. 进给操作

进给运动可分为连续进给和点动进给。

连续进给:在 JOG 模式下,按下坐标进给键,进给部件连续移动,直到松开坐标进给键才停止(注:进给速度由进给倍率选择开关 FEED RATE OVERRIDE 控制)。

手轮进给:在 HANGLE 模式下,选择相应的方向和挡位后,转动手轮实现进给(进给距离为手轮旋转格数与所选挡位的乘积)。

增量进给:在 INC 模式下,选择挡位后,按相应的坐标进给键。

2. 主轴操作

在 JOG 模式下,按 FOR、REV、STOP 按钮可分别实现主轴正转、反转、停转功能。

注:开机后主轴默认转速为 0(r/min),要实现主轴手动启动,需先在 MDI 模式下设置好主轴转速(若要设置转速为 1000r/min:在 MDI 模式下,按程序键,输入程序段“MO3 S1000;”,再按下循环启动按钮即可)。

3. 冷却操作

在 JOG、HANDLE 或 AUTO 模式下,按一下 COOLANT 按钮,冷却液开启,若再按一下,冷却液可关闭。

(三) 编辑操作

在编辑模式下,可寻找程序、输入新的程序或编辑程序。

1. 寻找程序

当内存中有多个程序,现需要调用某个程序时,具体操作如下:

(1) 在 EDIT 模式下,按【程序】功能键进入程序显示画面;

(2) 键入所要调用的程序名 OXXXX;

(3) 按“下光标”键。

2. 输入新的程序

将下列程序输入系统内存:

```
O0011;
G54 M03 S1000 T1 D1;
G0 X30 Z5;
…
M30;
```

输入步骤为:

（1）在 EDIT 模式下，按【PROG】功能键进入程序显示画面；

（2）将程序保护开关置于 OFF；

（3）在操作面板上依次输入下面内容：

O0011【EOB】【INSERT】G54 T1 D1 M03 S1000【EOB】【INSERT】G0 X30 Z5【EOB】【INSERT】…

M30【EOB】【INSERT】

（4）将程序保护开关置于 ON；

（5）按【RESET】键（光标返回程序的起始位置）。

3. 编辑程序

（1）在 EDIT 模式下，按【PROG】功能键进入程序显示画面；

（2）将程序保护开关置于 OFF；

（3）按光标键将光标移至预定位置，对程序内容进行相应的修改（ALTER）、插入（INSERT）或删除（DELETE）处理；

（4）将程序保护开关置于 ON；

（5）按【RESET】键（光标返回程序的起始位置）。

（四）图形模拟加工操作

在自动加工前，为避免程序错误引起刀具碰撞工件或卡盘，可进行图形模拟加工，对整个加工过程进行图形模拟显示，检查刀具轨迹是否正确。

铣床的图形显示一般为三维坐标显示，图形可整体或局部放大、缩小。显示刀具轨迹前必须设定画图坐标（参数）和绘图参数。

TK7650A 数控铣床图形模拟加工操作步骤：

（1）在 EDIT 模式下的程序显示画面中输入或调出将要检测的程序；

（2）按【RESET】键（光标返回程序的起始位置）；

（3）选择 AUTO 模式，按【CSTM/GR】功能键进入图形参数设置页面；

（4）利用光标键和【INPUT】键设置相关参数；

（5）按【图形】GRAPH 软键进入刀具轨迹显示页面；

（6）按下机床锁住按钮 MLK 和空运行按钮 DRN；

（7）按下循环启动按钮 CYCLE START 启动程序进行模拟，在画面上绘出刀具运动轨迹。

注：按下【扩大】ZOOM 软键显示放大图（画面中的 2 个放大光标定义的对角线的矩形区域为放大后显示区域），按【HI/LO】软键起动放大光标的移动（用光标键移动放大光标）。

（五）对刀

普通对刀法：

（1）在手动方式下将刀具移动到工件零点位置；

（2）按“OF/SET”键→按“坐标系”进入坐标系设定画面 →将光标移到 G54 ~ G57 X 位置→输入“X0” →按“测量” →输入“Y0” →按“测量” →输入“Z0” →按“测量”。

精确对刀法（确定工件中心为工件零点）如图 3－23 所示。

（1）将刀具用试切法移动到图 3－23（a）的位置或将对刀仪移动到图 3－23（a）的

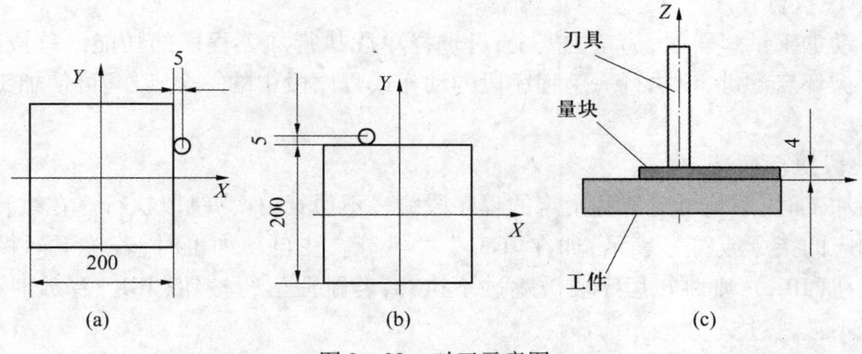

图 3-23　对刀示意图

(a)确定 X 轴零点；(b)确定 Y 轴零点；(c)确定 Z 轴零点。

位置。

按“OF/SET”键→按“坐标系”进入坐标系设定画面→将光标移到 G54～G57 X 位置→输入“X105”→按“测量”。(确定 X 坐标)

(2) 将刀具用试切法移动到图 3-23(b)的位置或将对刀仪移动到图 3-23(b)的位置。

按“OF/SET”键→按“坐标系”进入坐标系设定画面→将光标移到 G54～G57 X 位置→输入“Y105”→按“测量。(确定 Y 坐标)

(3) 将刀具用试切法移动到图 3-23(c)的位置或将对刀仪移动到图 3-23(c)的位置。

按“OF/SET”键→按“坐标系”进入坐标系设定画面→将光标移到 G54～G57 X 位置→输入“Z4”→按“测量”。(确定 Z 坐标)

(六) 自动加工

1. 全自动循环

在选定加工程序并完成刀具参数设置等操作后，可进行全自动循环加工。操作步骤为：

(1) 选择 MEMO 模式。

(2) 按下循环启动按钮(CYCLE START)，主轴起动，刀架按照程序所确定轨迹开始运动，实现自动加工。

2. 机床锁住循环

机床锁住循环指的是在机床锁住的状态下，程序在 AUTO 模式下自动运行，监视器的动态显示与机床运动时一样，但进给等机械动作不执行的一种机床运行方式。此功能可用于全自动循环加工前的试运转。

3. 倍率开关控制

自动加工时，可用三个倍率开关将转速、快速进给速度和切削进给速度调整到最佳数值，而不必修改程序。

4. 机床空运转循环

全自动加工前，不将工件或刀具装上机床，进行机床空运转，以检查程序的正确性。空运转时的进给速度与程序无关，为系统设定的较低值。

5. 单段执行程序

在自动加工试运转时，为考虑安全，可选择单段执行加工程序的功能。单段执行时，每按一次循环启动键，仅执行一个程序段的动作或程序段中的一个动作，可使加工程序逐段执行。

6. 跳段执行循环

自动加工时，系统可对某些指定的程序段跳过不执行，称为跳段执行。在跳转程序段段首有相应的指令或符号表示，如在“G31”、“/”等。在自动加工时，若按下面板上的跳段运行按钮(JBK)，则跳转程序段被跳过不执行；若跳段运行按钮(JBK)释放时，跳转程序段执行不被跳过。

(七) 安全操作

1. 急停处理

当加工过程中出现紧急情况时，可执行紧急停止功能，一般步骤如下：

(1) 按下面板急停按钮。此时主轴、进给系统电源被切断，主轴停转，机床各轴停止移动。

(2) 释放急停按钮，解除急停状态。一般通过顺时针方向旋转急停按钮、按复位键实现。

(3) 检查并进入手动状态消除故障。

2. 超程处理

在手动、自动加工过程中，若机床移动部件(如刀架、工作台等)超出其运动的极限位置(软件行程限位或机械限位)，则系统屏幕显示超程报警，机床锁住。

处理步骤为：

(1) 按住“超程解除键”同时手动操作使刀具朝安全方向移动，进入安全区域。

(2) 按复位键解除报警。

3. 报警处理

数控系统对其软、硬件故障具有自诊断能力(称自诊断功能)，该功能用于监视整个加工过程是否正常，并及时报警。

报警形式常见为屏幕出错显示、机床锁住、蜂鸣器叫、警灯亮等。

报警内容常见有程序出错、操作出错、超程、各类接口错误、伺服系统出错、数控系统出错、刀具破损等。

具体的报警处理方法各机床不同。一般当 CRT 屏幕有出错显示时，可根据编码查阅维修手册查出故障原因，采取相应措施处理。

第四节 FANUC 系统数控铣床编程基础

一、准备功能

准备功能又称 G 功能、G 指令或 G 代码，它是用来指定数控机床的加工方式，为数控装置的插补运动、固定循环作准备。不同的数控系统，G 指令的含义不同，日本 FANUC 系统常用的 G 代码见表 3-1。

表 3-1　G 功能表

G 功能字	FANUC	组号	G 功能字	FANUC	组号
G00	快速定位	01	G50.1	镜像功能撤消	10
G01	直线插补		G51.1	镜像功能	
G02	圆弧/螺旋线插补(顺圆)		G53	选择机床坐标系	00
G03	圆弧/螺旋线插补(逆圆)		G54	选择第一工件坐标系	14
G04	暂停	00	G55	选择第二工件坐标系	
G17	选择 *XY* 平面	02	G56	选择第三工件坐标系	
G18	选择 *ZX* 平面		G57	选择第四工件坐标系	
G19	选择 *YZ* 平面		G58	选择第五工件坐标系	
G20	英制尺寸(输入)	06	G59	选择第六工件坐标系	
G21	公制尺寸(输入)		G80	取消固定循环	09
G28	自动返回参考点	00	G81	定点钻孔循环	
G29	从参考点移出		G83	深孔加工循环	
G40	刀具半径补偿取消	07	G84	攻螺纹循环	
G41	刀具半径左补偿		G90	绝对坐标编程	03
G42	刀具半径右补偿		G91	增量坐标编程	
G43	正向长度补偿	08	G92	设定工件坐标系	00
G44	负向长度补偿		G98	返回到起始点	04
G49	取消长度补偿		G99	返回到 R 平面	

1. 绝对坐标与增量坐标编程

编程时作为指令轴的移动量，有绝对坐标指令和增量(即:相对)坐标指令两种方法，绝对坐标用 G90 指令，增量坐标用 G91 指令。这是一对模态指令，在同一程序段内只能用一种，不能混用，缺省状态为 G90。

如图 3-24 所示，轴快速从始点移动到终点，用绝对坐标指令编程和增量坐标指令编程的情况如下：

(1) G90 指令:G90 G00 X50.0 Y60.0;

(2) G91 指令:G91 G00 X —70.0 Y40.0。

用 G91 指令编程时，坐标值有正负值之分，终点坐标大于始点坐标值为正值，终点坐

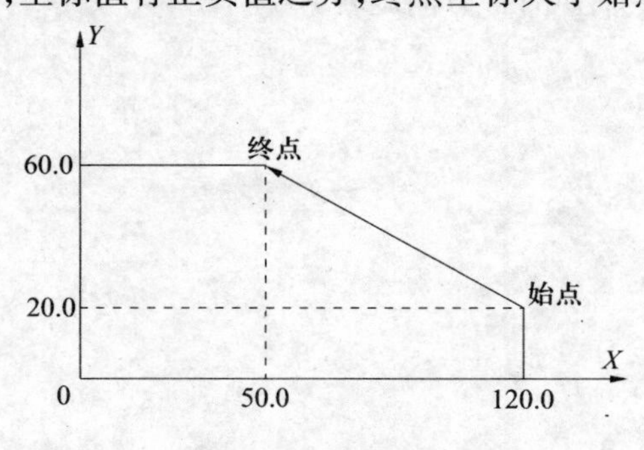

图 3-24　G90 与 G91

标值小于始点坐标值为负值。

2. 米制与英制编程

编程时如输入单位是米制,用 G21 指令,如输入单位是英制,则用 G20 指令。米制、英制 G 代码的切换,要在程序开始设定工件坐标系之前,用单独的程序段指令。电源接通时用 G21,G20 与电源切断前相同。

3. 模态与非模态

数控编程中的指令有模态指令和非模态指令,模态指令也称续效指令,在程序段中一经指定便一直有效,直到被后面程序段中同组其它指令所代替后才失效,与上段相同的模态指令可省略不写。而非模态指令(非续效指令)其功能仅在本程序段中有效,与上段相同的非模态指令不能省略不写。

例如,在表 3-1 中,00 组 G 代码为非模态,其它的均为模态 G 代码。

二、辅助功能

辅助功能代码用地址字 M 及二位数字表示,也称 M 功能或 M 指令,它是用来控制数控机床辅助装置的动作及开关状态的,如主轴的启停、切削液的开关等。

常用的 M 指令有:

1. M00 程序暂停

当执行有 M00 指令的程序段后,不执行下段。相当于执行单程序段操作,当按下操作面板上的循环启动按钮后,程序继续执行。该指令可应用于自动加工过程中,停车进行某些手动操作,如手动变速、换刀、关键尺寸的抽样检查等。

2. M01 程序选择暂停

该指令的作用和 M00 相似,但它必须在预先按下操作面板上“选择停止”按钮的情况下,当执行有 M01 指令的程序段后,才会停止执行程序,如果不按下“选择停止”按钮,M01 指令无效,程序继续执行。

3. M02 程序结束

该指令用于控制加工程序全部结束,执行该指令后,机床便停止自动运转,关闭切削液,机床复位。有的机床设定该功能可卷回纸带到程序的开始字符位置。

4. M03 主轴正转

对于立式铣床,所谓正转设定为由 Z 轴正方向向负方向看去,主轴顺时针方向旋转。

5. M04 主轴反转(主轴逆时针方向旋转)

6. M05 主轴停止

7. M08 切削液开

8. M09 切削液关

9. M10 夹紧

10. M11 松开

11. M32 润滑开

12. M33 润滑关

13. M30 程序结束

在完成程序段所有指令后,使主轴、进给和切削液都停止,机床及控制系统复位,纸带倒回到程序开始的字符位置。该指令必须编在最后一个程序段中，表示加工结束。

14. M98 调用子程序

15. M99 子程序结束并返回到主程序

在一个程序段中原则上只能指令一个 M 代码，如果在一个程序段中指令了两个或两个以上的 M 代码时，只有最后一个 M 代码有效，其余的 M 代码均无效。

移动指令和 M 指令在同一程序段中时，先执行 M 指令后执行移动指令，如图 3－25 所示。

N10 G91 G01 X50.0 Y—50.0 M03 S800；

主轴正转指令开始执行，再执行 A 点移动指令。

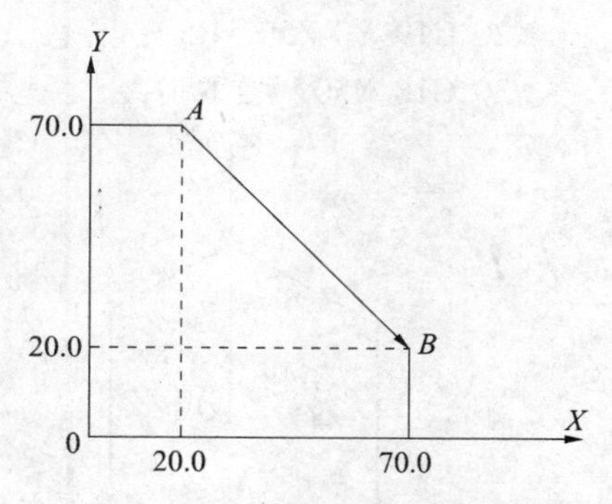

图 3－25　辅助指令与移动指令

三、其它功能

1. 进给功能代码 F

设定进给速度指令，在直线插补、圆弧插补中用 F 代码及其后面数值来指令刀具的进给速度，单位为 mm/min、mm/r 或 in/min。数控车、铣有两种进给速度模式：每转进给和每分钟进给，数控车常用每转进给模式；数控铣常用每分钟进给模式。

2. 主轴功能代码

表示主轴转速。用 S 代码及其后面数值来指令主轴转速，单位为 r/min。例如：S600 表示主轴转速为 600 r/min。

3. 刀具功能代码 T

表示选刀功能，用在加工中心中，在进行多道工序加工时，必须选取合适的刀具。每把刀具应安排一个刀号，刀号在程序中指定。刀具功能用 T 代码加 D 代码表示，T 代码表示刀具号，D 代码表示刀补号。如 T2D2 表示选取第 2 号刀具，刀补号也为 2 号。

也可用 H 代码及其后面的两位数字表示刀具补偿号。这两位数字为存放刀具补偿量的存储器地址字，如 H01 表示刀具补偿是用第 1 号。

四、数控铣床基本编程方法

（一）坐标系的设定

1. 平面选择（G17，G18，G19）

坐标平面选择指令用于选择圆弧插补平面和刀具补偿平面，如图 3－26 所示，G17 选择 XOY 平面，G18 选择 XOZ 平面，G19 选择 YOZ 平面。

移动指令与平面选择无关，例如 G17 Z__，Z 轴不存在于 XOY 平面上，但这条指令可使机床在 Z 轴方向上产生移动。

该组指令为模态指令，在数控系统初始状态一般默认为 G17 状态。若要在其它平面上加工则应使用坐标平面选择指令。

例 1　如图 3－27 所示为半径 SR50mm 的球面。球心位于坐标原点 O。试编写刀心轨迹 $A \to B \to C \to A$ 的圆弧插补程序。

解:N10 G17 G03 X0 Y50.0 F100；　　　　在 XOY 平面 $A \rightarrow B$

N20 G19 Y0 Z50. R50；　　　　在 YOZ 平面 $B \rightarrow C$

N30 G18 X50. Z0 R50；　　　　在 XOZ 平面 $C \rightarrow A$

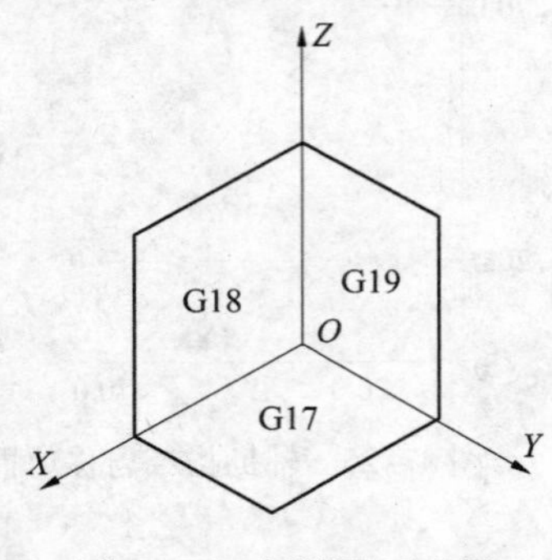

图 3-26　插补平面选择

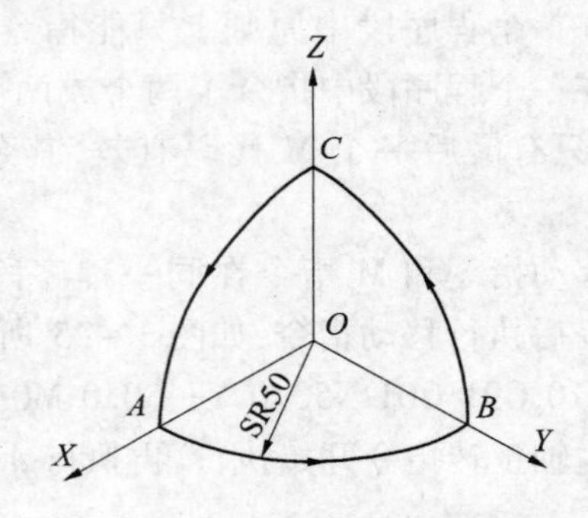

图 3-27　G17、G18、G19 的应用

2. 设置工件坐标系(G92)

该指令设定起刀点,即程序开始运动的起点,建立工件坐标系,工件坐标系原点又称为程序原点,执行 G92 指令后,也就确定了起刀点与工件坐标原点的相对距离。

格式:G92 X__ Y__ Z__；

例如:G92 X30.0 Y40.0 Z20.0；

该程序段的含义是刀具在所建立的坐标系中的坐标为(30,40,20)。

该指令只是设定坐标系,机床(刀具或工作台)并未产生任何运动,G92 设定工件坐标系时,是在程序中设定的,所设定的工件原点与当前刀具所在位置有关。

3. 选择工件坐标系(G54—G59)

格式:G54—G59

若在工作台上同时加工多个相同零件或不同零件,它们都有各自的尺寸基准,在编程过程中,有时为了避免尺寸换算,可以建立六个工件坐标系,其坐标原点设在便于编程的某一固定点上,当加工某个零件时,只要选择相应的工件坐标系编制加工程序。在机床坐标系中确定 6 个工件坐标系坐标原点的坐标值后,通过 CRT/MDI 方式输入设定。

G54—G59 指令实质上是工件坐标系的平移指令(有的数控系统可以直接采用该指令建立工件坐标系),一经设定,工件坐标系的原点在机床坐标系的位置是不变的,它与刀具当前的位置无关。

G54—G59 坐标系的设置是将欲设置的工件原点在机床坐标系中的坐标值输入到机床偏置页面中去,在程序中直接调用即可,它是在加工前设定的。

执行 G92 程序段指令时,机床不发生动作,而 G54—G59 与 G00 或 G01 配合使用时,机床要发生动作,用了 G54—G59 就不要再使用 G92,否则 G54—G59 会被替换。

如图 3-28 所示,建立原点在 O_P 的 G54 工件坐标系,原点 O_P 在机床坐标系中坐标值为 X—60.0,Y—60.0,Z—10.0,将其用 CRT/MDI 方式在设置 G54 中设定,刀具快速移动到图示位置则执行以下指令:

N10　G51；

N20　G90　G00　X0　Y0　Z20.0；

以上程序也可合并成一段：

G54　G90　G00　X0　Y0　Z20.0；

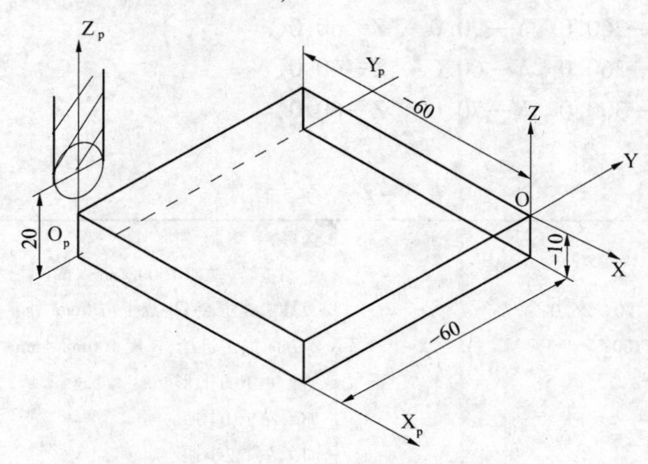

图 3－28　建立 G54 工件坐标系

以上程序执行后，所有坐标字指定的尺寸都是选定的工件坐标系中的位置。

例 2　加工如图 3－29 所示的四个图形，用选择工件的坐标系来编程。图形为铣刀中心走刀轨迹，切深为－1mm。

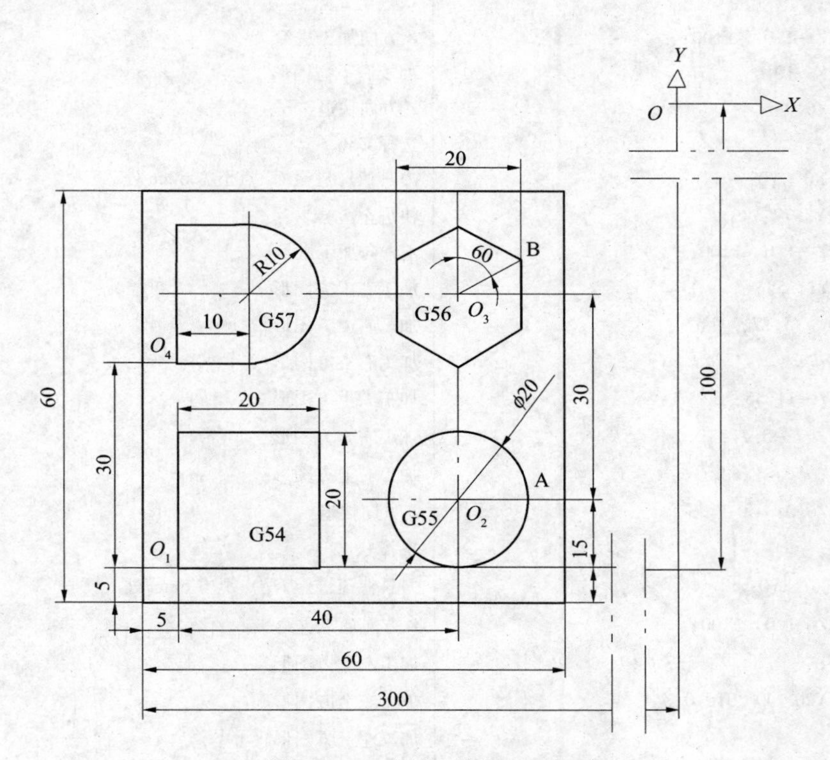

图 3－29　选择工件加工坐标系

解：G54～G57 工件加工坐标系的坐标原点分别设在 O_1，O_2，O_3，O_4，设起刀点与 O_1、重合时，机床坐标系的坐标值分别为 X—300.0，Y—100.0，Z—60.0，机床坐标系的 G17

平面 *XOY* 如图 3 - 29 所示，(图中 *Z* 轴略)，G54—G57 设置如下：

G54 设置　X—300.0　Y—100.0　Z—60.0，

G55 设置　X—260.0　Y—90.0　Z—60.0，

G56 设置　X—260.0　Y—60.0　Z—60.0，

G57 设置　X—300.0　Y—70.0　Z—60.0，

程序编写见表 3 - 2。

表 3 - 2　编写程序

程序	说明
N10 G54;	选择 54
N20 M03 S1000;	主轴正转，转速 1000r/min
N30 G90 G00 X0 Y0 Z6.0;	刀具快速进至 O_1 点上方 6mm 处
N40 G01 Z—1.0 F100;	*Z* 方向加工进给，速度 100mm/min
N50 X20.0;	加工左下方图形
N60 Y20.0;	加工左下方图形
N70 X0;	加工左下方图形
N80 Y0;	加工左下方图形
N90 G00 Z6.0;	*Z* 方向快退
N100 G55;	选择 G55
N110 G00 X0 Y0;	刀具快速进至 O_2 点上方 6mm 处
N120 G10.0;	快进至 *A* 点
N130 G01 Z—1.0 F100;	*Z* 方向加工进给
N140 G02 Z—10.0;	加工右下方图形
N150 G00 Z6.0	*Z* 方向快退
N160 G56;	选择 G56
N170 G00 X0 Y0;	刀具快速进至 O_3 点上方 6mm 处
N180 X10 Y5.77;	快进至 *B* 点
N190 G01 Z—1.0 F100;	*Z* 方向加工进给
N200 X0 Y11.55;	加工右上方图形
N210 X—10 Y5.77;	加工右上方图形
N220 Y—5.77;	加工右上方图形
N230 X0 Y—11.55;	加工右上方图形
N240 X10.0 Y—5.77;	加工右上方图形
N250 Y5.77;	加工右上方图形
N260 G00 Z6.0;	*Z* 方向快退
N270 G57;	选择 G57
N280 G00 X0 Y0;	刀具快速进至 O_4 点上方 6mm 处
N290 G01 Z—1.0 F100;	*Z* 方向加工进给
N300 X10.0;	加工左上方图形
N310 G03 Y20 I0 J10.0;	加工左上方图形
N320 X0;	加工左上方图形
N330 Y0;	加工左上方图形
N340 G00 Z6.0 M05;	*Z* 方向快退，主轴停止
N350 M30;	程序结束

（二）常用编程指令

1. 快速定位 G00 或 G0

格式：G00 X__ Y__ Z__；

说明：(1)该指令功能与数控车相同；

(2)X__ Y__ Z__ 是终点坐标；

(3)模态指令。

刀具以点位控制方式从当前位置快速运动到指令给出的目标位置，只能用于快速定位，不能用于切削加工。

例如 G00 X10 . Y10. Z80，表示刀具快速运动到点(10,10,80)的位置。G00 的运动速度由系统决定，在程序中不需要指定。

2. 直线插补 G01 或 G1

格式：G01 X__ Y__ Z__ F__；

说明：(1)该指令功能与数控车相同；

(2)X__ Y__ Z__ 是终点坐标；

(3)模态指令；

(4)F 表示进给速度，单位是 mm/min 或 mm/r。

例如 G01 X20. Y20. Z60. F80，表示刀具从当前位置以 80mm/min 的进给速度沿直线运动至点(20,20,60)的位置。

例 3 加工如图 3－30 所示图形，用 ϕ6 铣刀铣出 X,Y,Z 三个字母(中心轨迹)，深度为 1mm，可以应用 G00,G01 指令编程。

解：用绝对方式与增量方式编写加工程序见表 3－3。

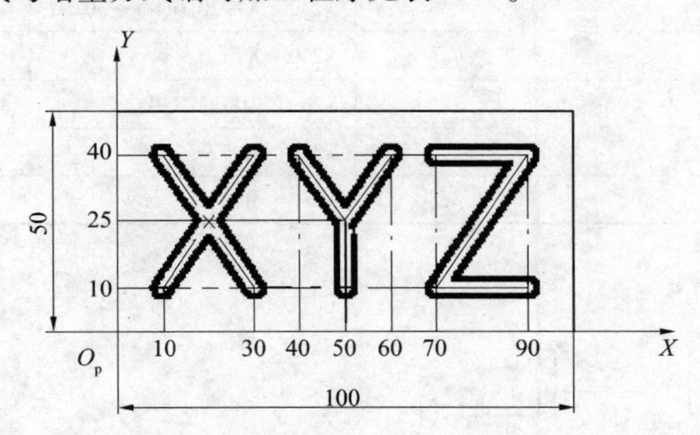

图 3－30 G00,G01 指令应用

表 3－3 例 3 程序表

绝对值编程	增量值编程
N10 G54；	N10 G54；
N20 M03 S1000；	N20 M03 S1000；
N30 G90 G00 X0 Y0 Z6.0；	N30 G90 G00 X0 Y0 Z6.0；
N40 X10. Y10.0；	N40 G91 X10.0 Y10.0；
N50 G01 Z—1.0 F100；	N50 G01 Z—7.0 F100；

（续）

绝 对 值 编 程	增 量 值 编 程
N60　X30.0　Y40.0；	N60　X20.0　Y30.0；
N70　G00　Z6.0；	N70　G00　Z7.0；
N80　X10.0；	N80　X—20.0；
N90　G01　Z—1.0　F100；	N90　G01　Z—7.0　F100；
N100　X30.0　Y10.0；	N100　X20.0　Y—30.0；
N110　G00　Z6.0；	N110　G00　Z7.0；
N120　X50.0；	N120　X20.0；
N130　G01　Z—1.0　F100；	N130　G01　Z—7.0　F100；
N140　Y25.0；	N140　Y15.0；
N150　X40.0　Y40.0；	N150　X—10.0　Y15.0；
N160　G00　Z6.0；	N160　G00　Z7.0；
N170　X60.0；	N170　X20.0；
N180　G01　Z—1.0　F100；	N180　G01　Z—7.0　F100；
N190　X50.0　Y25.0；	N190　X—10.0　Y—15.0；
N200　G00　Z6.0；	N200　G00　Z7.0；
N210　X70.0　Y40.0；	N210　X20.0　Y15.0；
N220　G01　Z—1.0　F100；	N220　G01　Z—7.0　F100；
N230　X90.0；	N230　X20.0；
N240　X70.0　Y10.0；	N240　X—20.0　Y—30.0；
N250　X90.0；	N250　X20.0；
N260　G00　Z6.0；	N260　G00　Z7.0；
N270　M05；	N270　M05；
N280　M30；	N280　M30；

3. 圆弧插补

指令：G02、G03

格式：
$$G17\left\{\begin{matrix}G02\\G03\end{matrix}\right\}X\_\_\ Y\_\_\left\{\begin{matrix}R\_\_\\I\_\_\ J\_\_\end{matrix}\right.;$$

$$G18\left\{\begin{matrix}G02\\G03\end{matrix}\right\}X\_\_\ Z\_\_\left\{\begin{matrix}R\_\_\\I\_\_\ K\_\_\end{matrix}\right.;$$

$$G19\left\{\begin{matrix}G02\\G03\end{matrix}\right\}Y\_\_\ Z\_\_\left\{\begin{matrix}R\_\_\\I\_\_\ J\_\_\end{matrix}\right.;$$

说明：

（1）X、Y、Z 是圆弧终点坐标；

（2）I、J、K 是圆弧圆心在 X、Y、Z 轴上的增量坐标，即圆心相对于圆弧起点的增量坐标；

（3）G02、G03 是模态指令；

(4) R 是圆弧半径，若用半径 R，则圆心坐标不采用，用 R 编程只适用于非整圆情况。

刀具相对于工件在指定的坐标平面内，以一定的进给速度从始点向终点进行圆弧插补运动，G02 为顺时针圆弧插补指令，G03 则是逆时针圆弧插补。

圆弧中心地址 I、J、K 的判别，如图 3－31 所示。它们是圆心相对于圆弧起点，分别在 X、Y、Z 轴的方向坐标增量，是带正负号的增量值，圆心坐标值大于圆弧起点的坐标值为正值，圆心坐标值小于圆弧起点坐标值为负值。

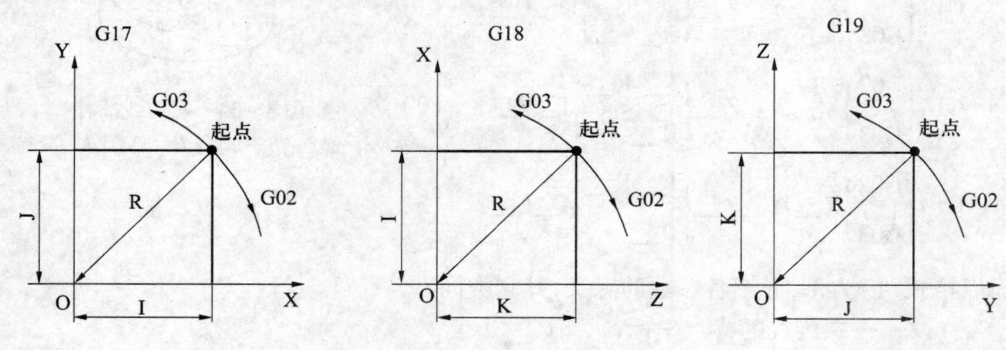

图 3－31　用 I、J、K 指定圆心

用 R 指定圆心位置时，由于在同一 R 的情况下，从圆弧起点到终点有两种圆弧的可能性，见图 3－32，即小于 180°圆弧（用＋R 表示）和大于 180°圆弧（用－R 表示），且在同一程序段中，如果 I、J、K 与 R 同时出现时，R 有效，I、J、K 无效，用 I、J、K 编程加工的圆弧是唯一的。

例 4　如图 3－33 所示，分别以 *A*,*B*,*C*,*D* 作为始点，编制全圆的加工程序。

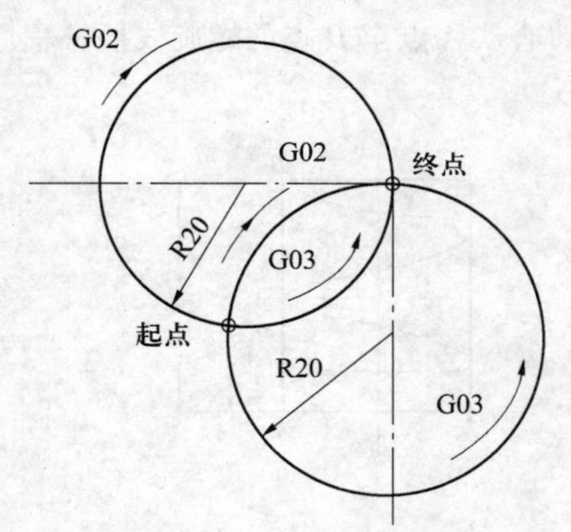

图 3－32　用半径指定圆心

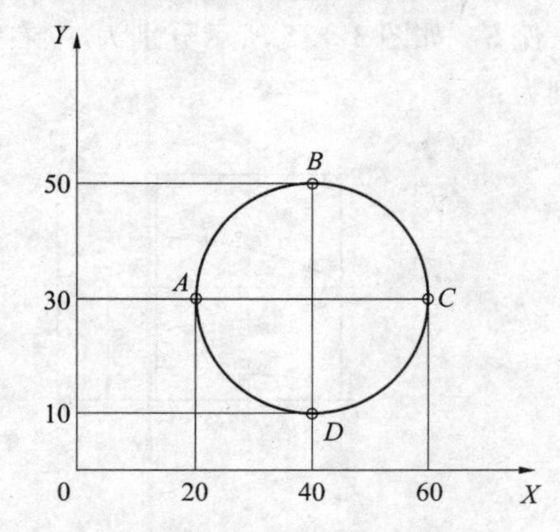

图 3－33　全圆编程举例

解：圆弧起始点为 *A*：G02 X40. Y50. I20. J0 F100；*A*→*B*

圆弧起始点为 *B*：G02 X60. Y30. I0 J－20. ；　*B*→*C*

圆弧起始点为 *C*：G02 X40. Y10. I－20. J0 ；　*C*→*D*

圆弧起始点为 *D*：G02 X20. Y30. I0 J20. ；　*D*→*A*

4. 螺旋线插补

指令：G02、G03

螺旋线插补指令与圆弧插补指令相同，即 G02 和 G03，分别表示顺时针、逆时针螺旋线插补，顺逆方向判别方法与圆弧插补相同。在进行圆弧插补时，垂直于插补平面坐标同步运动，构成螺旋线插补运动，如图 3－34 所示，螺旋线插补的进给速度下为圆弧插补与直线运动的合成运动。

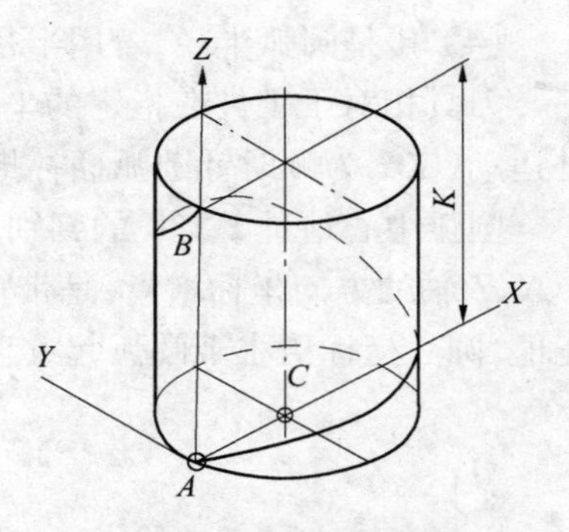

图 3－34　螺旋线插补

A—起点；*B*—终点；*C*—圆心；*K*—导程。

格式：

$$G17\left\{\begin{matrix}G02\\G03\end{matrix}\right\}X\_\_\ Y\_\_Z\_\_\left\{\begin{matrix}I\_\_\ J\_\_\\R\_\_\end{matrix}\right\}K\_\_F\_\_;\quad(1)$$

$$G18\left\{\begin{matrix}G02\\G03\end{matrix}\right\}X\_\_\ Y\_\_Z\_\_\left\{\begin{matrix}I\_\_\ K\_\_\\R\_\_\end{matrix}\right\}J\_\_F\_\_;\quad(2)$$

$$G19\left\{\begin{matrix}G02\\G03\end{matrix}\right\}X\_\_\ Y\_\_Z\_\_\left\{\begin{matrix}I\_\_\ K\_\_\\R\_\_\end{matrix}\right\}I\_\_F\_\_;\quad(3)$$

下面以格式(1)为例，介绍各参数的意义，其它类同。

X、Y、Z——螺旋线的终点坐标；

I、J——圆心在 *X*、*Y* 轴上相对于螺旋线起点的坐标；

R——螺旋线在 *XY* 平面上的投影半径；

K——螺旋线导程(单头即为螺距)，取正值。

说明：(1)螺旋线的终点坐标 *X*,*Y*,*Z*,必须在螺旋线上。

(2)半径补偿对螺旋线插补不起作用。

(3)在螺旋线插补的程序中，刀具长度补偿不能使用。

例 5　如图 3－35 所示分别为左、右螺旋线，刀心从 *A* 点至 *B* 点的螺旋线插补程序段分别为：

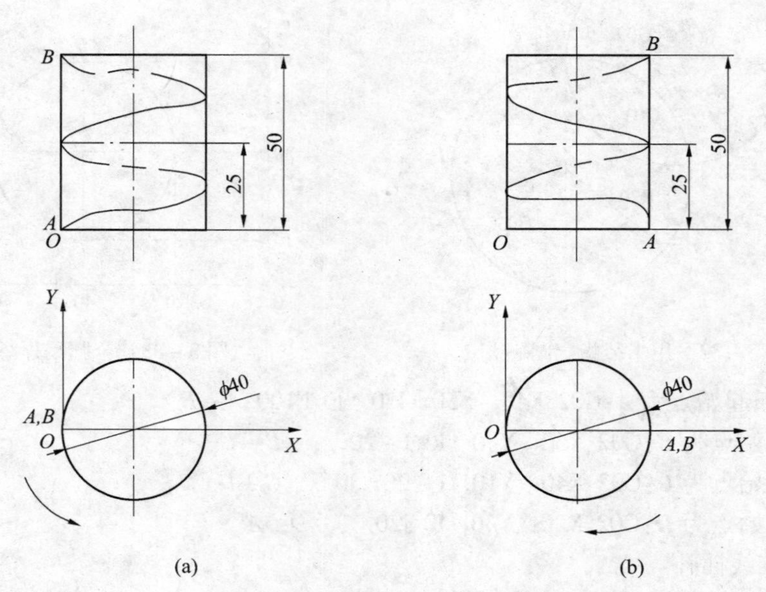

图 3－35　螺旋线插补指令的应用

(a)右螺旋线；(b)左螺旋线。

图(a):G03 X0 Y0 Z50 I20 J0 K25

图(b):G02 X40 Y0 Z50 I—20 J0 K25

例6 如图3－36所示螺旋槽由两个螺旋面组成,前半圆 *AmB* 为左旋螺旋面,后半圆 AnB 为右旋螺旋面。螺旋槽最深处为 *A* 点,最浅处为 *B* 点。要求用 $\phi8$ 的立铣刀加工该螺旋槽,请编制数控加工程序。

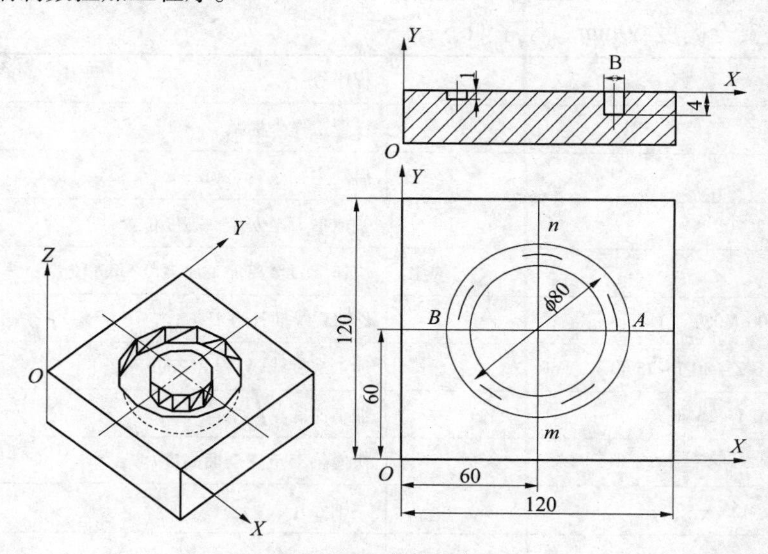

图3－36 螺旋槽加工

(1) 计算求得刀心轨迹坐标如下:

A 点:X＝96 Y＝60 Z＝－4,

B 点:X＝24 Y＝60 Z＝－1;导程:K＝6。

(2) 数控加工程序编制如下:

O0006	程序号
G54 S800 M03	启动主轴正转800r/min
G00 Z50.	快速抬刀至安全面高度
X24 Y60.	快速运动到 *B* 点上方安全高度
Z2.	快速运动到 *B* 点上方2mm处
G01 Z－1. F50	*Z* 轴直线插补进刀
G03 X96. Y60. Z－4. I36. J0 K6. F150	螺旋线插补 *B*→*m*→*A*
G03 X24. Z－1. I－36. J0 K6.	螺旋线插补 *A*→*n*→*B*
G01 Z1.5	进给抬刀,避免擦伤工件
G00 Z50.	快速抬刀至安全面高度
X0 Y0 M05	快速抬刀运动到工件原点上方,主轴停
M30	程序结束

最后三段程序不能写成 G00 X0 Y0 Z50 M05 M30,否则会造成刀具在快速运动过程中与工件或夹具相碰撞。

值得注意的是,螺旋线插补指令不仅在插补螺旋线时使用,而且可在其它情况下,通过巧妙安排解决生产中的一些问题。例如，立铣刀在加工内型腔或沟槽时，由于端面上没有切削刃，在加工中不能进行轴向进给，通常需要用钻头预钻孔或先用键槽铣刀加工。这样，无疑会增加加工时间，影响生产效率。如果在加工要求不太高的情况下，改用立铣刀沿螺旋线进行插补，则会收到“事半功倍”的效果，实例如下。

例7　如图3-37所示某工件的深圆槽，不用预钻孔而改用立铣刀以螺旋线插补方式加工，工件安全高度60mm。程序如下：

O0007	程序号
N10 G54	设置工作坐标系
N20 S800 M03	启动主轴正转800r/min
N30 G0 Z60 X25 Y0	快速抬刀至安全面高度位置
N40 Z5	快速下刀至离加工面高度5mm位置
N50 G01 Z0 F100 M08	Z轴直线插补进刀
N60 G03 X25 Y0 Z-30 I-25 J0 K2 F50	加工螺旋线，导程为2mm
N70 G03 X25 Y0 I-25 J0	加工槽底
N80 G0 Z50	快速抬刀至安全面高度
N90 X0 Y0 Z60 M05	主轴停止
N100 M09	关冷却液
N110 M30	程序结束

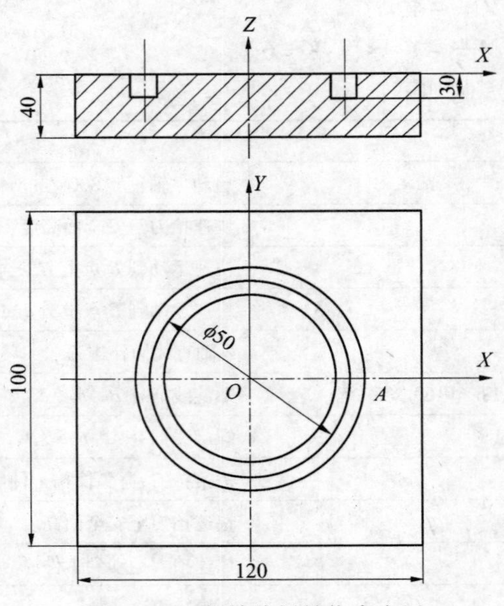

图3-37　螺旋线插补指令应用

5. 返回参考点G28

格式：G28 X_ Y_ Z_;

说明：执行G28指令，使刀具自动返回参考点或经中间点X,Y,Z的位置，再返回参考点。

G28 程序段的动作顺序如下：

（1）快速从当前位置定位到指令轴的中间点位置（A 点→B 点）。

（2）快速从中间点定位到参考点（B 点→R 点）。

（3）若机床处于非锁住状态，返回参考点完毕时，回零指示灯亮。

这个指令一般在自动换刀时使用。在使用这个指令时，原则上要取消刀具半径和刀具长度补偿，否则会发生不正确的动作。

例 8 如图 3－38 的 G28 编程：

绝对方式编程：G90 G28 X350 Y200；

增量方式编程：G91 G28 X250 Y50；

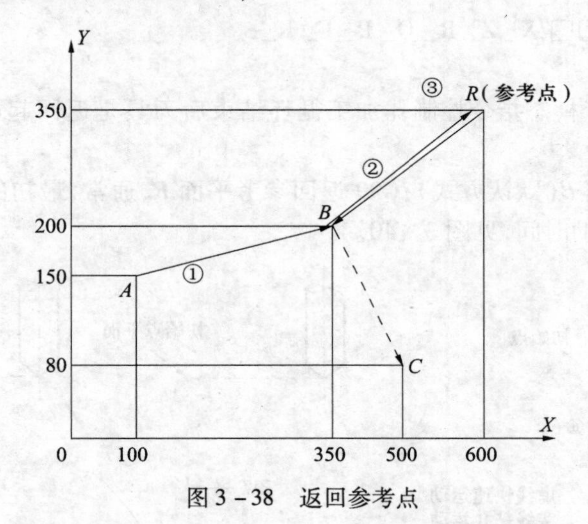

图 3－38 返回参考点

6. 从参考点返回 G29

格式：G29 X_ Y_ Z_；

执行 G29 指令，首先使各轴快速移动到 G28 所设定的中间点位置，然后再移动到 G29 所设定的坐标值为 X，Y，Z 的返回点位置上定位。用增量值指令时，其值为对中间点的增量值。

例 9 如图 3－38 所示，在执行 G29 后，轴从 R 点移到 C 点，程序段如下：

绝对方式编程：G90 G29 X500 Y80；　　参考点 $R→B→C$

增量方式编程：G91 G29 X150 Y－120；参考点 $R→B→C$

通常 G28 和 G29 指令应配合使用，使机床换刀直接返回到加工点 C，而不必计算中间点 B 与参考点 R 之间的实际距离。

（三）固定循环指令

固定循环通常是用含有 G 功能的一个程序段完成用多个程序段指令才能完成的加工动作，使程序得以简化。

1. 固定循环的动作顺序组成

固定循环常由六个动作顺序组成（如图 3－39 所示）。

（1）X 轴和 Y 轴定位，即刀具由起刀点 A 快速定位到孔加工循环起点 B。

（2）快速进给到 *R* 点。刀具沿 *Z* 轴方向快速运动参考平面 *R*。

（3）孔加工（钻孔或镗孔等）。

（4）孔底的动作（暂停、主轴停等）。

（5）退回到 *R* 点。

（6）快速运行到初始点位置。

初始点平面是表示从取消固定循环状态到开始固定循环状态的孔加工轴向方向的绝对值坐标位置。

2. 固定循环编程格式

编程格式：

$$\left\{\begin{matrix}G90\\G91\end{matrix}\right\}\left\{\begin{matrix}G99\\G98\end{matrix}\right\}G\square\square\ X\_\ Z\_\ R\_\ Q\_\ P\_\ F\_\ K\_;$$

G98 和 G99 两个模态指令控制孔加工循环结束后刀具是返回起始点 *B* 还是参考平面 *R*。

G98 返回起始点 *B*（默认方式）；G99 返回参考平面 *R*，通常，最初的孔用 G99，最后的孔用 G98，可减少辅助时间，见图 3－40。

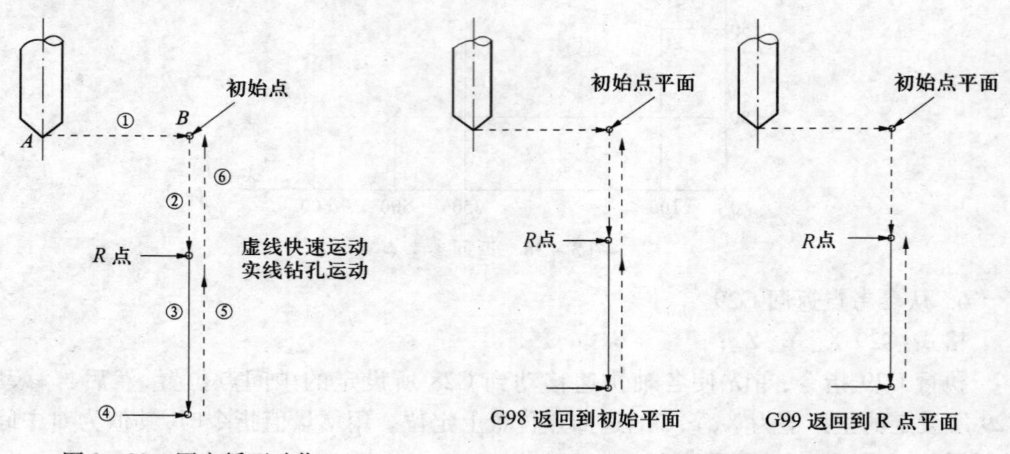

图 3－39　固定循环动作

图 3－40　初始点平面和 *R* 点平面

G□□：孔加工方式。如 G81——定点钻孔循环，G83——深孔钻削循环，G84—攻螺纹循环，G85—镗孔循环指令。

X，Y：孔位置坐标，用绝对值或增量值指定孔的位置，刀具以快速进给方式到达（X，Y）点。

Z：孔加工轴方向切削进给最终位置坐标值，在采用绝对值方式时，*Z* 值为孔底坐标值；采用增量值方式时，*Z* 值规定为 *R* 点平面到孔底的增量距离，如图 3－41 所示。

R：在绝对坐标方式 G90 时，为 *R* 点平面的绝对坐标；在增量方式 G91 时，为初始点到 *R* 点平面的增量距离，如图 3－41 所示。

Q：在用于深孔钻削加工 G83 方式中，被规定为每次切削深度，它始终是一个增量值。

P：规定在孔底的暂停时间，用整数表示，以毫秒（ms）为单位。

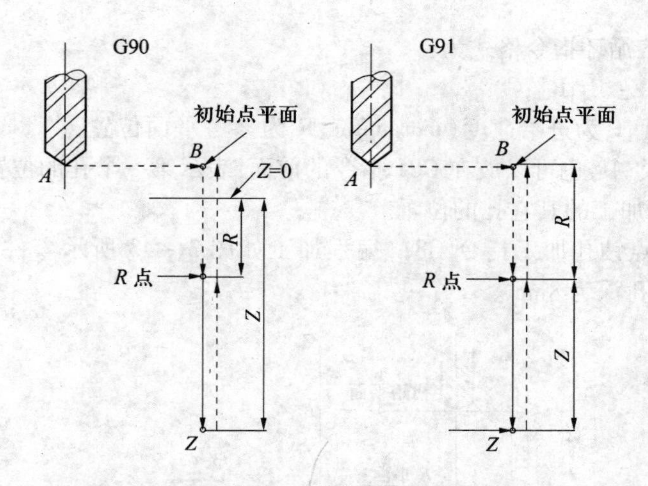

图 3-41　*Z* 轴的绝对值指令和增量值指令

F：切削进给速度，以 mm/min 为单位。

K：用 K 值规定固定循环重复加工次数，执行一次可不写 K，当 K=0 时，则系统存储加工数据，但不执行加工。

当孔加工方式建立后一直有效，不需要在执行相同孔加工方式的每一个程序段中指定，直到被新的孔加工方式所更新或被撤销。

上述孔加工数据，不一定全部都写，根据需要可省去若干地址和数据。

这里固定循环指令是模态指令，一旦指出，就一直保持有效，直到用 G80 取消指令为止。此外，G00，G01，G02，G03 也起取消固定循环指令的作用。

在固定循环方式中，如果指令了刀具长度补偿（G43，G44，G49）则 *R* 点在平面定位时进行转移，如图 3-39 所示的动作 2。

3. 几种孔加工循环

（1）钻孔循环指令 G81（以 FANUC CNC 和 Haas CNC 系统为例）。

如图 3-42 所示，主轴正转，刀具以进给速度向下运动钻孔，到达孔底位置后，快速退回（无孔底动作）。

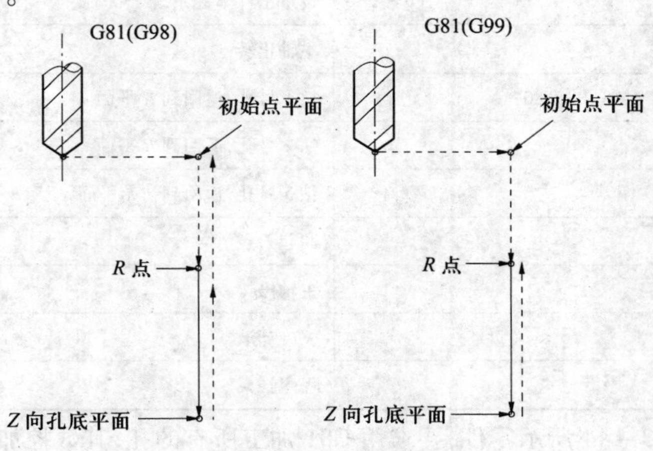

图 3-42　钻孔循环

G81 钻孔加工循环指令格式为：

G81(X_ Y_)Z_ F_ R_;

Z 为孔底位置,F 为进给速度(mm/min),R 为参考平面位置,(X,Y)为孔的位置,可以包含在 G81 指令中,也可以放在 G81 指令的前面,表示第一个孔的位置,放在 G81 指令的后面,表示需要加工的其它孔的位置。

例 10 用定点钻孔加工指令 G81,编程加工如图 3-43 所示零件上的 3 个直径为 ϕ8mm 的孔,钻削孔深为 8mm。

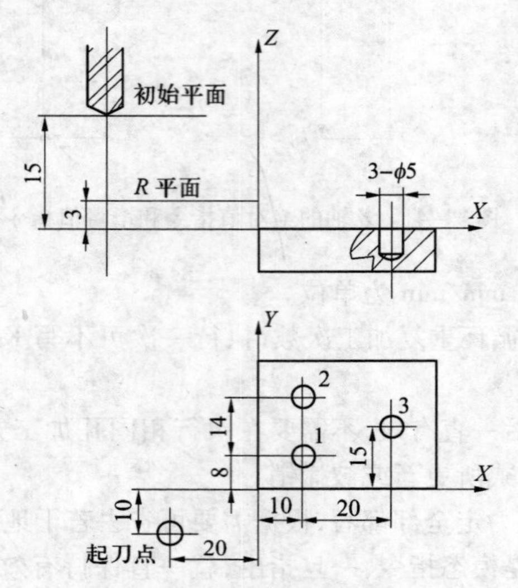

图 3-43 钻孔加 I 指令 G81

解:现设主轴转速为 1000r/min,进给速度为 100mm/min,确定起刀点平面为初始点平面,其坐标值为 $Z=15$mm,定 R 点平面坐标值为 3mm,编写零件加工程序见表 3-4。

表 3-4 绝对坐标编程

O0010	程序号
G54;	设定工件坐标系
M03 S1000;	主轴正转
G90 G81 G99 X10. Y8. Z-8. R3. F80;	钻 1 号孔,返回到 *R* 平面
Y22.;	钻 2 号孔,返回到 *R* 平面
G98 X30. Y15.;	钻 3 号孔,返回到初始平面
G80 G0 Z15.;	回起刀点
X-20. Y-1. M05	主轴停
M09;	关冷却液
M30;	程序结束

例 11 如图 3-44 所示零件,要求用 G81 加工所有的孔,其数控加工程序(FANUC CNC 系统)如下。

O0011	程序号
T01 S1000 M03;	用 01 号刀，启动主轴正转 1000r/min
G54 G99;	设定工件坐标系，钻孔采用返回参考平面的方式
G00 Z30. M08;	刀具抬至安全高度，开冷却液
X0 Y0;	
G81 X10. Y10. Z-15. R5. F20;	在(10,10)位置钻孔，孔深度为 15mm
X50.;	在(50,10)位置钻孔
Y30.;	在(50,30)位置钻孔
X10.;	在(10,30)位置钻孔
G80.;	取消钻孔循环
G00 Z30. M09;	刀具抬至安全高度，关闭冷却液
M30;	程序结束

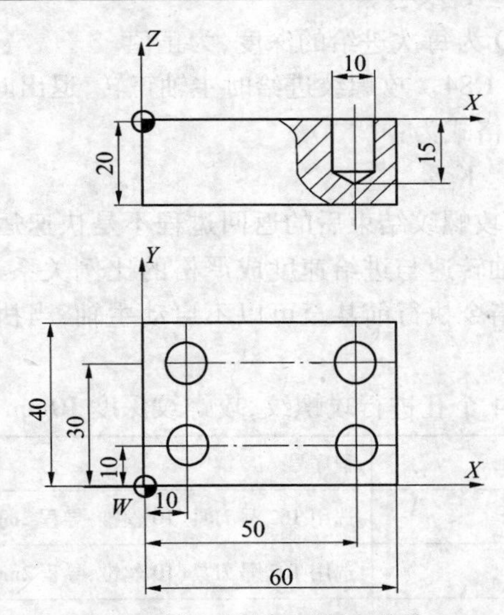

图 3-44　G81 加工所有的孔

(2) 钻孔循环指令 G82。与 G81 格式类似，唯一的区别是 G82 在孔底有进给暂停动作，即当钻头加工到孔底位置时，刀具不作进给运动，并保持旋转状态，使孔的表面更光滑。

G82 钻孔加工循环指令格式为：

G82(X_ Y_)Z_ F_ R_ P_;

P 为在孔底位置的暂停时间，单位为 ms(毫秒)，

该指令一般用于扩孔和沉头孔加工。

(3) 深孔钻孔循环指令 G83。G83 指令与 G81 的主要区别是：G83 指令是深孔加工，采用间歇进给(分多次进给)，有利于排屑、有利于断屑，每次进给深度为 Q，直到孔底位置为止，在孔底加进给暂停(设置两个系统内部参数 22 号和 52 号控制退刀过程)，如图 3-45所示。

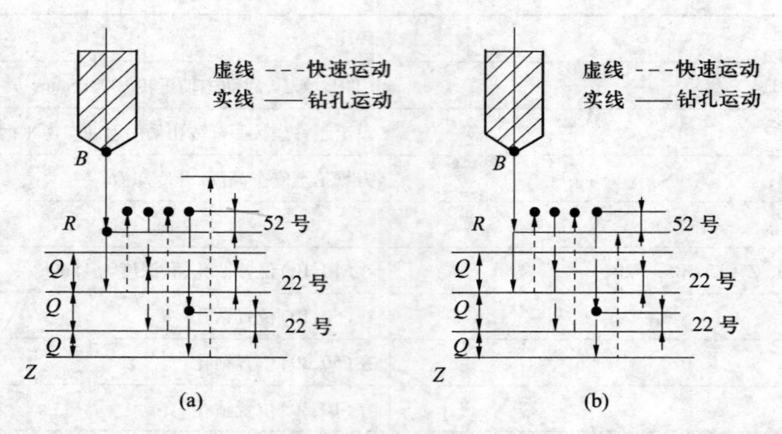

图 3-45 深孔钻孔加工循环(系统内部参数 22 号和 52 号控制退刀过程)
(a)G98 指令;(b)G99 指令。

G83 深孔钻孔加工循环指令格式为:

G83(X_ Y_)Z_ F_ R_ P_ Q_ ;

P 为暂停时间(ms),Q 为每次进给的深度,为正值。

(4) 攻螺纹循环指令 G84。攻螺纹进给时主轴正转,退出时主轴反转。

G84 攻螺纹循环指令格式为:

G84(X_ Y_)Z_ F_ R_ K_;

与钻孔加工不同的是攻螺纹结束后的返回过程不是快速运动,而是以进给速度反转退出;攻螺纹过程要求主轴转速与进给速度成严格的比例关系,因此,编程时要求根据主轴转速计算进给速度;该指令执行前甚至可以不启动主轴,当执行该指令时,数控系统将自动启动主轴正转。

例 12 对例 11 中的 4 个孔进行攻螺纹,攻螺纹深度 10mm,其数控加工程序如下表:

O0012	程序号
T02 M06;	选用 T02 号刀具(10 丝锥,导程 2mm)
G54 G90 G99 S200 M03;	选用 T02 号刀具(10 丝锥,导程 2mm)
G00 Z30. M08;	刀具抬至安全高度,开冷却液
X0 Y0;	
G84 X10. Y10. Z-10 R5. F300;	在(10,10)位置攻螺纹,深度为 10mm,参考面高度为 5mm
X50.;	攻螺纹
Y30.;	攻螺纹
X10.;	攻螺纹
G80;	取消攻螺纹循环
G00 Z30. M09;	刀具抬至安全高度,关闭冷却液
M05;	
M30;	

(5) 左旋攻螺纹循环指令 G74。与 G84 的区别是:进给时为反转,退出时为正转。

G74 攻螺纹循环指令

格式:G74(X_ Y_)Z_ F_ R_;

(6) 镗孔循环指令 G85。

如图 3-46 所示,主轴正转,刀具以进给速度向下运动镗孔,到达孔底位置后,立即以进给速度退出(没有孔底动作)。

镗孔加工循环 G85 的指令格式为:

G85(X_ Y_)Z_ F_ R_;Z 为孔底位置,F 为进给速度(mm/min),R 为参考平面位置。

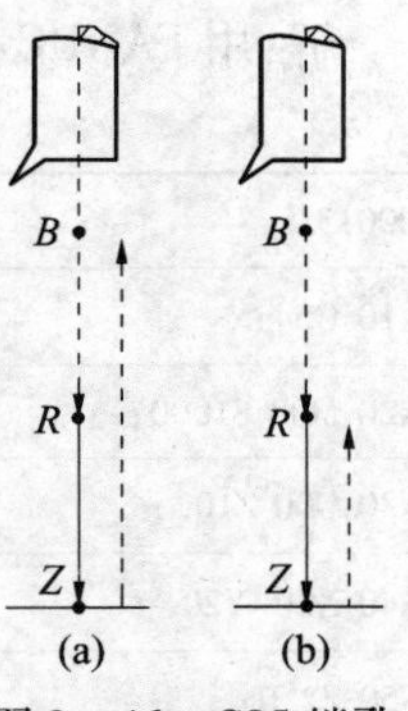

图 3-46 G85 镗孔加工循环

(a) G98 指令;(b) G99 指令。

(四) 子程序

1. 调用子程序

格式:M98 P_;

其中,调用地址 P 后跟 8 位数字,前四位为调用次数,后四位为子程序号。例如 M98P64001,表示调用 4001 号子程序 6 次,如调用次数为 1 次时,则可省略调用次数。

在一个程序或图形中,若某一固定的加工操作重复出现时可把这部分操作编成子程序,事先存入存储器中,然后根据需要调用,这样可使程序变得简单。

2. 子程序的格式:

```
O__(程序号)
M98 P_;
……;
M99;
```

M99 指令表示子程序结束,并返回主程序 M98 P_的下一个程序段,继续执行主程序。

例 13 加工如图 3-47 所示零件,有 4 个尺寸相同的长方形槽,槽深 2mm,槽宽 10mm,未注圆角 R5,铣刀直径 ϕ10mm,试用子程序编程。

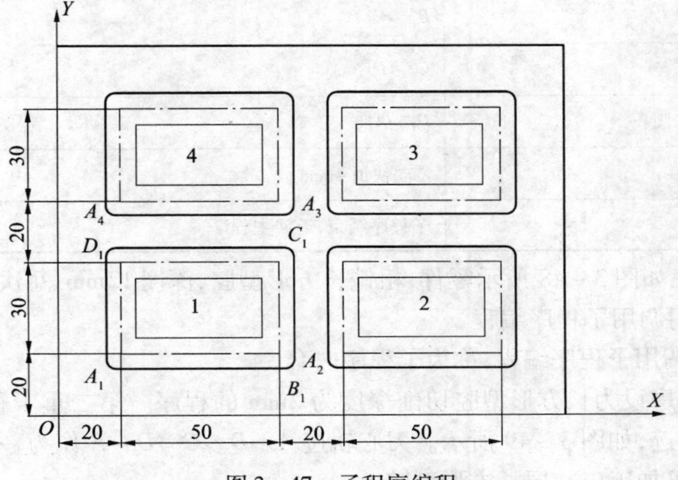

图 3-47 子程序编程

解:用 FANUC 系统编程见表 3-5 所示。

表 3-5 调用子程序编程(FANUC 系统)

O0013	主程序
N10 G54;	设定工件坐标系
N20 M03 S1000;	主轴正转
N30 G00 Z10.;	刀具抬至安全高度
N40 X20. Y20.;	
N50 Z2.0;	快速移动到 A_1 点上方 2mm 处
N60 M98 P0001;	调用 1 号子程序,完成槽 1 加工
N70 G00 X90.;	快速移动到 A_2 点上方
N80 M98 P0001;	调用 1 号子程序完成槽 2 加工
N90 G00 Y70.;	快速移动到 A_3 点上方
N100 M98 P0001;	调用 1 号子程序,完成槽 3 的加工
N110 G00 X20.;	快速移动到 A_4 点上方
N120 M98 P0001;	调用 1 号子程序,完成槽 4 加工
N130 G00 X0 Y0;	回到工件原点
N140 Z10.;	
N150 M05;	主轴停
N160 M30;	程序结束
O0001	子程序名
N10 G91 G01 Z-4. F100;	刀具 Z 向工进 4mm 处(切深 2mm)
N20 X50.;	$A_1 \rightarrow B_1$
N30 Y30.;	$B_1 \rightarrow C_1$
N40 X-50.;	$C_1 \rightarrow D_1$
N50 Y-30.;	$D_1 \rightarrow A_1$
N60 G00 Z4.;	Z 向快退 4mm
N70 M99;	子程序结束,返回主程序

例 14 加工如图 3-48 所示零件,粗铣长方形型腔,深度 12mm,每次切深为 2mm,刀具直径 ϕ8mm,用调用子程序编程。

解:用两重调用子程序编程,称为子程序嵌套。

第一重子程序设为长方形型腔切削深度为 2mm 的程序。第二重子程序为同一切削切度时的刀心轨迹,如图 3-49 所示。刀心轨迹 $A \rightarrow B \rightarrow C \rightarrow D \rightarrow E$ 作为一个循环单元,重复循环三次,即可加工出一层长方形型腔。

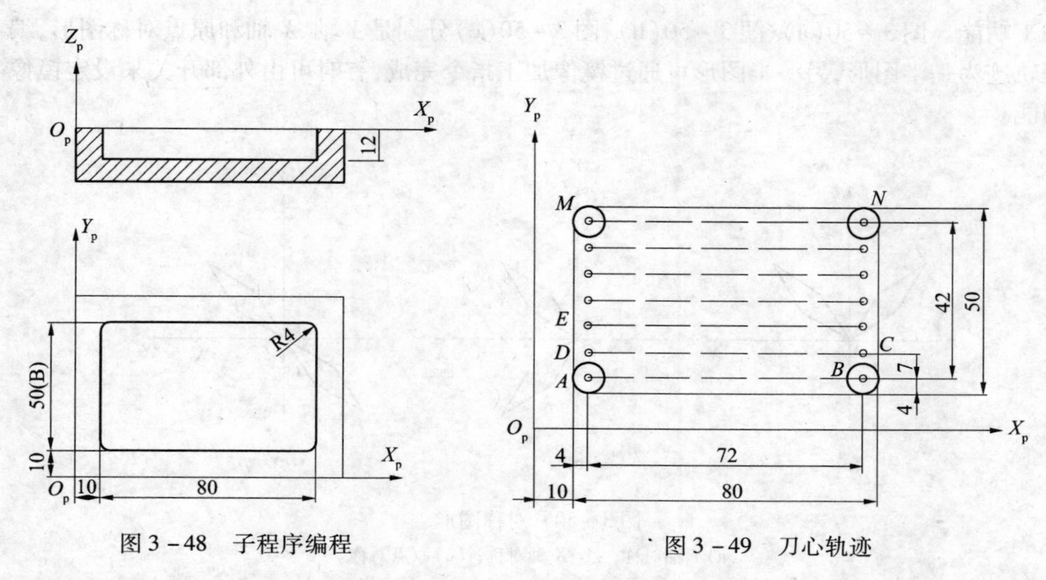

图 3－48　子程序编程　　　　图 3－49　刀心轨迹

现设 Y 向刀具移动步距为 $b=7\text{mm}$，由于刀具直径 $d=8\text{mm}$，所以 AB 与 CD 的切削轨迹有 $d-b=1\text{mm}$ 的重叠量。Y 向刀具移动量应等于长方形型腔的宽度 $B-d$。如循环次数为 n，则计算公式为：

$2nb+d=B$ 则 $2\times n\times 7+8=50$ 得：$n=3$

O0014	主程序	O0014	主程序
N10 G54 S1000 M03；	设定工件坐标系，主轴正转	N20 M98 P30002；	调用 2 号子程序 3 次
N20 G90 G00 Z20.；	刀具移至安全高度	N30 X72.；	
N30 X14. Y14. M08；		N40 G0 Z3.；	
N40 Z3.；		N50 X－72. Y－42.；	
N50 M98 P60001；	调用 1 号子程序 6 次	N60 M99；	
N60 G90 G0 Z3.；		O0002	二重子程序
N70 Z20.；		N10 G91 G01 X72. F100；	
N80 X0 Y0 M09；		N20 Y7.；	
N90 M05；		N30 X－72.；	
N100 M30；		N40 Y7.；	
O0001	一重子程序	N50 M99；	
N10 G91 G01 Z－4. F100；			

（五）镜像功能

当加工某些对称图形时，为了避免重复编制相类似的程序，缩短加工程序可采用镜像加工功能。图3－50(a)、图3－50(b)、图3－50(c)分别是Y轴、X轴和原点对称图形，编程轨迹为一半图形，另一半图形可通过镜像加工指令完成，有时可由外部开关来设定镜像功能。

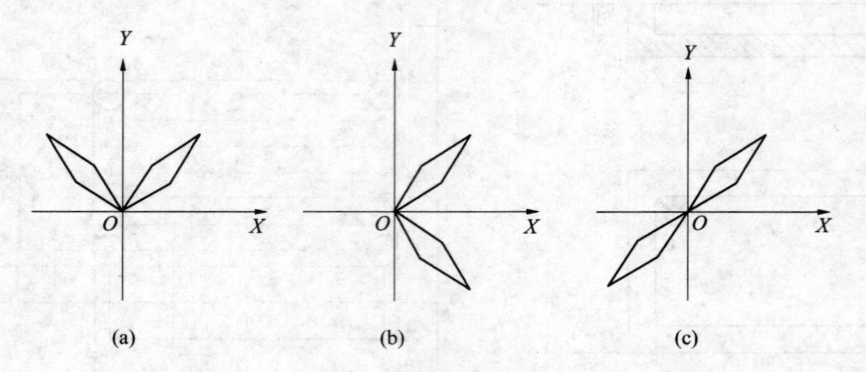

图3－50　对称图形

(a)Y轴对称；(b)X轴对称；(c)原点对称。

编程格式：G51.1　X－Y－；(G51.1镜像设定)

G50.1　X－Y－；(G50.1镜像取消)

G51.1 X1：X轴镜像；　G50.1 X0：X轴镜像取消；

G51.1 Y1：Y轴镜像；　G50.1 Y0：Y轴镜像取消；

G51.1　X1.Y1：原点镜像；　G50.1：X0 Y0原点镜像取消。

在镜像加工中，第Ⅰ象限的顺圆到了其它象限分别为Ⅱ、Ⅳ象限为逆圆，Ⅲ象限为顺圆。

当工作形状对于一个坐标轴对称时，可以利用镜像与子程序，只对对称零件的一部分进行编程，来实现对整个零件的加工。

例15　用镜像功能指令加工如图3－51所示对称图形，刀具用ϕ2mm的中心钻，切深1mm，试编程。

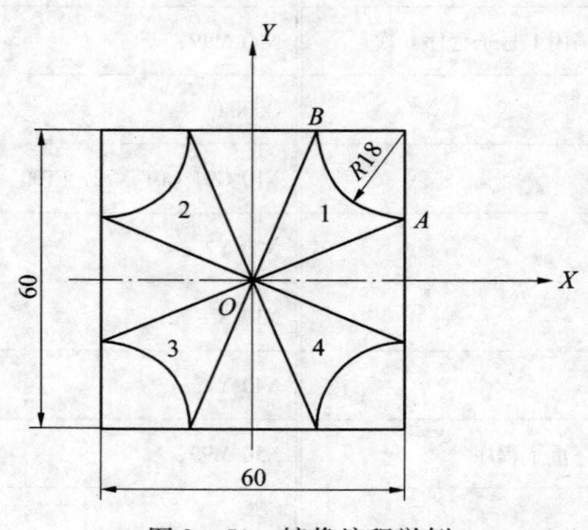

图3－51　镜像编程举例

解：计算A，B两坐标：A点；$X=30$，$Y=30-18=2$；B点：$X=30-18=2$，$Y=30$。程序如下

O0015	主程序号	O0015	主程序号
N10 G54 S1000 M03;	设定工件坐标系，主轴正转	N130 M98 P6000;	加工图形 3
N20 G90 G00 Z10;	刀具抬至安全高度	N135 G50.1 X0 Y0;	
N30 X0 Y0;		N140 G01 Z3.;	
N40 Z2.;		N145 G00 Z10.;	
N50 G01 Z-1. F100 M08;		N150 M05;	
N60 M98 P6000;	加工第一象限图形 1	N160 M09;	
N70 G51.1 X1;	以 *X* 轴为镜像轴	N170 M30;	
N80 M98 P6000;	加工图形 4	O6000	子程序
N90 G50.1 X0;	取消 *X* 轴镜像功能	N10 G01 X30. Y12. F100;	
N100 G51.1 Y1.;	以 *Y* 轴为镜像轴	N20 G03 X12. Y30. R18.;	
N110 M98 P6000;	加工图形 2	N30 G01 X0 Y0;	
N120 G50.1 Y0;	取消 *Y* 轴镜像功能	N40 M99;	
N125 G51.1 X1. Y1.;	以原点为镜像点		

例 16 已知某零件上有 2 个凸台需要粗加工，凸台高度 2mm，各凸台的轮廓与位置分布如图 3-52 所示。

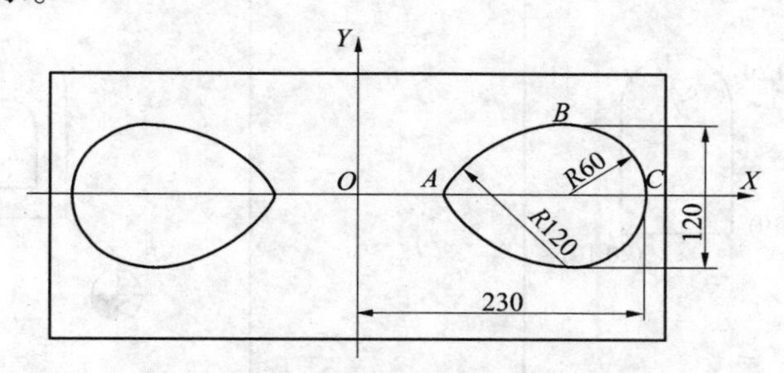

图 3-52 镜像编程凸台数控加工实例

如图 3-52 所示，工件原点为 *O*，将第一个凸台的程序原点设在 *A* 点，进刀点为 *A*，沿切向进刀，采用 G41 刀具半径补偿，第二个凸台通过改变程序原点和镜像编程进行加工。

计算 *A*、*B* 两点坐标值分别为(66.077,0)，(170,60)

数控加工程序如下：

O0016	主程序号	O0016	主程序号
G54 G90 G00 Z5;	选择工件坐标系	Z5 M08;	
X0 Y0 S1000 M03;		G01 Z0 F50;	
M98 P0500;		G42 X0 Y0;	
G55 G90 G00 X0 Y0;		G03 X103.923 Y-60. I103.923 J60.;	
G51.1 Y1.;		X163.923 Y0 I0 J-60.;	
M98 P0500;		X103.923 Y60. I60. J0;	
G50.1 Y0;		X0 Y0 I0 J-120.;	
M30;		G40 G01 X20. M09;	
O0500	子程序	G0 Z50. M05;	
G00 X-50. Y40.;		M99;	

（六）图形旋转与缩放功能

一般来说，旋转与缩放变换是 CAD 系统的标准功能，为了编程灵活，很多现代 CNC 系统也提供这一几何变换的数控加工编程能力。但旋转与缩放变换不是数控系统的标准功能，不同的系统采用的指令代码及格式均不同。

1. 图形缩放编程

FANUC－Oi 系统的图形缩放编程的指令为：

G51X_ Y_ P_ ；

以给定点（X，Y）为缩放中心，将图形放大到原始图形的 P 倍；如果省略（X，Y），则以程序原点为缩放中心。例如：G52 P2 表示以程序原点为缩放中心，将图形放大一倍；G51 X15 Y15 P2 表示以给定点（15，15）为缩放中心，将图形放大一倍。

G50　关闭缩放功能 G51

下面通过实例说明其编程方法。

例 17　如图 3－53 所示原始几何图形，要求以程序原点为缩放中心 将图形放大一倍进行加工（如图 3－54 所示），请编写其数控程序。

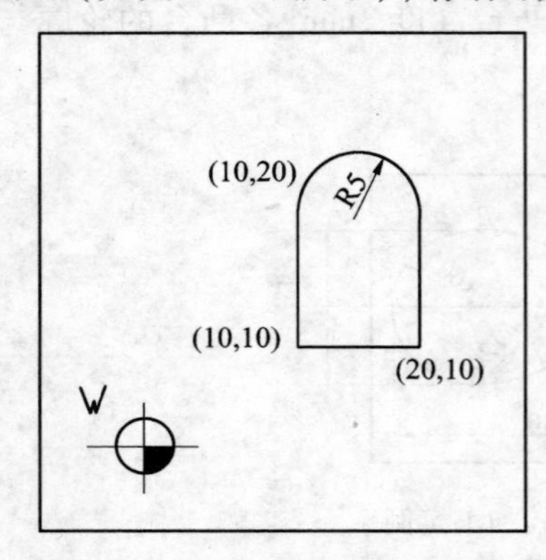

图 3－53　原始刀具轨迹

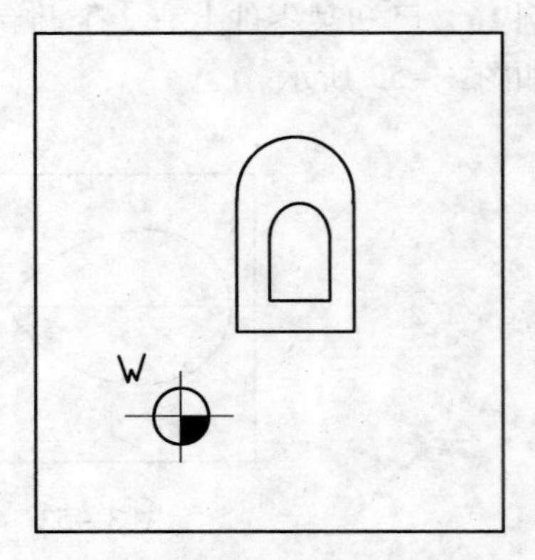

图 3－54　以程序原点为缩放中心

数控程序如下表：

O0017	主程序
G59；	选择工件坐标系
G00 G90 X0 Y0；	
G51 P2；	以程序原点为缩放中心，将图形放大一倍
M98 P0200；	调用程序 O0200，加工放大后的图形
G50；	关闭缩放功能 G51
M30；	
O0200	子程序
S1200 M03；	
G00 Y10.；	
G42 D01 G01 X10. F100；	

（续）

O0017	主程序
G01 X20.;	
Y20.;	
G03 X10. I-5. J0;	
G01 Y10.;	
G40 G00 X0 Y0;	
M99;	子程序返回

例 18　以给定点(15,15)为缩放原点 将图形放大一倍进行加工，如图 3-55 所示，其数控加工程序如下表：

O0018	主程序名
G59;	
G00 G90 X0 Y0;	
G51 X15. Y15. P2;	以给定点(15,15)为缩放中心，将图形放大一倍
M98 P0200;	调用子程序 O0200(与例 17 相同)，加工放大后的图形
G50;	
M30;	

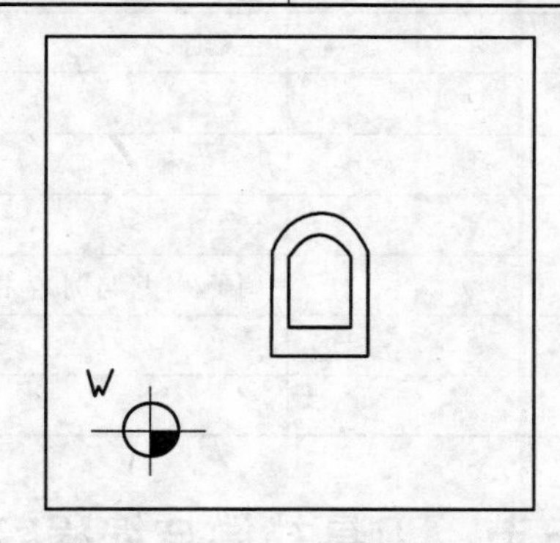

图 3-55　以给定点为缩放中心

2. 坐标旋转编程

FANUC -Oi 系统的图形旋转指令为：

G68X_ Y_R_ ；

以给定点(X,Y)为旋转中心，将图形旋转 R 角；如省略(X,Y)，则以程序原点为旋转中心。例如：G68 R60 表示以程序原点为旋转中心，将图形旋转 60°；G68 X15 Y15R60 表示以坐标(1515)为旋转中心将图形旋转 60°。

G69　关闭旋转功能 G69

例 19　如图 3-56 所示原始几何图形；以程序原点为旋转中心将图形旋转 60°进行加工，如图 3-56 所示，请编写其数控加工程序如下：

O0019	
G59;	
G00 G90 X0 Y0;	
G68 R60;	将图形绕程序原点旋转60°
M98 P0200;	调子程序,加工旋转60°后的图形
G69;	关闭旋转功能
M30;	

注:子程序与例17子程序O0200相同。

例20 以给定点(15,15)为旋转中心,将图形旋转60°进行加工,如图3-57所示。

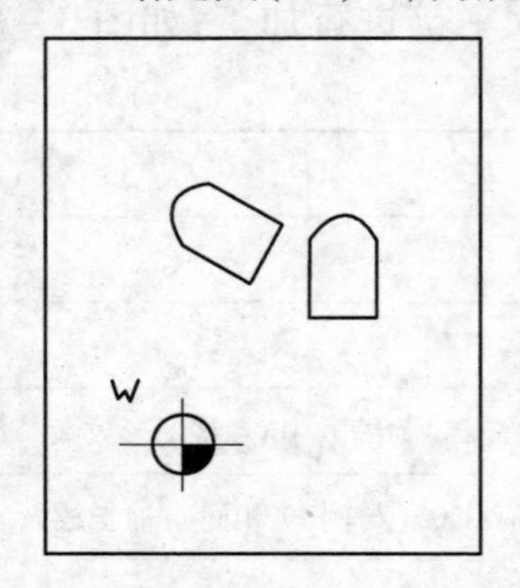

图3-56 以程序原点为旋转中心

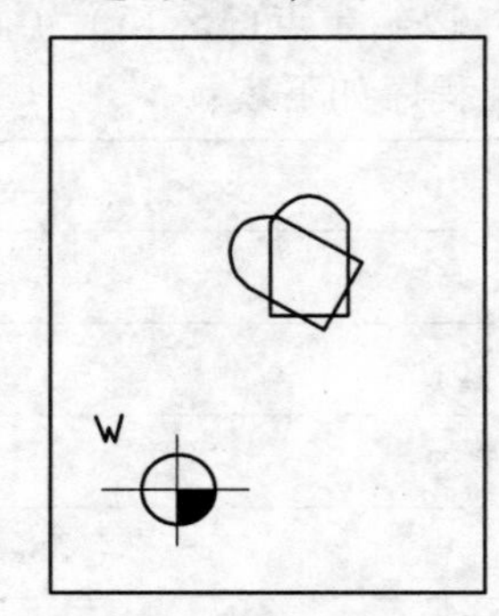

图3-57 以给定点为旋转中心

其数控加工程序如下表:

O0020	主程序
G59;	
G00 G90 X0 Y0;	
G68 X15. Y15. R60;	
M98 P0200;	调子程序(与例17相同)
G69 G90 X0 Y0;	
M30;	

第五节 刀具补偿与编程实例

一、刀具长度补偿(G43,G44,G49)

1. 长度补偿的目的

刀具长度补偿功能用于在Z轴方向的刀具补偿,它可使刀具在Z轴方向的实际位移量大于或小于编程给定位移量。

有了刀具长度补偿功能,当加工中刀具因磨损、重磨、换新刀而长度发生变化时,可不必修改程序中的坐标值,只要修改存放在寄存器中刀具长度补偿值即可。

其次,若加工一个零件需用几把刀,各刀的长度不同,编程时不必考虑刀具长短对坐标值的影响,只要把其中一把刀设为标准刀,其余各刀相对标准刀设置长度补偿值即可。

2. 长度补偿的格式

格式:G01/G00　G43　Z_H_;

　　G01/G00　G44　Z_H_;

　　…　G01/G00　G49;

其中,G43:刀具长度正补偿;G44:刀具长度负补偿;

　　G49:取消刀具长度补偿; Z:程序中的指令值。

H:偏置号,后面一般用两位数字表示代号。H 代码中放入刀具的长度补偿值作为偏置量,这个号码与刀具半径补偿共用。

3. 长度补偿的使用

无论是采用绝对方式还是增量方式编程,对于存放在 H 中的数值,在 G43 时是加到 Z 轴坐标值中,在 G44 时是从原 Z 轴坐标中减去,从而形成新的 Z 轴坐标,如图 3-58 所示。

执行 G43 时,$Z_{实际值} = Z_{指令值} + H\times\times$;

执行 G44 时,$Z_{实际值} = Z_{指令值} - H\times\times$;

当偏置量是正值时,G43 指令是在正方向移动一个偏置量, G44 则是在负方向上移动一个偏置量。偏置量是负值时,则与上述反方向移动。

如图 3-59 所示:当程序段为 G90 G00 G44 Z30 H01;其中 H01 = 160mm,执行时,指令为 A 点,实际到达 B 点。G43,G44 是模态 G 代码,在遇到同组其他 G 代码之前均有效。

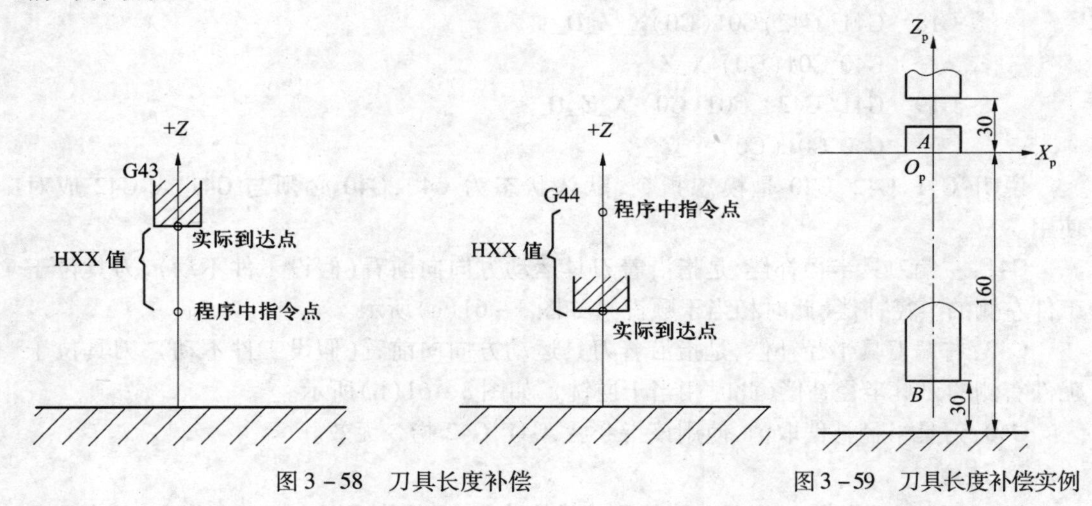

图 3-58　刀具长度补偿　　图 3-59　刀具长度补偿实例

二、刀具半径补偿(G40,G41,G42)

1. 刀具半径补偿的目的

在数控铣床进行轮廓加工时,因铣刀具有一定的半径,刀具中心(刀心)轨迹和工件轮廓不重合(见图 3-60)。如不考虑刀具半径,直接按照工件轮廓编程是比较方便的,而加工出的零件尺寸比图样要求小了一圈(外轮廓加工时)或大了一圈(内轮廓加工时),为此必须使刀具沿工件轮廓的法向偏移一个刀具半径,这就是所谓的刀具半径补偿。

如果数控机床不具备刀具半径补偿功能时,编程前需要根据工件轮廓及刀具半径值

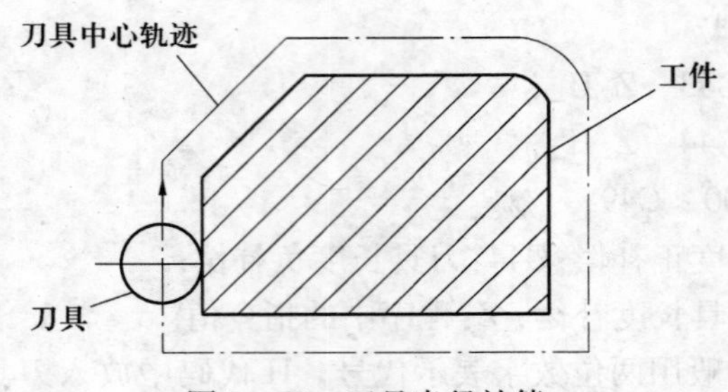

图 3-60　刀具半径补偿

来计算刀具中心的轨迹，即程序执行的不是工件轮廓轨迹，而是刀具的中心轨迹。计算刀具中心轨迹有时非常复杂，而且当刀具磨损、重新刃磨或更换刀具时，还要根据刀具半径的变化重新计算刀心轨迹，工作量很大，计算复杂，甚至还要修改程序，这样既繁琐又不易保证加工精度；当数控铣床具备了刀具半径补偿功能时，只需按工件轮廓轨迹进行编程，然后将刀具半径值储存在数控系统中，执行程序时，系统会自动计算出刀具中心轨迹，进行刀具半径补偿，从而加工出符合要求的工件形状。当刀具半径发生变化时，也不须更改加工程序，这样编程工作大大简化。

2. 半径补偿的编程格式

指令：G41，G42，G40；

格式：G17　G41（G42） G01（G0）X_Y_D_；
　　　　　G40 G01（G0）X_Y_；
　　　G18　G41（G42）G01（G0）X_Z_D_；
　　　　　G40 G01（G0） X_Z_；
　　　G19　G41（G42） G01（G0） X_Z_D_；
　　　　　G40 G01（G0） Y_Z_；

说明：G41、G42、G40 是模态指令，默认状态为 G40，G40 必须与 G41 或 G42 成对使用。

G41：左偏刀具半径补偿，是指沿着刀具运动方向向前看（假设工件不动），刀具位于工件左侧的半径补偿（此时相当于顺铣），如图 3-61（a）所示。

G42：右偏刀具半径补偿，是指沿着刀具运动方向向前看（假设工件不动），刀具位于工件右侧的刀具半径补偿（此时相当于逆铣），如图 3-61（b）所示。

G40：刀具半径补偿取消，使用该指令后，G41，G42 指令无效。

3. 注意

（1）从无刀具补偿的状态进入刀具补偿的过程中，须使用 G0 或 G01 指令，不能使用 G02 或 G03 指令；刀具补偿撤消时，也要使用 G0 或 G01 指令。

（2）格式中的参数 X、Y（或 X、Z 或 Y、Z）是 G01、G0 运动的终点坐标，如图 3-62 所示，建立刀补时，X、Y、Z 是 A 点的坐标，取消刀补时是 P_0 点坐标，P_1 点是补偿点。

建立刀补的程序段为：G17　G41　（G42）　G01　X_A　Y_A；

取消刀补的程序段为：G17　G40　G01（G00）　X_{P0}　Y_{P0}；

（3）D：刀具半径补偿寄存器的地址字，在所对应的刀具半径补偿号的寄存器中存有刀具半径的补偿值。

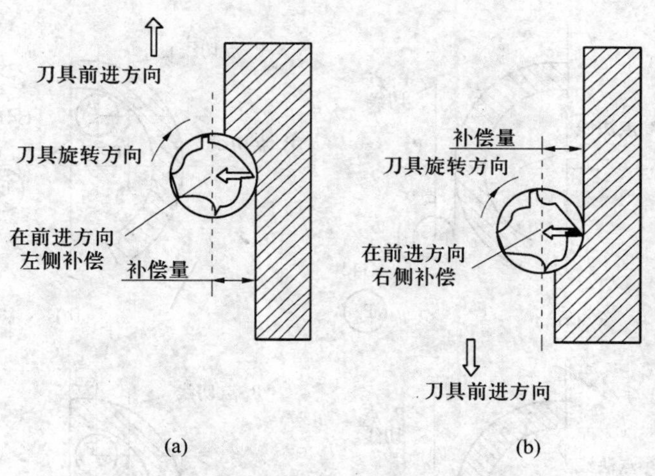

图 3-61　刀具补偿方向

(a)左刀补；(b)右刀补。

在数控机床上，在不考虑丝杆间隙影响的前提下，从刀具寿命、加工精度、表面质量而言，一般顺铣效果较好，因而 G41 使用较多。

4. 刀具半径补偿的过程

刀具半径补偿的过程分为三步：

(1) 刀补的建立：刀具中心从起刀点过渡到编程轨迹偏离一个偏置量的过程，如图 3-62 P_1 点补偿点。

(2) 刀补进行：执行 G42，G41 指令后，刀具中心始终与编程轨迹偏离一个偏置量。

(3) 刀补取消：刀具离开工件，刀具中心要回到起刀点的过程，如图 3-62 P_0 点取消刀补点。

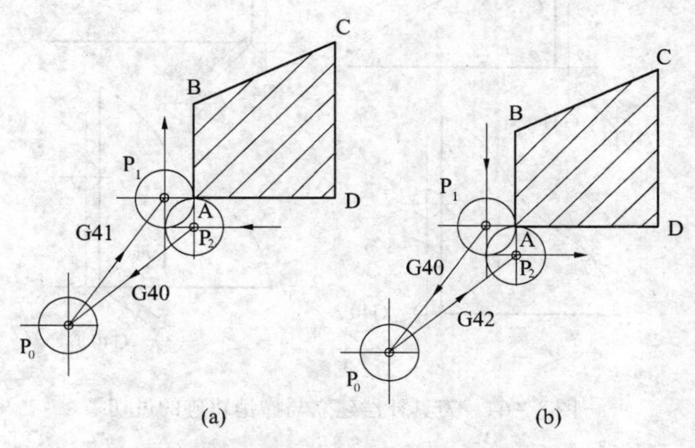

图 3-62　建立和取消刀补过程

5. 圆弧轮廓刀具补偿建立与撤销轨迹的要求

刀具补偿建立时，程序轨迹与刀具补偿进行状态开始的前进方向密切有关。如图3-63 所示圆轮廓，P_0 点为刀具补偿建立的终点，P_1P_2 为轮廓在 P_2 点的切向延长线。从图 3-63 (a)、图 3-63(b)来看，建立(或撤销)刀具补偿的程序轨迹 P_0 P_1 应向轮廓表面的外侧略微向偏移，即图中 $\alpha \leqslant 180°$。而 $\alpha > 180°$时，有可能发生过切与碰撞，如图 3-64 所示。

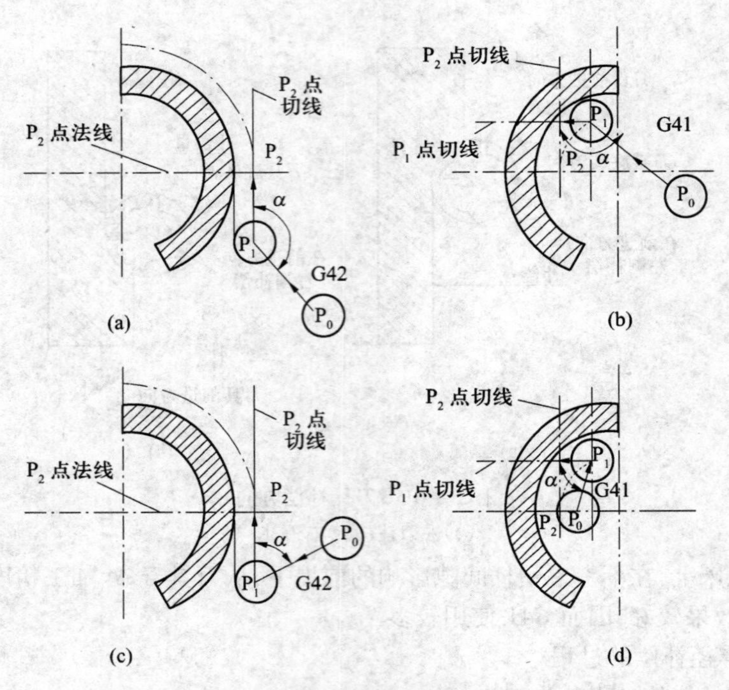

图 3－63　刀具补偿建立与撤销轨迹的要求

(a)外轮廓；(b)内轮廓；(c)错误；(d)错误。

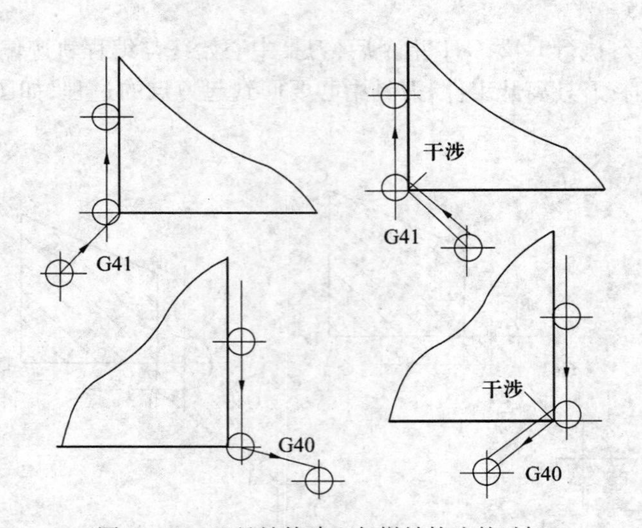

图 3－64　刀具补偿建立与撤销轨迹的过切

另外，因刀具补偿的矢量是与补偿开始的第一程序段开始的方向垂直，所以刀具补偿的建立与撤销不能取法向，即 $\alpha \neq 90°$，从切向建立或撤销刀具补偿才能更好地满足加工要求。

还要引起注意的是，α 不能小于 90°。如图 3－63(c)、图 3－63(d)的情况是错误的，可能引起刀具补偿失败。这是由于刀具补偿的建立(或撤销)方向与补偿开始后的前进方向相反。

总之,α 要满足的条件为:$90° < \alpha \leqslant 180°$。

另外,刀具补偿建立与撤销轨迹的长度距离必须大于刀具半径补偿值,否则系统会产生刀具补偿无法建立的情况,有时还会产生报警。

6. 刀具半径的应用

刀具半径补偿在数控铣床上的应用相当广泛,主要有以下几个方面:

(1) 避免计算刀心轨迹,直接用零件轮廓尺寸编程。

(2) 刀具因磨损、重磨、换新刀而引起半径改变后,不必修改程序,只要在数控系统操作面板上用 CRT/MDI 方式输入新的偏置量,其大小等于改变后的刀具半径。如图 3－65 所示,1 为未磨损刀具,2 为磨损后刀具,两者半径不同,只需将偏置量由 r_1 改为 r_2,即可适用于同一程序。

(3) 用同一程序、同一尺寸的刀具,利用刀具补偿值,可进行粗精加工。如图 3－66 所示,刀具半径 r,精加工余量为 Δ。粗加工时,输入偏置量等于 $r+\Delta$,则加工出双点划线轮廓,同一刀具,如输入偏置量等于 r,则加工出实线轮廓。图中,P_1 为粗加工刀具中心位置,P_2 为精加工刀具中心位置。

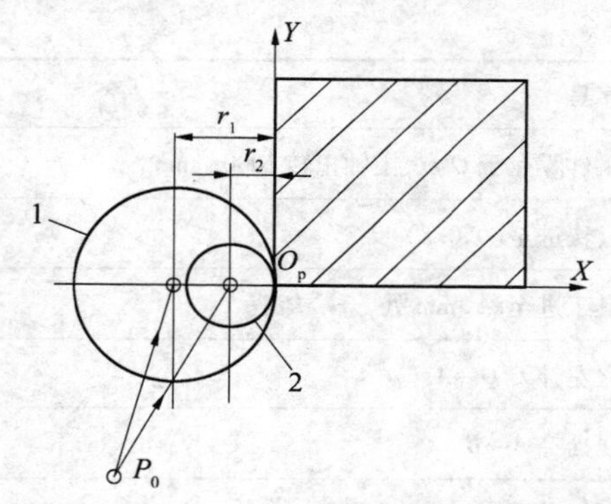

图 3－65　刀具半径变化的刀具补偿

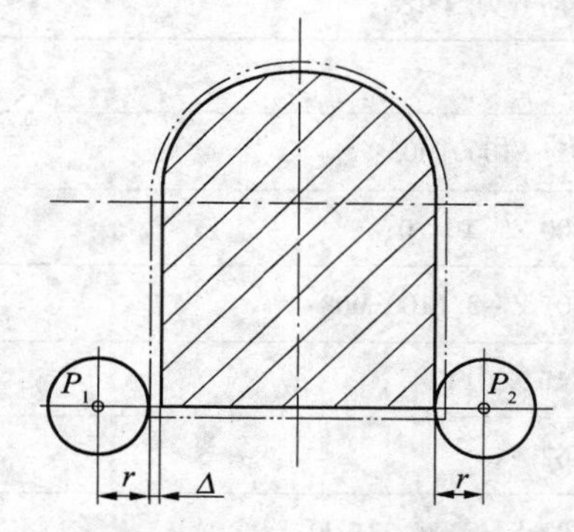

图 3－66　利用刀具补偿值进行粗精加工

(4) 利用刀具补偿值控制工件轮廓尺寸精度。因偏置量也就是刀具半径的输入值具有小数点后 2～4 位(0.01～0.0001)的精度,故可用来控制工件轮廓尺寸精度。如图 3－67所示,单面加工,若实测得到尺寸 L 偏大 Δ 值(实际轮廓),将原来的偏置量 r 改为 $r-\Delta$,即可获得尺寸 L(双点划线轮廓),图中 P_1 为原来刀具中心位置,P_2 为修改刀具补偿值后的刀具中心位置。

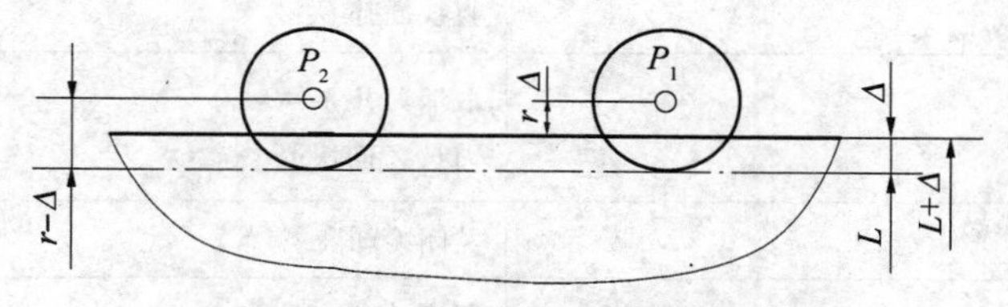

图 3－67　用刀具补偿值控制尺寸精度

三、编程实例

例 21　加工图 3－68 所示的凸台零件,采用刀具半径补偿指令进行编程。

解:采用刀具左补偿,加工路线 $A \to B \to C \to D \to E \to F \to G \to A \to D$。

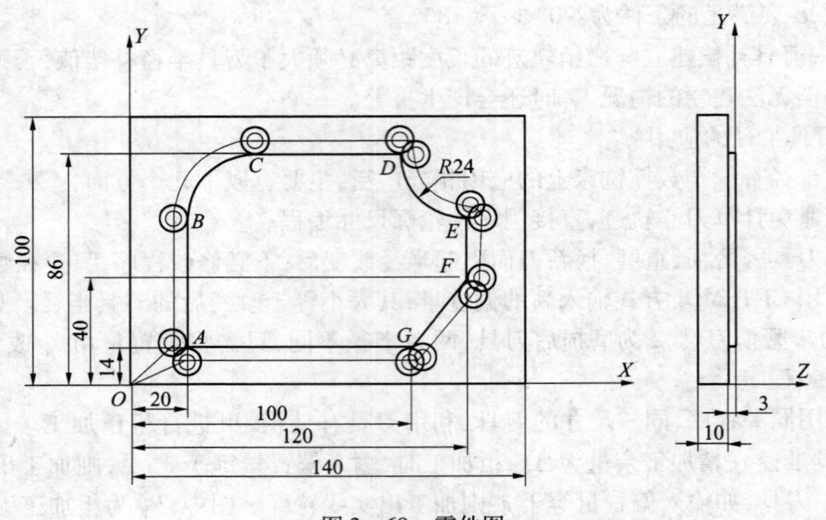

图 3－68　零件图

程序见下表：

O0021	程序号
N10 G54 S1000 M03;	设工件零点于 O 点，主轴正转 1000r/min
N20 G00 Z5. X0 Y0;	刀具快进至(0,0.5)
N30 G01 Z－3. F100 M08;	刀具工进至深 3mm 处，开冷却液
N40 G41 X20. Y14. ;	建立左补刀 $O \to A$
N50 Y62. ;	直线插补 $A \to B$
N60 G02 X44. Y86. I24. J0;	圆弧插补 $B \to C$
N70 G01 X96. ;	直线插补 $C \to D$
N80 G03 X120. Y62. I24. J0;	直线插补 $D \to E$
N90 G01 Y40. ;	直线插补 $E \to F$
N100 X100 Y14. ;	圆弧插补 $F \to G$
N110 X20. ;	直线插补 $G \to A$
N120 G40 X0 Y0; N130 G00 Z100. M05;	取消刀补 $A \to O$ 刀具 Z 向快退
N140 M09;	关闭冷却液
N150 M30;	程序结束

例 22　加工图 3－69 所示零件的凹槽内轮廓，采用刀具半径补偿指令进行编程。

解：采用刀具右补偿，加工路线：

$P \to A \to B \to C \to D \to E \to F \to G \to H \to I \to J \to K \to A \to P$。

程序见下表：

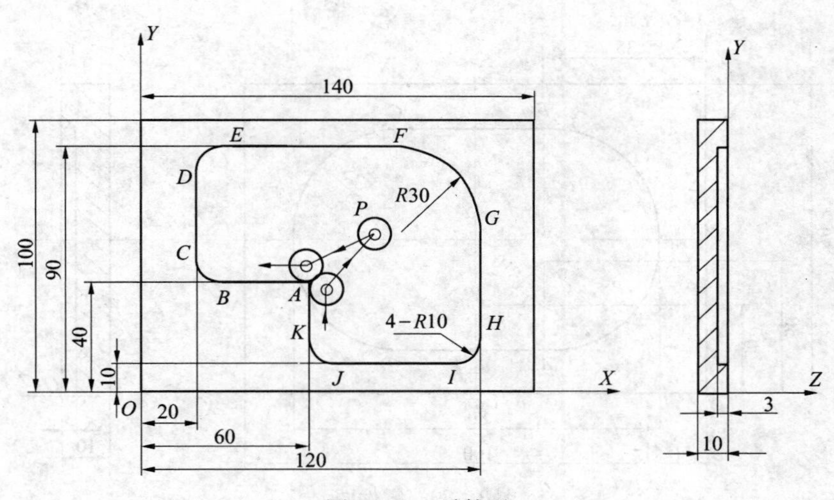

图 3-69 零件图

O0022	程序号
N10 G54 S1000 M03;	设工件原点 O
N20 G00 X80. X60. Z3.;	刀具快进至 P 点上方
N30 G01 Z-3. F100 M08;	刀具 Z 向工进至深 3mm 处
N40 G42 X60. X40.;	建立右刀补 $P \to A$
N50 X30.;	直线插补 $A \to B$
N60 G02 X20. Y50. I0 J10.;	圆弧插补 $B \to C$
N70 G01 Y80.;	直线插补 $C \to D$
N80 G02 X30 Y90. I10. J0;	圆弧插补 $D \to E$
N90 G01 X90.;	直线插补 $E \to F$
N100 G02 X120, Y60. I0 J-30.;	圆弧插补 $F \to G$
N110 G01 Y20.;	直线插补 $G \to H$
N120 G02 X110. Y10. I-10. J0;	圆弧插补 $H \to I$
N130 G01 X70.; N140 G02 X60. Y20. I0 J10.;	直线插补 $I \to J$ 圆弧插补 $J \to K$
N150 G01 Y40.;	直线插补 $K \to A$
N160 G40 X80. Y60.;	取消刀补 $A \to P$
N170 G00 Z100. M05;	刀具 Z 轴快退
N180 M09;	取消工件零点偏置
N190 M30;	程序结束

例 23 加工图 3-70 所示零件内轮廓面，刀具直径 $\phi 8$mm，用刀具半径补偿编程。

解：(1) 加工路线：$P_0 \to P_1 \to A \to B \to C \to D \to P_2 \to P_0$。

(2) 工件坐标系如图 $X_P O_P Y_P$。

(3) 轨迹点计算，坐标见下表。

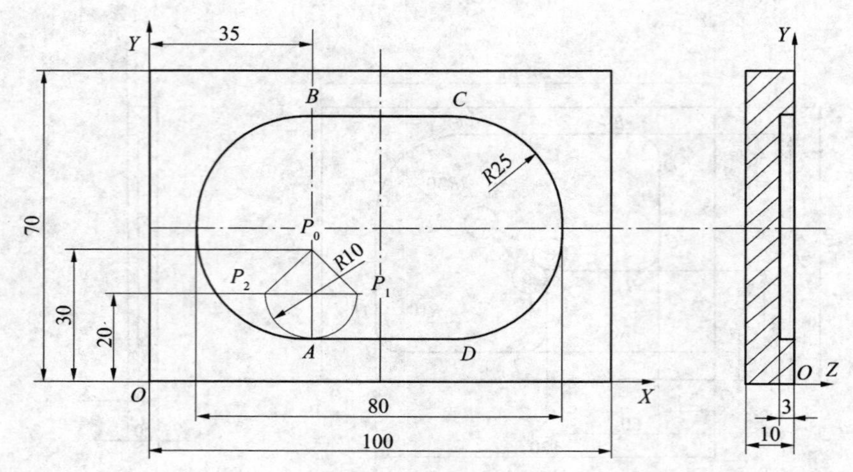

图 3-70 零件图

轨迹点	X 坐标值	Y 坐标值	轨迹点	X 坐标值	Y 坐标值
P_0	35	30	C	65	60
P_1	45	20	D	65	10
A	35	10	P_2	25	20
B	35	60			

（4）采用右刀具半径补偿，程序如下：

O0023	程序号
N10 G54 S1000 M03;	设定工件坐标系，主轴正转
N20 G0 Z10.;	刀具移至安全高度
N30 X35. Y30.;	刀具快移至 P_0
N40 G01 Z-3. F100;	刀具轴向进刀至3mm深位置
N50 G42 X45. Y20. D01;	在 P_1 点建立刀具补偿
N60 G02 X35. Y10. I-10. J0;	$P_1 \to A$
N70 Y60. I0 J25.;	A-B
N80 G01 X65.;	B-C
N90 G02 Y10. I0 J-25.;	C-D
N100 G01 X35.;	D-A
N110 G02 X25. Y20. I0 J10.;	A-P_2
N120 G40 X35. Y30.;	撤销刀具补偿命令，刀具回到 P_0
N130 G01 Z3.;	
N140 G00 Z10. M09;	Z 向快速退回
N150 M05;	主轴停止
N160 M30;	程序结束

例 24 用一毛坯尺寸为 72×42×5 的板料，加工成图 3-71 所示的零件，内外轮廓要粗（留精加工余量 0.4）、精加工，请选择加工刀具、切削用量和装夹方法，编写该零件的数控加工程序。

分析：（1）加工刀具用 ϕ10mm 的立铣刀。

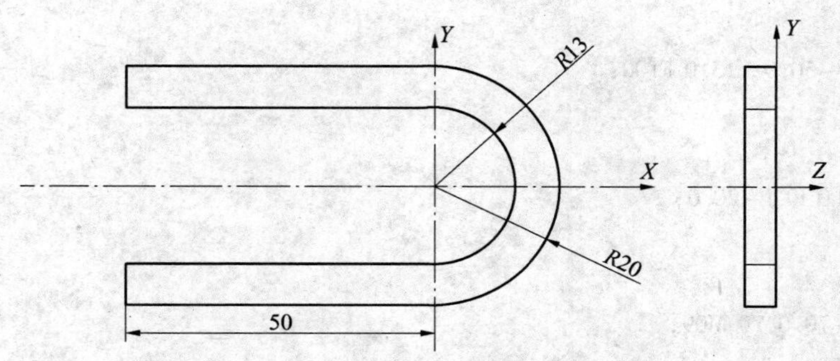

图 3-71　零件图

（2）粗加工切削用量：转速 1200 r/min，进给量 120mm；
精加工切削用量：转速 1500 r/min，进给量 100mm。

（3）装夹方法：加工 *R*13 内轮廓，以三个销钉在四周定位，两压板压紧；
加工外轮廓，用两销钉内面定位，压板压紧。

（4）数控程序如下：

```
O0024;
G54 G90 G0 X-70.0 Y0 Z5.0;
S1200 M03;
G01 Z-5.5 F120 M08;
G41 X-50.4 Y-12.6;
X0;
G03 Y12.6 I0 J12.6;
X-50.4;
G40 G0 X-70.0 Y0;
S1500;
G41 G01 X-50.0 Y-13.0 F100;
X0;
G03 Y13.0 I0 J13.0;
X-50.0;
G40 G0 X-70.0 Y0;
Z200.0 M09;
M05;
M00;
S1200 M03;
G0 Z5.0;
G01 Z-5.0 F120 M08;
G41 X-50.4 Y13.0;
Y20.4;
X0;
G03 Y-20.4 I0 J-20.4;
X-50.4;
Y-13.0;
G40 G0 X-70.0 Y0;
```

```
S1500;
G41 G01 X-50.0 Y13.0 F100;
Y20.0;
X0;
G03 Y-20.0 I0 J-20.0;
X-50.0;
Y-13.0;
G40 G0 X-70.0 Y0 M09;
Z200.0 M05;
M30;
```

第六节　SIEMENS－802S 系统数控铣床的操作

SIEMENS 系统数控铣床在制造工业中应用十分广泛，而不同厂家生产的 SIEMENS 系统数控铣床在结构上各有不同，但基本功能和操作大致相同。本节以多棱公司生产的 ZK7640 数控铣床（如图 3－72 所示）为例，介绍 SIEMENS－802S 系统数控铣床的基本功能和操作。

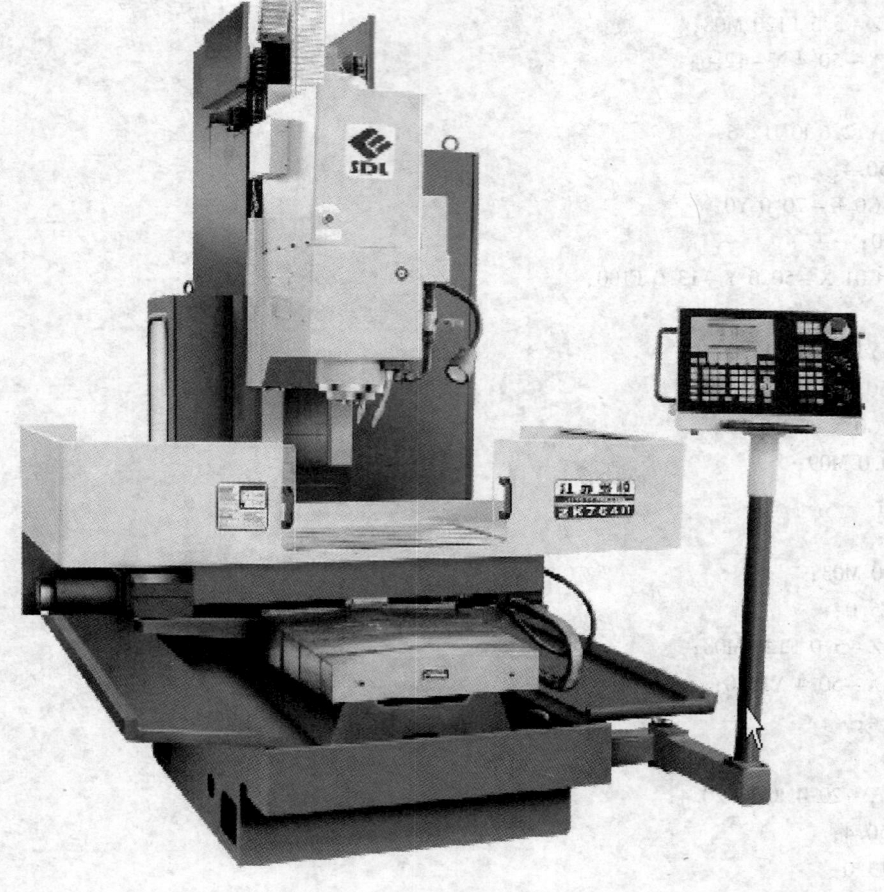

图 3－72　ZK7640 数控铣床

一、SIEMENS－802 系统数控铣床操作面板及简介

（一）SIEMENS－802 系统数控铣床操作面板（如图 3－73 所示）

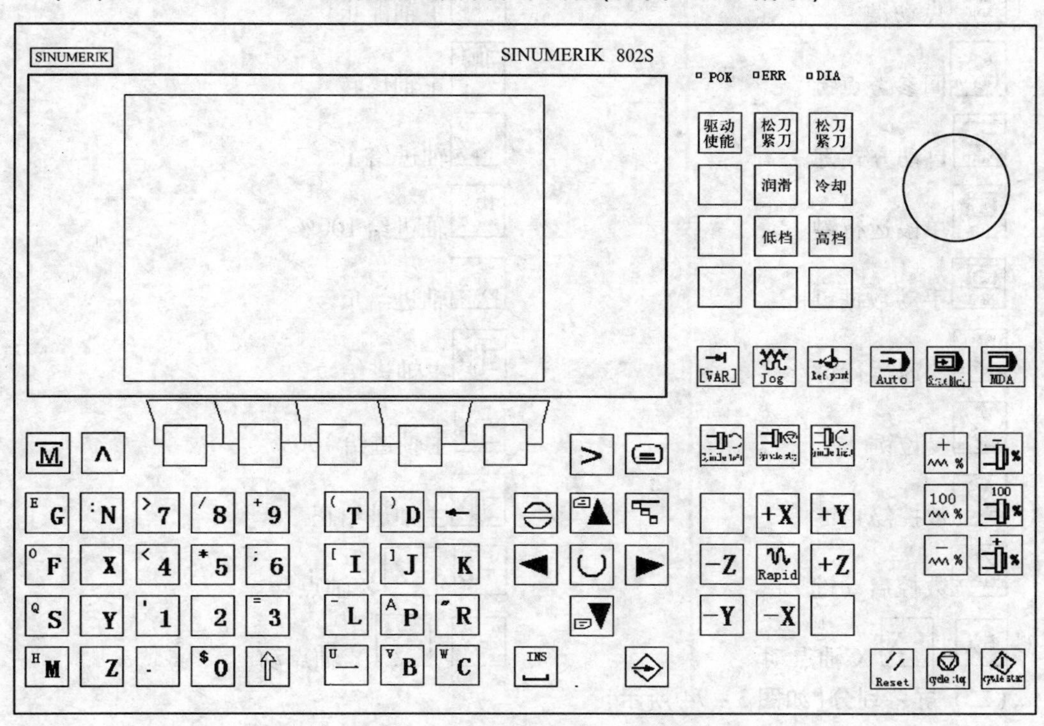

图 3－73　SIEMENS－802S 系统数控铣床操作面板

NC 键盘区（左侧）

加工显示　　软菜单键

返回键　　删除键（退格键）

菜单扩展键　　上档键

回车/输入键　　数字键（上档键转换对应字符）

空格键（插入键）　　字母键（上档键转换对应字符）

光标向下键/向下翻页键　　光标向上键/向上翻页键

光标向右键　　光标向右键

区域转换键　　垂直菜单键

报警应答键　　选择/转换键

机床控制面板区域（右侧）

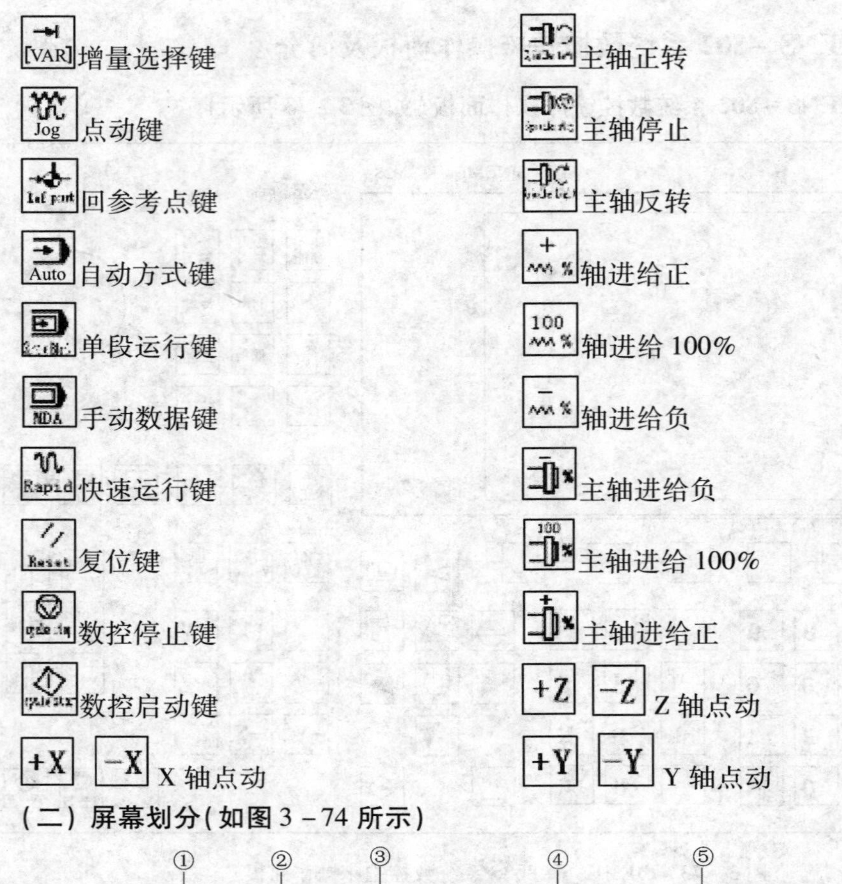

（二）屏幕划分(如图 3－74 所示)

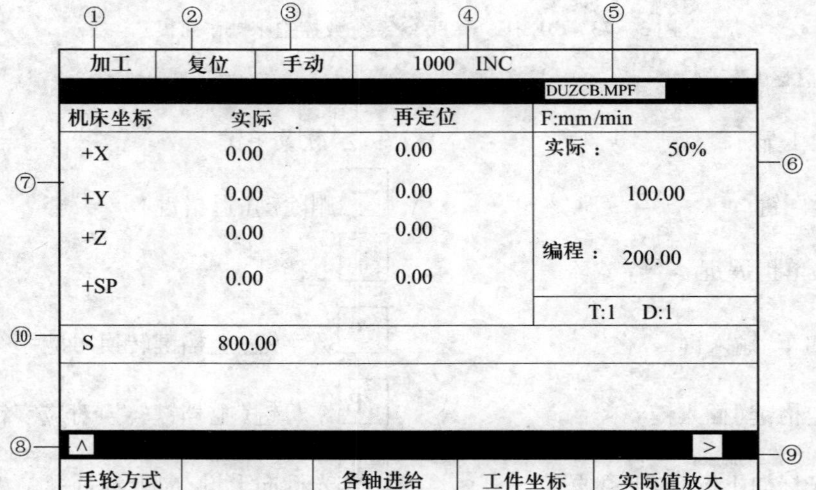

图 3－74 屏幕划分

（三）操作区域

控制器中的基本功能可以划分为加工、参数、程序、通讯、诊断五个操作区域。系统开机后首先进入“加工” 操作区，使用“ ▭ 区域转换键”可以从任何操作区返回主菜单。

SIEMENS－802 操作区如图 3－75 所示。

图中元素	缩略符	含义
(1)当前操作区域	MA	加工
	PA	参数
	PR	程序
	DI	通讯
	DG	诊断
(2)程序状态	STOP	程序停止
	RUN	程序运行
	RESET	程序复位
(3)运行方式	JOG	点动方式
	MDA	手动输入,自动执行
	AUTO	自动方式
(4)状态显示	SKP	程序段跳跃
	DRY	空运行
	ROV	快速修调
	SBL	单段运行
	M1	程序停止
	PRT	程序测试
	1_1000 INC	步进增量
(5)程序名		显示选择的程序名
(6)进给轴速度		显示进给轴的编程速度、速度倍率、实际速度
(7)工作窗口		显示坐标等 NC 信息
(8)返回键	Λ	表示存在上一级菜单,按“返回键”直接返回到上一级菜单
(9)扩展键	>	表示同一级菜单存在其它菜单功能,按“扩展键”可以选择这些功能
(10)主轴速度		显示主轴的实际速度

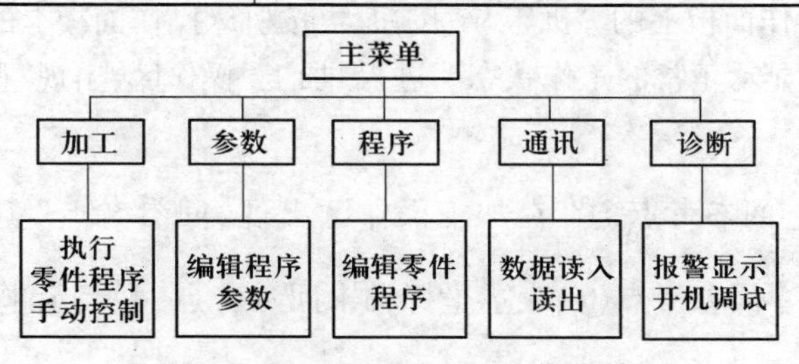

图 3-75　SIEMENS-802 操作区

注:按M可直接进入加工操作区;按可从任何操作区域返回主菜单。

(四) 主菜单与主菜单树

按“区域转换键”一次或二次,总可得到 SIEMENS-802 系统主菜单,如图 3-76 所示,以该主菜单为基础,可找到其它所需的菜单画面。

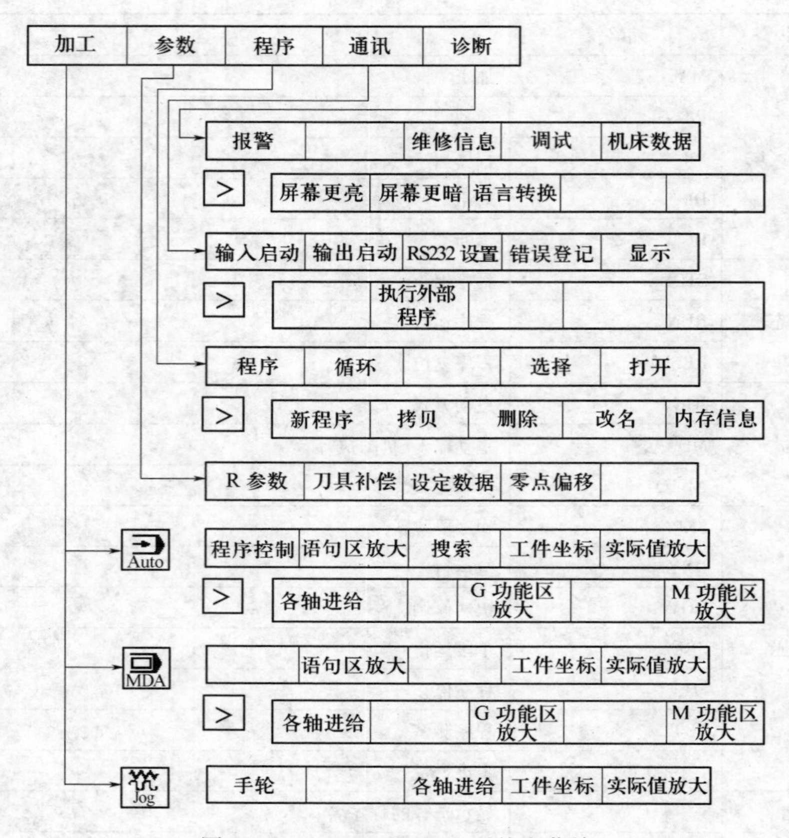

图 3 – 76　SIEMENS – 802 系统主菜单

二、SIEMENS – 802 系统数控铣床的基本操作

(一) 开机

(1) 合上总电源开关。检查风机是否正常工作(包括操纵台、主电机)并观看风机转向是否正确,弱电柜上的制冷器温度应调节在 25℃ ~ 30℃ 范围内。

(2) 先按机床操作面板上的“机床开”按钮,再按机床操作面板上的“系统开”按钮,在数秒钟后荧光屏开始显示正常的工作状态。进入“加工”操作区,出现“回参考点”窗口。

(二) 回参考点

开机后或按“回参考点键”在加工操作区出现“回参考点”窗口,按键 +Z、+Y、+X 使每个坐标轴逐一回参考点(○表示坐标轴未回参考点;◐表示坐标轴已达到回参考点),如图 3 – 77 所示。

(三) 参数设定

1. 刀具补偿设置

(1) 在参数操作区选择“刀具补偿”,出现刀具补偿窗口,选择相应刀具号,再选择相应刀沿号;

(2) 输入刀具长度补偿值和半径补偿值,按“输入键”确认。

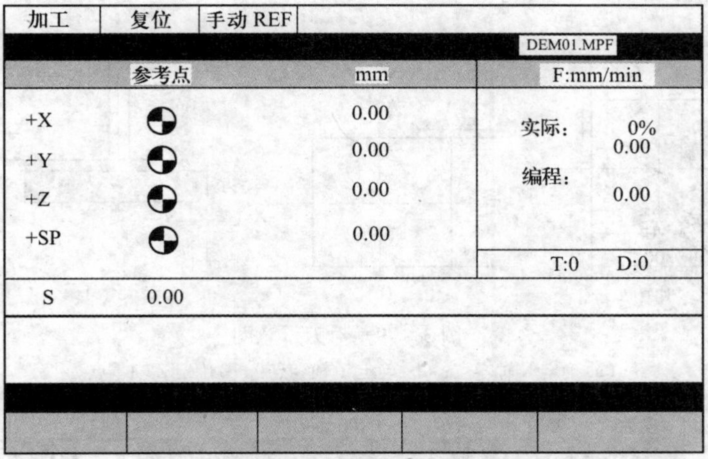

加工	复位	手动 REF

DEM01.MPF

参考点	mm	F:mm/min
+X	0.00	实际： 0% 0.00
+Y	0.00	编程： 0.00
+Z	0.00	
+SP	0.00	T:0 D:0
S 0.00		

图 3－77　回参考点窗口

2. 零点偏移 G54～G57 设置(对刀)

(1) 普通对刀法。

a. 在参数操作区选择“零点偏移”，出现零点偏置窗口，如图 3－78 所示。

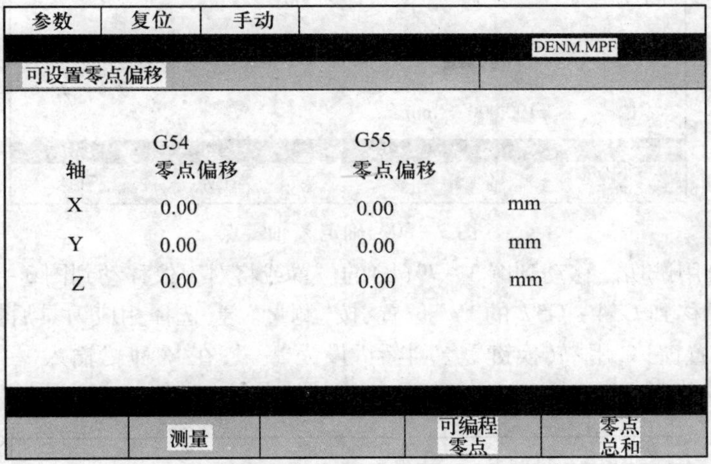

参数	复位	手动

DENM.MPF

可设置零点偏移

轴	G54 零点偏移	G55 零点偏移	
X	0.00	0.00	mm
Y	0.00	0.00	mm
Z	0.00	0.00	mm

	测量		可编程零点	零点总和

图 3－78　零点偏置窗口

b. 在手动方式下将刀具移动到工件零点位置。

c. 将光标移到 G54～G57 X 位置，按“测量”键，选择相应刀具后按“确定”键，出现计算零点偏置窗口，再按“计算”键，最后按“确定”键(确定 X 坐标位置)。

d. Y、Z 坐标位置的确定与 X 的相同。

(2) 精确对刀法(确定工件中心为工件零点)，如图 3－79 所示。

a. 在参数操作区选择“零点偏移”，出现零点偏置窗口。

b. 将刀具用试切法移动到图 3－79(a)的位置或将对刀仪移动到图 3－79(a)的位置。

c. 将光标移到 G54～G57 的“X”位置，按“测量”键，选择相应刀具后按“确定”键，出现计算零点偏置窗口，用“转换键”将“半径”设为“—”；在“零偏”输入“－100”，再按“计算”键，最后按“确定”键(确定 X 坐标位置)，如图 3－80 所示。

Y
5
X
200
(a)
Y
5
200
X
(b)
Z
刀具
量块
4
工件
(c)

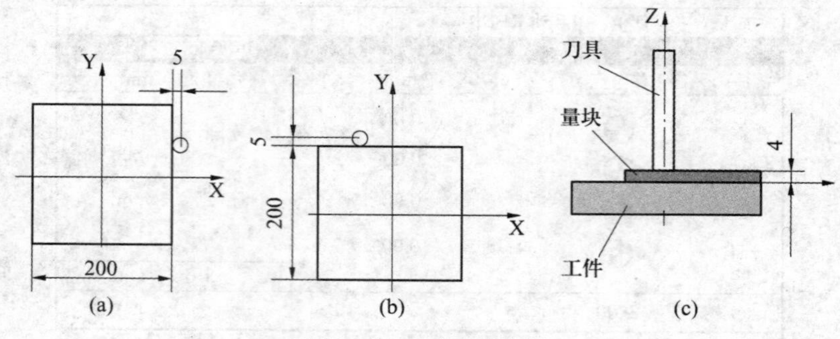

图 3－79　对刀示意图

(a)确定 X 轴零点；(b)确定 Y 轴零点；(c)确定 Z 轴零点。

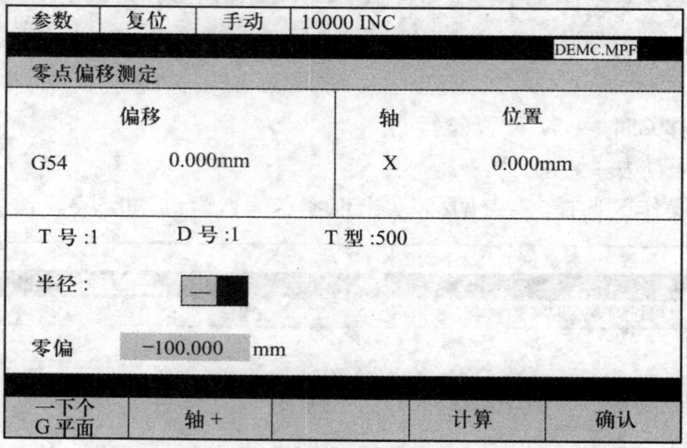

参数
复位
手动
10000 INC
DEMC.MPF
零点偏移测定
偏移
G54
0.000mm
轴
位置
X
0.000mm
T 号 :1
D 号 :1
T 型 :500
半径 :
—
零偏
-100.000
mm
下一个 G 平面
轴 +
计算
确认

图 3－80　确定 X 轴零点

d. 将刀具用试切法移动到图 3－79(b)的位置或将对刀仪移动到图 3－79(b)的位置。

e. 将光标移到 G54～G57 的“Y”位置，按“测量”键，选择相应刀具后按“确定”键，出现计算零点偏置窗口，用“转换键”将“半径”设为“—”；在“零偏”输入“－100”，再按“计算”键，最后按“确定”键(确定 Y 坐标位置)，如图 3－81 所示。

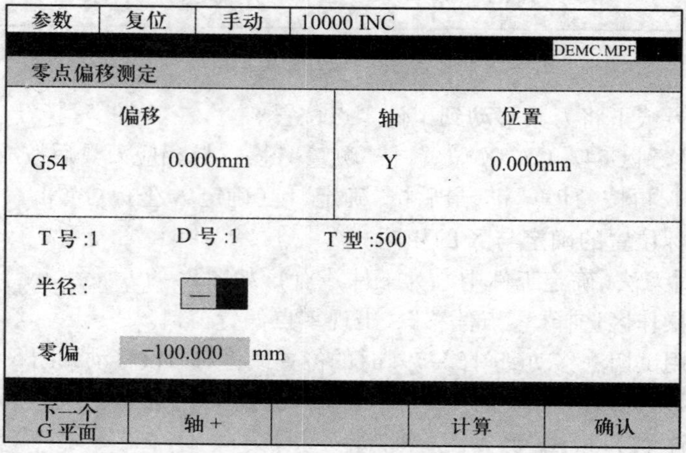

参数
复位
手动
10000 INC
DEMC.MPF
零点偏移测定
偏移
G54
0.000mm
轴
位置
Y
0.000mm
T 号 :1
D 号 :1
T 型 :500
半径 :
—
零偏
-100.000
mm
下一个 G 平面
轴 +
计算
确认

图 3－81　确定 Y 轴零点

f. 将刀具用试切法移动到图 3－76(c)的位置或将对刀仪移动到图 3－76(c)的位置。

g. 将光标移到 G54～G57 的“Z”位置，按“测量”键，选择相应刀具后按“确定”键，出现计算零点偏置窗口，用“转换键”将“长度”设为“无”；在“零偏”输入“－4”，再按“计算”键，最后按“确定”键(确定 Z 坐标位置)，如图 3－82 所示。

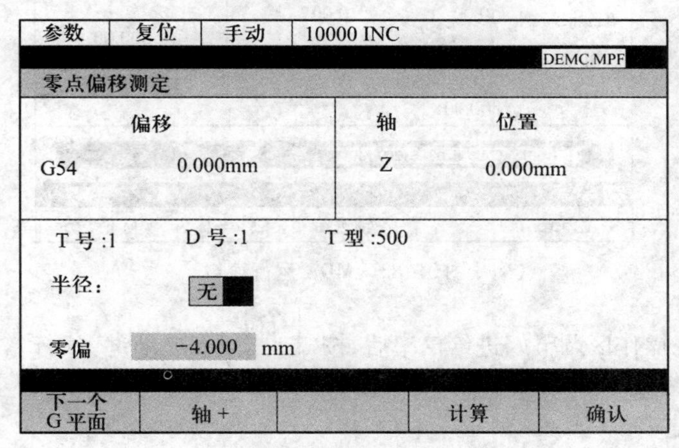

图 3－82　确定 Z 轴零点

(四) 手动运行方式

按“点动键”选择手动运行，操作相应的“方向键”使坐标轴运行。

如果同时按相应的“方向键”和“快速运行键”则坐标轴快速运行；按“键、”可以调节坐标轴运行速度。

按“增量选择键”选择步进增量方式运行，操作相应的“方向键”使坐标轴运行。步进量的大小在屏幕上显示。

(五) MDA 运行方式

在 MDA 方式下，可以编写一个程序段并执行，如图 3－83 所示。操作步骤如下：

(1) 按“手动数据键”在加工操作区出现 MDA 运行窗口；

(2) 在 MDA 运行窗口输入加工程序段，如：G54 G01 X0 Y0 F200 S1200 M03(检查对刀是否正确)；

(3) 按“数控启动键”执行输入的程序段。

(六) 自动运行方式

在自动运行方式下零件程序可以自动加工执行。

在机床回参考点、待加工的零件程序已装入、输入必要的补偿值(零点偏移或刀具补偿)后，操作步骤如下：

(1) 按“自动方式键”选择自动工作方式；

(2) 在程序操作区把光标移动到待加工的程序上，按“选择键”选择待加工的零件程序；

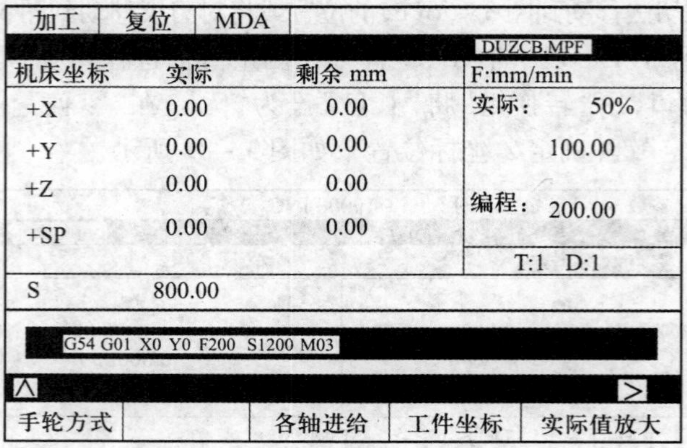

加工	复位	MDA	
			DUZCB.MPF
机床坐标	实际	剩余 mm	F:mm/min
+X	0.00	0.00	实际：50%
+Y	0.00	0.00	100.00
+Z	0.00	0.00	编程：200.00
+SP	0.00	0.00	
			T:1 D:1
S	800.00		
G54 G01 X0 Y0 F200 S1200 M03			
手轮方式	各轴进给	工件坐标	实际值放大

图 3－83　MDA 运行窗口

（3）在加工操作区调节好进给倍率后，按“数控启动键”执行零件程序。

（七）零件编程

1. 输入程序

（1）在程序操作区按“新程序键”，输入新程序名；

（2）输入待加工的零件程序，在输入零件程序时可以使用“轮廓”功能。

2. 编辑程序

（1）在程序操作区打开程序目录窗口；

（2）把光标移动到待编辑的程序上按“打开键”，将待编辑的程序打开，便可进行编辑，所有的修改会立即存储。

3. 调用程序

（1）在程序操作区打开程序目录窗口；

（2）把光标移动到待调用的程序上按“选择键”，选择待调用的程序；

（3）按“数控启动键”便执行零件程序。

（八）通讯

通过控制系统的 RS232 接口可以输出、输入数据（比如零件程序、机床参数）。操作步骤如下：

（1）在机床通讯操作区按“RS232”文本，设置通讯接口参数，在电脑的传输软件中设置相应通讯参数。

（2）按“输入启动”键可以输入数据；按“输出启动”键可以输出数据。

第七节　SIEMENS－802 系统数控铣床的程序编制

一、基本编程指令

1. G00 快速定位（模态指令）

指令格式：G00 Xxx Yxx Zxx（X、Y、Z 为终点坐标）

编程示例：如图 3－84 所示。

N10 G00 X200 Y200

机床以快速定位到(200,200)坐标位置。

2. G01 直线插补(模态指令)

指令格式:G01 Xxx Yxx Zxx Fxx (X、Y、Z 为终点坐标,F 是进给速度,单位为 mm/min)

编程示例:如图 3-84 所示。

N10 G01 X100 Y200 F200 机床以 200mm/min 速度直线插补到(200,200)坐标位置。

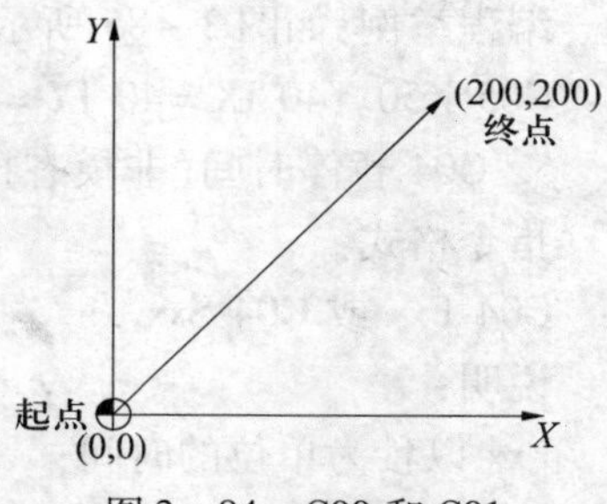

图 3-84 G00 和 G01

G01 指令规定的进给速度可以由面板上的进给倍率开关进行修调,此功能一般用于工件切削,切削的进给速度由 F 值指定。

3. G02/G03 圆弧插补(模态指令)

指令格式:

G02/G03 Xxx Yxx Ixx Jxx(X、Y 为终点坐标,I、J 为圆心相对起点坐标)

G02/G03 Xxx Yxx CR = xx(X、Y 为终点坐标,CR 为圆弧半径)

G02/G03 Xxx Yxx AR = xx(X、Y 为终点坐标,AR 为圆弧张角)

G02/G03 Ixx Jxx AR = xx(I、J 为圆心相对起点坐标,AR 为圆弧张角)

注:编制整圆时用 G02/G03 Xxx Yxx Zxx Ixx Jxx Kxx 这种格式。G02/G03 Xxx Yxx Zxx CR = XX 这种格式只能用来编制圆弧,不能用来编制整圆。只有编制两个半圆弧才可以构成一个整圆,当圆弧角小于或等于 180°时,CR 值取正。圆弧角大于 180°时,CR 值取负。

编程示例:如图 3-85 所示。

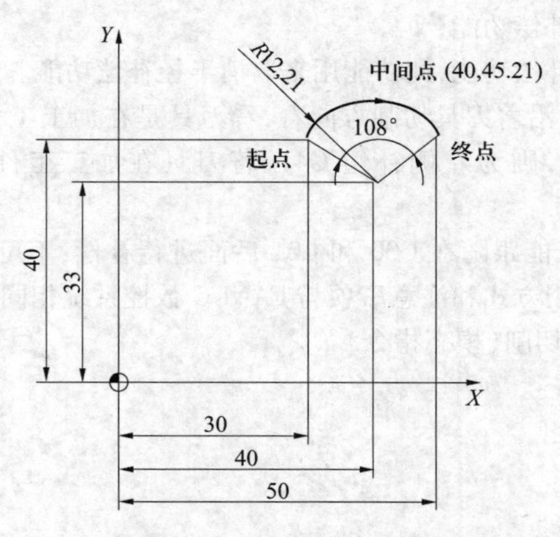

图 3-85 G02/G03 圆弧插补

圆心坐标和终点坐标:G02 X50 Y40 I10 J-7

终点坐标和圆弧半径:G02 X50 Y40 CR = 12.21

终点坐标和圆弧张角:G02 X50 Y40 AR = 108

圆心坐标和圆弧张角:G02 I10 J-7 AR = 108

4. G05 通过中间点进行圆弧插补

指令格式:G05 Xxx Yxx IX = xx JY = xx(X、Y 为终点坐标,IX、JY 为中间点坐标)

编程举例：如图 3－85 所示。

G05 X50 Y40 IX＝40 JY＝45.21

5. G04 暂停时间（非模态指令）

指令格式：

G04 Fxx 或 G04 Sxx

说明：

Fxx 以秒为单位的时间；

Sxx 用主轴旋转次数确定的时间。

6. G17、G18、G19 平面选择（模态指令）

G17 X/Y 平面，以 Z 轴为进刀方向

G18 Z/X 平面，以 Y 轴为进刀方向

G19 Y/Z 平面，以 X 轴为进刀方向

7. G40、G41、G42 刀具半径补偿功能（模态指令）

指令格式：

G00（G01）G42 Xxx Yxx Zxx Txx Dxx

说明：

Xxx Yxx Zxx 直角坐标系中终点坐标；

Txx 执行的刀号；

Dxx 刀沿号（同一把刀可以设 4 个～9 个刀沿）；

G41 刀具半径左侧补偿功能；

G42 刀具半径右侧补偿功能；

G40 取消刀具半径补偿功能，此功能用来取消半径补偿功能。

在加工工作平面内，沿着刀具切削方向看，看刀具是在加工工件的左侧还是右侧，若刀具在加工工件的左侧，则为左侧补偿 G41，若刀具在加工工件的右侧，则为右侧补偿 G42。

注：刀具半径补偿只能跟随在 G00 和 C01 后面进行补偿，不可以直接跟随在 G02 和 G03 后面进行补偿。运用方式和注意事项与 FANUC 数控系统相同。

8. G33 恒螺距螺纹切削（模态指令）

指令格式：

G33 Zxx Kxx：M03

Zxx Kxx M04

说明：

Zxx 螺纹切削深度；

Kxx 螺纹螺距。

注：主轴必须具有位移测量系统。

9. 工件装夹——可设定的零点偏置：G54、G55、G56、G57

可设定的零点偏置给出工件零点在机床坐标系中的位置（工件零点以机床零点为基准偏移）。当工件装夹到机床上后求出偏移量，并通过操作面板输入到规定的数据区。程序可以通过选择相应的 G 功能 G54～G57 激活此值。

G54——第一可设定零点偏置
G55——第二可设定零点偏置
G56——第三可设定零点偏置
G57——第四可设定零点偏置
G500——取消可设定零点偏置
编程举例：

```
N10 G54;          调用第一可设定零点偏置
N20 L47;          加工工件1,此处作为L47调用
N30 G55;          调用第二可设定零点偏置
N40 L47;          加工2件2,此处作为L47调用
N50 G56;          调用第三可设定零点偏置
N60 L47;          加工工件3,此处作为L47调用
N70 G57;          调用第四可设定零点偏置
N80 L47;          加工工件4,此处作为L47调用
N90 G500 G0 X;    取消可设定零点偏置
```

10. 绝对和增量位置数据:G90、G91
G90 指令——绝对位置数据输入;
G91 指令——增量位置数据输入。
11. 公制尺寸,英制尺寸:G71,G70
G71——公制尺寸;
G70——英制尺寸。
12. 可编程的零点偏置和坐标轴旋转:G158,G258,G259

如果工件上在不同的位置有重复出现的形状或结构,或者选用了一个新的参考点,在这种情况下就需要使用可编程零点偏置。由此就产生一个当前工件坐标系,新输入的尺寸均是在该坐标系中的数据尺寸。

可以在所有坐标轴上进行零点偏移。在当前的坐标平面 G17 或 G18 或 G19 中进行坐标轴旋转。

G158 X Y Z;可编程的偏置,取消以前的偏置和旋转
G258 RPL=;可编程的旋转,取消以前的偏置和旋转
G259 RPL=;附加的可编程旋转
Gl58,G258,G259 指令各自要求一个独立的程序段
编程举例:如图 3-86 所示。

```
N10 G17;              X/Y 平面
N20 G158 X12 Y15;     可编程零点偏移
N30 L10;              子程序调用,其中包含待偏移的几何量
N40 G158 X28 Y24;     新的零点偏置
N50 G259 RPL=20;      附加坐标旋转 20°
N60 L10;              子程序调用
N70 G158;             取消偏移和旋转
```

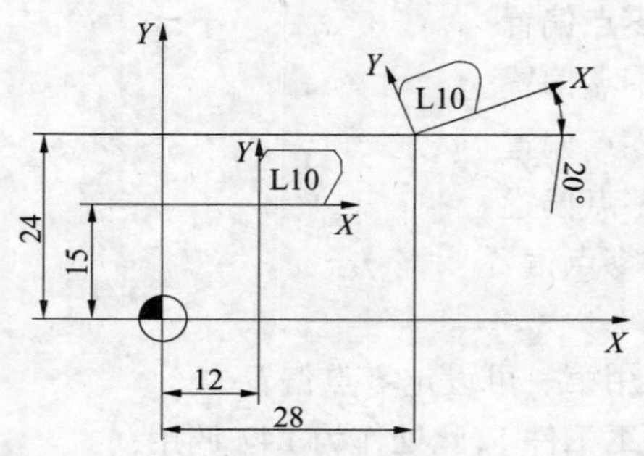

图 3－86　可编程的零点偏置和坐标轴旋转

13. 倒角 CHR、倒圆 RDN

在一个轮廓拐角处可以插入倒角或倒圆，指令 CHR = …或者指令 RND = …与加工拐角的轴运动指令一起写入到程序段中。

CHF = …　插入倒角，数值：倒角长度

RND = …　插入倒圆，数值：倒圆半径

编程举例：如图 3－87 所示。

N10 G01 X27 CHF = 15；倒角 15mm

N20 X39 Y0；直线插补到(39，0)

编程举例：如图 3－88 所示。

N10 G01 X27 RND = 10；倒圆，半径 10mm

N20 X39 Y0；直线插补到(39，0)

编程举例：如图 3－89 所示。

N10 G01 X22.38 RND = 10；倒圆，半径 10mm

N20 G03 X36.21 Y9.18 CR = 15；圆弧插补到(36.21，9.18)

N30 G01 Y0；直线插补到(36.21，0)

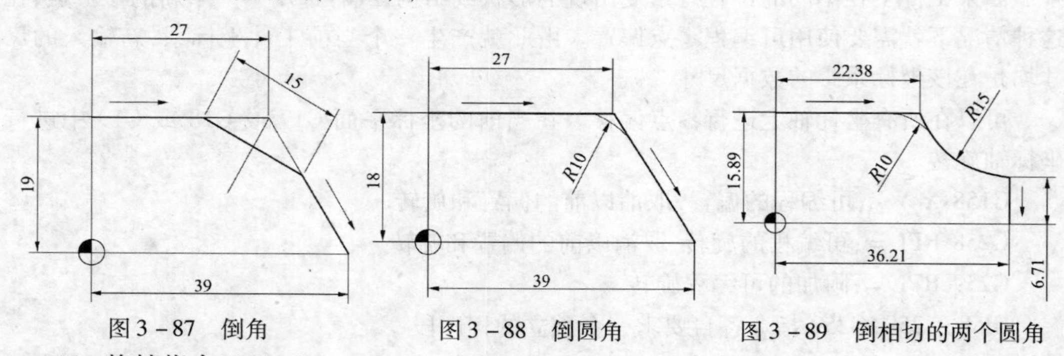

图 3－87　倒角　　图 3－88　倒圆角　　图 3－89　倒相切的两个圆角

14. 换挡指令 M41、M42

M41——换低速挡位(转速小于 1000r/min 为低速挡位)

M42——换高速挡位(转速大于 1000r/min 为高速挡位)

二、R 参数编程

用 IF 条件语句表示有条件跳转，如果满足跳转条件(也就是值不等于零)，则进行跳转。跳转目标只能是有标记符的程序段，该程序段必须在此程序之内。有条件跳转指令要求一个独立的程序段。在一个程序段中可以有许多个条件跳转指令。使用了条件跳转

后有时会使程序得到明显的简化。

IF 条件 GOTOF Label　　向前跳转

IF 条件 GOTOB Label　　向后跳转

用上述比较运算表示跳转条件,计算表达式也可用于比较运算。比较运算的结果有两种,一种为“满足”,另一种为“不满足”。“不满足”时该运算结果值为零则不进行跳转。

比较运算编程举例:R1 > 1;R1 大于 1

1 < R1;1 小于 R1

R1 < R2 + R3; R1 小于 R2 加 R3

R6 > = SIN(R7 * R7); R6 大于或等于 SIN(R7 * R7)

编程举例:N10 IF R1 GOTOF MARKE1;R1 不等于零时,跳转到 MARKE1 程序段

N10 IF R > 1 GOTOF MARKE2;R1 大于 1 时,跳转到 MARKE2 程序段

N10 IF R45 = R7 + 1 GOTOB MARKE3;R45 等于 R7 加 1 时,跳转到 MARKE3 程序段

R 参数编程举例:用直径为 40mm 的立铣刀铣削 400 * 300 外形,切深 40mm。零件如图 3-90 所示。

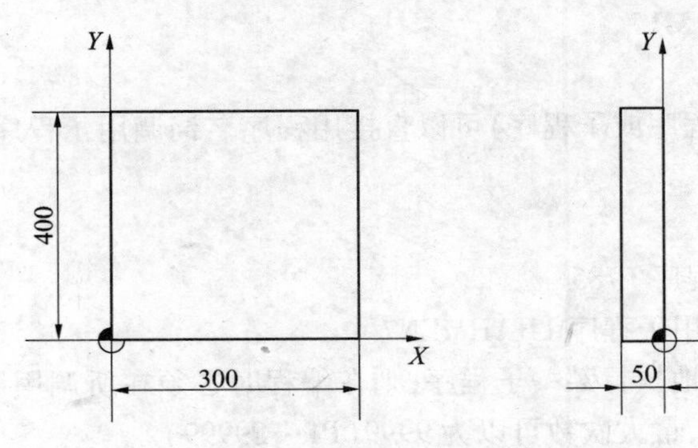

图 3-90　R 参数编程

N10 R1 = -10	设定 R1 加工参数值(R1 为切削深度)
N20 G00 G17 G90 G54 X-30 Y-10	选择 X/Y 平面,确定工件零点,绝对尺寸编程,并快速定位到下刀点位置
N30 T1 S400 M03 M08 F150	执行 1 号刀具,转速为 400r/min,正转,打开冷却液,进给速度为 150mm/min
N40 G00 Z60	快速定位到 Z60mm 位置
N50 AA:G00 Z = R1	快速下刀至 R1 切削深度
N60 G01 G41 X0 Y-10 D1	执行刀具半径左补偿
N70 G01 Y400	直线插补到(0,400)
N80 X300	直线插补到(400,300)
N90 Y0	直线插补到(400,0)
N100 X-10	直线插补到(-10,0)
N110 G00 G40 X-10 Y-30	取消刀具半径补偿
N120 G00 Z30	Z 轴快速回退到 Z30 位置
N130 R1 = R1-10	R1 参数每次增加 -10 进行计算
N140 IF R1 > = -40 GOTOB AA	条件语句(如果 R1 参数大于等于 -40,就跳跃到 AA 位置,执行程序段 N50 至 N130)

N150 G00 Z100 M09	回退到 Z100 位置，关闭冷却液
N160 M30	程序结束

三、子程序

1. 子程序程序名及格式

（1）子程序程序名。为了方便地选择某一子程序，必须给子程序取一个程序名。程序名可以自由选取，但必须符合以下规定：

①开始两个符号必须是字母，其它符号为字母、数字或下划线；

②最多 8 个字符，没有分隔符；

③其方法与主程序中程序名的选取方法一样。

举例：LRAHMEN 7

另外，在子程序中还可以使用地址字 L，其后的值可以有 7 位（只能为整数）。

注意：地址字 L 之后的每个零均有意义，不可省略，另外子程序的后辍一般为 SPF。

（2）子程序程序格式。子程序格式与主程序大致相同，但主程序结束用 M30 或 M02 而子程序结束并返回用 M17。

2. 子程序调用

在一个程序中（主程序或子程序）可以直接用程序名词调用子程序，子程序调用要求占用一个独立的程序段。

举例：

N10 L785；调用于程序 L785

K20 LRHMEN7；调用子程序 LRAHMEN7

如果要求多次连续地执行某一子程序，则在编程时必须在所调用子程序的程序名后地址 P 下写入调用次数，最大次数可以为 9999（P1…P9999）。

举例：

N10 L785 P3；调用子程序 L785，运行 3 次

3. 嵌套深度

子程序不仅可以从主程序中调用，也可以从其它子程序中调用，这个过程称为子程序的嵌套。子程序的嵌套深度可以为三层，也就是四级程序界面（包括主程序界面）。

四、循环

1. 钻削、沉孔加工——LCYC82

刀具以编程的主轴速度和进给速度钻孔，直至到达给定的最终钻削深度。在到达最终钻削深度时可以编程一个停留时间。退刀时以快速移动速度进行。

参数：

R101——退回平面确定了循环结束之后钻削轴的位置。

R102——安全距离只对参考平面而言，由于有安全距离，参考平面被提前了一个距离循环，可以自动确定安全距离的方向。

R103——参数 R103 所确定的参考平面就是图纸中所标明的钻削起始点。

R104——此参数确定钻削深度，它取决于工件零点。

R105——参数 R105 之下编程此深度处(断屑)的停留时间(秒)。

循环开始之前的位置是调用程序中最后所回的钻削位置。

循环的时序过程:

(1) 用 G00 回到被提前了一个安全距离量的参考平面处。

(2) 按照调用程序中编程的进给率以 G01 进行钻削,直至最终钻削深度。

(3) 执行此深度停留时间。

(4) 以 G00 退刀,回到退回平面。

编程举例:如图 3-91 使用 LCYC82 循环,程序在 *XY* 平面 X24 Y15 位置加工深度为 27mm 的孔,在孔底停留时间 2s,钻孔坐标轴方向安全距离为 4mm。循环结束后刀具处于 X24 Y15 Z110。

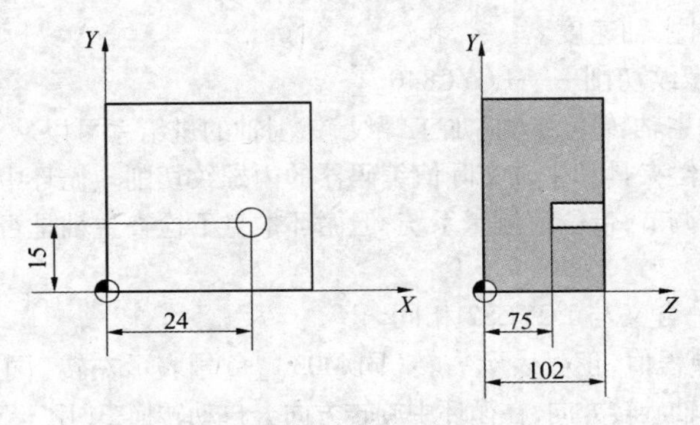

图 3-91 LCYC82 循环

```
N10 G0 G17 G54 G90 F500 T2 S500 M03;          规定一些参数值
N20 X24 Y15;                                   回到钻孔位
N30 R101 = 110 R102 = 4 R103 = 102 R104 = 75;  设定参数
N35 R105 = 2;                                  设定参数
N40 LCYC82;                                    调用循环
N50 M2;                                        程序结束
```

2. 深孔钻削——LCYC83

深孔钻削循环加工中心孔,通过分步钻入达到最后的钻深,钻深的最大值事先规定。钻削既可以在每钻削到一定深度后,提出钻头到其参考平面达到排屑目的,也可以每次上提 1mm 以便断屑。

参数:

R101-R105——含义与 LCYC82 相同。

R107——第一次钻深的进给率。

R108——其后钻削的进给率。

R109——参数 R109 之下可以编程几秒钟的起始点停留时间。

R110——第一次钻削行程的深度。

R111——确定递减量的大小。

R127——值 0:钻头在到达每次钻削深度后上提 1mm 空转,用于断屑。

值 1:每次钻深后钻头返回到安全距离之前的参考平面,以便排屑。

3. 不带补偿夹具螺纹切削——LCYC84

刀具以编程的主轴转速和方向钻削，直至给定的螺纹深度。与 LCYC840 相比此循环运行更快和更精确。尽管如此，加工时仍应使用补偿夹具。钻削轴的进给率由主轴转速导出。在循环中旋转方向自动转换，退刀可以以另一个速度进行。主轴必须是位置控制主轴（带实际值编码器）时才可以应用此循环。循环在运行时本身并不检查主轴是否具有实际值编码器。

参数：

R101 - R105——含义与 LCYC82 相同。

R106——螺纹导程值，正号表示右转（同 M03），负号表示左转（同 M04）。

R112——攻丝时主轴速度。

R113——退刀时主轴速度。

4. 带补偿夹具螺纹切削——LCYC840

刀具按照编程的主轴转速和方向加工螺纹，钻削轴的进给率可以从主轴转速计算出来。该循环可以用于带补偿夹具和主轴实际值编码器的内螺纹切削。循环中可以自动转换旋转方向。主轴转速可以调节，带位移测量系统，但循环本身不检查主轴是否带实际值编码器。

参数：

R101 - R105——含义与 LCYC82 相同。

R106——螺纹导程值，正号表示右转（同 M03），负号表示左转（同 M04）。

R126——规定主轴旋转方向，在循环中旋转方向会自动转换，3（用于 M03），4（用于 M04）。

5. 镗孔——LCYC85

刀具以给定的主轴速度和进给速度钻削，直至最终钻削深度。如果到达最终深度，可以编程一个停留时间。进刀及退刀运行分别按照相应参数下编程的进给率速度进行。

参数：

R101 - R105——含义与 LCYC82 相同。

R107——确定钻削时的进给率大小。

R108——确定退刀时的进给率大小。

6. 线性孔排列钻削——LCYC60

用此循环加工线性排列的钻孔或螺纹孔，钻孔及螺纹孔的类型由一个参数确定。

参数：

R101 - R105——含义与 LCYC82 相同。

R115——选择待加工的钻孔或攻丝所需调用的钻孔循环号或攻丝循环号。

R116——参考点横坐标。

R117——参考点纵坐标。

R118——确定第一个钻孔到参考点的距离。

R119——确定孔的个数。

R120——确定直线与横坐标之间的角度。

R121——确定两个孔之间的距离。

7. 圆弧孔排列钻削——LCYC61

用此循环可以加工圆弧状排列的孔和螺纹。钻孔和切内螺纹的方式由参数确定。

参数：

R101 - R105——含义与 LCYC82 相同。

R115——选择待加工的钻孔或攻丝所需调用的钻孔循环号或攻丝循环号。

R116——圆弧圆心横坐标。

R117——圆弧圆心纵坐标。

R118——圆弧半径。

R119——孔数。

R120——起始角。

R121——角增量。

8. 凹槽、平面的铣削——LCYC75

用此循环可以加工矩形凹槽、圆形凹槽、键槽和平面。

参数：

R101 - R103——含义与 LCYC82 相同。

R104——凹槽深度(绝对值)。

R116——凹槽圆心横坐标。

R117——凹槽圆心纵坐标。

R118——凹槽长度。

R119——凹槽宽度。

R120——拐角半径。

R121——最大进刀深度。

R122——深度进刀进给率。

R123——表面加工进给率。

R124——表面加工精加工余量。

R125——深度加工精加工余量。

R126——铣削方向,2(G02)或 3(G03)。

R127——铣削类型,1 - 粗加工,2 - 精加工。

编程举例:如图 3 - 92 所示。

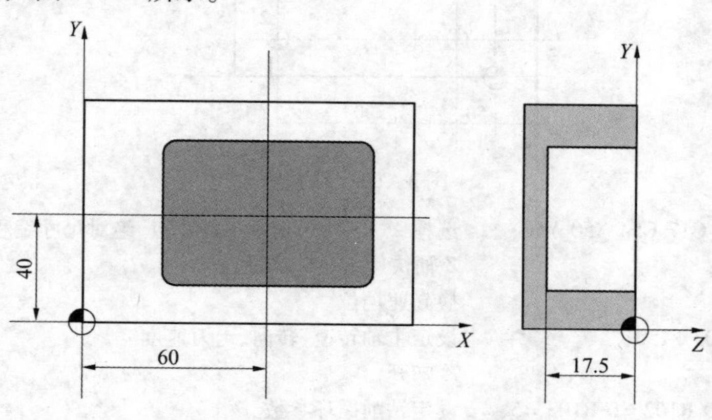

图 3 - 92 凹槽、平面的铣削——LCYC75

用下面的程序可以加工一个长度为60mm，宽度为40mm，圆角半径8mm，深度为17.5mm的凹槽。使用的铣刀不能切削中心，因此要求预加工凹槽中心（LCYC82）。凹槽边的精加工余量为0.75mm，深度为0.5mm，Z轴上到参考平面的安全距离为0.5mm。凹槽的中心点坐标为X60 Y40，最大进刀深度为4mm。加工分为粗加工和精加工。

```
N10 G0 G54 G17 G90 F200 S300 M03 T4 D1;              确定工艺参数
N20 X60 Y40 Z5;                                      回到钻削位置
N30 R101 =5 R102 =2 R103 =0 R104 = -17.5 R105 =2;    设定钻削循环参数
N40 LCYC82;                                          调用钻削循环
N50 …;                                               更换刀具
N60 R116 =60 R117 =40 R118 =60 R119 =40;             凹槽铣削循环粗加工设定参数
N70 R120 =8 R121 =4 R122 =120 R123 =300              与钻削循环相比较
N80 R124 =0.75 R125 =0.5                             R101 - R104 参数不变
N90 R126 =2 R127 =1
N100 LCYC75;                                         调用粗加工循环
N110…;                                               更换刀具
N120 R127 =2;                                        凹槽铣削循环精加工设定参数(其它参数不变)
N130 LCYC75;                                         调用精加工循环
N140 M02;                                            程序结束
```

第八节　SIEMENS - 802 系统数控铣床的程序编制实例

例25　用 $\phi10$ 麻花钻钻出 4 - $\phi10$ 孔，孔深 20mm。如图 3 - 93 所示。

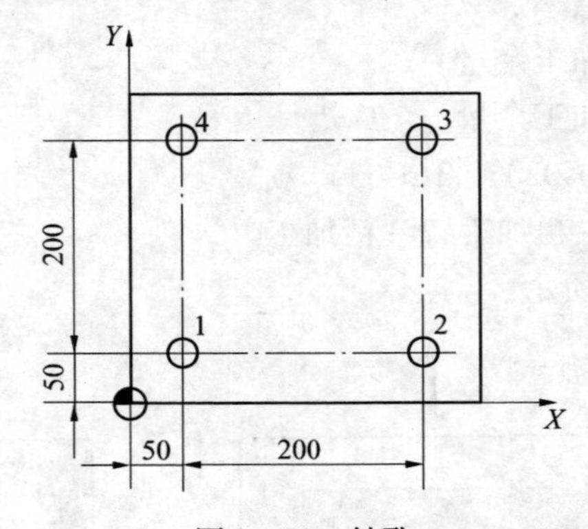

图3 - 93　钻孔

```
N10 G00 G90 G17 G54 X50 Y50;          选择X、Y平面，确定工件零点，绝对尺寸编程
N20 G00 Z60;                          Z轴快速定位到Z60位置
N30 M42;                              换高速挡位
N40 S1200 M03 F150;                   设定主轴转速、转向、走刀速度
N50 M08;                              冷却开
N55 R101 =60 R102 =0 R103 =5;         设定钻削循环参数
R104 = -20 R105 =20
```

N60 LCYC82;　　　　调用钻孔循环
N70 X50 Y50;　　　　钻孔1
N80 X250 Y50;　　　　钻孔2
N90 X250 Y250;　　　　钻孔3
N100 X50 Y250;　　　　钻孔4
N120 M09;　　　　关闭冷却液
N130 G00 Z200;　　　　*Z* 轴快速返回至 Z200 位置
N140 M30;　　　　程序结束

例 26　刀号选择 T3，铣削外形轮廓及 $\phi 200$ 的内圆，铣深 10mm，$\phi 200$ 预铸孔至 $\phi 196$mm，如图 3-94 所示。

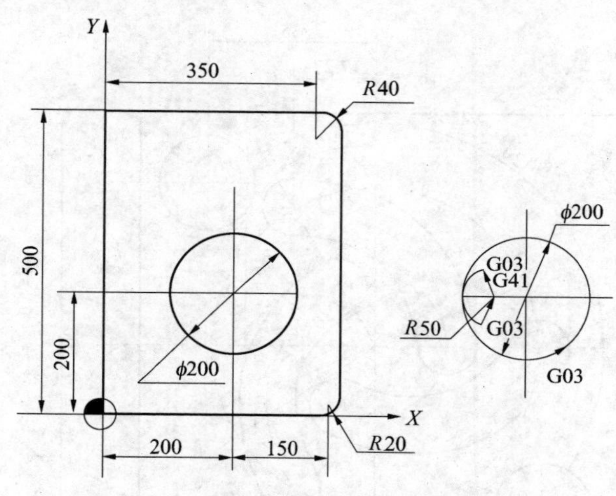

图 3-94　加工外形、内孔

N30 G00 G54 G90 G17;　　　　选择 *X*、*Y* 平面，确定工件零点，绝对尺寸编程
N40 G00 X-35 Y-10;　　　　快速定位
N50 G00 Z60;　　　　快速定位到点 Z60 位置
N60 M41;　　　　换低速挡位
N70 M08;　　　　冷却开
N80 S350 M03 F160;　　　　设定主轴转速、转向、走刀速度
N90 G00 Z-10;　　　　*Z* 轴快速定位到 -10 位置
N100 G01 G41 X0 Y-10 T3 D1;　　　　执行刀具半径左侧补偿
N110 G01 X1 Y500;　　　　直线插补
N120 G01 X350 Y500;　　　　直线插补
N130 G02 X390 Y460 CR=40;　　　　顺时针圆弧插补
N140 G01 X370 Y20;　　　　直线插补
N150 G02 X350 Y0 CR=20;　　　　顺时针圆弧插补
N160 G01 X-10 Y0;　　　　直线插补
N170 G00 G40 X-10 Y-30;　　　　快速取消刀具半径补偿
N180 G00 Z100;　　　　刀具快速回退至 Z100 位置
N190 G00 G54 X180 Y200;　　　　快速定位
N200 G00 Z-10;　　　　快速定位

```
N210 G01 G41 X150 Y250 T3 D1 F200;执行刀具半径左补偿
N220 G03 X100 Y200 CR=50;          逆时针圆弧插补
N230 G03 X133 Y200 I100 J0;        逆时针圆弧插补
N240 G03 X150 Y150 CR=50;          逆时针圆弧插补
N250 G00 G40 X180 Y200;            取消刀具半径补偿
N260 G00 Z200 M09;                 刀具快速回退至Z200位置,关闭冷却
N270 M30;                          程序结束
```

例27　毛坯为100 mm×100 mm×15 mm板材,工件材料为45钢,外形已加工,根据零件图样(见图3-95)要求编写加工程序。

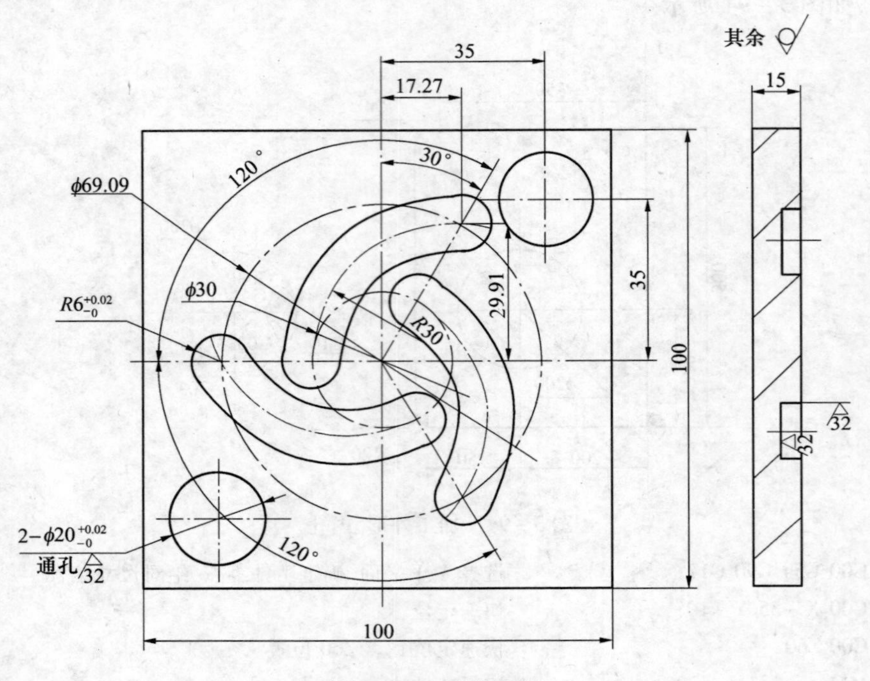

图3-95　零件图样

1. 加工工序

(1) 加工三段凹弧槽,选用$\phi12$三刃立铣刀。其起刀点为工件中心位置处,采用螺旋式下刀,利用子程序和旋转编程指令加工,其旋转中心为工件坐标系圆点。

(2) 2-$\phi20$通孔采用$\phi20$麻花钻直接钻削加工。

2. 各工序刀具及切削参数选择

序号	加工面	刀具号	刀具规格		主轴转速 n /(r/min)	进给速度 V /(mm/min)
			类型	材料		
1	加工三段凹弧槽	T01	$\phi12$三刃立铣刀	高速钢	550	80
2	钻削加工2-$\phi20$通孔	T02	$\phi20$麻花钻	T12A	500	100

3. 加工程序

($\phi12$平刀)

程序一

ABC100

```
N10 G54 G17 M03 S500 G90 F80;          选择X、Y平面,确定工件零点,绝对尺寸编程
N20 G00 Z30;                           快速定位到Z30位置
N30 G00 X34.956 Y0;                    快速定位到X34.956Y0位置
N40 L200;                              调子程序L200
N50 G258 RPL= -120 ;                   坐标系旋转-120°
N60 G00 X34.956 Y0;                    在旋转-120°的坐标系里快速定位到X34.956Y0位置
N70 L200;                              调子程序L200
N80 G258 RPL= -240 ;                   坐标系旋转-240°
N90 G00 X34.956 Y0;                    在旋转-120°的坐标系里快速定位到X34.956Y0位置
N100 L200;                             调子程序L200
N105 G158                              取消坐标系旋转
N110 M05;                              主轴停止
N120 M30;                              程序结束并返回
```

钻孔(ϕ20麻花钻)

程序二

ABC200

```
N10 G54 G17 G90 M03 S500 F100;         选择X、Y平面,确定工件零点,绝对尺寸编程
N20 G00 Z30;                           快速定位到Z30位置
N30 G00 X35 Y35;                       快速定位到X35Y35位置
N40 G0 Z10;                            快速定位到Z10位置
N50 N30 R101=4 R102=0                  设定参数
R103=0 R104= -15 ; R105=0;             设定参数
N55 LCYC82 ;                           调用钻孔循环
N60 X-35 Y-35;                         快速定位到X-35Y-35位置
N70 LCYC82 ;                           调用钻孔循环
N80 M05;                               主轴停止
N90 M30;                               程序结束并返回
```

子程序

L200

```
N10 G01 Z0.5;                                  直线插补到Z0.5位置
N20 G91 G02 X35.45 Y30.28 Z-0.5 CR=35;         顺时针圆弧螺旋插补
N30 G03 X-35.45 Y-30.28 Z-1 CR=35;             逆时针圆弧螺旋插补
N40 G02 X35.45 Y30.28 Z-1.5 CR=35;             顺时针圆弧螺旋插补
N50 G03 X-35.45 Y-30.28 Z-2 CR=35;             逆时针圆弧螺旋插补
N60 G02 X35.45 Y30.28 Z-2.5 CR=35;             顺时针圆弧螺旋插补
N70 G03 X-35.45 Y-30.28 Z-3 CR=35;             逆时针圆弧螺旋插补
N80 G02 X35.45 Y30.28 CR=35                    顺时针圆弧螺旋插补
N90 G01 Z30;                                   直线插补到Z30位置
N100 M17;                                      子程序结束并返回
```

例 28 毛坯为 75mm × 75mm × 30mm 板材，工件材料为 45 钢，外形已加工，根据零件图样（见图 3-96）要求编写加工程序。

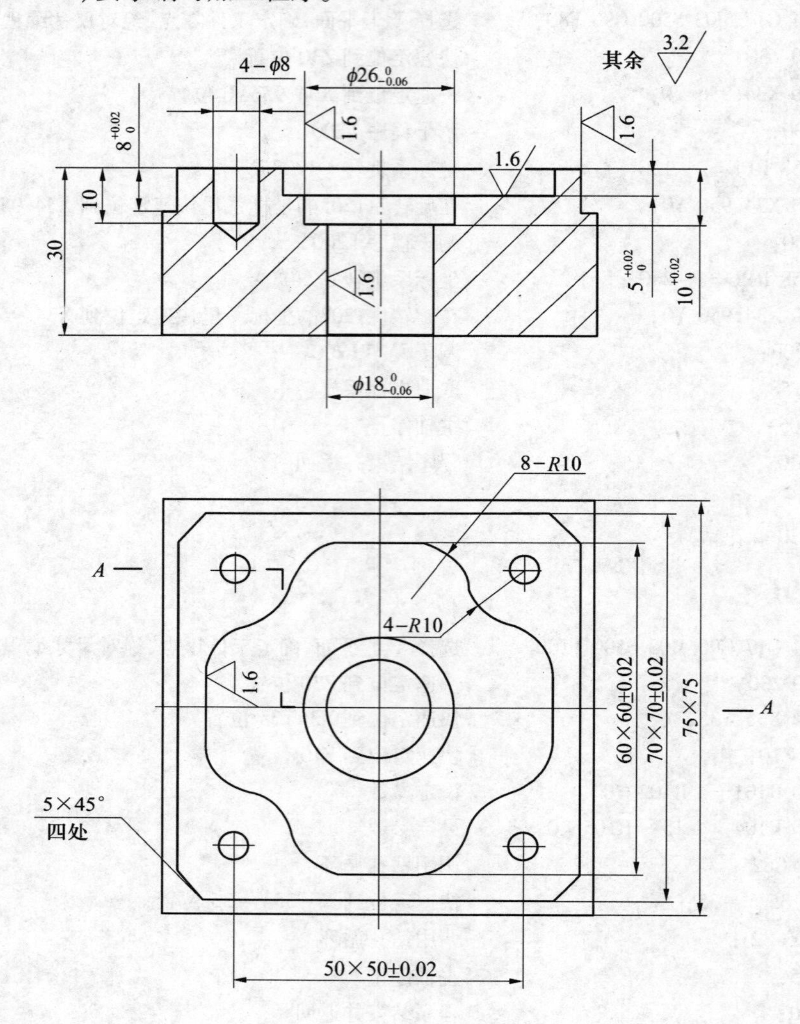

图 3-96 零件图样

1. 加工工序

（1）粗加工凸台外型，选用 $\phi12$ 立铣刀。精加工采用改变刀具半径补偿值的方法加工。

（2）点孔加工 4 - $\phi8$mm 及 $\phi18$mm，选用 $\phi3$mm 中心钻。

（3）钻 4 - $\phi8$mm。

（4）钻孔加工，选用 $\phi17.9$mm 麻花钻，可用高速深孔钻循环指令 G83。

（5）梅花型腔，选用 $\phi10$mm 三刃立铣刀，其闭式型腔切入和切出安排在型腔中部。精加工采用改变刀具半径值补偿值的方法加工。

（6）镗阶梯孔，达到精度要求。

（7）铰孔加工，选用 $\phi10$mmH9 机用铰刀，可用高速深孔钻循环指令 G85。

2. 各工序刀具及切削参数选择

序号	加工面	刀具号	刀具规格		主轴转速 n /(r/min)	进给速度 V /(mm/min)
			类型	材料		
1	粗加工凸台	T01	ϕ12mm 三刃立铣刀	硬质合金	500	120
2	精加工凸台	T01	ϕ12mm 三刃立铣刀		700	80
3	粗加工梅花型腔	T03	ϕ10mm 三刃立铣刀	高速钢	500	120
4	精加工凹型腔	T03	ϕ10mm 三刃立铣刀		800	80
5	点孔加工	T04	ϕ3mm 中心钻		1200	120
6	钻孔加工	T05	ϕ8mm 直柄麻花钻		800	50
7	钻孔加工	T06	ϕ17.9mm 麻花钻		800	50
8	镗孔加工	T07	ϕ26mm 镗孔刀		500	30
9	铰孔加工	T08	ϕ18mmH9 机用铰刀		300	30

3. 加工程序

程序一

ϕ12mm 的铣刀(铣外型)

```
BCD100
N10 G54 G17 G90 M03 S500;        选择 X、Y 平面,确定工件零点,绝对尺寸编程
N20 G00 Z30;                     快速定位到 Z30 位置
N30 X60 Y-60;                    快速定位到 X60 Y-60 位置
N40 G01 Z-8 F100;                直线插补到 Z-8 位置
N50 G41 X30 Y-35 D01;            建立刀具左补偿
N55 X30                          直线插补到 X30 位置
N60 X-30;                        直线插补到 X-30 位置
N70 X-35 Y-30;                   直线插补到 X-35 Y-30 位置
N80 Y30;                         直线插补到 Y30 位置
N90 X-30 Y35;                    直线插补到 X-30 Y35 位置
N100 X30;                        直线插补到 X30 位置
N110 X35 Y30;                    直线插补到 X35 Y30 位置
N120 Y-30;                       直线插补到 Y-30 位置
N130 X20 Y-45;                   直线插补到 X20 Y-45 位置
N140 G00 Z30;                    快速定位到 Z30 位置
N150 G40 X70 Y-35;               取消刀补
N160 M05;                        主轴停止
N170 M30;                        程序结束并返回
```

程序二

ϕ17.9mm 的麻花钻(钻孔)

```
BCD200
N10 G90 G40 G54 G17 M03 S500;    选择 X、Y 平面,确定工件零点,绝对尺寸编程
N20 G00 Z30;                     快速定位到 Z30 位置
```

```
N30 X0 Y0;                                  快速定位到 X0 Y0 位置
N40 G01 Z5 F100;                            直线插补到 Z5 位置
R101 =5 R102 =0 R103 =0 R104 = -32          设定参数
R105 =0 R107 =100 R108 =80
R109 =2 R110 = -10 R111 =8
R127 =1
LCYC83                                      调用深孔钻削循环
N60 G00 Z30;                                快速定位到 Z30 位置
N70 M05;                                    主轴停止
N80 M30;                                    程序结束并返回
```

程序三

镗孔

```
BCD300
N10 G90 G54 G17M03 S500;                    选择 X、Y 平面,确定工件零点,绝对尺寸编程
N20 G00 Z30;                                快速定位到 Z30 位置
N30 X0 Y0;                                  快速定位到 X0 Y0 位置
N40 G01 Z5 F100;                            直线插补到 Z5 位置
R101 =5 R102 =0 R103 =0 R104 = -10          设定参数
R105 =0 R107 =50 R108 =100
N70 G00 Z30;                                快速定位到 Z30 位置
N80 M05;                                    主轴停止
N90 M30;                                    程序结束并返回
```

程序四

ϕ10mm 的铣刀(挖槽)

```
BCD400
N10 G90 G54 G17 M03 S500;                   选择 X、Y 平面,确定工件零点,绝对尺寸编程
N20 G00 Z30;                                快速定位到 Z30 位置
N30 X0 Y0;                                  快速定位到 X0 Y0 位置
N40 G01 Z-5 F100;                           直线插补到 Z-5 位置
N50 G42 X30 Y-5.6351 D01;                   建立刀补
N60 G02 X22.468 Y-15.3259 CR=10;            顺时针圆弧插补
N70 G03 X15.3175 Y-22.5 CR=10;              逆时针圆弧插补
N80 G02 X5.635 Y-30 CR=10;                  顺时针圆弧插补
N90 G01 X-5.635;                            直线插补到 X-5.635 位置
N100 G02X-15.3175 Y-22.5 CR=10;             顺时针圆弧插补
N110 G03 X-22.468 Y-15.3259 CR=10;          逆时针圆弧插补
N120 G02 X-30 Y-5.6351 CR=10;               顺时针圆弧插补
N130 G01 Y5.6351;                           直线插补到 Y5.6351 位置
N140 G02 X-22.468 Y15.3259 CR=10;           顺时针圆弧插补
N150 G03 X-15.3175 Y22.5 CR=10;             逆时针圆弧插补
N160 G02 X-5.635 Y30 CR=10;                 顺时针圆弧插补
```

```
N170 G01 X5.635;                      直线插补到 X5.635 位置
N180 G02 X15.3175 Y22.5 CR=10;        顺时针圆弧插补
N190 G03 X22.468 Y15.3259 CR=10;      逆时针圆弧插补
N200 G02 X30 Y3.6351 CR=10;           顺时针圆弧插补
N210 G01 X30 Y-5.6351;                直线插补到 Y-5.6351 位置
N220 G02 X22.468 Y-15.3259 CR=10;     顺时针圆弧插补
N225 G02 X10 Y-10 CR=15               顺时针圆弧插补
N230 G00 Z30;                         快速定位到 Z30 位置
N240 G40 X70 Y0;                      取消刀补
N250 M05;                             主轴停止
N260 M30;                             程序结束并返回
```

程序五

ϕ8mm 的麻花钻(钻孔)

```
BCD500
N10 G90 G54 G17 M03 S500;             选择 X、Y 平面,确定工件零点,绝对尺寸编程
N20 G00 Z30;                          快速定位到 Z30 位置
G0 X25 Y25                            快速定位到 X25 Y25 位置
N30 R101=5 R102=0 R103=0              设定参数
R104=-10 R105=0
LCYC82                                调用钻削循环
N40 G0 X-25;                          快速定位到 X-25 Y25 位置
LCYC82                                调用钻削循环
N50 G0 Y-25;                          快速定位到 X-25 Y-25 位置
LCYC82                                调用钻削循环
N60 G0 X25;                           快速定位到 X25 Y-25 位置
LCYC82                                调用钻削循环
G0 Z50                                快速定位到 Z50 位置
N80 M05;                              主轴停止
N90M30;                               程序结束并返回
```

思考与复习

1. 加工中心的主要加工对象有哪几种?
2. 刀具半径补偿方向的判定原则是怎样的?如何设置刀具补偿值?
3. 参考点指令 G28 与 G29 有何区别?
4. 数控镗铣加工中要考虑的基本工艺问题有哪些?
5. 在加工中心上如何设置编程原点?
6. 在固定循环指令的执行过程中,有哪些特定动作?
7. 如图 3-97、图 3-98、图 3-99 所示,先铣削轮廓外型,然后进行孔加工,试用 FANUC 编写其数控加工程序。

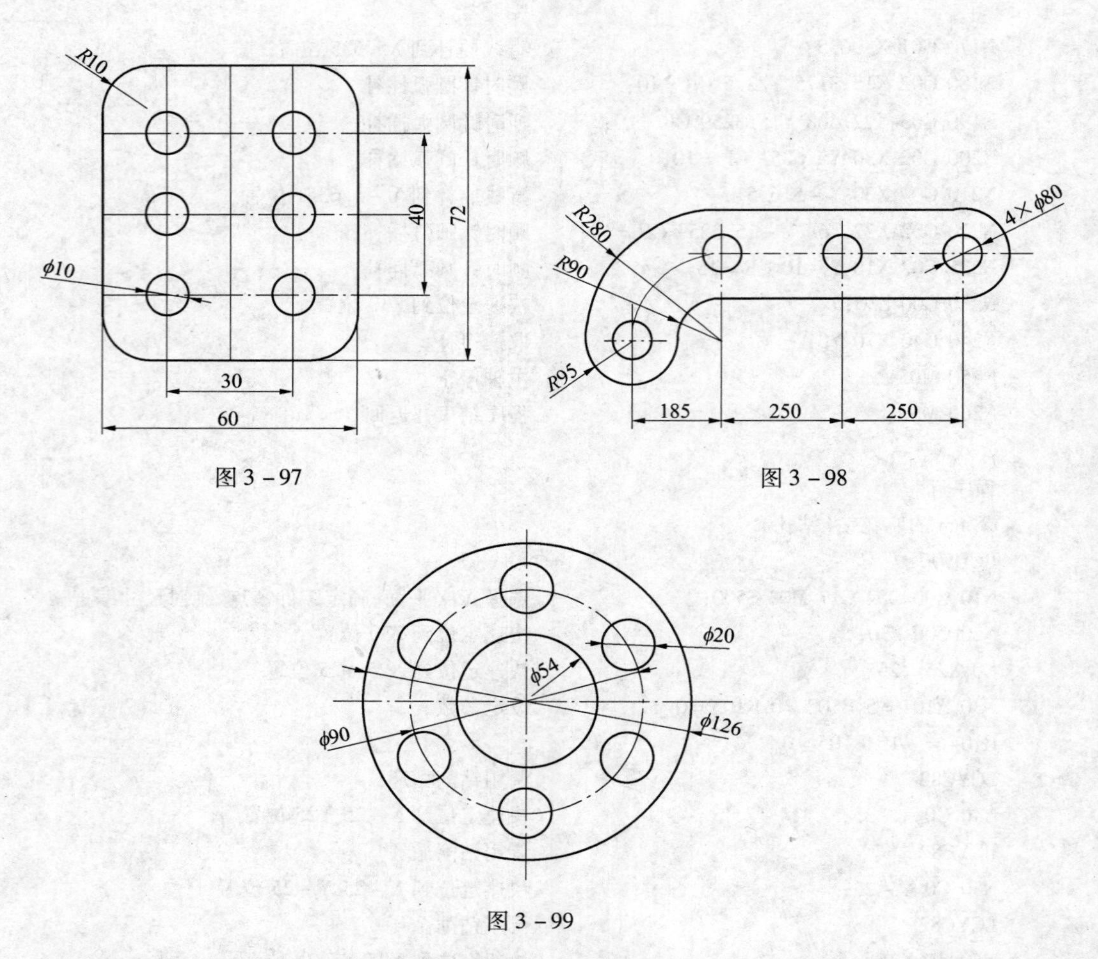

图 3－97

图 3－98

图 3－99

8. 如图 3－100 所示为螺旋面型腔零件，槽宽 80mm，其中螺旋槽左右两端深度为 4mm，中间相交处为 1mm，槽上下对称，试编定其数控加工程序。

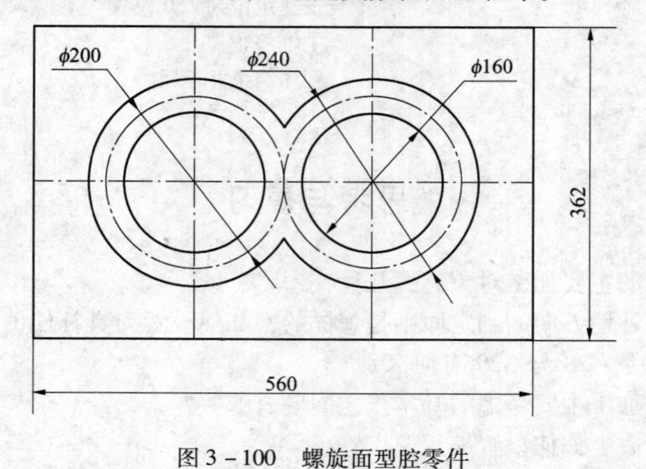

图 3－100　螺旋面型腔零件

9. 如图 3－101、3－102、3－103、3－104 所示为平面曲线零件，分别用 FANUC（法那科）、SIEMENS（西门子）系统指令编写其数控加工程序。

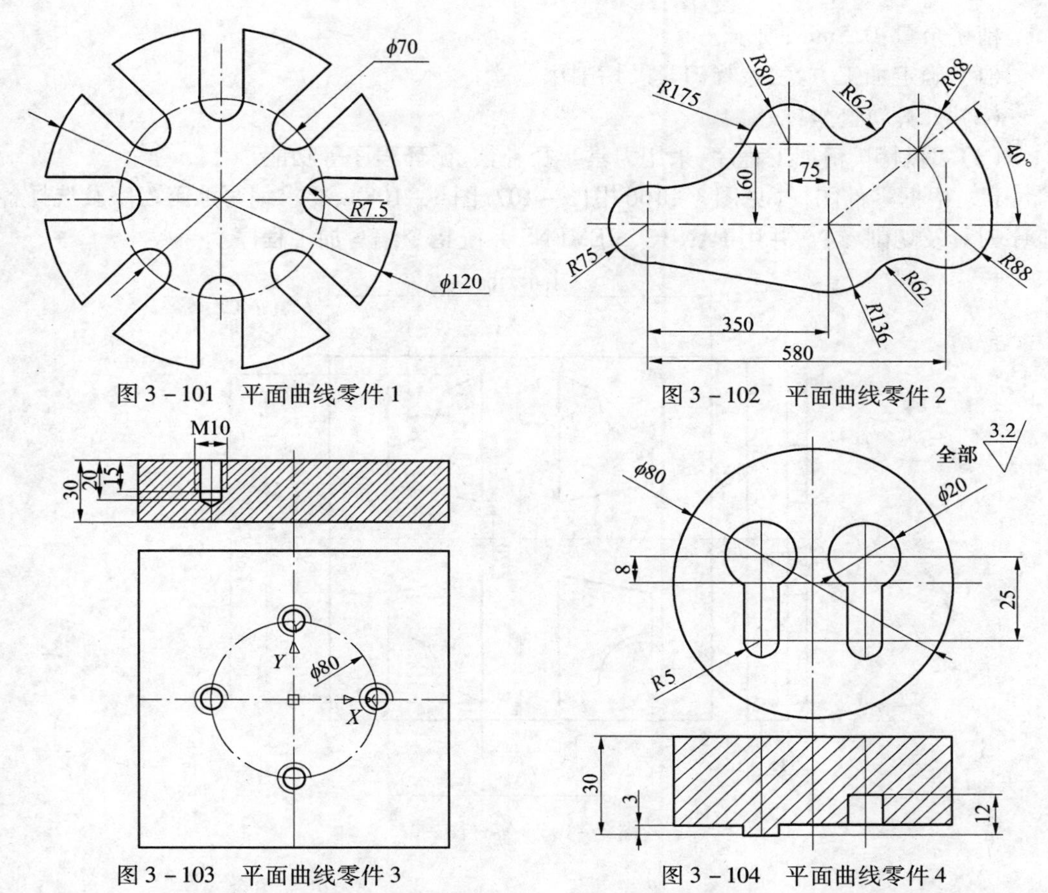

图 3－101　平面曲线零件 1

图 3－102　平面曲线零件 2

图 3－103　平面曲线零件 3

图 3－104　平面曲线零件 4

10. 零件如图 3－105 所示。工件材料：LY12；刀具材料：W18Cr4V；粗铣切深：小于 3mm；

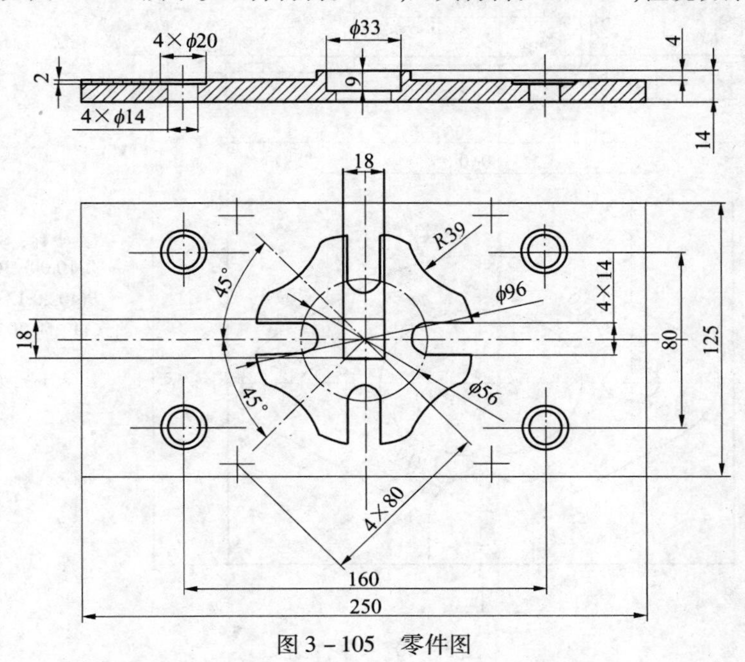

图 3－105　零件图

精铣余量:0.5mm;要求:

(1) 确定加工方案,选择刀具及切削用量。

(2) 计算轨迹坐标。

(3) 编制粗、精加工程序,采用刀具半径补偿、循环程序等功能。

11. 根据零件图样(见图 3-106、图 3-107、图 3-108),要求编写加工工序及选择各工序刀具及切削参数,并用 FANUC、SIEMENS 系统指令编写加工程序。

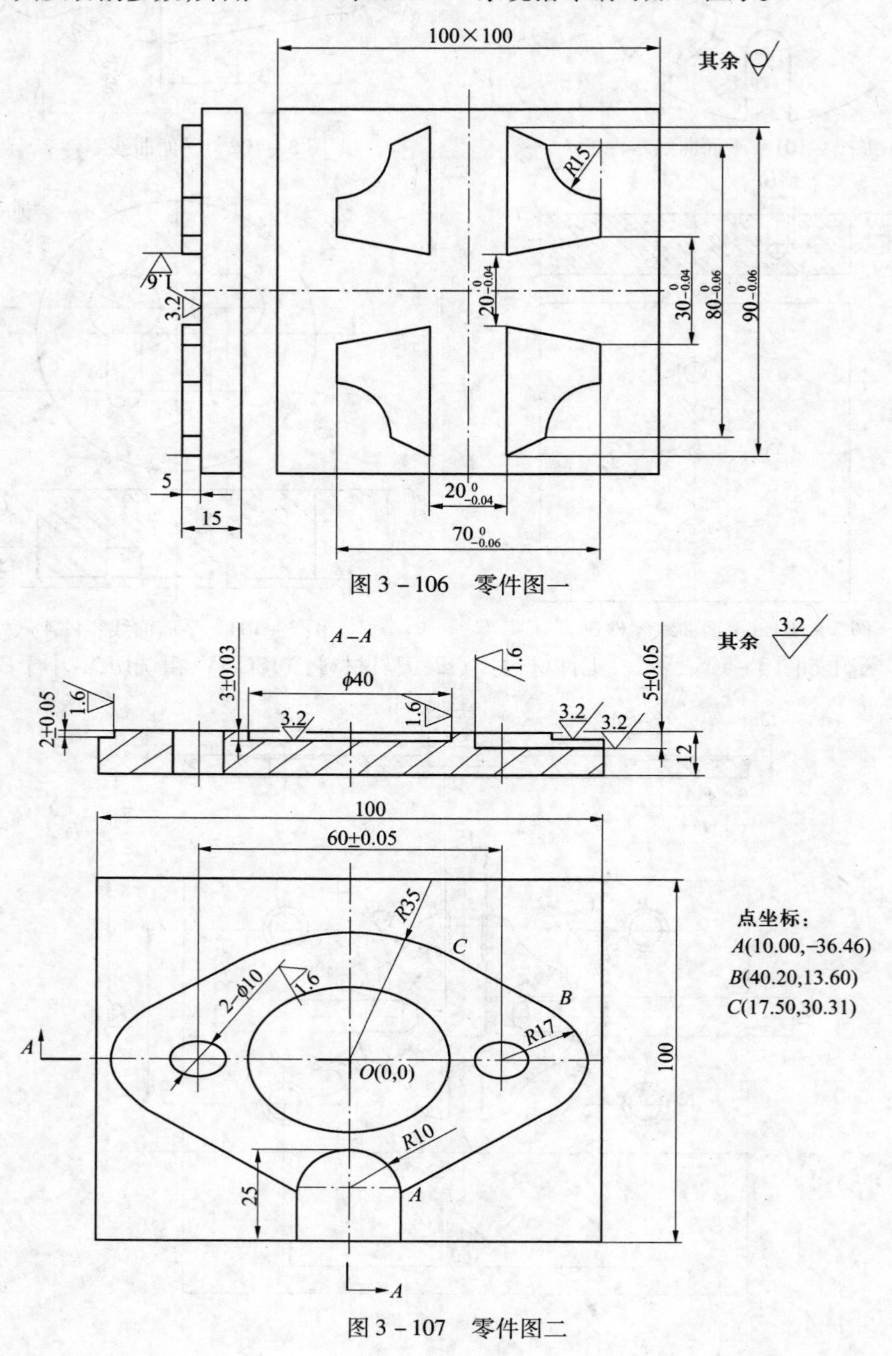

图 3-106 零件图一

图 3-107 零件图二

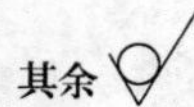
其余

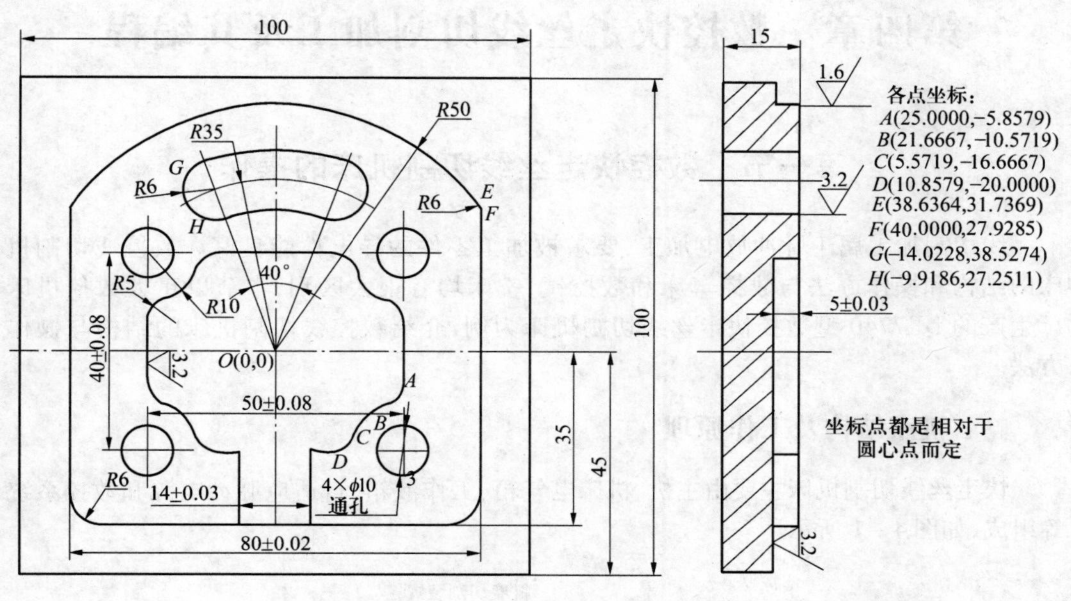
100
R50
R35
G
R6
H
E
R6
F
40°
R5
R10
40±0.08
3.2
O(0,0)
A
50±0.08
B
C
D
R6
14±0.03
4×φ10
通孔
3
80±0.02
35
45
100
15
1.6
3.2
5±0.03
3.2
各点坐标：
A(25.0000,−5.8579)
B(21.6667,−10.5719)
C(5.5719,−16.6667)
D(10.8579,−20.0000)
E(38.6364,31.7369)
F(40.0000,27.9285)
G(−14.0228,38.5274)
H(−9.9186,27.2511)
坐标点都是相对于
圆心点而定

图 3－108　零件图三

第四章 数控快走丝线切割加工及其编程

第一节 数控快走丝线切割机床的操作

线切割加工属于脉冲放电加工,要求被加工零件的导电性能良好。数控线切割机床的结构和操作方法与数控车床和数控镗、铣床均有很大区别,本节以正太数控机床厂生产的 DK7740 型数控快走丝线切割机床为例,介绍数控线切割机床的结构与操作方法。

一、机床结构及工作原理

快走丝线切割机床主要由主机、机床电气箱、工作液箱、自适应脉冲电源和数控系统等组成,如图 4-1 所示。

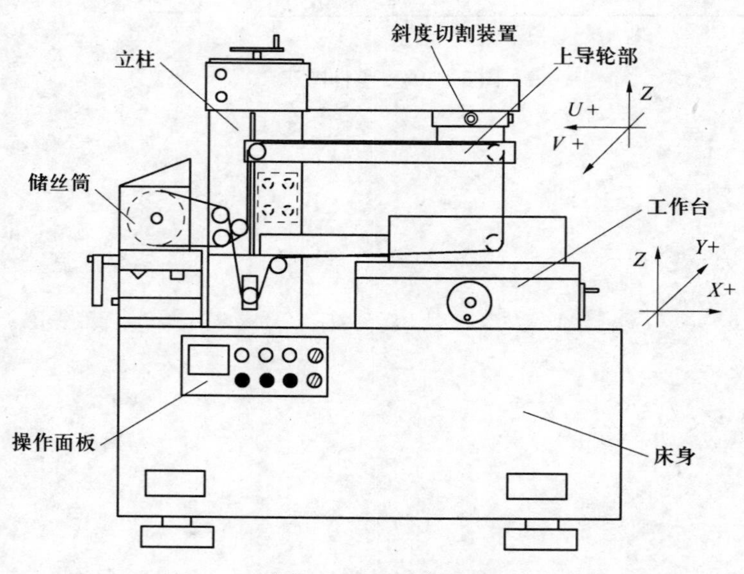

图 4-1 机床外形图

1. 主机

主机由床身、工作台、立柱、储丝筒、导丝系统、斜度切割装置等部件组成。床身和工作台是主机的基础部件,工作台由步进电动机、滚珠丝杠和滚动导轨组成的 X、Y 坐标驱动系统驱动,床身是工作台、立柱、储丝筒等部件的支承基础。

立柱是导丝系统、Z 轴和斜度切割装置的支承基础件。在立柱头部装有滑枕和滑板,滑枕通过手轮驱动在滑板上作 Z 坐标移动,带动斜度切割装置及上导轮部件上下移动,以适应对不同薄厚工件的加工。

储丝筒主要由丝筒、滑板和控制开关组成,是储存、带动电极丝做高速运动的机构,通过调整行程挡块的位置,控制丝筒换向位置。

导丝系统由导轮、张丝机构等组成,采用高精度主导轮和高精度轴承,运转平稳,可防止丝的抖动,有效地提高切割精度。由于加工时导轮处于高速运转状态,加之切割电蚀物和工作液的作用,该系统为机床维护保养的关键部件。

斜度切割装置可实现锥度切割加工和上下异型曲面加工,由步进电动机直接与滑动丝杠相连,拖动滑板以实现 U、V 坐标的移动。

2. 工作液箱

工作液箱里装有两级过滤网,回流的工作液首先经过平板式粗过滤网一级过滤,再经精过滤网二级过滤,后由电动泵抽出。

3. 机床电气箱

机床电气箱主要控制储丝筒的启动、制动、换向、变速、上丝电动机的运转以及断丝检测装置。

4. 自适应脉冲电源

线切割加工为脉冲电源放电加工,脉冲电源的性能是影响加工效率和加工质量的关键因素。自适应脉冲电源采用大功率场效应管,为独立模块化结构。与控制系统的连结全部采用光电隔离,使外部对系统的干扰降到了最低程度,且电源具有自适应能力。加工参数可以通过程序中的加工条件或数控系统菜单中的功能键进行设定。

5. 数控系统

快走丝线切割机的数控系统一般为步进电动机伺服驱动的经济型数控系统。

在 DK7740 型快走丝线切割机床中,自适应脉冲电源和数控系统安装在同一系统控制柜中。

二、主机基本操作

数控线切割机床的 X、Y、U、V 四坐标由数控系统控制或手动移动。手动移动通过手轮执行。其它操作还有储丝筒上丝及调整,Z 轴调整,上、下喷水阀调整及穿丝操作等,操作部件如图 4-2 所示。

1. Z 轴行程调整

Z 轴滑枕下部连接着斜度切割装置和导轮装置。切割前根据所夹工件厚度,先松开锁紧螺钉,转动手轮 7 即可上升或下降 Z 轴,使 Z 轴下端面距工件上表面 5mm 为宜(台阶类零件以工件最高处不碰撞 Z 轴下端面为准),然后再锁紧螺钉,加工过程中不需要调整。

注意:工件上夹紧压板的厚度和螺栓的高度应在调整 Z 轴时予以考虑,防止在切割过程中 Z 轴下端面与压板或螺栓相撞,造成工件报废和设备损坏。

Z 轴上指针所示尺寸为上导轮装置中下导轮中心与工作台面之间的距离,进行锥度切割加工时需把此值输入数控系统的计算机中,与锥度程序中的“S”值相同。

例如,Z 轴降至最低位置,标尺指针在“10”刻度线上,表示此时上导轮装置中下导轮中心与工作台面之间的距离为 100mm,此时 Z 轴下端面距工作台面 55mm,此时可装夹 50mm 厚的工件。

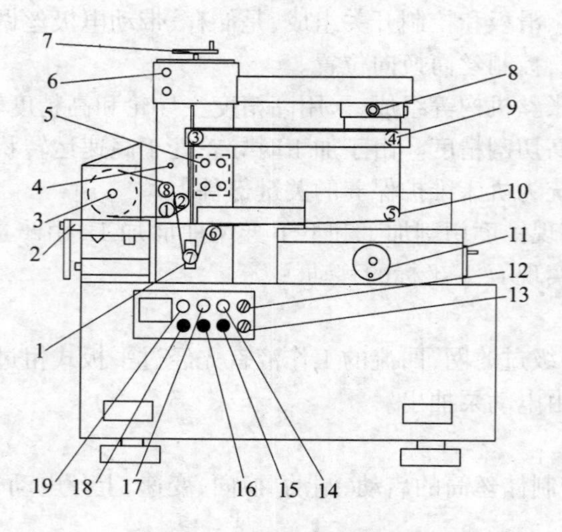

图 4-2　机床操作部件示意图

1—紧丝装置；2—丝筒摇把结合部；3—储丝筒行程调节装置；4—上丝轴；5—工作液调节旋钮；6—Z 轴锁紧螺钉；7—Z 轴升降手轮；8—锥度调节手轮；9—上导轮；10—下导轮；11—工作台调节手轮；12—断丝保护开关；13—停机保护开关；14—冷却液开启按钮；15—冷却液关闭按钮；16—储丝筒关闭按钮；17—储丝筒开启按钮；18—急停按钮；19—机床电源启动按钮。

2. 喷水阀上下喷嘴工件液流量的调整

先打开工作液箱电动泵，待工作液从喷嘴流出后，调整喷水阀上两个控制流量的手柄。

注意：工作时水流不要过大，以防飞溅，以水流把丝包在中间且工作液没有溅在工作台有机玻璃护罩外为最佳状态。

3. 储丝筒上丝、穿丝及行程调整

（1）上丝操作：将电极丝（钼丝）均匀地绕在储丝筒上。机床具有半自动上丝功能，使用时将丝盘套在上丝轴上，并用螺母锁紧。

先用摇把（随机附件）将丝筒逆时针摇至右端极限位置（不想上满丝时，可与极限位置保留一段距离），将丝盘上电极丝的一端拉出，绕过导丝轮 3、2、1。将丝头从丝筒下边拉出，固定在储丝筒左端部螺钉上，剪掉多余丝头，然后用摇把转动丝筒，使丝在丝筒一端缠绕至 10mm ~ 15mm 宽度后，取下摇把，将储丝筒左、右行程挡块分别固定在左右极限位置，启动储丝筒开启按扭，电极丝就均匀整齐地绕在丝筒上。接近极限位置后，停下丝筒，固定好丝头，剪断多余的电极丝，半自动上丝完成。

手动上丝不需开启储丝筒，用摇把匀速转动丝筒即可将丝上满，上丝前准备工作和上完丝后各操作步骤与半自动上丝相同。

注意：摇把使用后必须立即取下，以免遗忘后启动储丝筒，使摇把在高速旋转中被甩出，造成人身伤害和设备损坏。

（2）穿丝操作：在右端极限位置，取下储丝筒左端的丝头拉紧，以防乱丝，按图 4-2 所示位置，依次将丝绕过各导轮 8、7、6、5、4、3、2、1，在最后将丝头从储丝筒下边拉至左端螺钉处固定，剪去多余丝，检查丝是否都在导轮槽中，与导电块接触是否良好，丝是否张紧。然后用摇把转动丝筒反绕几圈，穿丝操作结束。

在左端极限位置，取下储丝筒右端的丝头拉紧，以防乱丝，按图 4-2 所示位置，依次将丝绕过各导轮 1、2、3、4、5、6、7、8，在最后将丝头从储丝筒上边拉至右端螺钉处固定，剪去多余丝，检查丝是否都在导轮槽中，与导电块接触是否良好，丝是否张紧。然后用摇把转动丝筒反绕几圈，穿丝操作结束。

（3）储丝筒行程调整：穿完丝后，视储丝筒上电极丝的多少和位置来确定储丝筒的行程。从机床背后，调节左、右储丝筒行程挡块，调节好的两行程挡块中心之间的距离为储丝筒的行程。

为防止机械断丝，在行程挡块确定的长度之外，储丝筒两端还应各有 5mm ~ 10mm 的储丝量，这样储丝筒才能正常运行而不断丝。

4. 电极丝垂直找正

为了精确地切割工件，在进行切割加工之前必须对电极丝进行垂直找正，用找正器（随机附件）可以进行电极丝垂直找正，方法如下：

先擦干净工作台面和找正器各表面上的油及工作液，保持干燥条件，移动 Z 轴至适当位置后锁紧，找正器底面贴实工作台面，长度方向平行于 X 向或 Y 向，用手轮移动 X 坐标或 Y 坐标，使电极丝贴近找正器的正面或侧面，参数为功放选择 K1，脉宽选择 8，脉间选择 1，当电极丝与找正器之间的间隙足够小时，可看见微弱放电火花，从放电火花的均匀程度判断电极丝的偏斜方向，然后通过手轮点动 U 轴或 V 轴坐标，直到火花均匀一致，如图 4-3 所示。

5. 工件的装夹

机床各有装夹夹具及附件，适用于不同厚度、不同形状的工件的装夹。电极丝的工作范围在工作台的框架内应充分考虑装夹部位、穿丝和进刀位置，保证穿丝后切割路径在坐标行程内，如图 4-4 所示。

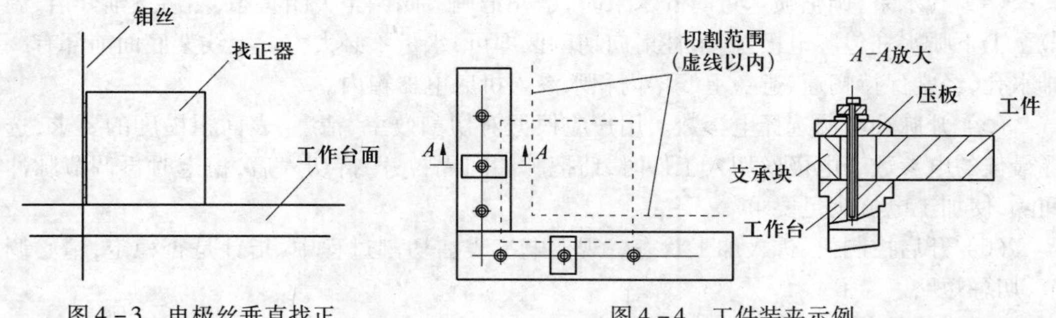

图 4-3　电极丝垂直找正　　　　图 4-4　工件装夹示例

一般工件可用一边或两边支承在工作台框架的边沿，支承宽度 10mm ~ 30mm，至少两个压板固定，支承块应调整至与工件装夹部位平齐，找正工件基准面，再压紧。如果工件装夹余量较小，可通过桥式夹具装夹，保证切割部位位于有效行程之内。

若需切割一个内腔形状工件，则电极丝必须从装夹好的工件毛坯上预制的穿丝孔中穿出。

如果工件上存在氧化皮，则必须先将氧化皮用砂布打磨干净后再装夹，保证工件与工作台的导电性和电极丝在加工起始位置能正常放电。

6. 配制线切割专用乳化液(工作液)

工作液在加工中充当放电介质,要有一定的绝缘性能,较好的消电离能力和灭弧能力。另外还要有较好的洗涤性能、防腐蚀性能、润滑性能、冷却性能,且对人体无害,使用安全。

工作液为线切割专用乳化油与自来水配制而成,若用蒸馏水或磁化水与乳化油配制更

好。配制好后注入工作液箱,箱内液面应低于盖板面20mm~40mm,但不得低于液箱高度的2/3,然后启动液泵,检查液泵电动机旋向是否正确。

工作液配制的浓度取决于工件的厚度,并与加工精度和材质有关。工作液浓度大时,放电间隙较小,工件表面粗糙度值较小,但不利于排屑,容易造成加工短路;工作液浓度较低时,表面粗糙度值大,但利于排屑。实际加工时应综合考虑以上两个因素,在保证排屑顺利、加工稳定的前提下,尽量提高表面质量。

从工件厚度方面来看,薄型工件(厚度小于30mm),工件液浓度大约在10%~15%;中厚工件(30mm~100mm),浓度大约5%~10%;厚工件(大于100mm)浓度大约3%~5%。从材质上看,易腐蚀的材料如铜、铝等可适当提高工作液浓度,以充分利用放电能量,提高加工效率,但切割时应选较大的丝径,以利于排屑。工作液的使用寿命因工作温度(室温)、工件材料等不同而有所不同,一般工作液粘稠、发黑或有明显异味后则必须更换,否则会影响加工稳定性和加工表面质量。

7. 操作步骤

(1) 开机。按下电源开关,接通电源。

(2) 把加工程序输入控制机。

(3) 开运丝。按下运丝开关:让电极丝空运转,检查电极线抖动情况和松紧程度。若电极丝过松,则应充分且用力均匀紧丝。

(4) 开水泵,调整喷水量。开水泵时,请先把调节阀调至关闭状态,然后逐渐开启,调节至上下喷水柱包容电极丝,水柱射向切割区即可,水量不必太大。上线架底面前部有一排水孔,经常保持畅通,避免上线架内积水渗入机床电器箱内。

(5) 开脉冲电源选择电参数。用户应根据对切割效率、精度、表面粗糙度的要求,选择最佳的电参数。电极丝切入工件时,请把脉冲间隔拉开,待切入后,稳定时再调节脉冲间隔,使加工电流满足要求。

(6) 开启控制机,进入加工状态。观察电流表在切割过程中,指针是否稳定,精心调节,切忌短路。

(7) 加工结束后应先关闭水泵电机,再关闭运丝电机,检查 X、Y 坐标是否到终点。到终点时拆下工件,清洗并检查质量;未到终点应检查程序是否有错或控制机有否故障,及时采取补救措施,以免工件报废。

机床电气操纵面板和控制面板上都有红色急停按钮开关,工作中如有意外情况,按下此开关即可断电停机。

8. 加工操作中的注意事项

(1) 绝对不允许在工作的框架内放置杂物,以防损坏下臂或电动机。

(2) 穿丝和紧丝过程中一定注意电极丝不要从导轮槽中脱出,并且与导电块接触要

良好。

(3) 需经常检查工作液箱中工作液面的高度,及时补充工作液。

(4) 严禁在有机玻璃罩上面依靠重物或操作者趴在一边观察放电情况,否则会损坏有机玻璃罩。

(5) 工作过程中,如发生故障,应立即切断电源,并请专门的维修人员处理。

(6) 机床工作时,操作者不得离开现场,当发生断丝时(本机床有断丝停机保护装置)应将断丝清理干净,以免损坏运丝装置。

9. 机床的维护保养

(1) 整机应经常保持清洁,工作台、夹具、运丝部件及其未经表面处理的金属本色外露面,若在停机 8h 以上时,应揩抹干净,并涂油防锈。

(2) 机床在正常使用的情况下,各传动件必须按要求进行润滑。

(3) 线架部件的主导轮、排丝轮周围清洁工作尤为重要,应经常用煤油清洗干净,清洗后脏油不得漏至工作台回水槽内,以免伴随冷却液流动冷却液箱内而影响工作液的使用性。

(4) 导轮及其轴承因工作条件恶劣,使用寿命较短,根据使用情况而定,一般 2~3 个月可作成套更换。

(5) 机床在正常使用的情况下,冷却液每周更换一次,并每月对冷却液箱内的过滤网清洗一次。

三、控制系统操作

1. 面板介绍(见图 4-5)

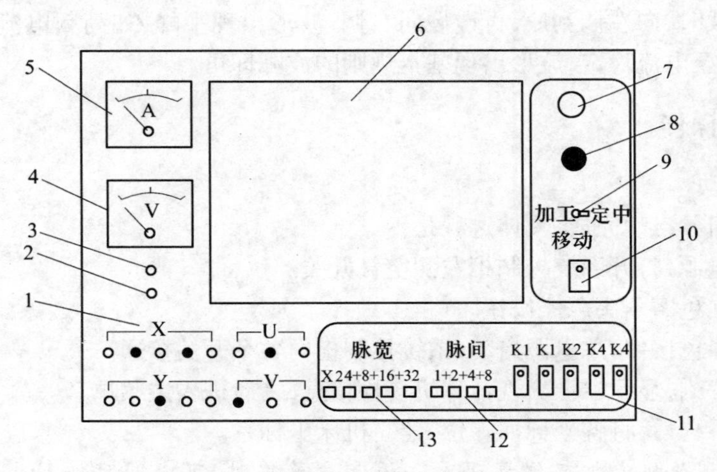

图 4-5 面板介绍

1—功放灯;2—取样调节电位器;3—高频指示灯;4—电压表;5—电流表;
6—电脑屏幕;7—系统电源启动按钮;8—系统电源关闭按钮;9—加工/定中选择开关;
10—驱动开关;11—功放开关;12—脉间按钮;13—脉宽按钮。

2. 参数调整

(1) 操作说明。

① 脉宽选择:4 个加法键分别为 4μs、8μs、16μs、32μs,1 个 ×2 键,脉宽根据加法键

叠加,然后根据 ×2 键是否按下,决定是否 ×2;例:按下 4、16 及 ×2 键,脉宽 ti = (4 + 16) ×2 = 40μs(注意:4 μs 不可单独按下)。

② 脉间选择:有 4 个加法键 1、2、4、8 可供选择,例:脉宽 ti = 40μs,按下 +1、+4 两个键,则脉间 tj = ti × (1 +4) = 40 × 5 = 200μs

③ 功放组数选择:本电源可分为 12 组功放,由 K1、K1、K2、K4、K4 组成,K1 控制一组功放,K2 控制两组功放,K4 控制 4 组功放,5 个开关可任意组合,例:K1、K4 按下,则 1 +4 =5组功放。

(2) 切割调节。

工件/mm	脉宽(ti)	脉间(tj)	功率管
0 ~40	4 +8 +16	4 +2 +1	K4
40 ~80	32 +4	8	K4 + K1
80 ~150	32 +16	8 +2 +1	K4 + K2(+ K1)
150 ~XXX	X2　32 +16	8 +2 +1	K4 + K2 + K1(+ K1)

注:① 脉间视电流而定,0 ~80 以 2.5A 为宜; 80 ~XXX 以 2 –2.2A 为宜;

② 脉间大则电流小,脉间小则电流大;

③ 脉宽大则电流大,脉宽小则电流小(电流变动不太明显);

④ 切 150mm 以上工件时,钼丝从外割入工件时,按 80 –150 调节,等钼丝全部进入工件后,再按 150 ~XXX 调节;

⑤ 在电流表与电压表之间有一个可调电位器,此为取样电压调节钮,此钮在安装时由工作人员调好,一般不调,当割厚工件出现不稳定时可以调节。

调节方法如下:

在高频空载时,向左调到底,再慢慢向右调,波形出现平峰,如高频电流不稳定,可向右慢慢调节,直至电流稳定,波形出现基本规则的波峰即可。

四、基本操作

1. 系统启动

由计算机引导自动完成,具体过程是:

(1) 接通电源,打开系统控制柜左侧空气开关。

(2) 拔出红色磨菇头急停按钮。

(3) 按下绿色按钮,总电源启动,系统控制柜内各个开关接通。

(4) 稍等片刻,显示器上出现计算机自检信息,之后进入主菜单。

(5) 启动系统后,将各坐标回零位,建立机床坐标系。

注意:当出现死机或加工错误码无法返回主菜单时,可以同时按 Ctrl + Alt + Del 三键,重新启动计算机。

2. 关闭系统

按红色磨菇头急停按钮关掉电源,再关闭系统控制柜左侧空气开关。

注意:关掉电源后,至少要等 30s 后才能再打开它。

3. 加工运行步骤

(1) 用系统提供的编辑功能编辑加工程序或用图形自动编程生成加工程序,并将其存盘在图库中。

(2) 从图库中将加工程序调入内存。

(3) 在主菜单下选择“加工”,选择所要加工的程序。

(4) 选择“模拟加工”,检查加工轨迹是否正确。

(5) 装夹工件,穿丝。

(6) 调整切割参数,打开驱动开关,将加工方式打到“加工”。

(7) 按下冷却液启动按钮,打开冷却液。

(8) 按下储丝筒启动按钮,打开储丝筒。

(9) 按“F11”打开高频;按“F10”选择自动方式;按“F12”打开进给开关。

(10) 按“F1”开始加工。

(11) 加工结束,按“F11”关闭高频;按“F10” 关闭自动方式;按“F12” 关闭进给开关。

(12) 按下冷却液关闭按钮,关闭冷却液;按下储丝筒关闭按钮,关闭储丝筒(注意:要在钼丝线到达丝筒两端时关闭储丝筒)。

五、故障及排除

加工中出现的故障、原因及排除方法见下表。

序号	加工中的问题	产生的原因	排除的方法
1	工件表面有明显的丝痕	① 电极丝松动或抖动; ② 工作台纵横运动不平衡,储丝筒运动振动大; ③ 切割跟踪不稳定	① 将电极丝收紧; ② 检查调整工件台及储丝筒; ③ 调节电参数及变频参数
2	抖丝	① 电极丝松动; ② 长期使用导轮轴承精度降低,导轮 V 形槽磨损; ③ 储丝筒换向时冲击振动; ④ 电板丝弯曲不直	① 将电极丝张紧; ② 及时更换导轮和轴承; ③ 调整或更换储丝筒联轴节; ④ 更换电极丝
3	松丝	① 电极丝绕得过松; ② 电极丝使用时间过长	① 重新紧丝; ② 紧丝或更换电极丝
4	导轮跳动有尖叫声,转动不灵活	① 导轮轴向间隙大; ② 工作液电蚀物进入轴承; ③ 长期使用轴承精度降低	① 调整导轮的间隙; ② 用汽油清洗轴承; ③ 更换导轮和轴承
5	断丝	① 电极丝长期使用损耗直径变细; ② 严重抖丝; ③ 加工区工作液供应不足,电蚀物排出不畅; ④ 工件厚度和电参数选择配合不当,经常短路; ⑤ 储丝筒拖板换向间隙大造成叠丝; ⑥ 工件材质有杂质,表面有氧化皮	① 更换电极丝; ② 检查产生抖丝各原因; ③ 调节工作液流量; ④ 正确选择电参数; ⑤ 调整拖板换向间隙; ⑥ 手动切入或去除氧化皮
6	工作精度差	① 工作台纵横向丝杠传动,定位精度差,反向间隙大; ② 工作台纵横向导轨垂直精度差; ③ 导轮跳动,轴向间隙大,导轮 V 形槽严重磨损; ④ 控制机和步进电机失灵丢步	① 检查、调整传动丝杠付各环节; ② 检查、调整垂直度; ③ 更换或调整导轮及轴承; ④ 检查、调整控制机或更换步电机

六、机床的加工工艺

为了更好地发挥线切割机床的使用效能,请操作者在使用本机床时注意以下几点:

(1) 根据图纸尺寸及工件的实际情况计算坐标点编制程序,但要考虑工件的装夹方法和电极丝直径,并选择合理的切入部位。

(2) 按编制的程序,形状复杂的工件最好操作控制机使机床空走一次,或切割薄片试件逐道校对所编制的程序。

(3) 装夹工件时注意位置、工作台移动范围,使加工型腔与图纸要求相符。对于加工余量较小或有特殊要求的工件,必须精确调整工件与工作台纵横移动方向的平行度,避免余量不够而报废工件,并记下工作台起始纵横向坐标值。

(4) 加工凹模、卸料板、固定板及某些特殊型腔时,均需先把电极丝穿入工件的预钻孔中。

(5) 必须熟悉线切割加工工艺中一些特殊性,发挥机床使用的经济效益,影响电火花切割加工精度的主要因素和提高加工精度的具体措施。在线切割加工中,除机床的运动精度直接影响加工精度外,电极丝与工件之间的火花间隙的变化和工件的变形对加工精度亦有不可忽视的影响。

(6) 火花间隙的大小。

① 火花间隙的大小与切割速度的关系。在有效的加工范围内,切割速度快,火花间隙小;切割速度慢,火花间隙大,但切割速度绝不能超过电腐蚀速度,否则就产生短路。在切割过程中保持一定的加工电流,那么工件与电极丝之间的电压也就一定,则火花间隙大小一定。因此,要想提高加工精度,在切割过程中尽量做到变频均匀,加工电流基本稳定,切割速度也就能保持匀速。

② 火花间隙大小与冷却液的关系。冷却液成分不同,其电阻率不同,排屑和消电离能力不同而影响火花间隙的大小。因此,在加工高精度工件时,一定要实测火花间隙而进行编程或选定间隙补偿量。

(7) 减少工件材料变形的措施。

① 合理的工艺路线。以线切割加工为主要工序时,钢件的加工路线:下料、锻造、退火、机械精加工、淬火与回火,磨加工、线切割加工、钳工整修。

② 工件材料的选择。工件的材料应选择变形量小、淬透性好、屈服极限高的材料,如用作凹凸模具的材料应尽量选用 CrWMn、Cr12Mo、GCr15 等合金工具钢。

③ 提高锻造毛坯的质量。锻造时要严格按规范进行,掌握好始锻温度、终锻温度,特别是高合金工具钢还应注意碳化物的偏析程度,锻造后要进行退火,尽可能降低热处理的残余应力。

④ 注意热处理质量。热处理淬火、回火时应合理选择工艺参数,严格控制规范,操作要正确,尽可能降低热处理后产生的残余应力。

⑤ 合理的工艺措施:

a. 正确安排冷热工序,以消除机械加工产生的应力。

b. 从坯料切割凸模(凸模很大或精度要求很高)时,不能从外部切割进去,要在离凸模轮廓较近处作穿丝孔,同时要注意切割部位不能离坯件周边太近,要保证坯料有足够的强度,否则会造成切割工件的变形。

c. 切割较大工件时,应边切割边加压板,或用垫板垫住,以减少因已加工部分垂下而引起的变形。

d. 对于尺寸很小或细长的工件,影响变形的因素复杂,切割时采用试探法,边切边测量,边修正程序,直到达到图纸要求为止。

第二节 数控快走丝线切割加工及其编程操作

数控线切割加工主要用于高硬度模具零件的加工,比如经过淬火的模具型芯零件。由于线切割加工的特殊性,只能用于直通的可展直纹面的加工,比如平面二维轮廓零件和上下异型可展直纹曲面。对于直通的非可展直纹面,采用线切割加工时,存在理论上的逼近误差。线切割不能加工非直通的表面。

简单平面二维轮廓零件的数控线切割加工编程,一般采用手工编程:对于上下异型直纹曲面的加工,简单零件可以手工编程,复杂零件可以采用图形辅助编程和计算机辅助编程。

本节以正太数控机床厂生产的 DK7740 型数控快走丝线切割机床为例介绍数控线切割机床的编程方法。

一、数控快走丝线切割加工中的基本工艺问题

1. 工件坐标系和工件原点的设置

工件坐标系和工件原点要选择便于测量或碰丝的位置,同时要便于编程计算。

2. 工艺参数的选择

工艺参数是指线切割加工过程中的加工条件,包括放电脉冲频率和脉宽、电流的大小、放电间隙等参数,与工件材料及其热处理状态、工件厚度、加工精度、电极丝(钼丝)的直径等密切相关。数控线切割机床一般提供工艺参数数据库,供加工程序调用。如果编程员和操作者对线切割加工很熟悉,可按机床操作说明对切割不同材料和厚度的模具修改工艺参数。

3. 正确选择穿丝孔、进刀线和退刀线

穿丝孔是进行线切割加工之前,采用其它加工方法(如钻孔、电火花穿孔)在工件上加工的工艺孔。穿丝孔是钼丝相对于工件运动的起点,同时也是程序执行的起始位置。穿丝孔应选在容易找正并且在加工过程中便于检查的位置。为了保证加工精度,穿丝孔的位置应设在工件上。进刀线和退刀线的选择也同样应注意。

4. 丝半径补偿的建立

数控线切割加工中的丝半径补偿与数控铣削加工中的刀具半径补偿方法类似。要注意的是进行丝半径补偿之前,半径补偿值的计算方法不同。数控铣削加工刀具半径补偿中的半径补偿值就是刀具半径,而数控线切割加工的丝半径补偿中的半径补偿值 D 等于钼丝半径和放电间隙之和,如图 4-6 所示,即:

$$D = \text{丝半径} + d\ (d\ \text{为放电间隙})$$

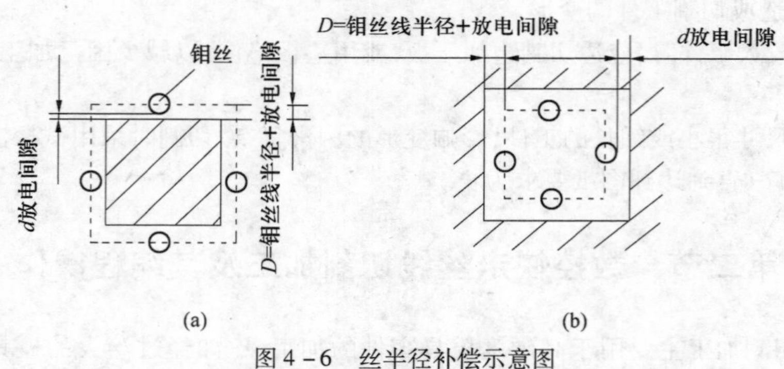

图4-6　丝半径补偿示意图

(a) 加工凸模；(b) 加工凹模。

二、编程步骤与要求

数控线切割加工编程与数控铣削加工编程是类似的。在程序编制之前，程序员应了解快走丝数控线切割机床的规格、性能、系统所具备的功能及编程指令格式等。编程时，首先应对图样规定的技术特性、零件的几何形状、尺寸及工艺要求进行分析，确定加工方法和加工路径，再进行数值计算，获得加工数据。然后，按机床规定的编程代码和程序格式，将工件的尺寸、切割轨迹、偏移量、加工参数等编制成加工程序。数控快走丝线切割加工程序编制的具体步骤与要求如图4-7所示。

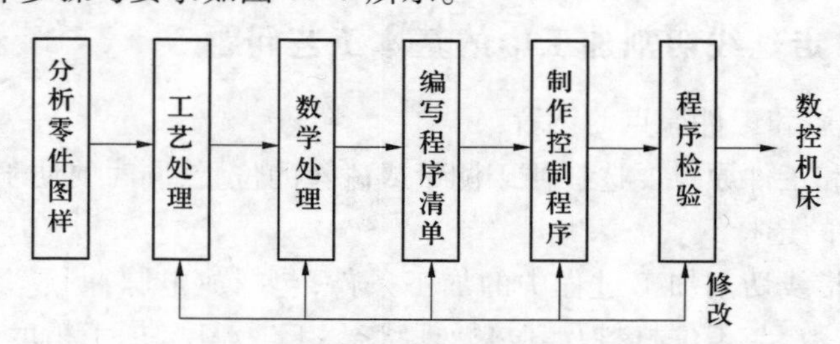

图4-7　数控快走丝线切割加工程序编制过程

(1) 分析零件图样及工艺处理。这一步骤的内容包括：对零件图样进行分析，明确加工要求，选择合适的加工路径和偏移量等。工艺处理应注意以下几点：

① 工具夹具的设计和选择。工具夹具应可以反复使用，所用夹具应便于安装、便于协调工件和机床的尺寸关系。在加工大型模具时应考虑工件的定位问题，特别在加工快完成时，工件在重力作用下容易变形，致使电极丝被夹紧，影响加工。这时可以用几块磁铁将加工完的地方吸住，保证加工的正常进行。

② 正确选择穿丝孔和进刀线、退刀线。

③ 确定合理的偏移量。在加工凸模、凹模时，对精度要求较高，必须考虑钼丝半径和放电间隙的影响，合理的偏移量要根据钼丝直径及机床参数等来确定。

(2) 数学处理。在完成了工艺处理之后，需要根据零件的几何尺寸计算电极丝运动轨迹。本系统具有直线插补和圆弧插补功能，对于加工零件只需计算出零件的轮廓相邻几何交点或切点的坐标值，得出几何元素的起点、终点、圆弧的圆心坐标值。

(3) 编写零件加工程序清单。本系统采用全屏幕编辑，既可以使用ISO代码编程，也可以采用图形自动编程。

(4) 程序检验。编写完成的程序一般要经过检验才能正式加工。系统提供的程序检验方法有图形检验、模拟运行等。图形检验主要验证程序语法,画出立体图形,验证加工零件是否正确;模拟运行的目的是观察程序实际加工情况,验证加工过程中是否撞极限,机床行程是否满足要求等。

三、系统主菜单

系统主菜单如图 4-8 所示。

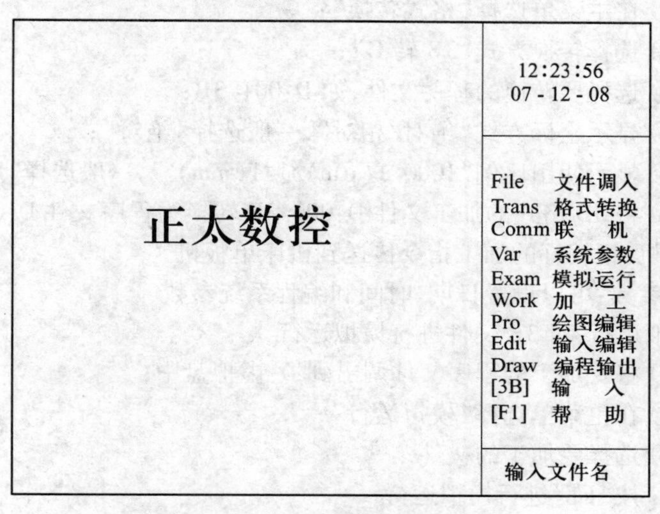

图 4-8 系统主菜单

1. File 文件调入:保存和调出文件

(1) 保存文件。注:一般程序文件保存在 D 盘(虚拟盘),关机后文件会自动丢失,而保存在图库中,关机后文件不会丢失。所以常用文件一般保存在图库存中,防止关机后丢失。

操作步骤:① 在主菜单选择“文件调入”;

② 选择要保存的文件如“程序 D:001.3B”;

③ 按“F3”存盘,显示“A:磁盘;#:图库;D:虚拟盘”;

④ 要存盘在图库中则选择“#:图库”;如果要保存在磁盘中则选择“A:磁盘”;

⑤ 最后按回车保存。

(2) 调出文件。注:加工程序文件必须调出到 D:虚拟盘中才能用于加工。

操作步骤:① 在主菜单选择“文件调入”;

② 按“F4”调盘,显示“A:磁盘;#:图库;D:虚拟盘”;

③ 如果文件存盘在图库中则选择“#:图库”; 如果文件存盘保存在磁盘中则选择“A:磁盘”;

④ 按回车键;

⑤ 选择所用的程序文件,如:“程序:008.3B”;

⑥ 最后按回车键将程序文件调入 D:虚拟盘。

2. Trans 格式转换: 3B 与 G 格式互相转换

(1) G 转 3B:将 G 格式文件转换为 3B 加工文件

操作步骤:① 在主菜单选择“格式转换”;

② 选择转换方式“G 转 3B”;

③ 选择要转换的程序文件,如 D:001. G;

④ 显示坐标方式“绝对/相对”,一般选择“绝对”;

⑤ 显示使用比例“1000:1(μm)/1:1(mm)”,一般选择“1:1mm”;

⑥ 将程序文件 D:001. G 转换为3B 格式的加工文件 D:001. 3B 后按“F3”存盘。

(2) 3B 转 G:将 3B 加工文件转换为 G 格式文件

操作步骤:① 在主菜单选择“格式转换”;

② 选择转换方式“3B 转 G”;

③ 选择要转换的程序文件,如 D:001. 3B;

④ 显示坐标方式“绝对/相对”,一般选择“绝对”;

⑤ 显示使用比例“1000:1(μm)/1:1(mm)”,一般选择“1:1mm”;

⑥ 将 3B 格式的加工文件 D:001. 3B 转换为程序文件 D:001. G 后按“F3”

3. Comm 联机:把编好的加工指令传送到机床单板机

4. Var 系统参数:可以设置日期、时间和编程系统参数

5. Exam 模拟运行:对 3B 文件进行模拟运行

操作步骤:① 将要加工的程序文件调出到 D:虚拟盘中;

② 在主菜单选择“模拟运行”;

③ 选择要加工的文件;

④ 按“F1”进行模拟运行;

⑤ 加工结束后自动停止。

6. Work 加工:包括切割加工和自动定中

(1) 切割加工:通过运行相应的加工程序文件,加工出所需的零件。

操作步骤:① 将要加工的程序文件调出到 D:虚拟盘中;

② 在主菜单选择“Work 加工”;

③ 选择切割加工;

④ 选择要加工的文件;

⑤ 按“F3”对加工参数进行调校;

⑥ 按“F11”打开高频;按“F10”选择自动方式;按“F12”打开进给开关;

⑦ 按“F1”进行切割加工;

⑧ 加工结束后自动停止;

⑨ 加工结束,按“F11”关闭高频;按“F10”关闭自动方式;按“F12”关闭进给开关。

F3 参数调校:

在加工画面中按“F3”键,进入参数调校。参数调校主菜单:

V. F	变 频——切割时钼丝与工件的间隙,数值越大,跟踪越紧
Offset	补偿值——设置补偿值/偏移量,只适合加过渡圆的闭合图形
Grade	锥度值——按“Enter”键,进入锥度设置子菜单
Ratio	加工比例——图形加工比例

Axis　坐标转换——可选八种坐标转换，包括镜像转换

Loop　循环加工——循环加工次数，1：一次，2：二次，最多255次

Speed　限速——进入步进电机限速设置子菜单

XYUV　拖板调校——进入拖板调控子菜单

Autoback　回退——选择要不要自动回退

Hours　机时——机床实际工作小时

调校方法：

1.3.5.6.7.8.9 按“Enter”，“PageUp”.“ PageDown”或左右箭头键

2.4 按“Enter”后，输入数值（单位：mm）

锥度设置子菜单：

Degree　锥度——设置锥度角度

File2　异形文件——按“Enter”选择图形文件2

Width　工件厚度——工件厚度，参照附图4-9

Base　基准面高——横夹具面与下导轮中心距离，参照附图4-9

Height　丝架距——机床丝架距（导轮中心距），参照附图4-9

Idler　导轮半径——导轮半径（作切点补偿用），不需要时可为设零

Rmin　等圆半径——等圆半径（最小 R 值）。加工图形中小于该 R 值的圆弧将作等圆弧处理

Cali　校正计算——对基准面高和丝架距作校正计算

调校方法：按“Enter”后，输入数值（1：角度；3、4、5、6、7：mm）

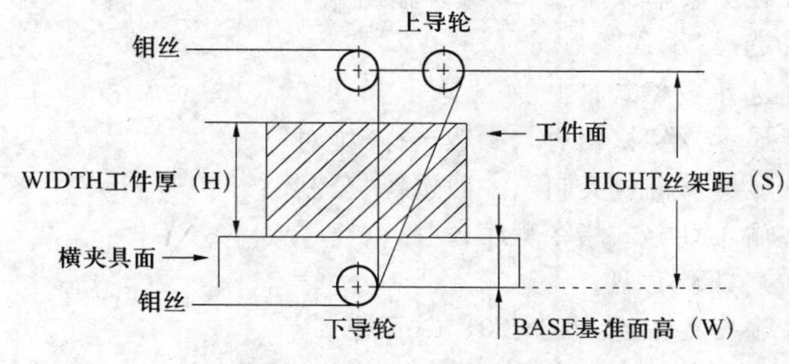

图4-9　锥度加工示意图

注意事项：

① 加工开始后，按“空格”键暂停，然后依照提示菜单选择继续、停止切割、回退（或从回退恢复为向前）和快速回穿丝点。

② 加工过程中，系统可照常进行其它编程操作，并时刻显示加工的进度。

③ 停电保护功能：加工开始后，系统对加工的文件进行保护。断电自动保护数据，复电后即恢复工作。

④ 如系统同时控制多台机床，按1、2或3等数字键将直接转向监察相应号码的机床。

（2）自动定中。按F1，自动寻找圆孔或方形孔的中心，完成后显示 XY 行程和圆孔半径。

7. Pro 绘图编辑

进入绘图编程 AUTOP 菜单，绘制图形后自动生成加工路线。

操作步骤:① 在主菜单选择“Pro 绘图编辑”;

② 显示 0、退出/1、输入文件名,选择 1、输入文件名;

③ 输入文件名 001;

④ 绘制图形;

⑤ 在 AUTOP 菜单中选择“数控程序”;

⑥ 选择加工起始点;

⑦ 输入尖点圆弧半径后回车;

⑧ 显示 1、3B/2、4B/3、XYZ,选择 1、3B 格式数控程序;

⑨ 输入间隙补偿值(左正右负)如图 4-10 后回车。

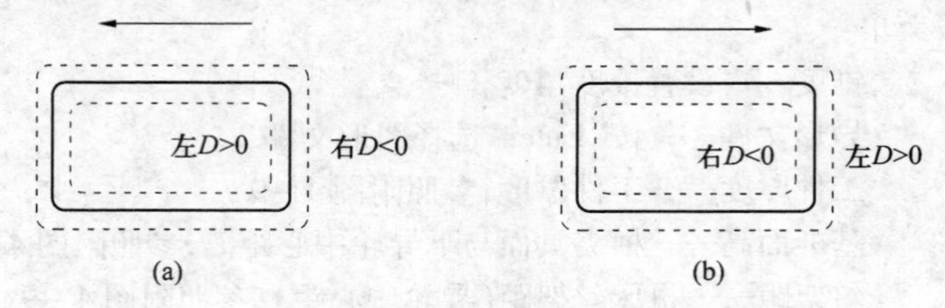

图 4-10

(a) 逆时针加工;(b) 顺时针加工。

8. Edit 输入编辑:输入和修改图形数据

9. Draw 编程输出:编辑 G 加工指令,生成 G 程序文件

注:G 程序文件必须转换为 3B 加工程序文件才能加工运行。

操作步骤:① 在主菜单选择“Draw 编程输出”;

② 选择“编程”;

③ 选择 G 格式;

④ 显示“绝对/相对”,一般选择“绝对”;

⑤ 显示“公制/英制”,一般选择“公制”;

⑥ 输入 G 格式指令程序;

⑦ 按“F3”存盘;

⑧ 输入文件名,如:D:001. G,回车。

10. [3B]输入:编辑 3B 加工指令,生成 3B 加工程序文件

操作步骤:① 在主菜单选择“3B 输入”;

② 输入 3B 加工指令;

③ 按“F3”存盘;

④ 输入文件名,如:D:001. 3B,回车。

11. [F1]帮助:分类显示

第三节 AUTOP 绘图编程

AUTOP 是中文交互式图形线切割自动编程软件。它采用鼠标器进行图形操作。全中文对话,用户不需要学习任何语言,也不需要书写任何语句,没有大、小、内、外、左、右、

上、下概念，用户只要看懂零件图纸，就可以编出数控线切割程序。

AUTOP 将屏幕分成 4 个部分。移动鼠标器便可选取各种菜单，如图 4－11 所示。

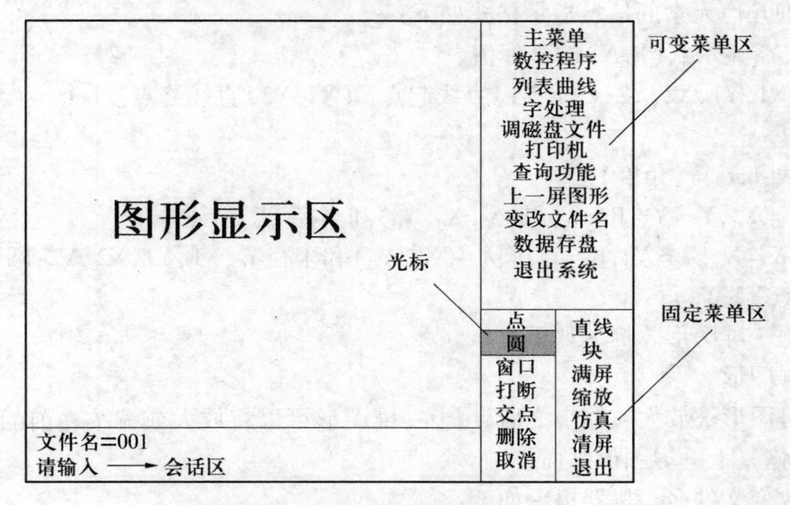

图 4－11　显示器屏幕划分

1. AUTOP 主菜单

数控程序　——进入数控程序菜单，进行数控程序处理。

列表曲线　——进入列表曲线菜单，处理各种列表曲线。

字处理　　——进入字处理环境，对文件进行字处理。

调磁盘文件——将磁盘上的一个图形数据文件调入计算机内存。

打印机　　——用打印机输出图形效据、数控程序和打印图形。

查询功能　——用光标查询点、线、圆和圆弧的几何坐标参数。

上一屏图形——恢复使用窗口或缩放之前的图形画面。

改变文件名——改变当前文件名称。

数据存盘　——将图形数据存盘，以便今后使用。

退出系统　——退出 AUTOP 图形状态。

在图形显示区窗口将显示全部图形；在会话区将显示会话的内容及需要输入的信息。

2. AUTOP 主菜单功能介绍

（1）调磁盘文件。机器提示如下：

调磁盘文件

磁盘文件名 = XIHU. DAT

以上 XIHU. DAT 文件图形便可以调入计算机内存。在编制很复杂零件数控程序时。可以将零件分解成几个部分；最后分别用调磁盘文件菜单将几个部分图形一并调入计算机内存。

注意 AUTOP 中的数据存盘菜单以. DAT 为后辍存盘。

（2）查询功能。机器提示如下：

查询功能

查询（点、直线、圈、圆弧）=

进入查询菜单,图形显示区出现十字光标,移动鼠标将光标移动到所需要查询的元素位置附近,按鼠标右按钮或按[Enter]回车键表示选中,按左按钮退出查询功能。

被查询几何元素的信息显示格式如下:

点:X、Y;显示点(X.Y)的坐标值。

直线:X1,Y1,X2,Y2;(X1.Y1)直线起点,(X2.Y2)直线终点。beta=(角度),length=(长度)。

辅助线:bata=(角度)。

圆:$X=X_0$,$Y=Y_0$;$R=r_0$;圆心(X_0.Y_0)和半径r_0。

圆弧:$X=X_0$,$Y=Y_0$;$R=r_0$;圆心(X_0.Y_0)和半径r_0;X1,Y1,X2.Y2;圆弧起点(X1,Y1)和终点(X2,Y2)。

(3)上一屏图形。提示如下:

上一屏图形

当屏幕图形被放大或缩小之后,用上一屏图形可以将放大或缩小之前的图形显示出来,也称为恢复上一屏图形画面。

(4)改变文件名。机器提示如下:

原文件名=A1

改变文件名=B:A1

当磁盘已存满文件或不想将原来的数据文件冲掉,或者想改存储目录等,可以通过改变文件名称方式实现。

(5)数据存盘。机器提示如下:

数据存盘(同时听到蜂鸣声,驱动器灯亮)

将图形全部数据存盘以便今后调用。例如,取零件图形名称为LT,数据存盘菜单以LT.DAT文件名存在;注意此菜单不存数据程序。

(6)退出系统。机器提示如下:

退出(Y/N):Y

数据存盘(Y/N):N

执行此菜单,系统退出图形状态,编程完毕。

3. AUTOP固定菜单功能介绍

(1)满屏。将全部图形在屏幕上显示;如果已经排好数控加工路线,执行此菜单,先画零件图形,再画加工路线。

(2)打断。机器提示如下:

打断

用光标将(直线,圆,圆弧)打断。按“Esc”键中止。

此菜单将两点之间不要加工的直线或圆弧打断,注意被打断的线段两端端点,请经常使用交点菜单确定交点;如果打断编辑结束,按“Esc”键中止打断功能。

为了将图形局部放大以便观察,可使用窗口对图形进行放大处理,如要中止放大,按“Esc”键中止;注意先确定左下点,再确定右上点。

使用打断菜单时,如果出现操作错误,请使用“取消”菜单纠正错误。请注意:辅助直线(无限长虚线)不能打断编辑,只能用删除菜单删除辅助直线,或者按“Ins”键将全部辅助直线给予删除。

(3) 缩放。机器提示如下:

缩放

放大缩小倍数=1.5(回车)

将全部图形按倍数进行放大或者缩小,输入大于1的正数表示将图形放大;输入小于1的正数表示将图形缩小。

(4) 交点。机器提示如下:

交点

用光标指交点,按“Esc”键中止。

AUTOP求直线、圆、圆弧任意交点十分方便,只需要移动鼠标器到需要求交点的位置附近,按“Enter”回车键即可,计算机自动求得精确的交点坐标(计算机内部自动解方程式);如果求交点完毕,按“Esc”键退出。

(5) 仿真。如果已经排出加工路线,执行此菜单可以画出数控加工路线,并标注线段的程序号码和加工方向。

(6) 删除。机器提示如下:

删除

删除(点、直线、圆、圆弧、ALL)=

此菜单对点、线、圆或圆弧进行删除。如果删除某一个元素,只需移动鼠标器把光标“+”移动到被删除的几何元素附近,按“Enter”键即完成删除过程。如果键入ALL(回车),则将全部图形和排出的加工路线删除,系统处于复位状态。

(7) 清屏。此菜单将屏幕清干净,以便执行仿真菜单时更清晰地看到加工路线情况。

注意:执行此菜单,虽然将屏幕清干净,但是不删除任何信息;按“R”键,全部图形重新画一遍。

(8) 取消。机器提示如下:

取消上一步输入图形

(Y/N):Y

在图形操作过程中出现输入数据错误或图形编辑错误,执行此菜单便可以取消上一步图形操作。所以AUTOP可以方便地自动纠正错误。此菜单可以多次执行。

4. AUTOP定义的常用键如下:

“Esc”键、鼠标器左按钮——中止执行某一种功能,退出会话;

“R”键、鼠标器中按钮——将全部图形重新画一遍;

“Enter”键、鼠标器右按钮——表示进中,也称为回车键;

“Ins”键——将全部辅助直线(无限长虚线)删除;

“V”键——清屏幕;

鼠标器左按钮——在会话区出现“Y/N”时,等效于“Y”键;

鼠标器右按钮——在会话区出现“Y/N”时,等效于“N”键。

例1 为了建立图形编程概念,下面举一个简单的零件为例,使得对AUTOP有一个基本认识。零件图如图4-12所示。

圆弧*BC*和*DE*为已知圆,圆弧*CD*为*R*100的过渡弧,直线*BE*为两圆公切线,切割路

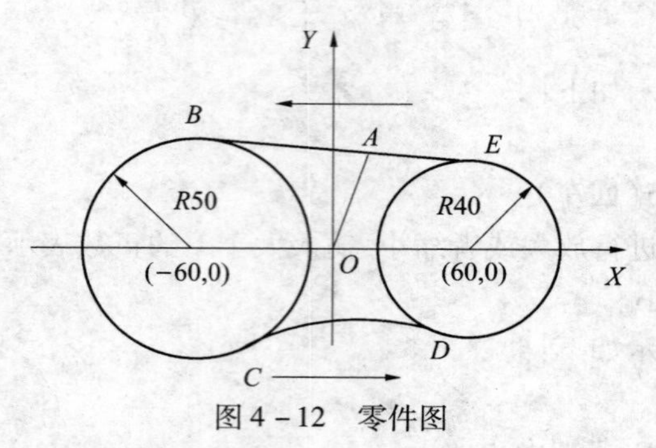

图 4－12　零件图

线 $O-A-B-C-D-E-A-O$。

操作步骤：

1. 开机显示系统主菜单

2. 选择 AUTOP 主菜单显示(0、退出/1、输入文件名)

(1) 如取零件名称为 A1，按 1 键，机器提示如下：

输入文件名＝A1

如果磁盘上已经有一个零件图形名称为 A1(即磁盘上有 A1. DAT 文件)，则计算机将此图形调入内存；否则作为一个新的零件名称处理。

进入 AUTOP 图形状态后，在桌面上移动鼠标器可以将光标移动到任意位置。

(2) 移动鼠标器，将光标移到“圆”菜单位置，按鼠标器左按钮，系统进入“圆”菜单。

(3) 选取“圆心＋半径”菜单，机器提示及输入如下：

圆心＋半径

圆心(X,Y)＝60,0(回车)

半径＝40(回车)

圆心(X,Y)＝－60,0(回车)

半径＝40(回车)

按“Esc”键或“Enter”键(退出会话菜单)。

(4) 移动鼠标器，将光标移到“满屏”菜单，按“回车”键，将图形满屏幕显示，如图 4－13所示。

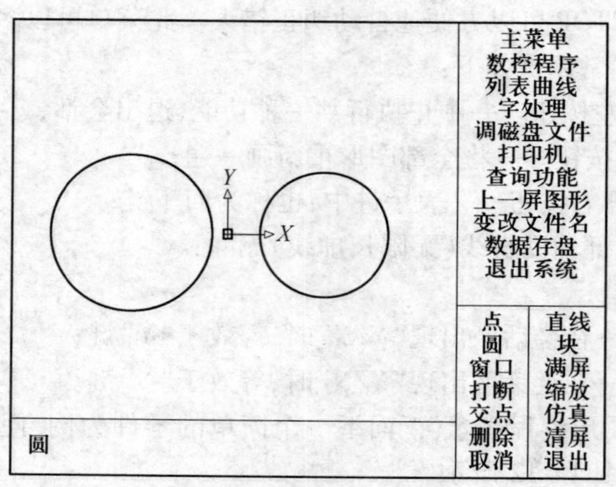

图 4－13　画圆

(5) 移动鼠标器,使光标移到"过渡圆弧"菜单,按"回车"键,求两圆的过渡圆弧 R100,机器提示及输入如下:

过渡圆弧

半径 =100(回车)

(直线、圆、圆弧) = X = −60.000,Y =0.000,R = −40.000;用鼠标器指圆 R50

(直线、圆、圆弧) =X = 60.000,Y =0.000,R = −40.000;用鼠标器指圆 R40

(Y/N):Y,用中按钮或挑选出所需的圆弧。

得到圆弧 *CD* 之后,用中按钮或[R]键将图形重画一遍,如图 4-14 所示。

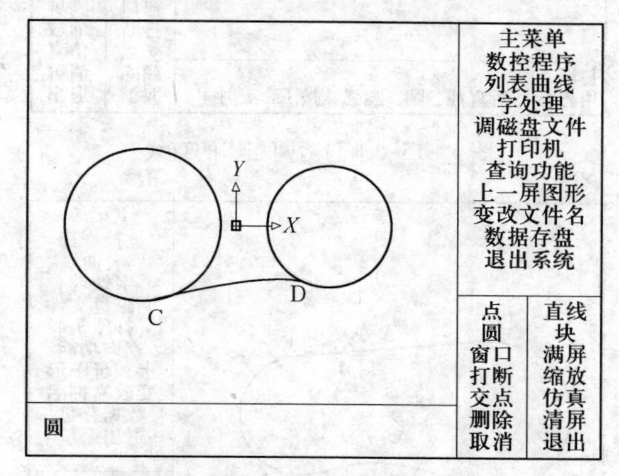

图 4-14　画与两圆相切的圆弧

(6) 移动鼠标器,使光标移动到固定菜单区的"直线"菜单。按"回车"键进入直线菜单;将鼠标器光标移动到"二圆公切线菜单",按"回车"键选中此菜单,求两圆外公切线 *BE*,机器提示和输入如下:

二圆公切线

(直线、圆、圆弧) = X = −60.000,Y =0.000. R = −40.000;用鼠标器指圆 R50

(直线、圆、圆弧) =X = 60.000,Y =0.000. R = −40.000;用鼠标器指圆 R40

(Y/N):Y,用中按钮挑选出所需的公切线。

(7) 用[R]键将图形重画一遍,将光标移到"打断"菜单,将多余的圆弧段打断删除;删除多余段方法如下:执行打断菜单,将光标移到打断圆弧位置,按"回车"键,打断编辑完毕。按"Esc"键中止,退回到菜单区,如图 4-15 所示。

(8) 移动光标到点线夹角菜单,按"回车"键,求过坐标原点 *O* 与直线 *DE* 垂直的直线 *OA*,机器提示和输入如下:

点线夹角

点线夹角 =90(回车);90 度表示求垂线

点(X,Y) = 0.000,0.000

鼠标器选到直线 *BE* 求得 *OA* 直线后的图形如图 4-16 所示。

3. 确定加工路线

(1) 移动光标到"退回"菜单。按"回车"键退回到主菜单;执行"数控程序"菜单,进入"数控程序"菜单,移动光标到"加工路线"菜单,按"回车"键,以便自动排出数控加工

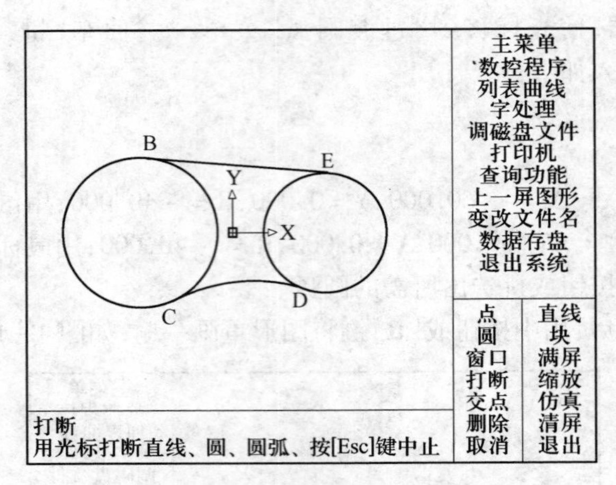

图 4－15　画与两圆相切的直线

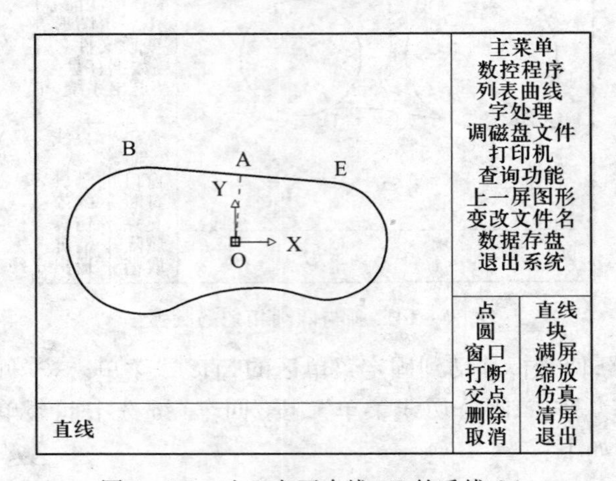

图 4－16　过 O 点画直线 BE 的垂线 OA

路线和加工程序，机器提示和输入如下：

加工路线

（2）起始点（X，Y）＝0.000，0.000 或用鼠标器选取 O 点；

（3）（Y/N）：Y，看图形上箭头选取加工方向，一般选逆圆方向；

（4）尖点圆弧半径＝0.000（回车）；不需要过渡圆弧；

（5）1、3B/2、4B/3、ZXY＝1：选取 3B 格式；

（6）间隙 <左正右负> ＝2.0（回车），为清晰看到间隙，特输入大间隙值，完成自动编程。图形如图 4－17 所示。

4. 移动光标，执行"仿真"菜单，可以清晰看到加工路线情况

5. 移动光标到看数控程序位置，按"回车"键，可以看到数控程序。按"F1" 功能键可以查询光标位置的几何参数，按[Esc]退出全屏幕状态

6. 移动光标到"程序存盘"位置，按"回车"键，可以在 D 盘上存放 A1.3B 数控程序

以上是编制 A1.3B 的主要过程，如果图形操作过程中出现错误，使用"取消"菜单纠正。非数控加工路线如果出现，请使用"取消旧加工路线"进行取消，然后再次排列加工路线。

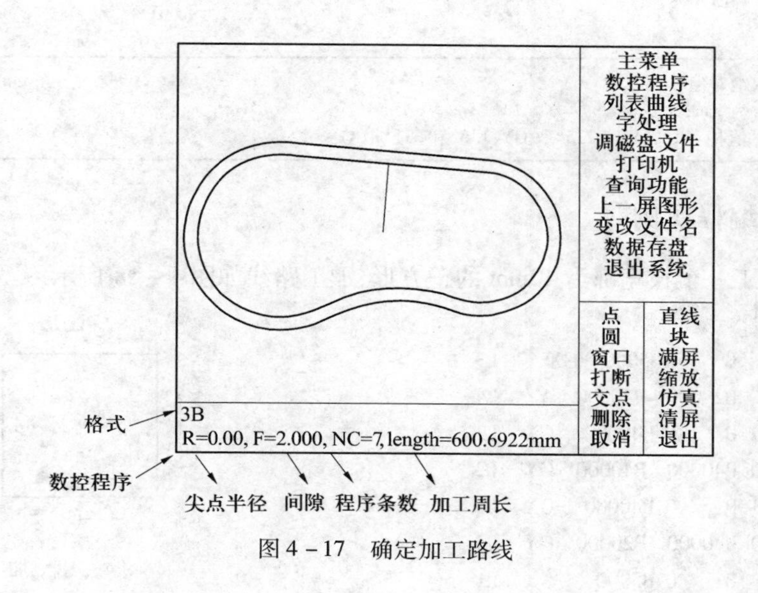

图 4－17　确定加工路线

第四节　3B 系统编程

3B 格式及带补偿功能的 4B 格式程序结构简单，使用的控制器功能有限，而且这种格式只能支持快走丝的线切割，从当前的线切割发展来看，已经不是发展的方向，将可能会被淘汰。但是目前大部分的数控快走丝线切割机床都在使用 3B 格式，因此 3B 格式还有很大的使用空间。3B 格式编程，其数值的计算和程序的编写工作量都比使用 G 格式编程要大得多。

一、3B 格式

B X B Y B J G L

B 为分隔符；X、Y、J 为数值，最多 6 位；J 是计数长度，有时需补前零；G 为计数方向，有 GX 和 GY 两种；Z 为加工码，有 12 种，即 L1、L2、L3、L4、NR1、NR2、NR3、NR4、SR1、SR2、SR3、SR4。

二、3B 格式编程的方法

	BX	BY	BJ	G	Z
直线	X 相对于起点的终点坐标值	Y 相对于起点的终点坐标值	取从起点到终点在计数方向上的移动总长度	终点接近 X 轴计 X 终点接近 Y 轴计 Y	终点所在象限， 在第一象限为 L1； 在第二象限为 L2； 在第三象限为 L3； 在第四象限为 L4
圆弧	X 起点相对于圆心的坐标值	Y 起点相对于圆心的坐标值	取被加工曲线在计数方向上的投影总长度	终点接近 X 轴计 Y 终点接近 Y 轴计 X	SR 为顺时针走向； NR 为逆时针走向； 起点所在象限和加工走向来确定加工码，如：起点在第一象限，顺时针走向的圆弧加工码为 SR1

（续）

注：① X、Y、J 取绝对值；
② 数值单位为 μm；
③ X、Y 坐标值相等时，45°和 225°取 GY；135°和 315°取 GX

三、3B 编程实例

例 2　加工一个长宽都为 40mm 的正方形，加工路线如图 4－18 所示。

程序编制：

```
N1：B5000   B     0B5000   GX    L3
N2：B0      B20000  B20000 GY    L4
N3：B40000  B     0 B40000   GX  L3
N4：B     0 B40000  B40000   GY  L2
N5：B40000  B     0 B40000   GX  L1
N6：B     0 B20000  B20000   GY  L4
N7：B5000   B     0 B5000    GX  L1
```

图 4－18　加工实例

例 3　五角星的数控线切割。

零件分析：如图 4－19 所示的某正五角星图形，边长为 40mm。线切割加工时无需考虑电极丝半径及放电间隙。

加工坐标原点：无需指定。

工艺分析：使用快走丝线切割加工，穿丝点和退出点均设在（X0，Y0），长度尺寸计算时作圆整处理。

程序编制：

```
B 20000B        0B 20000GX     L1
B 32500B 23500B 32500GX      L1
B 32500 B 23500 B 32500GX    L4
B 12500B 38000 B 38000 GY    L2
B 32500 B 23500B 32500GX   L1
B 40000 B       0B 40000GX     L3
B 12500B 38000B 38000GY      L2
B 12500 B 38000B 38000GY    L3
B 40000 B       0 B 40000GX   L3
B 32500 B 23500 B 32500GX    L4
B 12500B 38000B 38000GY     L3
B 20000B      0B 20000GX     L3
```

图 4－19　加工实例

例 4　加工变锥度零件，如图 4－20 所示。零件底部为长度 40mm 的正方形，其中 1、2 段锥度为 2°；3 段为 5°；4 段为 0°。

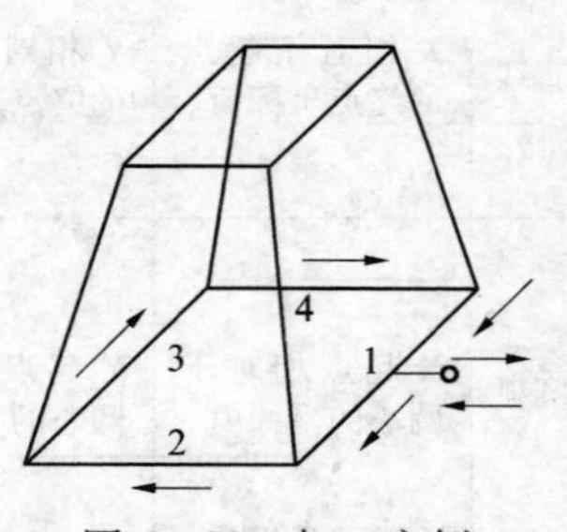

图 4－20　加工实例

程序编制：

```
N1：B5000   B      0B5000    GX   L3
DEG＝2
N2：B0       B20000 B20000   GY   L4
```

N3:B40000 B　　0 B40000　GX　L3
DEG = 5
N4:B　　0 B40000 B40000　GY　L2
DEG = 0
N5:B40000 B　　0 B40000　GX　L1
DEG = 2
N6:B　　0 B20000 B20000　GY　L4
DEG = 0
N7:B5000　B　　0 B5000　GX L1

注:变锥角度加工时在变锥角度切割段前插入 DEG = X(X 为变锥角的角度)。

第五节　G 指令编程

一、G 指令格式及常用编程指令

1. G 指令格式

线切割加工机床的常用指令格式符合 ISO 标准,与数控铣床的指令格式基本相同,但有以下特殊性:

(1) 线切割加工编程中的坐标值一般采用不带小数点的格式,单位是 μm,而不是 mm,如 X1000 表示 X 的坐标为 1000um,即 1mm。

(2) X、Y 为工作台的运动坐标,U、V 为斜度切割装置的运动坐标,采用不带小数点的格式,单位是 μm。

(3) D 为丝半径补偿值,采用不带小数点的格式,单位是 μm。

(4) α 为锥角,单位为(度)。采用带小数点的格式,最小单位为 0.001。

(5) C 为加工条件,用二位数字规定,共 100 个,从 C0 到 C99。

(6) W、S、H 为切割锥度时必须给出的机床参数,同样采用不带小数点的格式,单位是 μm。

(7) E 为加工延时,单位为 ms,采用不带小数点的格式,例如 E100 表示延时 100ms。

2. 工件起始点设置指令(G92)

用于设置加工程序在所选坐标系中的起始点坐标,其指令格式与数控铣削加工中的 G92 指令格式完全相同,G92 后面直接写 X 和 Y 坐标值,设定当前位置在所选坐标系中的起始点坐标值,该坐标值一般作为加工程序的起始点。

与数控铣削加工不同的是:对于线切割加工,在用 G54 ~ G59 设定的工件坐标系中,依然需要用 G92 设置加工程序在所选坐标系中的起始点坐标。例如,工件坐标系已用 G54 设置,加工程序的起始点坐标设置为(10,10),用直线插补移动到(30,30)的位置,其程序为:

G54
G90　　绝对坐标编程(绝对坐标和相对坐标编程指令格式与数控铣削加工完全相同)
G92 X10000 Y10000　　设定电极丝当前位置在所选坐标系中的坐标值为(10,1),相当

于确定工件原点

G01 X30000 Y30000　　　　直线插补移动到(30,30)

3. 快速定位(G00 或 G0)

在线切割机床不放电的情况下,使指定的坐标轴以快速运动方式从当前所在位置移动到指令给出的目标位置,只能用于快速定位,不能用于切削加工。

例如 G90 G0 X1000 Y2000,使电极丝快速移动到(1,2)坐标的位置。注意 G00 指令有效时,一般还没有穿丝。

如果在一条快速定位指令中包含 X、Y、U、V,机床将按 X、Y、U、V 的顺序移动各坐标轴。

4. 直线插补(G01 或 G1)

C01 X Y　　　平面二维轮廓的直线插补

G01X Y U V　　锥度轮廓的直线插补

与数控铣削加工不同的是,线切割加工中的直线插补和圆弧插补不要求进给速度指令。

5. 圆弧插补(G02 或 G2,G03 或 G3)

指令格式与数控铣削加工中的圆弧插补指令格式完全相同,但应注意以下问题:

(1) 数控线切割加工没有坐标平面选择功能,只有 G02/03X_Y_L_J_一种格式,其中 I、J 是圆心在 X、Y 轴上相对于圆弧起点的坐标。

(2) 一个整圆不能只用一条圆弧插补指令来描述,编程时需要将圆分成两段以上的圆弧才行。

6. 丝半径补偿(G40、G41、G42)

指令的意义与数控铣削加工中的刀具半径补偿指令的意义完全相同,但指令格式不同。丝半径补偿的格式如下(例):

G92 X0 Y0

G41 D100　　　　丝半径左补偿,D100 为补偿值,表示 100μm,此程序段须放在进刀线之前

G01 X5000 Y0　　进刀线,建立丝半径补偿

…

G40　　　　　　G40 须放在退刀线之前

G01 X0 Y0　　　退刀线,退出丝半径补偿

7. 锥度加工

(G50、G51、G52)线切割加工带锥度的零件一般采用锥度加工指令,G51 为锥度左偏加工指令,G52 为锥度右偏加工指令,G50 为取消锥度加工。这是一组模态加工指令,缺省状态为 G50。

按顺时针方向进行线切割加工时,采用 G51(锥度左偏)指令加工出来的工件为上大下小,如图 4-21(a)所示;采用 G52(锥度右偏)指令加工出来的工件为上小下大,如图 4-21(b)所示。

按逆时针方向进行线切割加工时,采用 G51(锥度左偏)指令加工出来的工件为上小下大,如图 4-21(c)所示;采用 G52(锥度右偏)指令加工出来的工件为上大下小,如图 4-21(d)所示。

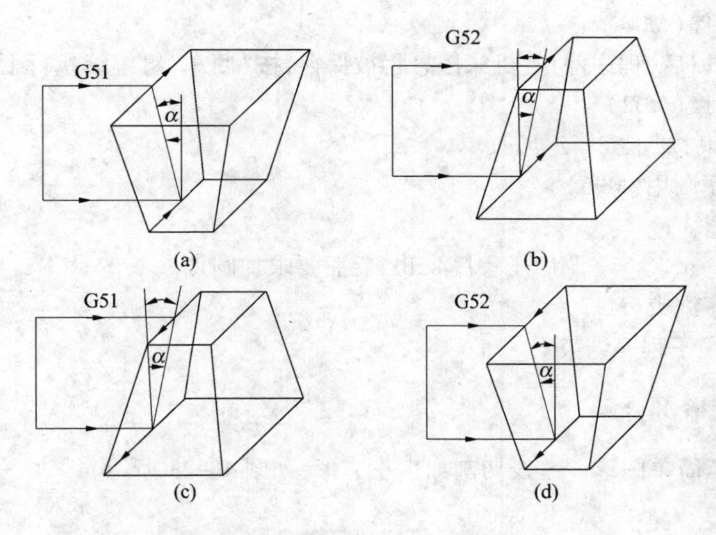

图 4－21　锥度加工指令的意义

（a）顺时针方向加工 G51；（b）顺时针方向加工 G52；（c）逆时针方向加工 G51；（d）逆时针方向加工 G52。

格式：

G52 A6　　设定锥度为 6°

…

G50　　取消锥度加工

锥度加工与下导轮中心到工作台面的距离 S、工件厚度 H、上下导轮中心的距离 W 有关。进行锥度加工编程之前，要求给出 W、H、S 值，如图4－22所示。

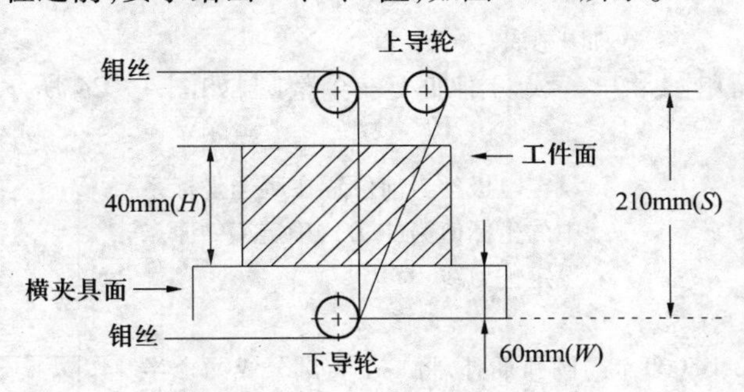

图 4－22　锥度加工的参数示意图

格式：

G92 X0 Y0

W60000　　工作台面到下导轮中心的距离 $W=60\text{mm}$

H40000　　工件厚度 $H=40\text{mm}$

S210000　　上下导轮中心的距离 $S=2100\text{mm}$

G52 A3　　在进刀线之前，设定锥度为 3°

…

G50　　G50 须放在退刀线之前

M02

8. 程序暂停（M00）

执行 M00 以后，程序停止，机床信息将被保存，按“回车”键继续执行下面的程序。

9. 程序结束（M02）

主程序结束，加工完毕返回菜单。

10. 子程序调用（M96）

调用子程序。

格式：M96 suBl.　　调用子程序 suBl，后面要求加圆点。

11. 子程序结束（M97）

主程序调用子程序结束。

二、编程举例

例 5　加工简单图形——线切割加工正方形，如图 4－23 所示。

程序编制：

G92 X0 Y0	设定电极丝当前位置在所选坐标系中的坐标值为(0,0)，确定工件原点
G01 X5000 Y0	设定进刀线
G01 X5000 Y5000	直线插补
G01 X15000 Y5000	
G01 X15000 Y－5000	
G01 X5000 Y－5000	
G01 X5000 Y0	
G01 X0 Y0	退刀线
M02	加工结束

图 4－23　线切割加工正方形

例 6　加工简单图形——线切割加工一个整圆，如图 4－24 所示。

程序编制：

G92 X0 Y0	设定电极丝当前位置在所选坐标系中的坐标值为(0,0)，确定工件原点
G01 X5000 Y0	设定进刀线
G02 X15000 Y0 I 5000 J0	圆弧插补，将一个整圆分成两个半圆进行加工
G02 X5000 Y0 I 5000 J0	
G01 X0 Y0	退刀线
M02	加工结束

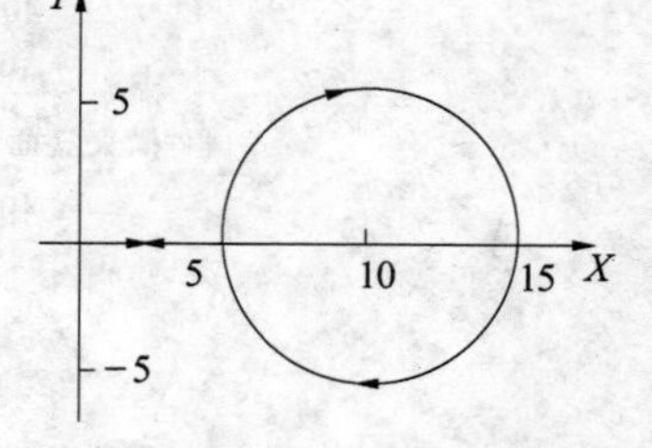

图 4－24　线切割加工一个整圆

例 7　采用丝半径补偿加工简单图形——线切割加工正方形，如图 4－25 所示。

程序编制：

G92 X0 Y0	
G41 D100	丝半径左补偿，D100 表示半径补偿值＝钼丝半径＋放电间隙＝0.1mm
G01 X5000 Y0	设定进刀线，并在进刀线程序段内建立丝半径左补偿
G01 X5000 Y5000	
G01 X15000 Y5000	

```
G01 X15000 Y-5000
G01 X5000 Y-5000
G01 X5000 Y0
G40                    取消丝半径补偿
C01 X0Y0               退刀线,并在退刀线程序段内取消
                       丝半径左补偿
M02
```

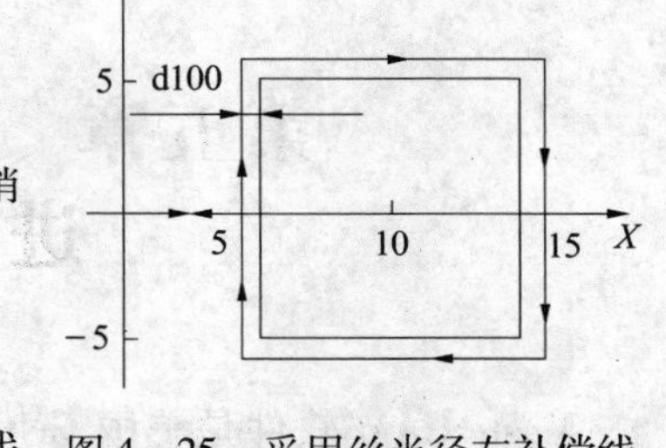

图 4-25　采用丝半径左补偿线切割加工正方形

说明:(1) 此例加工的零件为凸模。

(2) 采用丝半径补偿切割时,进刀线和退刀线不能与程序的第一条边或最后一条边重合或平行。

思考与复习

1. 数控快走丝线切割机床包括哪几部分?
2. 简述丝线切割加工的原理。
3. 断丝常发生在哪些场合?
4. 加工凸模和凹模的区别是什么?
5. 简述锥度加工刀具半径补偿的建立过程。

第五章　应用 MasterCAM 系统进行数控编程加工

MasterCAM 软件是美国 CNC Software 公司开发的基于 PC Windows 的 CAD/CAM 系统，该系统具有强大完整的曲线、曲面、实体造型功能，以及完整的车、铣、线切割等加工系统，大大提高设计制造效率和质量，能够充分发挥数控机床的优势，提高整体生产水平，实现设计/制造一体化。使企业很快地见到效益。应用 MasterCAM 系统进行数控编程加工，首先应对系统有一个全面的了解，然后在确定待加工零件的加工工艺的基础上，根据系统的功能进行几何造型和数控加工编程。

第一节　MasterCAM 系统数控编程加工的基本内容与步骤

一、MasterCAM 系统的功能模块

Mastercam9.1 包括 5 大模块：Design、Lathe、Mill、Router 和 Wire。其中 Design 模块用于加工零件的造型；Lathe 模块主要用于生成车削加工刀具路径；Mill 模块主要用于生成铣削加工刀具路径；Router 模块主要用于生成刨削加工刀具路径；Wire 模块主要用于生成线切割加工路径。在 Lathe、Mill、Router 和 Wire 模块中也包含有 Design 模块中的完整三维设计系统，所以这 4 个模块既可以与 Design 模块配合使用，也可单独使用。

二、MasterCAM 系统进行数控编程加工的基本内容与步骤

CAM 编程是当前最先进的数控加工编程方法，它是利用计算机以人机交互图形方式完成零件几何形状计算机化、轨迹生成与加工仿真到数控程序生成全过程，操作过程形象生动，效率高、出错几率低。而且还可以通过软件的数据接口共享已有的 CAD 设计结果，实现 CAD/CAM 集成一体化，实现无图纸设计制造。下面以数控铣为例，图 5 - 1 是数控铣 CAM 自动编程的过程。

Mastercam9.1 可以完成以下三个方面的工作：

1. 二维绘图和三维造型

一般在二维空间得到图形的过程称为绘图，而在三维空间里创建的是一个虚拟形体，称为三维造型。

Mastercam9.1 可以非常方便地完成各种平面图形的绘制，能方便地对它进行尺寸标注、图案填充等工作，还可以进行表面造型，用多种方法创建规则曲面和复杂的异形曲面。

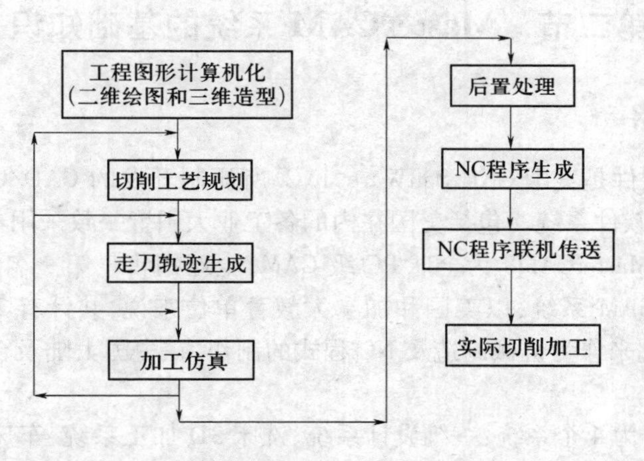

图 5－1　数控铣 CAM 自动编程过程

Mastercam9.1 也可以进行实体造型，通过创建各种基本实体，结合多种编辑功能来创建任意复杂程度的实体，并可以灵活地进行修改（包括属性修改）。

可以对三维表面模型或三维实体模型进行着色、附材质和设置灯光效果的处理，即渲染处理，经过合理渲染的模型，通过对模型进行多角度观察，会产生非常逼真的效果。

2. 生成刀具路径

Mastercam9.1 可以为所要加工的模型生成刀具路径，在电脑上不仅能仿真加工过程，还能生成数控机床加工所必需的数控程序。

在 Mastercam9.1 中可生成二轴、三轴和多轴的刀具路径。其中二轴的刀具路径只在 X、Y 方向联动，二轴操作包括铣平面、挖槽、铣轮廓、钻孔等；曲面或非水平的实体面加工则可能需要同时控制 X、Y、Z 三个方向的运动，即要实现三轴联动，常见的三维曲面的加工方法包括放射状铣削、流线型铣削、投影铣削、平行式铣削、环绕等距铣削、插削式铣削等，利用刀具运动的不同轨迹和姿态加工出高质量的三维曲面。

在创建刀具路径过程中，可以选择系统所提供的各种常用刀具，也可以自定义刀具，其规格尺寸可以自由选择或设置。

3. 生成数控程序、仿真加工过程

Mastercam9.1 可以在生成刀具路径的基础上，进一步生成符合 ISO 或 EIA 标准规定的 G 代码程序，并且可以根据经验或实际加工条件对程序进行修改。数控机床采用的控制系统不一样，则生成的程序也有差别，Mastercam 9.1 可以根据选择生成对应机床的数控程序，此过程称为后置处理，简称后处理，系统中自带了国际上常用数控系统的后处理程序，并可以扩充，以便适应各种不同的数控系统的需要。

Mastercam9.1 中设置了一个功能齐全的切削加工仿真器，在屏幕上就能预见到实际的加工过程，真实感非常强，还可以设置一些实际加工时不能做到的效果，如透明处理，所需的加工时间也可以统计出来，非常方便。最后生成的数控程序可以直接传送到与计算机相连的数控机床，以便进行实际加工。

第二节　MasterCAM 系统的基础知识

一、软件介绍

MasterCAM8 软件是美国 CNC SoftWare. INC. 所研制开发的 CAD/CAM 系统，是最经济有效的全方位的软件系统。包括美国在内的各工业大国皆一致采用本系统，作为设计、加工制造的标准。MasterCAM8 为全球 PC 级 CAM，全球销售量第一名，是工业界及学校广泛采用的 CAD/CAM 系统，以美国和加拿大教育单位来说，共计有 2500 多所高中、专科、大学院校使用此来作为机械制造及 NC 程式的制作，在中国大陆及台湾其业界及教育单位亦有领先地位。

MasterCAM8 分为 4 个系统：三维设计系统、铣床 3D 加工系统、车床\铣床复合系统、线切割\激光加工系统。由于有专门的 CAM 课程，本书只介绍一些基本操作，着重介绍 NC 程序联机传送。

（一）三维设计系统（CAD 部分）

（1）完整的曲线功能：可设计、编辑复杂的二维、三维空间曲线，还能生成方程曲线，尺寸标注、注释等也很方便。

（2）强大的曲面功能：采用 NURBS、PARAMETRICS 等数学模型，有十多种生成曲面方法，还具有曲面修剪、曲面间等（变）半径倒圆角、倒角 、曲面偏置、延伸等编辑功能。

（3）崭新的实体功能：以 PARASOLID 为核心，倒圆角、抽壳、布尔运算、延伸、修剪等功能都很强。

（4）可靠的数据交换功能，可转换的格式包括：IGES、SAT（ACIS SOLIDS）、DXF、CADL、VDA、STL、DWG、ASCII。并可读取 Parasolid、HPGL、CATIA、PRO/E、STEP 等格式的数据文件。

（二）铣床 3D 加工系统（CAM 部分）

（1）完整三维设计系统。

（2）完整的铣床 2D、2.5D 加工系统。

（3）多重曲面的粗加工及精加工。

（4）等高线加工。

（5）环绕等距加工。

（6）平行式加工。

（7）放射状加工。

（8）插拉刀方式加工。

（9）投影加工。

（10）沿面加工。

（11）浅平面及陡斜面加工。

（12）G01 可过滤为 G02、G03 并可程式过滤更平稳。

4 轴、5 轴加工：5 轴侧刃铣削、多曲面五轴端铣加工、5 轴铣削曲面上的曲线、5 轴钻孔、4 轴多曲面加工、沿曲面边界五轴走刀。

二、MasterCAM8 的工作窗口

MasterCAM8 的工作窗口分为:绘图区、主菜单区、辅助菜单区、工具栏区、提示区五大部分。

(一) MasterCAM8 的界面

当运行了 MasterCAM8,将会看到主屏幕如图 5－2 所示,屏幕最大的是绘图区,此区是用于绘图和修改图形。左边是主菜单和辅助菜单。屏幕的顶部是工具栏(按 Alt＋B 显示工具栏),是用来快速选择菜单的。屏幕下面的空白区是提示区,它显示系统数据和参数输入。

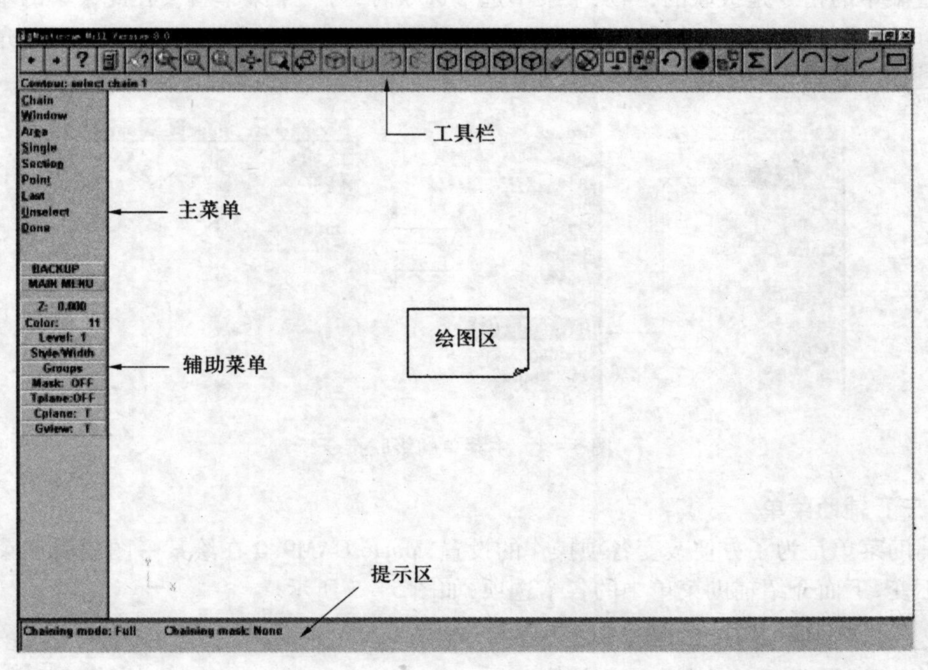

图 5－2　主屏幕

(二) 主菜单

主菜单 **Main Menu:** ,如图 5－3 所示:

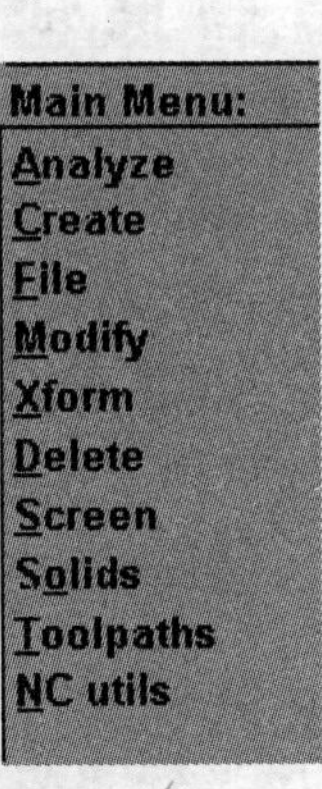

图 5－3　主菜单

主菜单是使用软件的主要功能,以下分别叙述每种选项的功能。

Analyze (分析):它可以显示绘图区已选择图素的所有的信息,让你更了解图素,并可以进行质量、体积等计算。

Create (创建图形):在绘图区创建图形至系统的数据库,参看绘点、绘曲线、绘曲面和标注尺寸,能得到更多的信息。

File (文档):处理文档,可以储存、取出、编辑、打印等。

Modify (修整):用这个指令可以修改屏幕上的图形,如:倒圆角、修剪、打断、连接等。

Xform（转换）：用镜像、旋转、比例、平移、偏置和其它的指令来转换屏幕上的图形。

Delete（删除）：可以从屏幕上和系统的数据库中删除图素。

Screen（屏幕）：可以改变屏幕上图形的显示。

Solids（实体模型）：可以用挤压、旋转、扫描、举升、倒圆角、外壳、修剪等方法绘制实体模型。

Toolpaths（刀具路径）：进入刀具路径菜单，选择刀具路径。

NC utils（公共管理）：进入公共管理菜单，编辑、管理和检查刀具路径。

主菜单的指令是级联的，当从主菜单选一选项时，另一个菜单就会在此菜单的基础上显示，可以通过相继的菜单层进行选择，直到完成。例如：要绘制一个矩形。下面介绍选取的过程。如图 5－4 所示。

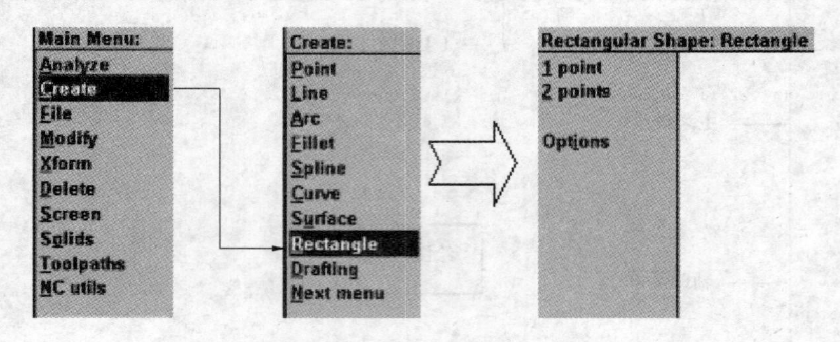

图 5－4　主菜单的级联指令

（三）辅助菜单

辅助菜单是为了方便改变各项操作的设置，MasterCAM9.0 在绘某一图素时该菜单可保持不变，下面介绍辅助菜单中的各个选项，如图 5－5 所示。

Z: 0.000：工作深度。这是一个特别应该注意的问题，当构图时，一定要首先考虑这个工作深度。

Color: 13：颜色。它方便在构图时区分图素。

Level: 1：图层。在此可以定义当前的工作层、控制图素在工作区的显示等。

Style/Width：线形/线宽。它能反映图素的类型。

Groups：组群。

Mask: OFF：限定使用层。它方面在构图时把不必要的图素关闭。

Tplane:OFF：刀具平面。

Cplane: T：构图平面。

Gview: T：图形视角

Z: 0.000
Color: 13
Level: 1
Style/Width
Groups
Mask: OFF
Tplane:OFF
Cplane: T
Gview: T

图 5－5　辅助菜单

下面分别介绍各个辅助菜单的功能。

1. Z: 0.000（工作深度）

该选项是设置构图时的工作深度，构图深度是相对于系统的原点（X0，Y0，Z0）来定义的。当选 Z: 0.000 时，主菜单显示输入菜单，此时可以使用光标选择已存在的工作深度或是在提示区输入深度值，然后按回车键。工作深度的概念非常重要。在这里树立一个立体的概念。例如，当绘制一个立方体，选择绘制俯视图，如顶面的工作深度为0，则底面就要给定一个工作深度，为什么俯视图有什么顶面和底面，是因为立方体的顶面和底面有一个距离，这个距离就是工作深度。当选择绘制正视图时，如果前面的工作深度为0，那么后面就有一个工作深度。

2. Color: 13（颜色）

当用 MasterCAM8 时可以用不同的颜色直观地绘制图形，在辅助菜单选择 Color: 13 按钮，能选择不同的颜色绘制图形，从颜色的对话框选取新的颜色，可以改变系统的当前颜色。

当打开颜色对话框时，可以看到16色和256色样板。经常使用的是16色和256色。如图5－6所示是256色的设置。

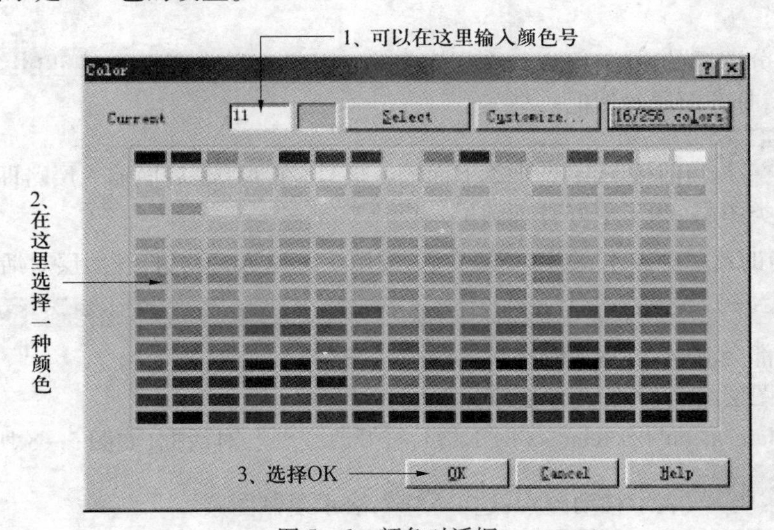

图5－6 颜色对话框

3. Level: 1（图层）

图层是管理图形的一个重要的工具。一个 MasterCAM8 的文件可以包含线框模型、曲面、实体、尺寸标注、刀具路径等对象，把不同的对象放在不同的图层中，就可以在任何时候控制任何对象在绘图区是可见或不可见。可以方便对需要操作的对象进行控制。层的概念跟 AutoCAD 相似。可以设置1－255之间的任何一层为当前构图层，也允许复制、移动图层从一个层到另一个层，还可以隐藏图层，给图层命名。下面介绍图层的设置。如图5－7所示。

（1）打开图层对话框的方法。从辅助菜单中点击 Level: 1 或用快捷键 Alt＋Z。

（2）Main Level 当前工作层。当前工作层顾名思义就是现在工作的图层，绘制的任

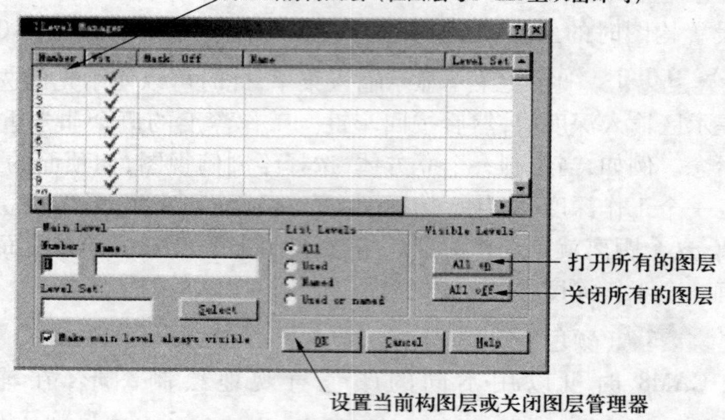

图 5-7　图层的设置

何图素都是放在当前工作层，一次只能设置一个当前工作层。在图层对话框中，当前工作层显示为黄色。

定层名：

为了区分图层的内容，可以给图层定名字。辅助菜单中点击 Level: 1 或用快捷键 Alt + Z，打开图层对话框。

Main Level 当前构图层 Number 下面输入层号，在 Name: 后面输入层名即可。

(3) 分类图层（为了更好管理图层）。

① 从辅助菜单中点击 Level: 1 或用快捷键 Alt + Z，打开图层对话框。

② 从 List Levels 列表中选 All，Used，Named，或 Used or named，所有未使用的图层都会清空，容易观看结果。

(4) 在图层之间移动、复制图素。

① 选 Main menu - Screen - Chg Level，打开改变图层对话框，如图 5-8 所示。

② 选 Move，表示移动图素；选 Copy，表示复制图素。

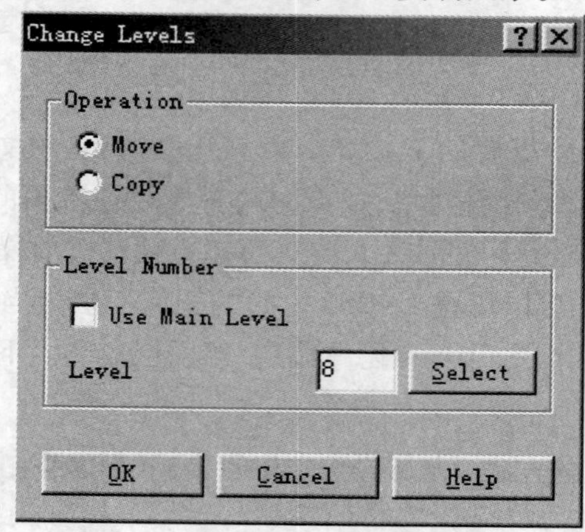

图 5-8　改变图层对话框

③ 选取下面指定目前图层的一个方法。

移动、复制图素至目前图层，选择 ☑ Use Main Level；移动、复制图素至一个指定的层，选 ☐ Use Main Level，然后在 5 Select 输入想移动、复制图素的目标层，或是选择 Select，然后指定一个图素。

④ 选择上图中的 OK 关闭对话框，显示图素选取的菜单，如图 5－9 所示。

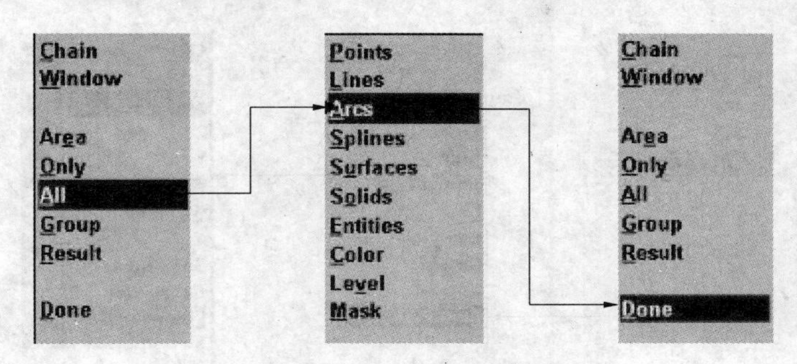

图 5－9　图素选取的菜单

⑤ 如上图所示选取一个选择的方法，选取图素移动、复制图素到目标图层。

4. Style/Width 线形和线宽

从辅助菜单中选 Style/Width 时，线形和线宽的对话框打开，如图 5－10 所示，可以设置现在的线形和线宽。

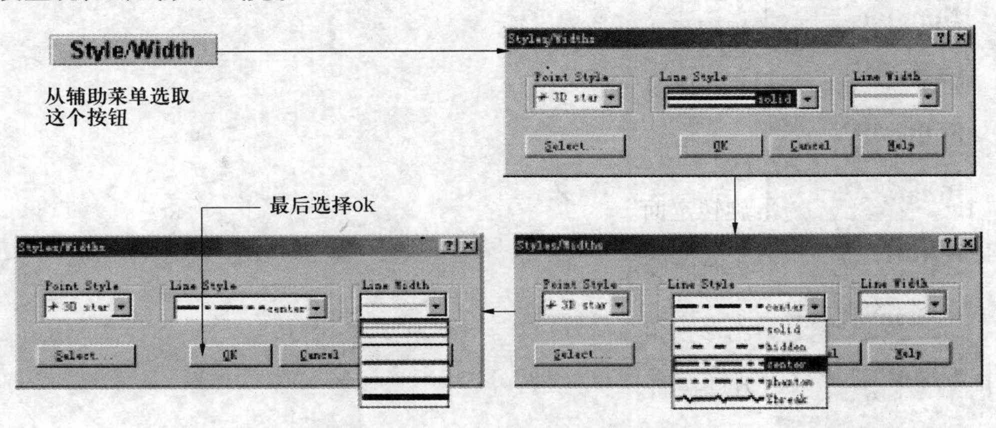

图 5－10　线形和线宽对话框

5. Cplane: T 构图平面

搞清构图平面是非常重要的。构图平面是绘制的二维平面，可以定义在三维空间的任何处，它依赖于图形视角的设置，构图平面和图形视角的关系也很重要，绘图时避免绘制的图形放置在不适当的位置。

缺省的构图原点是和系统的原点相同的（X0，Y0，Z0），它是绘制所有图形固定的参考点，但是也可以重新设置参考原点。当设置了新的构图原点后，在 Cplane 的右上角显示一个星号（Cplane ＊）。也可以按 F9 观看定义的原点在图形区的相对位置。

重新设置构图原点。

（1）从辅助菜单选取构图平面。

（2）按 Alt + O，点输入菜单显示。

（3）为新构图原点输入一点。

构图平面的菜单：

当从辅助菜单选取构图平面时，构图平面菜单就有一个显示选项，来设置当前的构图平面，如图 5－11 所示。

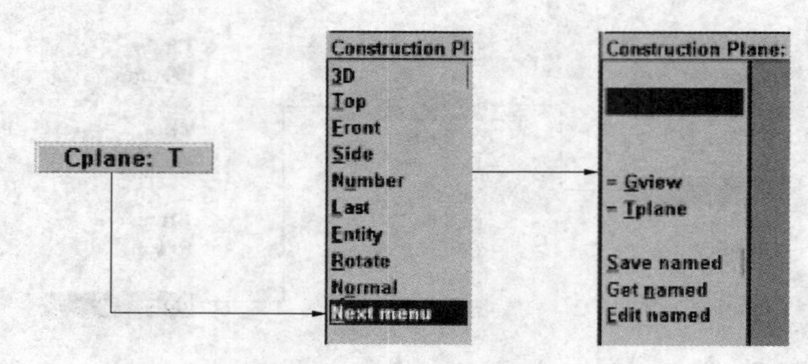

图 5－11　构图平面菜单

菜单的内容如下：

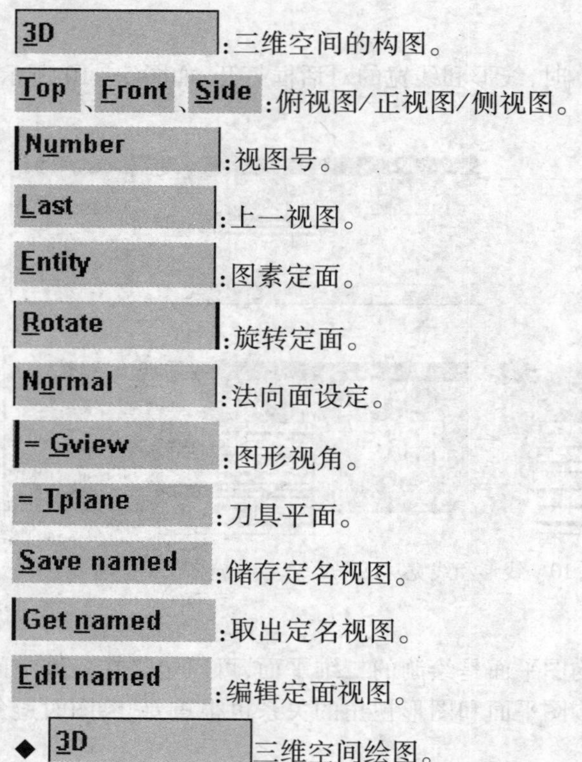

3D：三维空间的构图。

Top、Front、Side：俯视图/正视图/侧视图。

Number：视图号。

Last：上一视图。

Entity：图素定面。

Rotate：旋转定面。

Normal：法向面设定。

= Gview：图形视角。

= Tplane：刀具平面。

Save named：储存定名视图。

Get named：取出定名视图。

Edit named：编辑定面视图。

◆ 3D 三维空间绘图。

这个选项不限制用于三维空间作为一构图平面来代替二维构图平面，若绘制的图素是平行于已定义的平面，那么它就在已定义的平面上绘制图素。否则，绘制的图素就会在现在构图深度 Z 的俯视图。例如，绘一个圆弧正切一图素，就会使用正切图素的构图深度来决定新圆弧的构图深度。

◆ Top、Front、Side:俯视图/正视图/侧视图。

这些选项是让你在俯视图、正视图、侧视图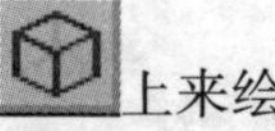上来绘制图形。

◆ Number:视图号。

这个选项是设置构图平面在预先定义的视图号上,有八种标准视图。

Top 俯视图

Front 正视图

Back 后视图

Bottom 仰视图

Left Side 左侧视图

Right Side 右侧视图

Isometric 等轴视图

Axonometric 轴向视图

除了上面的八种标准视图外,还可以生成无限个新的构图平面,当图形定义新的构图平面时,系统也能自动生成一个新的构图平面,当新的构图平面生成后,Master CAM 就会赋给一个有效的视图号。在以后使用 Master CAM 时按已定的构图平面号,能重新调用该构图平面。

◆ Entity 图素定面。

该选项是设置构图平面的,是以现有的图素来设置的。当选择该选项时,主菜单如图 5-12 所示,提示行的内容是:Select a flat entity, 2 Lines, or 3 pionts。

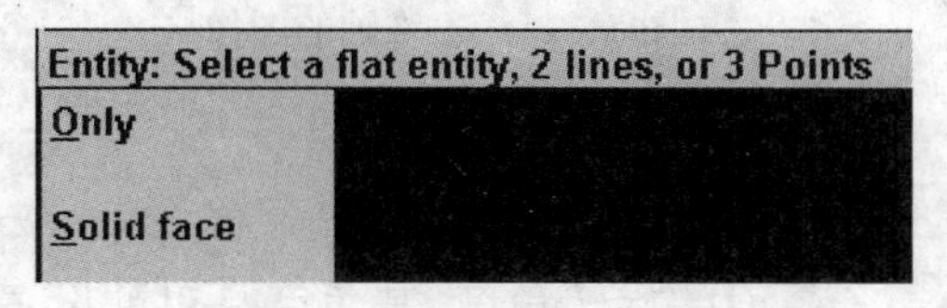

图 5-12　图素定面

主菜单选项介绍如下:

(1) Flat Entity 一个平的图素定面——设置构图平面是一个单一的图素,选择一个二维 Spline,一个圆弧,或是其它任何一个位于平面上的单一图素。

(2) 2 Lines 两线定面——设置构图平面是用屏幕上已存在的两条线来构建一个平面,选择的顺序很重要,第一根线决定 X 的正方向和构图平面的工作深度。第二根线决定 Y 的正方向,如图 5-13 所示。

(3) 3 points 三点定面——设置的构图平面是三点形成的平面,该三点是不共线的。

当选取一个或多个图素时(选取 L1,L2),Master CAM 显示选择的平面的菜单如图 5-14所示,并在绘图区显示平面的 X,Y 轴线的图像。反复选择平面菜单下的 Next,3D 轴线在所有的平行平面间变换,但选择需要的位置时,再选取 Save 更改构图平面,系统储存新的构图平面号,如图 5-14 所示。

◆ Rotate 旋转定面。

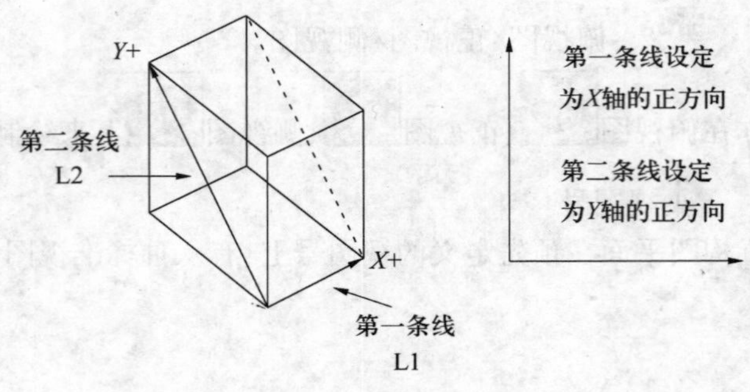

图 5－13　两线定面

这个选项是旋转现有的 Cplane(构图平面)至一个给定的角度来设定一个构图平面。

输入的角度为正值时是反时针方向,负值则为顺时针方向。

当选择 Rotate 命令时,一个三维轴的图像在绘图区显示现在的构图平面,如图 5－15 所示。

同时,也显示旋转视角菜单,如图 5－16 所示。

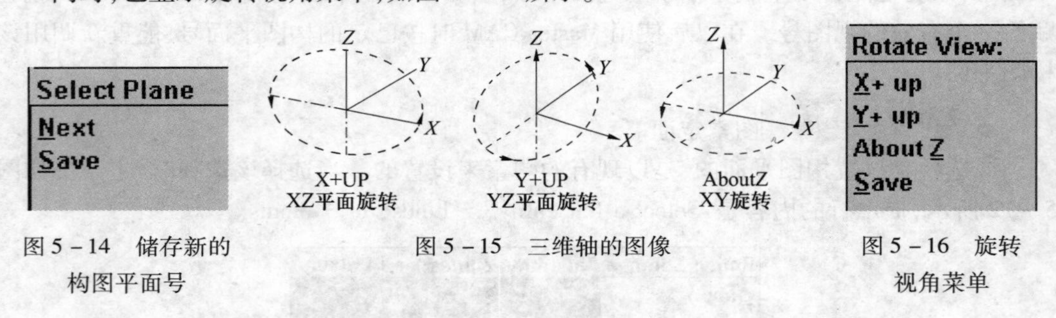

图 5－14　储存新的构图平面号

图 5－15　三维轴的图像

图 5－16　旋转视角菜单

如何使用旋转视角菜单呢?

(1) X+ up 是设在 XZ 平面的旋转角度,其角度是目前设置的视角,X 轴正方向为 0°,XZ 平面绕 Y 轴逆时针方向旋转的角度为正,顺时针方向的旋转角度为负。

(2) Y+ up 是设在 YZ 平面的旋转角度,其角度是目前设置的视角,Y 轴正方向为 0°,YZ 平面绕 X 轴逆时针方向旋转的角度为正,顺时针方向的旋转角度为负。

(3) About Z 是设在 XY 平面的旋转角度,其角度是目前设置的视角,Z 轴正方向为 0°,XY 平面绕 Z 轴逆时针方向旋转的角度为正,顺时针方向的旋转角度为负。

按以上的任一项,在提示行出现 Rotate angle(输入旋转角度),输入正的角度表示逆时针旋转,输入负的角度表示顺时针旋转。

(4) Save (储存)。按以上的方法设置好旋转角度,然后用鼠标点击 Save ,表示储存设置的角度。

(四) 提示区

屏幕下面的空白处就是提示区,显示系统数据和输入数据,也能显示主菜单中的提示。

（五）工具栏

工具栏在 MasterCAM8 中提供了另外一种工作的方式，所有的按钮号都安排在屏幕的上方，可以通过按下一页，转向下一页的图标。

在工具栏中每一个按钮用一个图像或一个数字标记，如：(Screen－fit)。如果不知道按钮的名字，可以把光标移到按钮上停几秒钟，系统就会显示该按钮的名字。

第三节　MasterCAM 系统进行 NC 程序联机传送

对于刀具路径仿真模拟或实体切削验证过的档案文件只有通过程序的后处理才能生成数控机床所能识别的指令代码程序。

一、后处理程序

不论系统在什么状态，只需依次单击“MAIN MENU”→“Toolpaths”→“Operations”，系统就弹出如图 5－17 所示的对话框，在该对话框中单击“Post”，系统又弹出如图 5－18 所示的对话框，在该对话框的“NC File”下选中“Save NC File”和“Edit”，点“OK”，系统弹出保存文件的对话框，找到所需存放 NC 文件的位置，在“文件名”框中输入重新命名的文件，单击“保存”，稍等片刻，等系统返回到图 5－17，则程序的后处理完毕。

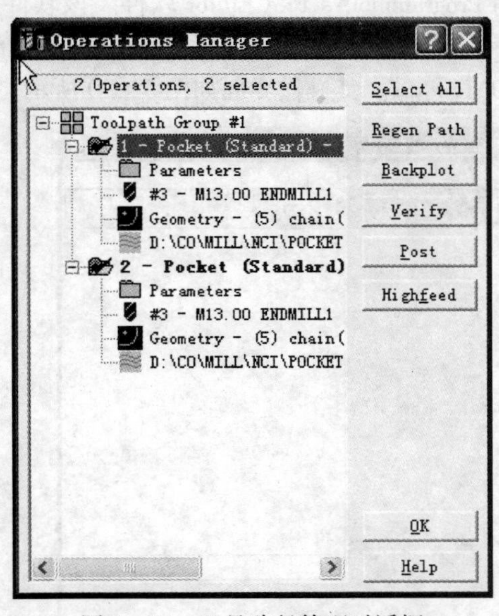

图 5－17　刀具路径管理对话框

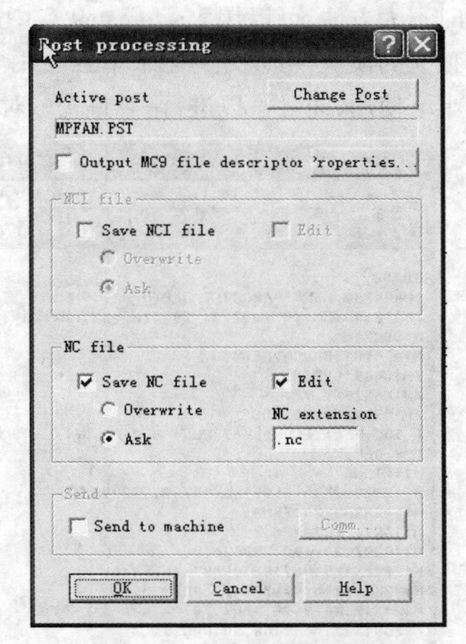

图 5－18　程序后处理对话框

二、数控车床的程序传输设置与操作

在数控机床的程序输入操作中，如果采用手动数据输入的方法往 CNC 中输入，一是操作、编辑及修改不便；二是因 CNC 内存较小，程序比较大时就无法输入。为此，必须通

过传输(计算机与数控 CNC 之间的串口联系,即 DNC 功能)的方法来完成。下面介绍一下 FANUC 0i 系统的数控机床的程序传输设置与操作。

1. 串口线路的连接

在计算机与数控车床的 CNC 之间进行程序传输,采用的是 9 孔串行接口与 25 针串行接口。其中 9 孔的串行接口(插头)与计算机的 COM1(插座)或 COM2 相配合;25 针串行接口(插头)与数控机床的通信接口相配合。9 孔串行接口与 25 针串行接口的编号见图 5-19,它们的连接方式为:9-2 与 25-2、9-3 与 25-3、9-5 与 25-7 用屏蔽电缆线相连;另外 25-4 与 25-5 短接,25-6 与 25-8、25-20 三者短接。

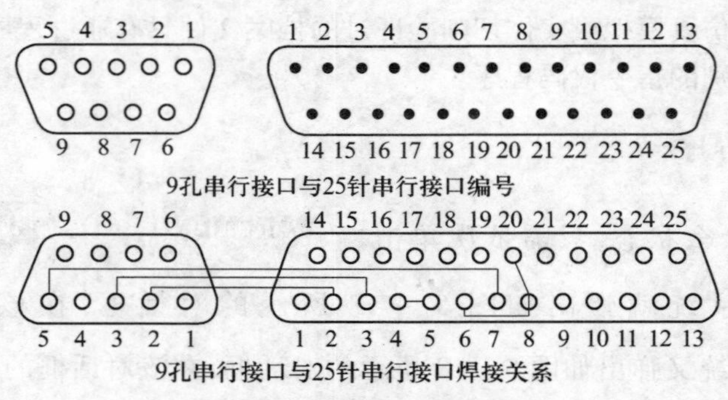

图 5-19　串口线路的连接图

2. DNC 传输软件参数的设置

用于数控机床的 DNC 传输软件现在比较多,但许多传输软件必须在 DOS 状态下使用,使用时不太方便,可以用 Mastercam9.0 中所带的 Programmer's File Editor 软件。该软件是一个独立的模块,可以分离出来单独使用。在编程、传输中都比较方便,可以在 Windows 任何版本下使用,而且可以进行一对一、一对多的 DNC 传输。其操作界面如图 5-20 所示。

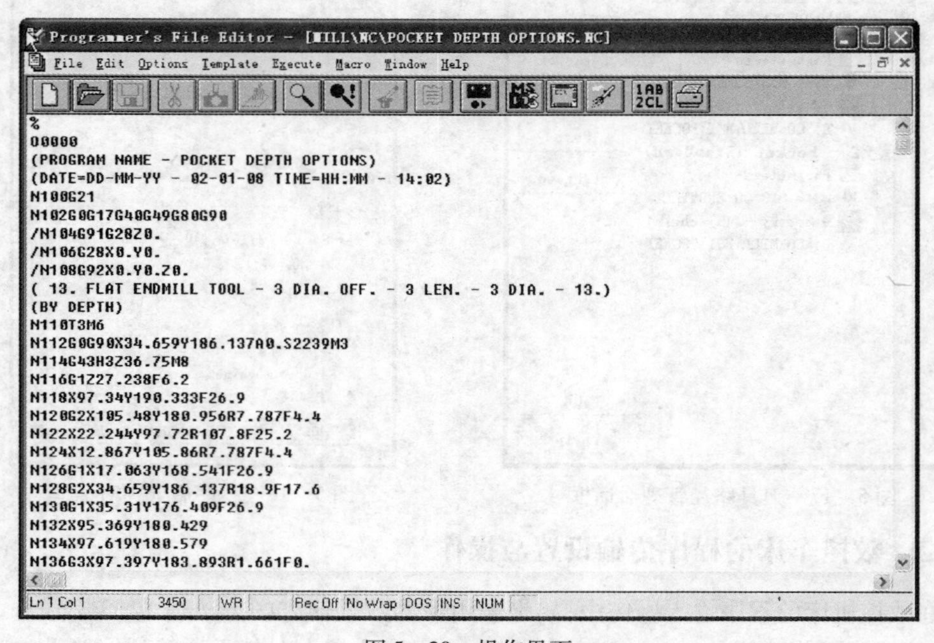

图 5-20　操作界面

（一）CNC 侧参数设置

（1）按功能键 SYSTEM 。

（2）按数次右端的软键 ▷ （连续菜单键）。

（3）按软键〔ALLIO〕，显示 ALLIO 画面，如图 5－21 所示。

（4）选择需要输入、输出的数据相关的（程序、参数等）软键，如图 5－21 所示。

（5）设定与所用 I/O 装置匹配的参数（设定与方式无关）。

（二）PC（电脑）侧参数设置（Mastercam 软件）

在 Mastercam 软件主菜单中依次点击 File → Next menu → Communic 打开传输参数对话框并设置参数，如图 5－22 所示。

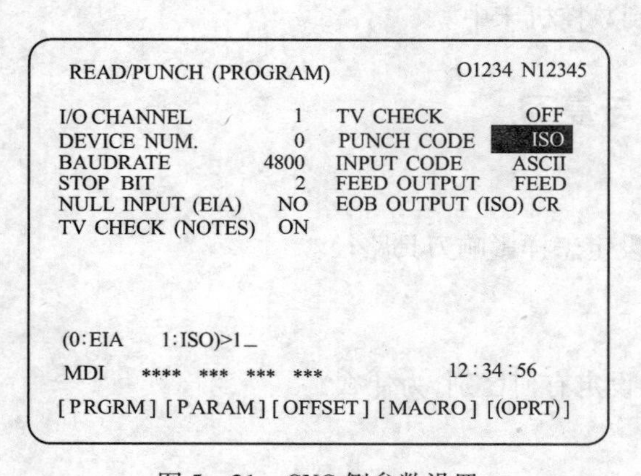

图 5－21　CNC 侧参数设置

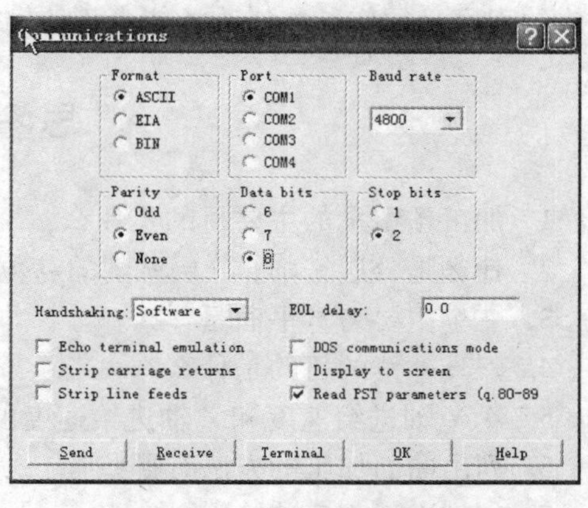

图 5－22　PC 侧传输参数对话框

（三）DNC 传输的操作

（1）程序的传输格式。

%

:××××（程序号，由四位数字组成，必须与数控车床内存中已有的程序号不同）

……（编写的程序段）

%

（2）计算机中的程序传输到数控车床的 CNC 中，操作过程如下：

① 在计算机中打开所要传输的程序（见图 5－20），修改后并保存，按传输按钮进入程序传输操作界面（见图 5－22）。

② 在数控机床上把“方式选择旋钮”旋至“EDIT”方式，按功能键中的“PRGRM 键”，按下“INPUT 键”。此时页面将变成图 5－23。

③ 在程序传输操作界面中按“1. Send”按钮就可以把计算机中的程序传输到数控机床中，其传输界面见图 5－24。在传输过程中按下图 5－23 中[STOP]对应的“软键”将停止程序的传输。

另外在使用计算机进行串口通信时，要做到先开机床、后开计算机；先关计算机、后关机床。避免机床在开关的过程中，由于电流的瞬间变化而冲击计算机。Mastercam 后处理

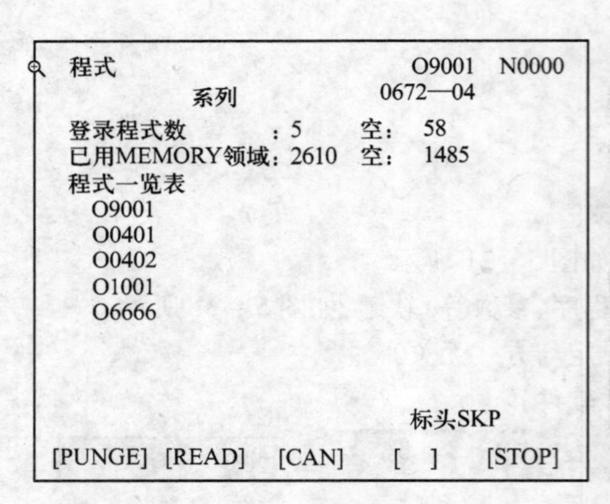

图 5-23 程序界面

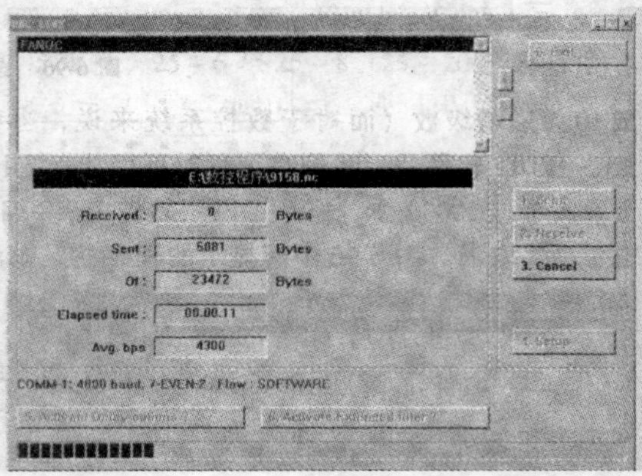

图 5-24 传输界面

生成的程序必须作一些修改才能真正传输到数控机床中。

思考与复习

1. 加工预留量的主要目的是什么？
2. 什么是分层铣削，分层铣削的参数设定怎样影响刀具路径？
3. 三个主要刀具平面是什么？
4. 刀具补偿的目的是什么？
5. X、Y 轴进给速度和 Z 轴进给速度的设定有何区别，为什么？
6. 列出曲面加工的方法有哪些？
7. 如何进行程序传输？
8. 如何进行挖槽加工？
9. 如何确定精加工余量和进给量？

第六章　数控冲床的编程及操作

第一节　数控冲床概述

数控冲床属于压力加工机床，主要用于钣金加工，如冲孔、裁剪和拉伸。任何复杂形状的平面钣金零件都可在数控冲床上完成其所有孔和外形轮廓的冲裁等加工。数控冲床在实际中应用很广泛。

一、数控冲床的特点

现代数控冲床均采用液压式，它具有纯机械式冲床无法比拟的优点，被工业界公认为未来钣金柔性加工系统的方向。液压数控冲床具有以下特点：

(1) 智能化冲头。液压冲床的冲头具有软冲功能(SOFT—CUT)，即冲头速度可实现快进、缓冲，既能提高劳动生产率，又能改善冲压件质量。液压冲床加工时振动小、噪声低、模具寿命长。数控液压冲床的冲压行程长度的调节可由软件编程控制，从而可以完成步冲、百叶窗、打泡、攻螺纹等多种成型工序。液压系统中采用了安全阀和减压阀元件，一旦冲压发生超负荷时，能提供瞬间减压及停机保护，避免机床、模具损坏，而且复机简易、快速。

(2) “恒冲力”加工。一般机械式冲床的压力是由小到大，到达顶点时只是一瞬间，无法在全冲程的任何位置都有足够的冲压力。而液压式冲床完全克服了机械式冲床的缺点，建立了液压冲床“恒冲力”的全新概念。

(3) 冲裁精度高。

(4) 寿命长。

二、数控冲床的结构

液压数控冲床的机身有桥形框架、O形框架和C形框架等结构。液压数控冲床的冲模一般采用转塔式的安装方式，并具有特定的自动分度装置，每个自动分度模位中的模具均能自行转位，给冲剪加工工艺带来了极大的柔性。国内外有许多种液压数控冲床，下面以日本生产的VIPRIS—357Q型数控冲床为例，介绍数控冲床的结构。

VIPRIS—357Q型数控冲床的结构如图6-1所示。

工件夹具固定在横向滑架上，夹紧板料，板料由纵向拖板(Y轴)和横向滑板(X轴)定位在冲头之下，可实现精确的定位冲压。冲床的模具安装在旋转的转塔上，转塔又称模具库，可同时容纳5~8套模具，根据模具的尺寸范围可将其分为A~J等多种不同规格的工位，以便于不同规格模具的安装。通过程序指令可指定任一工位为当前工位，转盘(T轴)转动将其送至冲床滑块之下，同时转盘上还有两个由步进电动机单独控制、可自行任意旋转的分度工位(C轴)，在当前工位时可成任意角度进行冲裁。这样，通过程序对X

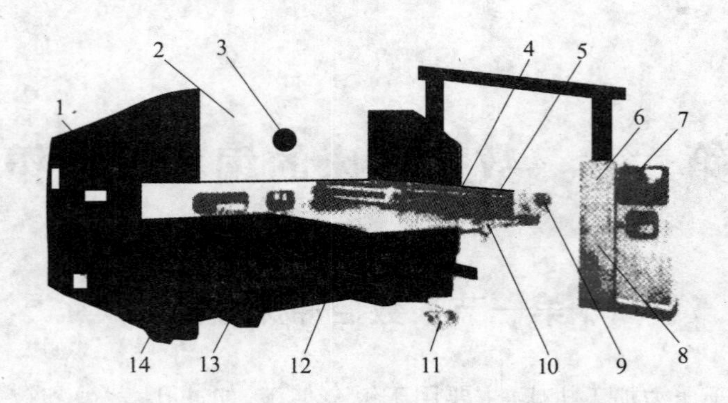

图 6 - 1　VIPRIS—357Q 型数控冲床的结构

1—控制面板"B"；2—模具平衡装置；3—手柄指示器；4—滑架；5—工件夹具；
6—电源指示灯；7—NC 控制柜；8—电源箱；9—控制面板"A"；10—*X* 轴定位标尺；
11—脚踏开关；12—工作台；13—工件夹持器；14—转塔。

轴、*Y* 轴、*T* 轴、*C* 轴的控制，机床可以实现直线冲压、横向冲压和扭转冲压。

VIPRIS—357Q 型液压数控冲床有以下安全装置，确保机床和操作者的安全。

1. 退模失效的检测

如果因为磨损或不恰当的间隙，使"凸模"退缩受阻滞时，退模失效灯（STR. IPPING-MISS）亮，机床操作停止。

除此以外，还有曲轴超转检测、未夹紧保护、低气压保护安全装置。

2. *X* 轴定位器的连锁

当 *X* 轴定位器升高时，*X* 轴定位器的信号灯亮；除非 *X* 轴定位器下降，否则机床不能启动。

3. 超程保护

如果工作台或输送台超出最大行程，在其两端的 *X*、*Y* 轴的上限位开关将起作用，机床将立即停止，且超行程轴将在 NC 控制面板上出现报警。

4. 超程检测装置

该机床的设计可使夹具避免进入上下转盘之间，其特点是使不能冲压的范围减至最小。检测器可以指示夹具的位置，如果夹具有被冲压的危险时，检测器可以使操作中断，超程灯亮。

5. 超负荷保护（DC 伺服电动机）

如果直流伺服系统发生故障（过负荷或其它不良作用），在 NC 控制面板上出现报警，机床立即停止。

6. 工具更换门连锁

当模具更换门打开的时候，"TOOL CHANGE DOOR"（工具更换门）灯亮，机床停止启动，必须将门关闭才可正常启动机床。

第二节　数控冲床的操作

下面以 VIPRIS—357Q 型数控冲床为例，介绍数控冲床的操作。

一、电源的接通与切断

1. 电源的接通

（1）确认 NC 控制柜的前、后门及纸带阅读机门处于正常的关闭状态。

（2）接通连接 NC 控制柜的电源。

（3）按 NC 控制柜操作面板上的 POWER ON 按钮(约 1s ~ 2 s)。

（4）电源接通数秒后,NC 控制柜的 CRT 应有图像显示。如图 6 - 2 所示为 NC 控制柜的操作面板。

（5）确认 NC 控制柜电气箱冷却风扇电动机旋转。

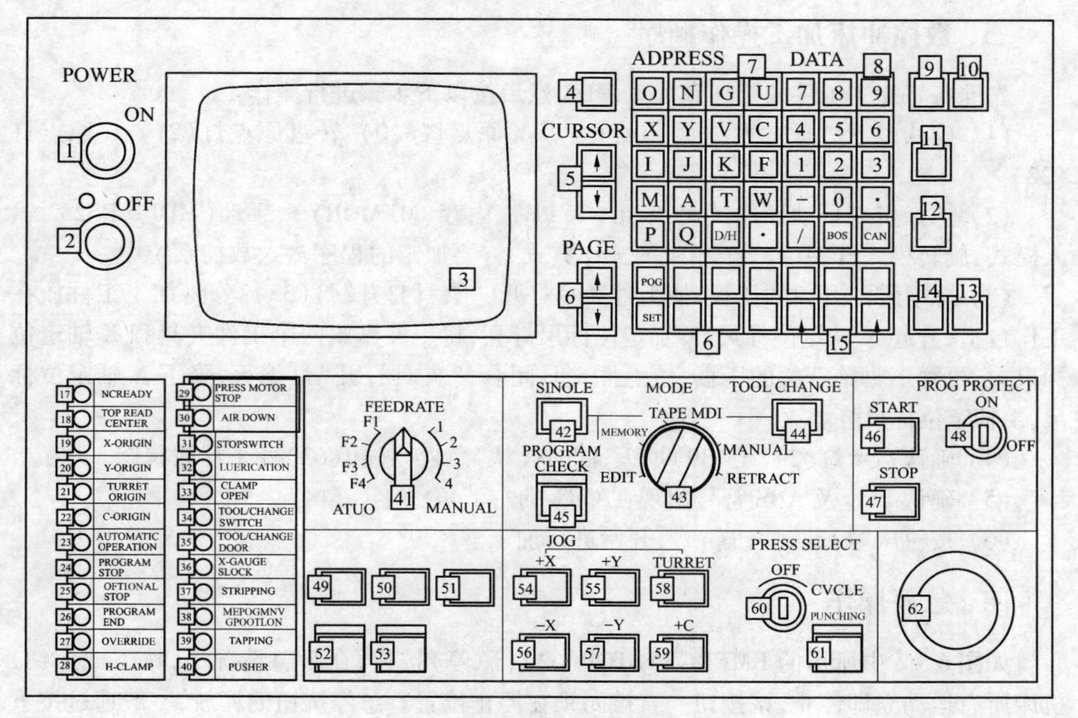

图 6 - 2　NC 控制柜的操作面板

2. 电源的切断

（1）确认控制面板“A”上的循环启动按钮指示灯熄灭。

（2）确认机床移动部件停止运动。

（3）确认纸带阅读机开关被设定在释放位置。

（4）按 NC 控制柜操作面板上的 POWER OFF 按钮(约 1s ~ 2 s)。

（5）切断机床电源。

二、加工前的准备工作

（1）接通电源,按 NC 控制柜操作板面上的 POWER ON 按钮(1),一个显示将在 CRT 上出现几秒钟,压力电动机启动,灯 NC READY(17)及 TOP READ CENTER(18)亮,灯(29)至(39)熄灭。

（2）LSK 及 ABS 符号将出现在 CRT 的右下角，将方式选择开关（43）旋转至手动方式（MDI）。

（3）按 JOG 点动按钮 –X（56）及 –Y（57）移动两轴向负方向运动，至少和其原点距离 200mm。

（4）将方式选择开关（43）旋转至返回方式（RETRACT），按 JOG 点动按钮 +X（54）及 +Y（55）直至 X、Y 原点灯（19）及（20）亮，指明它处于原点位置。

（5）按转盘（TURRET）按钮（60），直至转盘停止在它的原点，转盘原点灯（21）亮。

（6）当机床配有自动分度装置时，按 +C 按钮（59）直至 C 轴停止在它的原点 C，原点灯（22）亮。此时机床为自动操作做好了准备。

三、数控冲床加工操作顺序

先准备好加工工件的毛坯和加工程序，然后按以下步骤进行操作：

（1）确认以下灯是亮的：X 原点灯（19）、Y 原点灯（20）、转盘原点灯（21）、C 原点灯（22）。

（2）选择机床自动操作模式：纸带（TYPE）、内存（MEMORY）、手动（MDI）、RS232 输入模式，旋转模式开关（43）至相应的工作方式，将要加工的程序输入数控系统中。

（3）踩下脚踏开关的压板，使工件夹具打开，“夹具打开”灯（33）亮，将加工工件放在工作台上，升起 X 轴定位标尺，X 轴定位标尺灯亮，将工件靠紧两个工件夹具和 X 轴定位标尺边，再踩下脚踏开关的压板，使工件夹具闭合，“夹具打开”灯熄灭，降下 X 轴定位标尺，X 轴定位标尺灯熄灭。

（4）确认指示灯（29）至（39）熄灭，同时确认“急停”按钮（62）处于释放状态。

（5）确认 LSK 及 ABS 符号出现在 CRT 的右下角。

（6）按机床“启动”按钮（46），开始进行加工。

四、急停操作

如图 6–2 中所示的 EMERGEYSTOP（62）（急停）按钮，在紧急情况下，按下此按钮，机床所有运动立即停止，该按钮一直被闭锁在停止位置。急停按钮的释放，一般通过按下该按钮并作顺时针旋转来释放。按下急停按钮后，电动机电流被切断，控制单元处于复位状态，在按钮释放前要排除故障，按钮释放后用手动操作或用 G28 指令返回参考点。

第三节　数控冲床的编程

不同控制系统的数控冲床，其数控编程指令是不相同的。下面以“GE—FANUC”数控系统为例，介绍数控冲床的加工编程。

常用编程指令的用法

1. 模具号指定（T×××）

指定要用的模具在转盘上的模位号，若连续使用相同的模具，一次指令后，下面可以省略，直到不同的模具被指定。

例如：

G92 X1830.0 Y1270.0;	机床一次装夹最大加工范围为1830mm×1270mm
G90 X500.0 Y300.0 **T102**;	调用102号模位上的冲模,在(500,300)位置冲孔
G91 X50.0;	在X方向再移动50mm,用同一冲模冲孔
G90 X700.0 Y450.0 **T201**;	在(700,450)位置,调用201号模位上的冲模冲孔

在最前面的冲压程序中,一定要写入模具号。

2. 圆周上等分孔的循环(G26)

指令格式为:

G26 I_J_K_T×××;

圆周极坐标编程,以当前位置或G72指定的点为圆心,在半径为I的圆弧上,以与X轴成角度J的点为冲压起始点,冲制K个将圆周等分的孔。

I:其取值为圆弧半径,为正数。

J:其取值为冲压起始点的角度,逆时针方向为正,顺时针方向为负。

K:其取值为冲孔个数。

如图6-3所示,孔的冲压加工指令为:

G72 G90 X300.0 Y250.0;	G72定义图形基准点(300,250)作为圆心
G26 I80.0 J45.0 K6 T203;	圆周极坐标编程,以基准点为圆心,采用203号冲模(直径为10mm的圆形冲头)在半径为80mm的圆周上,以与X轴成45°角的点为冲压起始点,冲制6个将圆周等分的孔

如果要在图形基准点(300,250)冲孔时,则省去G72,并将T203移至上面一条程序,该图形的终止点和起始点是一致的。

3. 夹爪自动移位(G27)

要扩大加工范围时,写入G27和X方向的移动量。移动量是指夹爪的初始位置和移动后位置的间距。例如,G27X-500.0执行后将使机床发生的动作为:

(1) 材料固定器压住板材,夹爪松开。

(2) 滑座以增量值移动-500mm。

(3) 夹爪闭合,材料固定器上升,释放板材。

材料固定器和滑座的位置关系如图6-4所示。

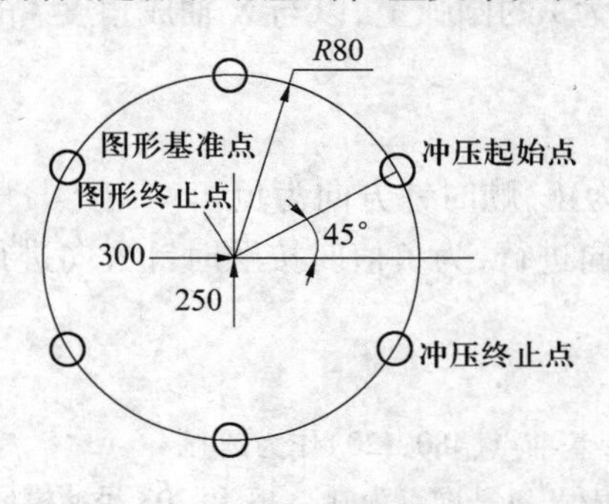

图6-3 孔的冲压加工

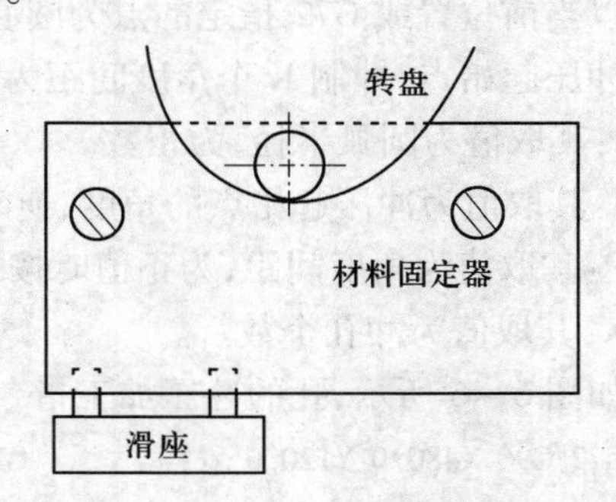

图6-4 材料固定器和滑座的位置

4. 斜线孔路径循环(G28)

以当前位置或G72指定的点开始,沿着与X轴成J角的直线冲制K个间距为I的孔。指令格式为:

G28 I_J_K_T×××;

I:其取值为间距,如果为负值,则冲压沿中心对称的方向(此中心为图形基准点)进行。

J:其取值为角度,逆时针方向为正,顺时针方向为负。

K:其取值为冲孔个数,图形的基准点不包括在内。

如图6-5所示,孔的冲压加工指令为:

G72 G90 X300.0 Y200.0;	G72定义图形基准点(300,200)
G28 I25.0 J30.0 K5 T203;	从基准点开始,采用203号冲模(直径为10mm的圆形冲头)沿着与X轴成30°角的直线冲制5个间距为25mm的孔

如果要在图形基准点(300,200)上冲孔时,则省去G72,并将T203移到上一条程序,即:

G90 X300.0 Y200.0 T203;	在当前位置(300,200)采用203号冲模冲孔
G28 I25.0 J30.0 K5;	从当前位置(300,200)开始,沿着与X轴成30°角的直线再冲制5个间距为25mm的孔,共6个孔

如果将I25.0改为I-25.0,则冲孔沿180°对称的反方向进行。

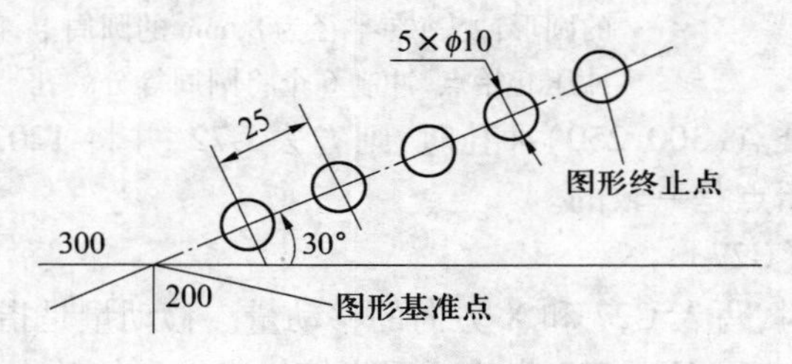

图6-5 斜线孔路径循环

5. 圆弧上等距孔的循环(G29)

指令格式为:

G29 I_J_P_K_T×××;

以当前位置或G72指定的点为圆心,在半径为I的圆弧上,以与X轴成角度J的点为冲压起始点,冲制K个角度间距为P的孔。

I:其取值为圆弧半径,为正数。

J:其取值为冲压起始点的角度,逆时针方向为正,顺时针方向为负。

P:其取值为角度间距,为正值时按逆时针方向进行,为负值时按顺时针方向进行。

K:其取值为冲孔个数。

如图6-6所示,孔的冲压加工指令为:

G72 G90 X480.0 Y120.0 ;	G72定义图形基准点(480,120)作为圆心
G29 I180.0 J30.0 P15.0 K6 T203;	圆弧极坐标编程,以基准点为圆心,采用203号冲模(直径为10mm的圆形冲头)在半径为180mm的圆弧上,以与X轴成30°角的点为冲压起始点,冲制6个角度间距为15°角的孔

如果要在图形基准点(480,120)冲孔时,则省去G72,并将T203移至上面一条程序。

如果将P15.0改为P-15.0,则从冲孔起始点出发,按顺时针方向进行冲孔。

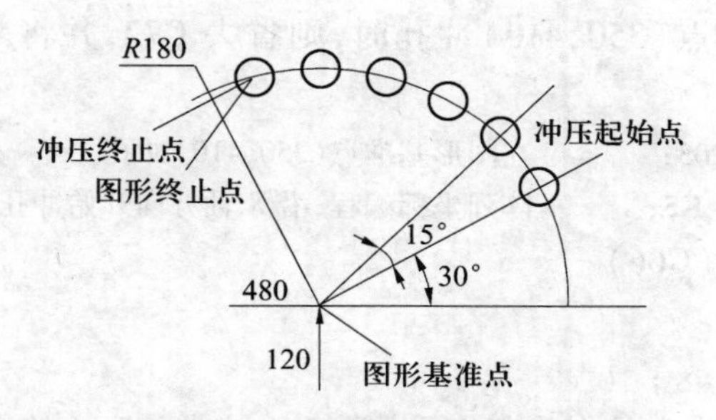

图 6-6　圆弧上等距孔的循环

6. 阵列坐标编程(G36、G37)

指令格式为:

G36 I_P_J_K_T×××;或 G37 I_P_J_K_T×××;

阵列坐标编程,以当前位置或 G72 指定的点为起点,冲制一批排列成格子状的孔。它们在 X 轴方向的间距为 I,个数为 P,它们在 Y 轴方向的间距为 J,个数为 K。

G36 沿 X 轴方向开始冲孔,如图 6-7(b)所示;G37 沿 Y 轴方向开始冲孔,如图 6-7(c)所示。

I:其取值为 X 方向的间距,为正时沿 X 轴正方向进行冲压,为负时则相反。

P:其取值为 X 轴方向上的冲孔个数,不包括基准点。

J:其取值为 Y 轴方向的间距,为正时沿 Y 轴正方向进行冲压,为负时则相反。

K:其取值为 Y 轴方向上的冲孔个数,不包括基准点。

如图 6-7(b)所示,孔的加工指令为:

G72 G90 X350.0 Y410.0;　　　　G72 定义图形基准点(350,410)

G36 I50.0 P3 J-20.0 K5 T203;　阵列坐标编程,沿 X 轴方向开始冲孔

如图 6-7(c)所示,孔的加工指令为:

G72 G90 X350.0 Y410.0;

G37 I50.0 P3 J-20.0 K5 T203;　阵列坐标编程,沿 Y 轴方向开始冲孔

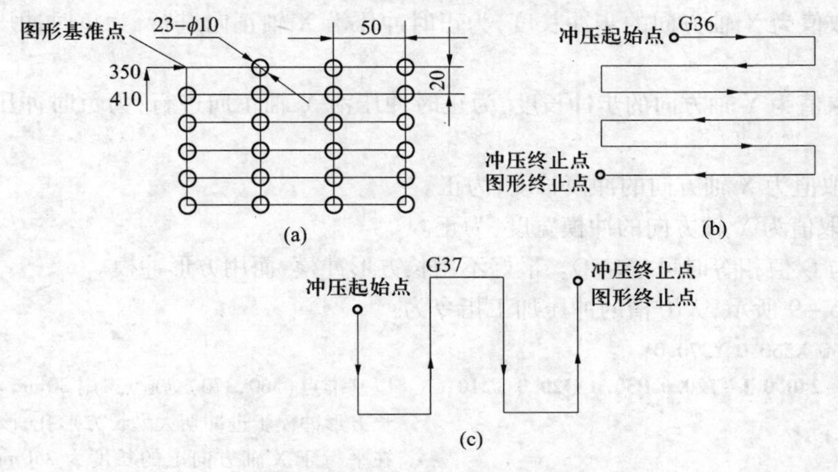

图 6-7　排列成格子状的孔

(a) 零件孔位;(b) 沿 X 方向冲孔;(c) 沿 Y 方向冲孔。

如果要在图形基准点(350,410)冲孔时,则省去 G72,并将 T203 移至上面一条程序,即:

G90 X350.0 Y410.0 T203;	在图形基准点(350,410)冲孔
G36 I50.0 P3 J-20.0 K5;	阵列坐标编程,沿 X 轴方向开始冲孔

7. 长方形槽的冲制(G66)

指令格式为:

G66 I_J_P_Q_T×××;

以当前位置或 G72 指定的点为起点,沿着与 X 轴成角度 J 的直线的左侧,采用 P×Q 的方形冲模在长度 I 上进行步进冲孔。

I:其取值为步冲长度。

J:其取值为角度,逆时针方向为正,顺时针方向为负。

P:其取值为冲模长度(直线方向的长度)。

Q:其取值为冲模宽度(与直线成 90°方向的宽度)。

P 和 Q 的符号必须相同。P 值与 Q 值相等时可省略 Q。

如图 6-8 所示,长方形槽的冲压加工指令为:

G72 G90 X350.0 Y210.0;	
G66 I120.0 J45.0 P30.0 Q20.0 T210;	以基准点(350,210)为起点,沿着与 X 轴成 45°的直线的左侧,采用 30mm×20mm 的方形冲模在长度为 120mm 的范围内进行冲孔

如果将 P30.0 Q20.0 改为 P-30.0 Q-20.0,则按图示虚线实施步冲。P 值和 Q 值用于确定冲模的中心位置和进给距离。步冲长度 I 值必须大于冲模宽度 P 值的 1.5 倍。

8. 大方槽的冲制(G67)

指令格式为:

G67 I_J_P_Q_T×××;

以当前位置或 G72 指定的点为起点,用 P×Q 的方形冲模步进冲切大型长方形孔。该长方形孔在平行于 X 轴方向上的长度为 I,在平行于 Y 轴方向上的长度为 J。

I:其取值为 X 轴方向的步冲长度,为正时冲压沿 X 轴正向进行,为负时冲压沿 X 轴负向进行。

J:其取值为 Y 轴方向的步冲长度,为正时冲压沿 Y 轴正向进行,为负时冲压沿 Y 轴负向进行。

P:其取值为 X 轴方向的冲模长度,为正。

Q:其取值为 Y 轴方向的冲模宽度,为正。

P 值与 Q 值相等时可省略 Q。最好不用长方形冲模,而用方形冲模。

如图 6-9 所示,大方槽的冲压加工指令为:

G72 G90 X560.0 Y370.0;	
G67 I-240.0 J-120.0 P30.0 Q20.0 T210;	以基准点(560,370)为起点,用 30mm×20mm 的长方形冲模步进冲切大型长方形孔,该长方形孔在平行于 X 轴方向上的长度为 240mm,在平行于 Y 轴方向上的长度为 120mm,在 X 和 Y 轴方向上均向负方向冲孔

使用 G67 时,因为最终会产生废料,所以在程序的末尾要加入 M00 或 M01。图形基准点原则上取右上角。I 值和 J 值应分别大于 P 值和 Q 值的 3 倍以上。

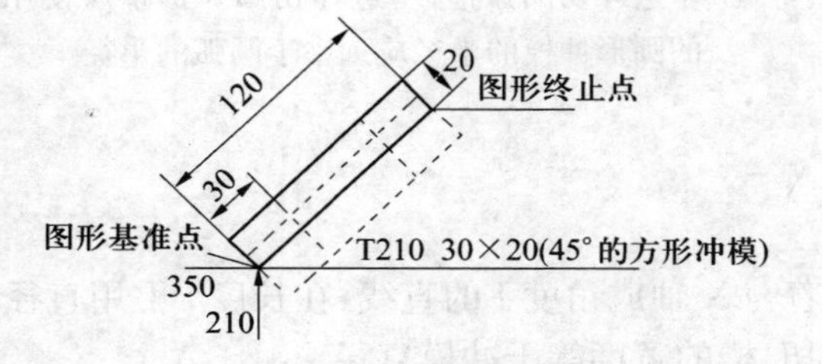

图 6-8 冲制任意方向长方形槽

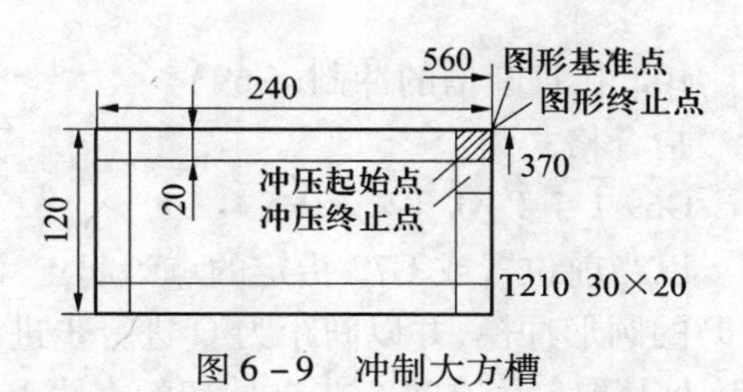

图 6-9 冲制大方槽

9. 圆弧形槽的冲制(G68)

指令格式为:

G68 I_J_K_P_Q_T×××;

以当前位置或 G72 指定的点为中心,在以 I 为半径的圆弧上,从与 X 轴成角度 J 的点开始,到角度 J+K 为止,用直径为 P 的圆形冲模,角度间距为 Q 步进冲切圆弧形槽,槽的宽度等于冲模的直径。

I:其取值为圆弧半径,为正。

J:其取值为冲压起点与 X 轴的角度,逆时针方向为正,顺时针方向为负。

K:其取值为圆弧形槽的圆弧角,为正时按逆时针方向冲切,为负时按顺时针方向冲切。

P:其取值为冲模直径的名义值,不表示冲模直径实际数值的大小,为正时沿圆弧外侧进行冲切,为负时沿圆弧内侧进行冲切;若 P 值为 0,则冲模中心落在指定的半径为 I 的圆弧上进行冲切,如图 6-10(b)所示。

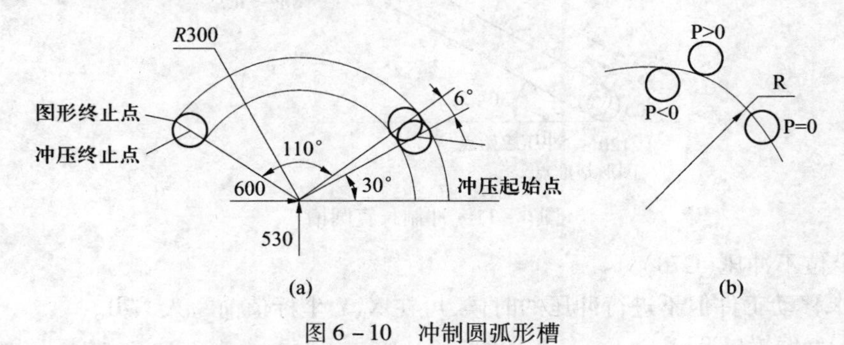

图 6-10 冲制圆弧形槽

Q:其取值为步冲间距圆弧角,为正。

用 G68 冲切大型圆孔时,中间会残留一块材料,这时为易于取出残留材料,J 值(最初冲压点与 X 轴所成的角度)取为 90°或 45°,并且在下一条程序前加入 M00 或 M01,以便取出残留材料。

如图 6-10 所示,圆弧形槽的冲压加工指令为:

G72 G90 X600.0 Y530.0;

G68 I300.0 J30.0 K110.0 P-80.0 Q6.0 T237; 以基准点(600,530)为中心,在半径为 300mm 的圆弧上,从与 X 轴成 30°角的点开始,到角

度 110° +30° = 140°为止,用直径为 80mm 的圆形冲模,步冲间距圆弧角为 6°,沿圆弧外侧步进冲切圆弧槽,步进冲切圆弧形槽所使用的圆形冲模的半径应远小于圆弧的半径

10. 长直圆槽的冲制(G69)

指令格式为:

G69 I_J_P_Q_T × × ×;

以当前位置或 G72 指定的点为起点,沿着与 X 轴成角度 J 的直线,在长度 I 上用直径为 P 的圆形冲模,并以间距为 Q 进行步进冲切,槽的宽度等于冲模直径。

I:其取值为在进行步进冲切的直线上,从冲压起始点到冲压终止点的长度。

J:其取值为在起始冲压点与 X 轴的角度,逆时针方向为正,顺时针方向为负。

P:其取值为冲模直径的名义值,不表示冲模直径实际数值的大小,为正时冲模落在沿直线前进方向的左侧,为负时冲模落在沿直线前进方向的右侧;若 P 值为 0,则冲压起始点与图形基准点一致。

Q:其取值为步冲间距,为正。

如图 6-11 所示;长直圆槽的冲压加工指令为:

G72 G90 X300.0 Y120.0;

G69 I180.0 J30.0 P25.0 Q6.0 T316; 以基准点(300,120)为起始点,沿着与 X 轴成 30°角的直线,在长度为 180mm 的范围内用直径为 25mm 的圆形冲模,以 6mm 的间距进行步进冲切。

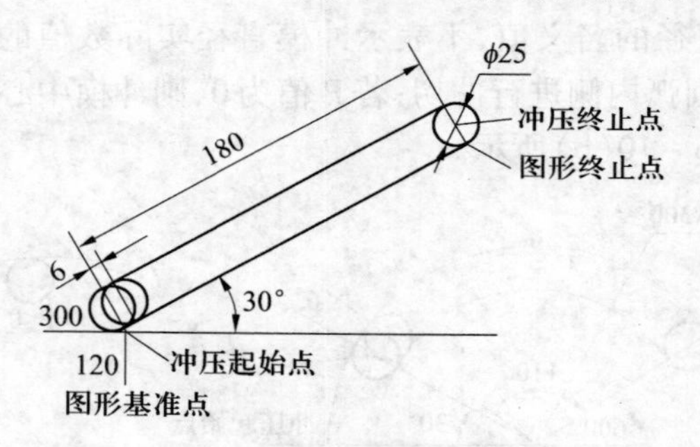

图 6-11 冲制长直圆槽

11. 定位不冲压(G70)

在要求移动工件但不进行冲压的时候,可在 X、Y 坐标值前写入 G70。

12. 零点偏置(G93)

指令格式为:

G93 X_Y_;

其中,X_Y_为偏置量,如图 6-12 所示。

G90 **G93 X50.0 Y75.0;** 将零点从 O 偏置到 O′(50,75)

G90 **G93 X250.0 Y125.0;** 将零点从 O 偏置到 O″(200,125)

G91 **G93 X150.0 Y50.0;** 增量零点偏置,将零点从 O′偏置到 O″(150,50),上面两条为绝对零点偏置

在图 6-12 所示中,要求在点 *A* 冲孔的几种编程方法如下:

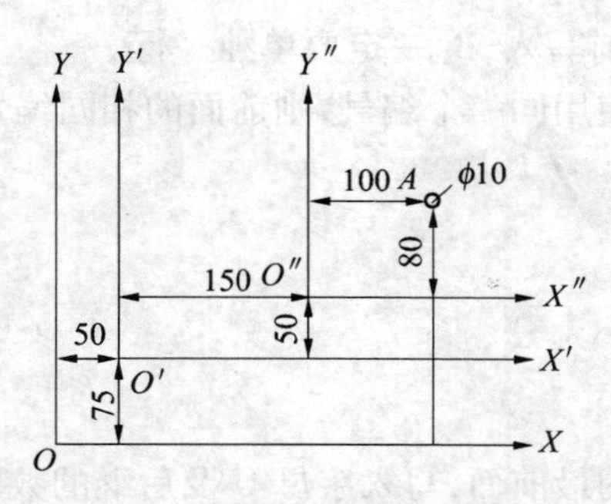

图 6－12　坐标系偏移

① G90 X300.0 Y205.0 T203；

② G90 G93 X50.0 Y75.0；

X250.0 Y130.0 T203；

③ G90 G93 X200.0 Y125.0；

X100.0 Y80.0 T203；

由偏置零点回到原坐标系零点的方法为：G90 G93 X0 Y0。G93 仅仅用于设定坐标系，既不定位也不冲压，G93 的指令一般用于没有展开图零件的程序编制、多工件冲压或须留出夹持余量的场合。在 G93 出现的同一条指令中，不可以出现除 G90、G91、X、Y 以外的其它指令，如不可以用 T、M 等指令。例如，G90 G93 X50.0 Y100.0 T201 就是错误的指令。

13. 图形记忆（A_）、图形调用（B_）

对于用 G26、G28、G29、G36、G37、G66、G67、G68、G69 指令冲切的现象，在相同图形反复出现的时候，可以在图形指令前加 A 和一位后续编号，即可进行图形的记忆。必要时，使用 B 和一位后续数字编号（前面用 A 记忆时使用的编号），即可无数次地进行调用，注意编号只能取 1～5。

如图 6－13 所示，孔系的冲压加工指令为：

G72 G90 X350.0 Y250.0；	定义图形基准点
A1 G26 I150.0 J0 K6 T203；	图形记忆
G72 X850.0；	图形基准点偏移
B1；	图形调用编程

A_、B_只能用于图形，不可以用于坐标值的记忆和调用。

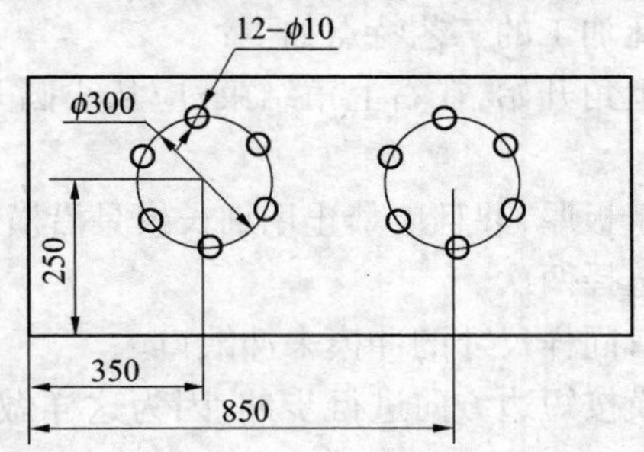

图 6－13　图形记忆与调用程序

A_一定要在图形指令前写入,B_一定要单独一行。

如果对于不同的图形使用同一个编号,则前面的相同编号所记忆的图形就被抹去。

14. 宏程序

指令格式为:

U_宏程序定义开始;

V_宏程序定义结束;

W_宏程序调用。

在要记忆的多条程序的最前面,写入字母 U 及后继的数码(1~99),再在这些程序的最后写入字母 V 及相同的数码,这样,U 和 V 之间的程序就在加工的同时被定义为宏程序了。

在要调用的时候,就写入字母 W 及后继的数码(与 U、V 后继的数码相同),这样,前面定义的宏程序就被调用。

例如:

U1;	第一号宏程序定义开始
G90 X100.0 Y350.0 T203;	用直径为 10mm 的冲头冲孔
A1 G28 I120.0 J30.0 K9;	
X75.0;	
B1;	
G91 X200.0 Y-100.0 T306;	增量坐标编程,采用 20mm×20mm 的方形冲头冲孔
X-18.0;	
V1;	第 1 号宏程序定义结束
G90 G93 X500.0 Y0;	
W1;	调用第 1 号宏程序

第四节　数控冲床的冲孔工艺计算与编程实例

数控冲孔加工的编程是指将钣金零件展开成平面图,放入 X、Y 坐标系的第一象限,对平面图中的各孔系进行坐标计算的过程。在数控冲床上进行冲孔加工的过程是:

零件图——编程——程序制作——输入 NC 控制柜——按启动按钮——加工。

一、冲孔加工工艺特点

在数控冲床上进行冲孔加工的工艺特点如下:

(1) 冲压顺序应从右上角开始,在右上角结束;应从小圆开始,然后是大方孔、切角,翻边和引深等放在最后。

(2) 冲压宽度不要小于板厚,并且应禁止用细长模具沿横向进行冲切。

(3) 同样的模具不要选择两次。

(4) 一般不要用和缺口同样尺寸的冲模来冲缺口。

(5) 不要用长方形冲模按短边方向进行步冲,因为这样做冲模会因受力不平衡而滑向一边。

(6) 实行步冲时,送进间距应大于冲模宽度的 1/2。

二、各种冲孔形状的相关计算

(一) 起始冲压位置(X0,Y0)(绝对值)的计算

1. 大方孔

如图 6-14 所示,起始冲压位置为:

X_0 = 大方孔右上端的 X 值 - 1/2(冲模在 X 轴方向的长度)

Y_0 = 大方孔右上端的 Y 值 - 1/2(冲模在 Y 轴方向的长度)

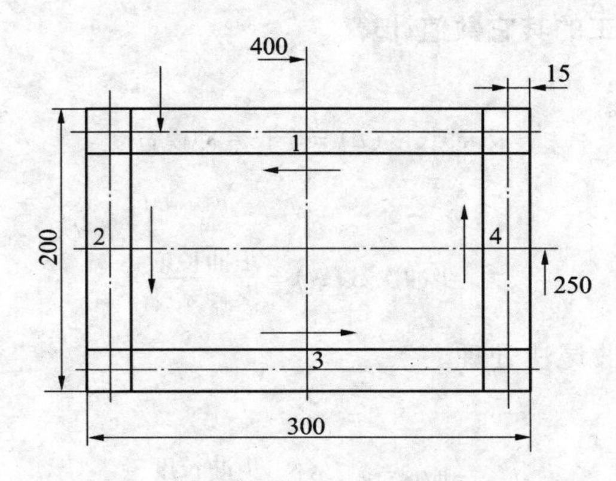

图 6-14 大方孔

2. 长方形槽孔

如图 6-15 所示,起始冲压位置为:

X_0 = 长方形槽孔左下端的 X 值 + 1/2(冲模在 X 轴方向的长度)

Y_0 = 长方形槽孔左下端的 Y 值 + 1/2(冲模在 Y 轴方向的长度)

3. 四角带圆角的长方形孔

如图 6-16 所示,起始冲压位置为:

(1) 方模起始位置。

X_0 = 右上端的 X 值 - 1/2(冲压方模在 X 轴方向的长度) - R

Y_0 = 右上端的 Y 值 - 1/2(冲压方模在 Y 轴方向的长度) - R

其中,R 为冲压圆模的半径。

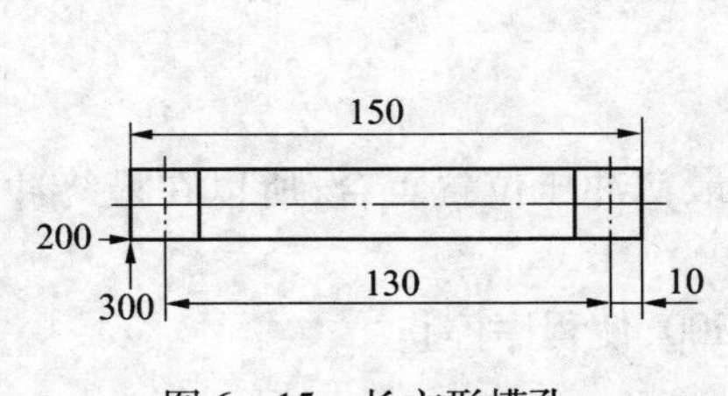

图 6-15 长方形槽孔

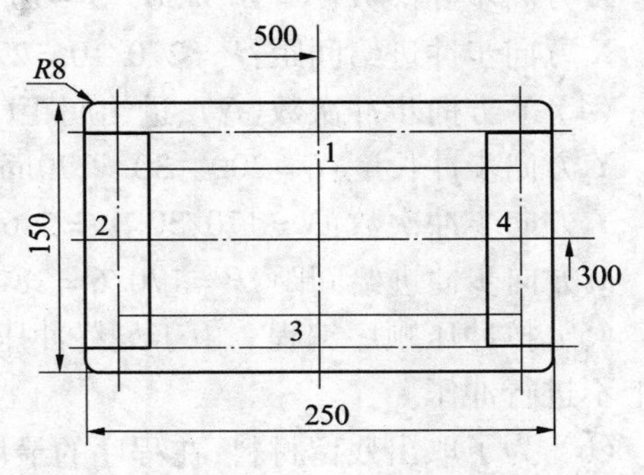

图 6-16 四角带圆角的长方形孔

(2) 圆模起始位置。

右上角(绝对值):

X = 右上端的 X 值 - R

Y = 右上端的 Y 值 - R

其它角(增量值):

X = 孔的长度 - 2R

Y = 孔的宽度 - 2R

(二) 数控冲压加工的其它数值计算

1. 步冲长度

$$步冲长度(L) = 全长 - 冲模宽度$$

2. 步冲次数

$$步冲次数(N) = \frac{步冲长度}{模具宽度}$$

若为小数,则采用收尾法处理。

3. 进给间距

$$进给间距(P) = \frac{步冲长度}{步冲次数}$$

三、冲孔实例

例 1 如图 6 - 14 所示,大方孔的步进冲孔加工。

(1) 冲压顺序。以右上角为始点,逆时针方向冲孔再返回始点,如图 6 - 14 中 1→2→3→4 所示。

(2) 起始冲压位置(X_0,Y_0)。

$X_0 = 400 + 1/2 \times 300 - 1/2 \times 30 = 535mm$

$Y_0 = 250 + 1/2 \times 200 - 1/2 \times 30 = 335mm$

(3) X 方向步冲次数(N)、进给间距(P)的计算。

X 方向步冲长度:$L = 300 - 30 = 270mm$

X 方向步冲次数:$N = 270/30 = 9 \to 10$ 次

X 方向步冲进给间距:$P = 270/10 = 27mm$

(4) Y 方向步冲次数(N)、进给间距(P)的计算。

Y 方向步冲长度:$L = 200 - 30 = 270mm$

Y 方向步冲次数:$N = 170/30$ 次 $= 5.6 \to 6$ 次

Y 方向步冲进给间距:$P = 170/6 = 28.33mm$

(5) 按冲压顺序编程。由于最终冲压位置和最初冲压位置重合,所以在最终冲压位置上不进行冲压。

(6) 为了取出残留材料,在程序的最后加入 M00,使程序停止。

冲压程序如下:

G90 X535.0 Y335.0 T210;　　在起始位置(535,335)采用 210 号模位上的冲头冲孔

```
G91 X-27.0;                  增量编程,在X方向步冲10次,要求9次执行X-27.0程序段
………                          程序采用省略形式,下同
Y-28.33;                     在Y方向步冲6次
………
X27.0;                       在X方向步冲10次
………
Y28.33;                      在Y方向步冲6次
………
M00;                         程序停止
```

例2 如图6-15所示,长方形槽孔的步进冲压加工。

(1)起始冲压位置(X_0,Y_0)(绝对值)的计算。设冲压模具为20mm×20mm的方模。

(2)$L=150-20=130$mm。

(3)$N=130/20=6.5\to 7$次。

(4)$P=130/7=18.57$mm。

冲压程序如下:

```
G90 X210.0 Y310.0 T306;      在起始位置(210,310)采用306号模位上的冲头冲孔
G91 X18.75;                  T306冲模为20mm×20mm的方形冲头,增量编程,步冲7次
X18.75;                      在以后的程序中,采用省略形式
X18.75;
X18.75;
X18.75;
X18.75;
```

例3 如图6-16所示,四角带圆角的长方形孔的步进冲孔工。

(1)冲压顺序。先加工4个角的$R8$部分,起始点和终止点取在右上角。图6-16所示的冲压顺序为:$R8$的4个角→1→2→3→4。

(2)4个圆角的冲压位置计算。右上角的冲压位置,从相邻边的X、Y值分别向内移R(绝对值):

$X=500+1/2\times250-8=617$mm

$Y=300+1/2\times150-8=367$mm

其它角的冲压位置,边长$-2\times$R(增量值):

$X=250-2\times8=234$mm

$Y=150-2\times8=134$mm

(3)方孔的起始冲压位置(X_0,Y_0)(绝对值),设冲压模具为20mm×20mm的方模:

$X_0=500+1/2\times250-8-1/2\times20=607$mm

$Y_0=300+1/2\times150-1/2\times20=365$mm

(4)X方向步冲次数(N)、进给间距(P)的计算。

X方向步冲长度:$L=250-2\times8-20=214$mm

X方向步冲次数:$N=214/20=10.7\to 11$次

X方向步冲进给间距:$P=214/11=10.45$mm

(5)Y方向步冲次数(N)、进给间距(P)的计算。

Y 方向步冲长度：$L = 250 - 2 \times 8 - 20 = 214$mm

Y 方向步冲次数：$N = 114/20 = 5.7 \rightarrow 6$ 次

Y 方向步冲进给间距：$P = 114/6 = 19$mm

（6）为了取出残留材料，在程序的最后加入 M00，使程序停止。

冲压程序如下：

G90 X617.0 Y367.0 T105；	在右上角起始位置（617，367）采用 105 号模位上的直径为 16mm 的圆形冲头冲孔
G91 X－234.0；	增量编程，在左上角位置冲孔
Y－134.0；	增量编程，在左下角位置冲孔
X234.0；	增量编程，在右下角位置冲孔
G90 X607.0 Y365.0 T306；	在方孔的起始位置（607，365）采用 306 号模位上的 20mm ×20mm 的方形冲头冲孔
G91 X－19.45；	增量编程，在 X 方向步冲 11 次，程序采用省略形式
：	
：	
X－8.0 Y－8.0；	增量编程，换方向冲孔
Y－19.0；	增量编程，在 X 方向步冲 6 次，程序采用省略形式
X8.0 Y－8.0；	增量编程，换方向冲孔
X19.45；	增量编程，在 X 方向步冲 11 次，程序采用省略形式
：	
：	
X8.0 Y8.0；	增量编程，换方向冲孔
Y19.0；	增量编程，在 Y 方向步冲 6 次，程序采用省略形式
：	
M00	程序停止

例 4 加工工件各孔的位置分布如图 6－17 所示，图中所示的零件是未展开前的图样，对未展开图进行编程。

（1）计算工件的展开尺寸。如图 6－18 所示，钣金件折弯后的长度 $L = A + B - 1\_fold\_90$，基本表达式对每一个 90°折弯减去一个修正量 1_fold_90。

对非 90°折弯要根据具体折弯角度去计算修正量。

一般按钣金件展开手册上的相应计算公式或企业内部根据所使用弯边机常用的计算公式处理。大部分的修正量为：1mm 板厚，修正量为 1.7mm；2mm 板厚，修正量为 3.5mm；3mm 板厚，修正量为 5.4mm。

所以图 6－18 所示工件的展开尺寸为：

$X = 1721 + 35 \times 2 - 5.4 \times 2 = 1780.2$ mm

$Y = 1103 + 35 \times 2 - 5.4 \times 2 = 1162.2$ mm

（2）计算工件夹具的位置。距工件夹具的位置左右 100mm、夹具正前 50mm 内不能冲孔，否则夹具会受到冲击或损坏，图 6－18 所示加工工件最佳的夹具位置应为：

$X1 = 35 - 5.4 + 139 + 28 + 322/2 = 357.6$mm

$X2 = 35 - 5.4 + 139 + (28 + 322) \times 2 + 28 + 322/2 = 1057.6$mm

（3）冲压顺序最好从右上角开始，并在右上角结束；从小圆开始，然后是大方孔和切

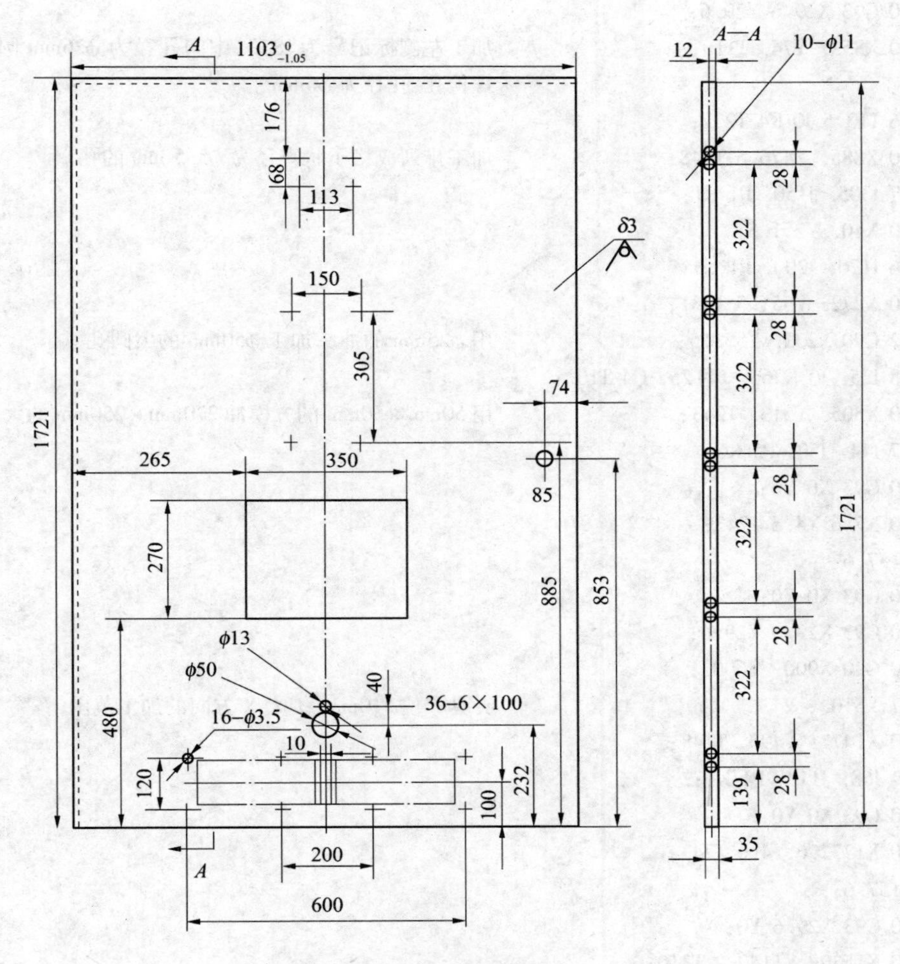

图 6－17　加工工件

角，翻边和引深等放在最后。

（4）采用上述方法对工件进行编程，程序如下：

%　　程序开始	
G92 X1830. Y1270.;	机床一次装夹最大加工范围为：1830mm × 1270mm
G90 G93 X29.6 Y0;	原点偏移
G90 X139. Y1140.2 T310;	加工工件右侧 $\phi11$ mm 的圆孔
G91 X－28.;	
X－322.;	
X－28.;	
X－322.;	
X－28.;	
X－322.;	
X－28.;	
G90 G93 X0 Y0;	

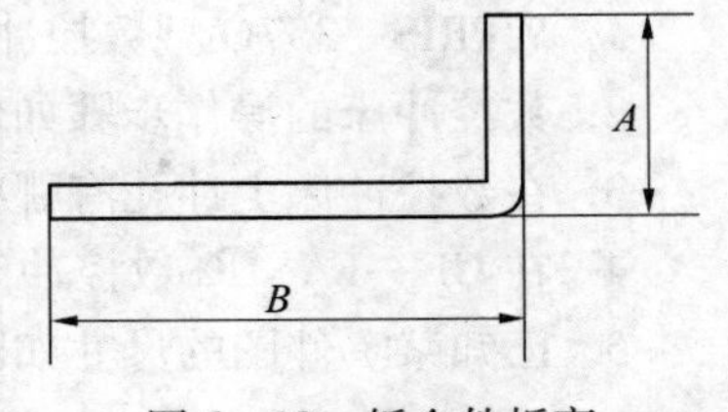

图 6－18　钣金件折弯

程序	说明
G90 G93 X29.6 Y29.6;	
G90 X853. Y74. T116;	加工左侧标记号为“85”,中间孔径为 ϕ26mm 圆周上的螺栓孔,孔径为 ϕ6mm
G26 113.5 J0 K4 T237;	
G90 X885. Y476.5 T148;	加工排列成格子状直径为 ϕ3.5 mm 的孔
G37 I305. J150. P1 K1;	
G90 X40. Y251.5;	
G36 I120. J200. P1 K3;	
G90 X272. Y551.5 T331;	
G72 G90 X232. Y551.5;	用 ϕ25mm 的冲头加工 ϕ50mm 的大圆孔
G68 I25. J0 K360. P-25. Q4 T102;	
G90 X505. Y513. T243;	用 50mm×50mm 的方模冲 270mm×250mm 的大方孔
G37 I44. J50. P5 K6;	
G90 G93 X0 Y0;	
G90 X7.6 Y4.6 T243;	
Y1157.6;	
G90 G93 X0 Y0;	
G90 G93 X29.6 Y29.6;	
G70 G90 X900. Y600.;	
G27 X510.;	夹具移位 510mm,扩大 X 方向的加工范围
G90 X1477. Y495. T148;	
G37 I68. J113. P1 K1;	
G90 G93 X0 Y0;	
G90 X1772.6 Y4.6 T243;	
Y1157.6;	
G90 G93 X29.6 Y0;	
G90 X1539. Y1140.2 T310;	
G91 X28.;	
M00;	
%	
/1780.6×1162.6×3/300.×1000.	板材的尺寸和夹爪的位置

思考与复习

1. VIPRIS—357Q 型数控冲床主要由哪些部分组成?
2. 数控冲床的操作步骤如何?
3. 在数控冲床上冲孔有哪些特点?
4. 在 GE—FANUC 数控冲床系统中如何使用宏程序?
5. 已知某零件图的尺寸如图 6-19 所示,写出零件的编程指令。

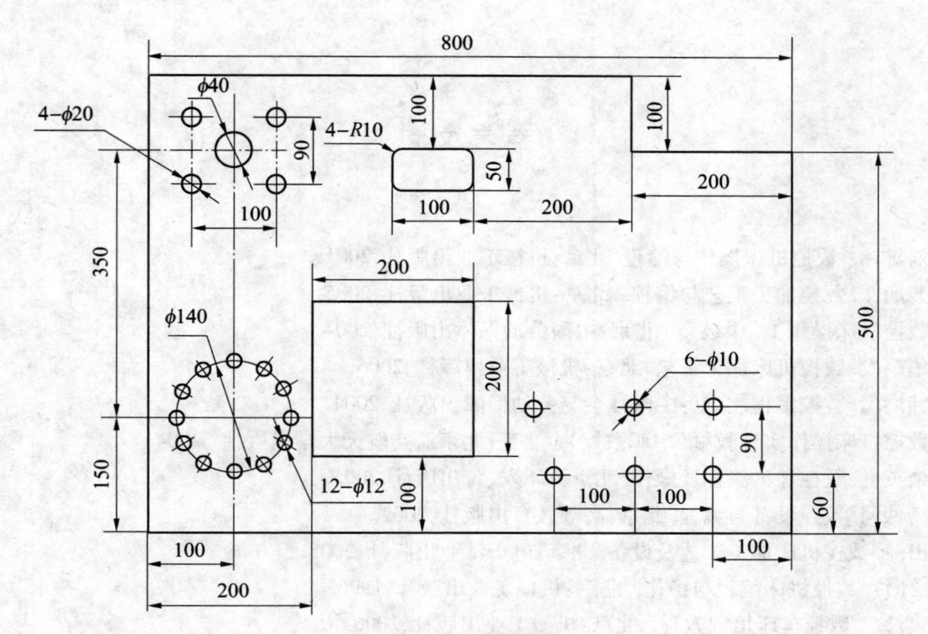
800
4-φ20
φ40
100
4-R10
100
90
50
200
100
100
200
350
200
500
φ140
6-φ10
200
90
150
12-φ12
100
100
100
60
100
100
200
图 6-19　零件图

参 考 文 献

[1] 刘雄伟. 数控机床操作与编程. 北京:机械工业出版社,2001.

[2] 裴炳文. 数控加工工艺与编程. 北京:机械工业出版社,2005.

[3] 数控机床操作工(中级). 北京:中国劳动保障出版社,2004.

[4] 华茂发. 数控机床加工工艺. 北京:机械工业出版社,2006.

[5] 韩鸿鸾. 数控编程. 北京:中国社会与劳动保障出版社,2004.

[6] 数控机床操作实训教材(中职数控). 北京:北京航空航天大学出版社, 2004.

[7] 余英良. 数控加工编程及操作. 北京:高等教育出版社,2005.

[8] 杨仲冈. 数控设备与编程. 北京:高等教育出版社,2002.

[9] 田萍. 数控机床加工工艺及设备. 北京:电子工业出版社,2005.

[10] 孙竹. 数控机床编程与操作. 北京:机械工业出版社,1996.

[11] 袁锋. 数控车床培训教程. 北京:机械工业出版社,2006.

[12] 线切割机床及数控冲床操作与编程培训教程. 北京:中国社会与劳动保障出版社. 2004.